미친사랑

CHIJIN NO AI

by Tanizaki Jun'ichiro

Copyright ⓒ 1925 KANZE Emiko
All rights reserved.
Originally published in Japan by CHUOKORON-SHINSHA, INC., Tokyo.

Korean Translation Copyright ⓒ 2013 by SIGONGSA Co., Ltd.
Korean translation rights arranged with CHUOKORON-SHINSHA, INC., Japan
through THE SAKAI AGENCY and SHINWON AGENCY CO.

이 책의 한국어판 저작권은 사카이 에이전시와 신원 에이전시를 통해
CHUOKORON-SHINSHA와 독점 계약한 (주)SIGONGSA에 있습니다.
저작권법에 의해 한국 내에서 보호를 받는 저작물이므로 무단 전재와 무단 복제를 금합니다.

세계문학의 숲 032
痴 人 の 愛

# 미친사랑

**다니자키 준이치로** 지음
김석희 옮김

SIGONGSA

**일러두기**
1. 이 책은 일본의 작가 다니자키 준이치로(谷崎潤一郎)의 《미친 사랑(痴人の愛)》을 우리 말로 옮긴 것이다.
2. 번역은 일본 신초샤(新潮社)에서 2009년에 출간한 문고본을 대본으로 사용했다.
3. 해설을 쓰고 역주를 다는 데에도 위의 책을 참고했다.

**차례**

미친 사랑　7

해설 시대성과 영원성의 교차점　329
다니자키 준이치로 연보　341

# 1

나는 이제부터 이 세상에 별로 유례가 없으리라 생각되는 우리 부부의 관계에 대해 가능한 한 정직하게 탁 터놓고 사실을 있는 그대로 써볼 생각입니다. 이것은 나 자신에게 잊을 수 없는 귀중한 기록인 동시에, 독자 여러분에게도 참고 자료가 될 게 분명합니다. 특히 요즘처럼 일본도 국제적으로 차츰 얼굴이 넓어져, 일본인과 외국인이 활발하게 교류하고, 온갖 주의와 사상이 흘러들고, 남자는 물론 여자들도 거리낌 없이 하이칼라*가 되는 시대에는, 지금까지 별로 유례가 없었던 우리 부부 같은 관계도 머지않아 여기저기 생겨날 것으로 여겨지기 때문입니다.

*메이지 시대(1868~1912)의 일본에는 외국을 다녀온 사람이 많았다. 이들 사이에 서양식 옷차림이 유행했고, 그 복식 가운데 가장 눈에 띄는 부분이 높게 세운 칼라(옷깃)여서, 이들을 비꼬는 의미에서 '하이칼라'라고 부르게 되있다. 이 말이 널리 통용되어 나중에는 복장뿐만 아니라 서양식 머리 모양이나 멋을 부리는 사람, 또는 서양식 사고방식을 가지고 있거나 서양식 교육을 받은 사람을 비아냥거리는 말로도 쓰이게 되었다.

생각해보면 우리 부부는 성립 자체부터 남달랐습니다. 내가 지금의 아내를 처음 만난 것은 햇수로 8년 전*이었습니다. 몇월 며칠이었는지 자세한 것은 기억나지 않지만, 어쨌든 그 무렵 아내는 아사쿠사의 가미나리몬** 근처에 있는 '카페*** 다이아몬드'라는 술집에서 여급으로 일하고 있었습니다. 그때 그녀의 나이는 세는 나이로 고작 열다섯 살이었습니다. 그래서 내가 알게 되었을 때는 그 카페에 갓 일하러 나온 풋내기였기 때문에, 어엿한 여급이 아니라 수습생—말하자면 햇병아리 웨이스트리스에 지나지 않았습니다.

　그런 아이에게 그때 이미 스물여덟 살이나 먹은 내가 무엇 때문에 눈독을 들였느냐고 하면, 나 자신도 확실히는 알 수 없지만, 아마 처음에는 그 아이의 이름이 마음에 들었기 때문일 것입니다. 그녀는 모든 사람들로부터 '나오(直)야'라고 불리고 있었는데, 어느 날 내가 물어보니까 본명이 나오미(奈緖美)라는 것이었습니다. 이 '나오미'****라는 이름이 무척이나 내 호기심을 불러일으켰습니다. 참 예쁜 이름이구나, 'NAOMI'라고 쓰

---

*이 소설을 연재하기 시작한 게 1924년이니까, 햇수로 8년 전이라면 1917년으로 추정된다.
**센소지라는 절을 중심으로, 에도 시대(1603~1867)에는 그 부근에 홍등가와 극장가가 있어서 에도 제일의 환락가로 번영을 누렸고, 메이지 시대 이후에도 센소지 경내가 아사쿠사 공원(이 작품에서는 그냥 '공원'이라고 불린다)으로 지정되어 오랫동안 도쿄 대중오락의 중심이었다. 가미나리몬은 센소지의 정문으로, 센소지의 본존인 관음보살을 모신 사당에서 정남쪽에 자리잡고 있다. 가미나리몬은 1866년에 불타버리고, 1960년에 재건될 때까지는 지명만 남아 있었다.
***어원적으로는 커피점을 의미하지만, 태평양전쟁 이전의 일본에서는 1911년에 긴자에 '카페 라이온'이 생긴 이후 줄곧 여급이 접대하는 술집을 의미한다. '여급'은 오늘날의 웨이트리스나 호스티스를 의미했다.
****구약성서 〈룻기〉에 나오는 여자 이름에서 유래하며, 어원적으로는 고대 히브리어로 '즐거움'을 의미한다.

면 서양 사람 같다고 생각한 것이 시작이었고, 그때부터 차츰 그녀에게 관심을 가지게 되었습니다. 이상하게도 이름이 하이칼라면 얼굴 모습도 어딘가 서양 사람 냄새를 풍기고 아주 영리해 보여서, '이런 곳의 여급으로 놔두기에는 아깝다'고 생각하게 되었습니다.

실제로 나오미의 얼굴 생김새는 영화배우 메리 픽퍼드\*를 닮은 데가 있었고, 확실히 서양 사람 같아 보였습니다. 이것은 결코 내가 호의적인 눈으로 보았기 때문은 아닙니다. 내 아내가 되어 있는 지금도 많은 사람이 그렇게 말하고 있는 걸 보면 사실이 그런 게 분명합니다. 그리고 얼굴만이 아니라, 그녀를 발가벗겨 놓고 보면 그 몸매는 더욱 서양 사람 냄새를 풍기는데, 물론 이것은 나중에 알게 된 일이고 당시에는 나도 아직 거기까지는 알지 못했습니다. 그저 막연히, 저런 스타일이면 팔다리도 못생기지는 않았을 거라고, 옷맵시를 통해 그렇게 상상했을 뿐입니다.

원래 열대여섯 살 난 소녀의 마음은 친부모나 친자매가 아니면 좀처럼 알기 어렵습니다. 그래서 카페에 다닐 무렵의 나오미의 성질이 어땠느냐고 물으면, 나도 분명한 답변은 할 수 없습니다. 아마 나오미 자신도 그때는 그저 모든 일에 열중하며 지냈을 뿐이라고 말하겠지요. 그런데 곁에서 본 느낌을 말하면, 좀 음울하고 말이 없는 아이처럼 보였습니다. 낯빛도 약

---

\*메리 픽퍼드(Mary Pickford, 1893~1979): 미국의 연인이라고 불린 유명한 여배우. 미모이긴 하지만 몸집이 작아서 〈소공녀〉〈키다리 아저씨〉〈청춘의 꿈〉 같은 명랑하고 활발한 소녀 역할로 인기를 얻었다. 그녀가 출연한 작품이 일본에서 처음 개봉된 것은 1917년이다.

간 푸르스름했는데, 비유해서 말하자면 무색투명한 판유리를 몇 장 겹쳐놓은 것 같은, 깊이 가라앉은 듯한 얼굴빛을 하고 있어서 그리 건강해 보이지는 않았습니다. 이것은 일하러 나온 지 얼마 되지 않아서 다른 여급처럼 화장도 하지 않고, 손님이나 동료들과도 별로 친숙하지 못하고, 구석에 웅크리고 앉아서 말없이 꼬물꼬물 일이나 하고 있었기 때문에 그렇게 보였을 겁니다. 그리고 그녀가 영리하게 느껴진 것도 역시 그 때문이었을지 모릅니다.

여기서 나 자신의 경력을 설명해둘 필요가 있겠군요. 당시 나는 어느 전기회사의 기사로 150엔*의 월급을 받고 있었습니다. 내가 태어난 곳은 도치기 현의 우쓰노미야** 변두리이고, 그곳에서 중학교를 졸업하자 도쿄로 나와 구라마에의 고등공업***에 진학했고, 이 학교를 졸업하고는 곧 기사가 되었습니다. 그리고 일요일을 빼고는 매일같이 시바구치****의 하숙집에서 오이마치에 있는 회사에 다니고 있었습니다.

나 혼자 하숙 생활을 하면서 150엔의 월급을 받고 있었기 때문에 생활은 상당히 넉넉한 편이었습니다. 게다가 나는 장남

---

*1918년 당시 초봉은 공무원이 70엔, 은행원이 40엔, 순경이 18엔, 초등학교 교사가 15엔 정도였다. 조지의 경력이 7년째인 것을 감안하면 150엔의 월급은 상당히 많은 편이다.
**도치기는 일본 혼슈 남동부 수도권 외곽에 있는 현. 우쓰노미야는 현청 소재지.
***현재의 도쿄공업대학의 전신에 해당하는 엘리트 학교. 아사쿠사의 구라마에에 있었다.
****현재의 도쿄 도 미나토 구 히가시신바시 1가의 수도고속도로 시오도메 램프 근처. 신바시 역과 가깝고, 당시의 '쇼센 전차'(오늘날의 JR)을 타면 오이마치에 다니기도 편리하고, 시내 전차를 타면 아사쿠사에도 쉽게 갈 수 있고, 긴자나 제국극장까지는 걸어가도 금방이다.

이기는 했지만, 고향의 부모나 형제에게 돈을 보낼 의무는 없었습니다. 우리 집은 상당히 큰 규모로 농사를 지었고, 아버지는 돌아가셨지만 연로하신 어머니와 충실한 숙부 내외가 만사를 잘 꾸려나가고 있었기 때문에 나는 아주 자유로운 처지였습니다. 그렇다고 방탕한 생활을 하지는 않았습니다. 대체로 모범적인—검소하고 착실하며, 너무 재미가 없을 만큼 평범하고, 아무 불평도 불만도 없이 하루하루 일하며 지내는—월급쟁이*, 당시의 나는 대체로 그런 편이었습니다. '가와이 조지(河合讓治) 군'이라면 회사 안에서도 '군자(君子)'**라는 평판이 있었을 정도니까요.

그래서 내가 즐기는 오락이라면 기껏해야 저녁에 영화를 보러 가거나, 긴자***의 번화가를 산책하거나, 이따금 큰마음 먹고 제국극장****에 가는 정도였습니다. 물론 나도 아직 결혼하지 않은 젊은이였기 때문에 젊은 여성과 접촉하는 게 싫지는 않았습니다. 나는 원래 농촌에서 자란 무지렁이여서 남과 잘 사귀지 못하고, 따라서 이성과 교제한 적은 한 번도 없었고, 그 때문에

---

*일본에서는 청일전쟁 이후 회사 기업이 발흥하면서 월급쟁이가 생겨났고, 지주와 자작농, 상공업자의 자제를 중심으로 월급쟁이가 계속 늘어났다. 하지만 이 무렵의 취업자들 중에서 월급쟁이가 차지하는 비율은 5% 정도였고, 학력도 비교적 높은 중류층이었다.
**학식과 인격이 뛰어나고 도덕적으로 훌륭한 인물. 유교에서 이상형으로 삼았다. 이 경우에는 상대를 야유하는 의미로 '고지식하고 융통성이 없는 인물'을 뜻한다.
***메이지 이후 일본을 대표하는 고급 상점가. 다이쇼 시대(1912~1926)가 시작된 뒤로는 긴사 거리를 어정거리는 것을 가리키는 '긴부라(銀ブラ)'라는 낱말까지 새겨났을 정도다.
****국립극장에 순하는 문화 시설로 만들샜나는 의도로 1911년 도쿄 마루노우치에 파리의 오페라 극장을 본떠서 지은 일본 최초의 서양식 대극장. 5층 건물에 1,700석 규모였다. '오늘은 제국극장, 내일은 미쓰코시 백화점'이라는 캐치프레이즈가 생기는 등, 부유층과 지식인이 모이는 고급 극장이었다.

'군자'라고 불리기도 했겠지만, 겉만 군자일 뿐 마음속은 꽤 빈틈이 없어서, 길을 걸을 때나 매일 아침 전차를 탈 때도 여자한테는 끊임없이 주의를 기울이고 있었지요. 마침 그런 시기에 우연히 나오미라는 여자가 내 눈앞에 나타난 것입니다.

하지만 그 당시 나오미보다 아름다운 여자는 없다고 단정한 것은 결코 아니었습니다. 전차 안이나 제국극장의 복도나 긴자 거리 같은 곳에서 마주치는 아가씨들 중에는 물론 나오미보다 아름다운 여자가 많았습니다. 나오미가 더 아름다워질지 어떨지는 장래의 문제지만, 열다섯 살 정도의 소녀인 만큼 앞으로 어떻게 변할지 기대가 되기도 하고 걱정이 되기도 했습니다. 그래서 애당초 나의 계획은, 어쨌든 이 아이를 맡아서 돌봐주자, 그래서 가망이 있으면 많이 가르쳐서 아내로 삼아도 괜찮다는 정도였습니다. 이것은 한편으로 생각하면 그녀를 동정한 결과지만, 다른 한편으로는 너무나 평범하고 단조로운 내 하루살이(日暮)*에 다소나마 변화를 주고 싶었기 때문이기도 합니다. 솔직히 말해서 나는 오랜 하숙 생활에 싫증이 났기 때문에, 어떻게든 이 살풍경한 생활에 한 점의 색깔을 덧붙여 따스함을 더해보고 싶었습니다. 그러자면 작은 집이나마 한 채 마련해서 방을 장식하거나 꽃을 심거나 햇빛이 잘 드는 베란다에 새장을 매달고, 부엌일이나 청소를 시키기 위해 가정부를 하나쯤 두면 어떨까. 그리고 나오미가 와준다면, 그녀는 가정부 노릇도 하고 작은 새를 대신해주기도 할 것이다. 대체로 그런 생각이었

---

*우선 꼭 필요한 일만 하고 하루하루를 어떻게든 보낼 뿐, 장래에 대한 확실한 이상이나 계획이 없는 소극적인 생활 태도.

습니다.

　그럴 바에는 왜 어엿한 집안에서 아내를 맞아들여 정식으로 가정을 꾸려보려고 하지 않았는가?―이렇게 말한다면, 요컨대 나는 아직 결혼할 만한 용기가 없었습니다. 여기에 대해서는 조금 자세히 설명하지 않으면 안 되겠군요. 원래 나는 상식적인 인간이어서 유별난 짓을 싫어하는 편이고, 그런 짓을 할 능력도 없었지만, 이상하게도 결혼에 대해서는 상당히 진보적이고 하이칼라적인 의견을 가지고 있었습니다. '결혼'이라고 하면 세상 사람들은 너무 딱딱하고 의식에 치우치는 경향이 있습니다. 우선 중매라는 것이 있어서 양쪽의 생각을 슬쩍 떠본다. 다음은 맞선이라는 것을 본다. 그런 다음 양쪽에 불만이 없으면 다시 중매를 세워 납폐(納幣)를 보내고, 신부의 짐을 시댁으로 보낸다. 다음에는 신부가 가마를 타고 시댁에 들어가고, 신혼여행을 떠나고, 친정으로 신행을 가고…… 이렇게 복잡한 절차를 밟는데, 나는 그런 게 아무래도 싫었습니다. 결혼을 한다면 아주 간단하고 자유로운 형식으로 하고 싶다는 생각을 가지고 있었지요.

　그 무렵 내가 만약 결혼하고 싶었다면 후보는 얼마든지 있었을 겁니다. 촌놈이긴 했지만, 체격이 튼튼하고 품행은 방정하고, 이렇게 말하면 우습지만 얼굴도 그런 대로 미남이고 회사에서 신용도 있었기 때문에 누구나 기꺼이 맞선을 주선해주었겠지요. 하지만 사실 나는 이 '맞선'을 보는 게 싫어서 견딜 수가 없었습니다. 설령 대단한 미인이 있다 해도, 한두 번 만나는 것만으로 서로의 마음이나 성질을 알 수 있을 리가 없다. '뭐, 저 사람 정도면'이라든가 '꽤 예쁘군' 하는 정도의 일시적인 기분으로 평생의 반려자를 정하다니, 그런 바보 같은 짓을 할 수는 없다. 그렇게 생각하면 나오미 같은 소녀를 집에 데려와 그 성장하는 모습을 천천히 지켜본 뒤, 마음에 들면 아내로 맞아들이는 방법이 가장 좋다. 어쨌든 나는 부잣집 딸이나 교육을 받은 훌륭한 여자를 원하는 건 아니니까 그걸로 충분했습니다.

그뿐만 아니라 한 소녀를 친구로 삼아 아침저녁으로 그녀가 자라는 모습을 바라보면서 밝고 명랑하게, 말하자면 놀이 같은 기분으로 한 지붕 아래 산다는 것은 정식으로 가정을 꾸리는 것과는 다른 각별한 재미가 있을 것처럼 여겨졌습니다. 즉 나와 나오미가 어린애 같은 소꿉장난을 한다, '살림을 차린다'는 귀찮고 번거로운 의미가 아니라 무사태평한 심플 라이프\*를 보낸다—이것이 나의 소망이었습니다. 실제로 오늘날 일본의 '가정'은, 무슨 장롱이라든가 장화로\*\*라든가 방석이라든가 하는 물건들이 있어야 할 곳에 반드시 있어야 하고, 남편과 아내와 가정부의 일이 엄격히 구분되어 있고, 이웃이나 친척과의 교제가 번거로워서 그 때문에 쓸데없는 비용도 들고, 간단히 끝낼 수 있는 일도 번잡해지거나 어려워져서, 젊은 월급쟁이에게는 결코 유쾌한 일이 아니고 좋은 일도 아닙니다. 그 점에서

---

\*프랑스의 개신교 목사인 샤를 와그네르의 저서를 영역한 《The Simple Life》에서 생겨난 유행어. 이 책은 1904년에 영역된 뒤 미국에서 베스트셀러가 되었고, 일본에서도 1913년에 《단순 생활》이라는 제목으로 번역되었다.
\*\*화로의 일종. 한 가정의 중심이 되는 난방기구. 직사각형 나무상자 안쪽에 동판을 대고 위에 묘판을 얹어서 물건을 올려놓을 수 있게 하고, 구리냄비를 넣어 물을 끓일 수 있게 하여 간단한 음식을 조리하거나 술을 데울 수도 있고, 서랍을 덧붙여 자질구레한 물건을 넣어두기도 했다.

나의 계획은 확실히 멋진 생각이라고 나는 믿었습니다.

　내가 나오미에게 이 계획을 털어놓은 것은 그녀를 알게 된 뒤 두 달쯤 지났을 때입니다. 그동안 나는 틈만 나면 카페 다이아몬드에 가서, 가능한 한 그녀와 친해질 기회를 만들었습니다. 나오미는 영화를 무척 좋아했기 때문에, 공휴일에는 함께 공원의 영화관으로 영화를 보러 가기도 하고, 돌아오는 길에는 양식집이나 국숫집 같은 곳에 들르곤 했습니다. 본래 말이 없는 나오미는 그런 때에도 여전히 말수가 적은 편이어서, 기쁜지 재미가 없는지 모르게 대개는 무뚝뚝한 얼굴을 하고 있었습니다. 그러면서도 내가 불러내면 결코 "싫다"고는 하지 않았습니다. "네, 가도 좋아요" 하고 선선히 대답하고는 어디든지 따라오는 것이었습니다.

　도대체 나를 어떤 인간으로 생각하고 있는지, 어쩔 셈으로 따라오는지는 알 수 없었지만, 아직 어린애니까 '남자'에게 의심의 눈길을 보내려 하지도 않았습니다. 이 '아저씨'는 좋아하는 영화 구경도 시켜주고 가끔은 맛있는 음식도 사주니까 같이 놀러 간다는, 지극히 단순하고 천진한 생각밖에는 없을 거라고 나는 상상하고 있었습니다. 나도 어린애를 상대로 상냥하고 친절한 '아저씨'가 되는 것 이상의 일은 당시의 나오미에게 바라지도 않았고, 그런 기색을 드러내 보이지도 않았습니다. 그 시절의 아련하고 꿈같은 나날을 생각하면 동화 속의 세계에서라도 살고 있었던 것 같아서, 다시 한 번 그런 순진무구한 두 사람이 되어보고 싶다고 지금도 생각하지 않을 수 없습니다.

　"어때, 나오미야, 잘 보여?" 영화관이 만원이어서 빈자리가 없을 때면 나는 뒤쪽에 나란히 서서 그렇게 묻곤 했습니다. 그

러면 나오미는,

"아뇨. 전혀 보이지 않아요" 하면서 한껏 발돋움을 하여 앞사람들의 목과 목 사이로 엿보려고 애를 씁니다.

"그래 봤자 소용없어. 이 나무 위에 올라가서 내 어깨를 붙잡고 봐." 나는 그녀를 밑에서 밀어 올려 높은 난간 가로대 위에 앉힙니다. 그녀는 두 발을 대롱거리면서 한 손을 내 어깨에 올려놓고 비로소 만족한 듯이 숨을 죽이고 화면 쪽으로 눈길을 보냅니다.

"재미있어?" 하고 물으면,

"재미있어요" 하고 대답할 뿐 손뼉을 치며 즐거워하거나 깡충깡충 뛰며 기뻐하지는 않지만, 영리한 개가 멀리서 들려오는 소리에 귀를 기울이듯 영리해 보이는 눈을 똥그랗게 뜨고 말없이 영화를 보고 있는 그 표정을 보면, 정말 영화를 좋아하는구나 하고 납득이 갔습니다.

"나오미야, 배 안 고파?" 하고 물으면,

"아뇨. 아무것도 먹고 싶지 않아요" 하고 말할 때도 있지만, 배가 고플 때는 조금도 거리낌 없이 "네!" 하고 대답하는 것이 보통이었습니다. 그래서 뭘 먹고 싶으냐고 물어보면, 양식이면 양식, 국수면 국수라고 먹고 싶은 것을 분명하게 대답했습니다.

## 2

"나오미야, 네 얼굴은 메리 픽퍼드와 닮은 데가 있어." 언젠가 마침 그 여배우가 나오는 영화를 보고 돌아오다가 어느 양식집에 들렀던 밤에 그것이 화제에 오른 적이 있었습니다.

"그래요?" 하면서 그녀는 별로 기뻐하는 기색도 없이, 느닷없이 그런 말을 꺼낸 내 얼굴을 이상하다는 듯이 바라볼 뿐이었지만,

"넌 그렇게 생각하지 않아?" 하고 내가 거듭 묻자,

"닮았는지 어떤지는 모르지만, 다들 저보고 혼혈아 같대요" 하고 그녀는 아무렇지도 않게 대답하는 것이었습니다.

"그야 그렇겠지. 우선 네 이름부터가 좀 색다른 느낌을 주니까. 나오미라는 멋진 이름은 누가 지어줬어?"

"누가 지었는지 모르겠어요."

"아버지일까, 어머니일까?"

"글쎄, 누군지……."

"그럼 아버지는 무슨 일을 하고 있지?"

"아버지는 안 계세요."

"어머니는?"

"어머니는 계시지만……."

"그럼 형제는?"

"형제는 많아요. 오빠, 언니, 여동생……."

그 후에도 이런 이야기는 자주 나왔지만, 집안 사정을 물으면 그녀는 언제나 좀 언짢은 표정을 지으면서 말을 흐려버리는 것이었습니다. 그래서 함께 놀러 갈 때는 대개 그 전날 약속을 하고, 정해진 시간에 공원의 벤치나 관음당 앞에서 만나기로 했는데, 그녀가 시간을 어기거나 약속을 지키지 않는 적은 없었습니다. 무슨 사정 때문에 내가 늦는 경우에도, '너무 기다리게 해서 그만 돌아가버린 건 아닐까?' 하고 걱정하면서 가보면 그녀는 여전히 약속 장소에서 어김없이 기다리고 있었습니다. 그리고 내 모습을 발견하면 벌떡 일어나서 성큼성큼 이쪽으로 걸어옵니다.

"미안해. 오래 기다렸지?" 하고 내가 말하면,

"네, 좀 기다렸어요" 하고 말할 뿐, 별로 불평하는 기색도 없고 화가 난 것 같지도 않았습니다.

언젠가는 벤치에서 기다리기로 약속했는데 갑자기 비가 내리기 시작했기 때문에, 어떻게 하고 있을까 걱정하며 가서 보니 연못가에 있는 작은 사당 처마 밑에 쪼그리고 앉아서 그래도 어김없이 기다리고 있는 것을 보고 몹시 애처로운 마음이 든 적도 있었습니다.

그때 그녀의 차림새는, 언니한테 물려받은 듯한 낡은 메이센 옷을 입고, 모슬린 유젠 띠를 매고*, 머리도 일본풍인 모모와레\*\*로 묶고, 연하게 분을 바르고 있었습니다. 그리고 언제나 기운 것이긴 하지만 작은 발에 꼭 맞는 예쁜 하얀색 버선\*\*\*을 신고 있었습니다. 무엇 때문에 휴일에만 일본식 머리를 하느냐고 물어보았지만, "집에서 그렇게 하라고 하니까요" 하고 간단히 대답할 뿐, 여전히 자세한 설명은 하지 않았습니다.

"오늘 밤은 늦었으니까 집 앞까지 바래다줄게." 나는 몇 번이나 그렇게 말했지만,

"괜찮아요. 멀지 않으니까 혼자 갈 수 있어요" 하고는, 화원 모퉁이까지 오면 나오미는 반드시 "안녕히 가세요" 하는 말을 던지고는 센조쿠초의 골목 쪽으로\*\*\*\* 타닥타닥 뛰어 가버리는 것이었습니다.

그렇습니다—그 무렵의 일을 장황하게 쓸 필요는 없겠지만, 한번은 상당히 솔직하게 마음을 터놓고 그녀와 천천히 이야기한 적이 있었습니다.

봄비가 부슬부슬 내리는 따뜻한 4월 말의 어느 저녁이었습니다. 그날 밤은 마침 카페가 한가해서 매우 조용했기 때문에,

---

\*메이센은 양잠지대에서 부스러기 실이나 값싼 쌍고치 실로 짠 실용적인 견직물. 유젠은 옷감에 화려한 채색으로 인물이나 꽃·새·산수 등의 무늬를 선명하게 염색한 것.
\*\*일본의 머리 모양 가운데 하나. 주로 16~17세 소녀들이 이런 식으로 머리를 묶었다. 틀어올린 머리가 복숭아를 둘로 쪼개놓은 듯한 모양이라서 이런 이름으로 불렸다. 에도 시대 말기부터 쇼와 초기까지 유행했다. 이 무렵 중상류층에서는 서양식 머리 모양이 유행했지만, 시골이나 보수적인 계급에서는 일본식 머리 모양을 하는 것이 당연했다.
\*\*\*다니자키 준이치로는 발에 까다로워서 〈간사이의 여자를 말한다〉(1929년)에서는 교토 게이샤들이 헐렁한 버선을 신는 것을 비판하기도 했다.
\*\*\*\*아사쿠사 공원 안에서 영화관이 모여 있던 6구를 북쪽으로 나오면 바로 유원지와 화원이 있고, 센조쿠초 2번지로 들어가게 된다. 센조쿠초는 아사쿠사 공원과 요시하라를 잇는 지역이었고, 이 무렵에는 싸구려 식당이나 창녀집이 많았다.

나는 오래도록 테이블 앞에 자리를 잡고 홀짝홀짝 술을 마시고 있었습니다―이렇게 말하면 굉장한 술꾼 같지만, 사실 나는 술을 잘 마시지 못하는 편이어서, 단지 시간을 보내기 위해 여자들이 마시는 달콤한 칵테일을 주문하여 그것을 한 모금씩 핥듯이 홀짝거리고 있었을 뿐입니다. 그때 나오미가 요리를 날라 왔기 때문에,

"나오미야, 여기 좀 앉아봐!" 하고 술김에 말했습니다.

"뭐예요?" 하면서 나오미는 얌전히 내 옆에 앉아, 내가 주머니에서 시키시마*를 꺼내자 얼른 성냥을 켜주었습니다.

"여기서 잠깐 이야기를 나누고 가도 괜찮겠지? 오늘 밤은 그렇게 바쁜 것 같지도 않으니까."

"네, 이런 일은 별로 없어요."

"늘 그렇게 바빠?"

"바빠요. 아침부터 밤까지. 책 읽을 틈도 없는걸요."

"그럼 나오미는 책 읽기를 좋아하는 모양이지?"

"네, 좋아해요."

"대개 어떤 책을 읽어?"

"여러 가지 잡지를 보는데, 읽을 거라면 뭐든지 좋아요."

"기특하군. 그렇게 책을 읽고 싶으면 여학교**에라도 가면 좋을 텐데."

---

*물부리가 달린 중급품 궐련. 1920부터 1925년까지 일본에서 가장 많이 팔린 상표였다.
**정식 이름은 고등여학교. 전쟁 이전에 있었던 4년 내지 5년제 학교로서, 남자의 중학교에 해당한다(당시는 소학교만 남녀공학이었다). 이 무렵에는 고등여학교 진학률이 몇 퍼센트에 불과했다.

나는 일부러 그렇게 말하고 나오미의 얼굴을 들여다보았습니다. 그녀는 기분이 상했는지 새침한 표정으로 다른 방향을 뚫어지게 바라보는 것 같았지만, 그 눈동자 속에는 분명히 슬픈 듯한, 쓸쓸한 빛이 떠올라 있었습니다.

"나오미야, 어때? 정말로 공부하고 싶은 마음이 있어? 있다면 내가 도와줄 수도 있는데."

그래도 그녀가 잠자코 있기에 이번에는 달래는 듯한 어조로 말했습니다.

"잠자코 있지 말고 뭐라고 말 좀 해봐. 뭘 하고 싶어? 배우고 싶은 게 뭐야?"

"영어를 배우고 싶어요."

"흐음, 영어라…… 그것뿐이야?"

"음악도 해보고 싶어요."

"그럼 내가 수업료를 내줄 테니까, 배우러 가면 되잖아?"

"하지만 여학교에 들어가기에는 너무 늦었어요. 벌써 열다섯 살인걸요."

"아니야. 남자와 달리 여자는 열다섯 살도 늦지 않아. 영어와 음악만 배운다면 여학교에 가지 않아도 따로 선생한테 부탁하면 돼. 어때, 정말로 해볼 마음이 있는 거야?"

"있긴 있지만…… 정말로 그렇게 해주실 거예요?" 하고 말하더니 나오미는 내 눈을 뚫어지게 들여다보았습니다.

"그럼, 정말이고말고. 하지만 나오미야, 만약 그렇게 되면 여기서 일할 수는 없게 될 텐데, 그래도 괜찮겠어? 네가 일을 그만둬도 된다면 내가 너를 맡아서 돌봐줘도 좋다고 생각해. 그리고 끝까지 책임지고 너를 훌륭한 여자로 키워주고 싶어."

"네, 좋아요. 그렇게 해주신다면." 전혀 주저하는 기색도 없이 내 말이 떨어지기가 무섭게 그녀의 입에서 나온 이 단호한 대답에 나는 다소 놀라움을 느끼지 않을 수 없었습니다.

"그럼 일을 그만두겠다는 거야?"

"네, 그만두겠어요."

"하지만 나오미야, 너는 그래도 좋을지 모르지만, 네 어머니나 오빠가 뭐라고 할지, 집안 사정을 들어봐야 할 것 같은데."

"집안 사정은 들어보지 않아도 괜찮아요. 뭐라고 할 사람은 아무도 없어요." 입으로는 그렇게 말하고 있지만, 사실은 그 문제를 뜻밖에 걱정하고 있는 것은 분명했습니다. 그녀의 평소 버릇대로, 가정의 내막을 나에게 알리는 게 싫어서 일부러 아무것도 아닌 듯한 기색을 보이고 있었습니다. 나도 그녀가 그렇게 싫어하는 것을 억지로 알고 싶지는 않았지만, 그녀의 희망을 실현시키기 위해서는 아무래도 그녀의 집을 찾아가 그녀의 어머니나 오빠와 신중하게 상의하지 않으면 안 되리라 생각했습니다. 그래서 그 후 우리 두 사람 사이에 이야기가 차츰 진행되는 동안 몇 번이나 가족을 한번 만나게 해달라고 말했지만, 그녀는 이상하게도 달가워하지 않고, "만나지 않아도 괜찮아요. 내가 직접 이야기할게요" 하고 대답하곤 했습니다.

지금은 내 아내가 되어 있는 그녀를 위해서, '가와이 부인'의 명예를 위해서, 굳이 그녀의 불쾌감을 사면서까지 당시 나오미의 신분이나 집안을 여기서 밝힐 필요는 없기 때문에, 되도록이면 그 문제는 건드리지 않겠습니다. 나중에 자연히 알게 될 때도 있을 것이고, 그렇지는 않더라도 당시 그녀의 집이 센조쿠초에 있었다는 것, 열다섯 살 때 카페 여급으로 일하게 되었다는 것, 그리고 절대로 자기 집을 남에게 알려주려고 하지 않았다는 점 등을 아울러 생각하면, 대개 어떤 가정이었는지는 누구나 상상할 수 있을 테니까요. 아니, 그뿐만이 아닙니다. 나는 결국 나오미를 설득하여 어머니와 오빠를 만났는데, 그들은 딸이나 누이의 정조에 대해서는 문제 삼지 않았습니다. 나는 그들에게, 모처럼 본인도 공부를 하고 싶어 하고, 그런 곳에서 오래 일하게 내버려두기에도 아까운 아이인 것 같으니, 댁에서만 지장이 없다면 나한테 맡겨주지 않겠는가, 나도 넉넉히는 해줄 수 없지만 가정부가 한 사람 필요하다고 생각하고 있던 참이기도 하니까, 부엌일과 청소 정도만 해주면 틈나는 대로 웬만한 교육은 시켜주겠다고 제의했습니다. 물론 내 처지며 아직 독신이라는 것까지 모두 솔직히 털어놓고 부탁해보았습니다. 그러자 "그렇게 해주신다면 본인에게도 다행한 일이고……" 하는 따위의 맥 빠진 대답이 돌아왔습니다. 이래서는 정말 나오미 말대로 만날 필요도 없었습니다.

 세상에는 정말 무책임한 부모와 형제도 다 있구나 하고 나는 그때 절실히 느꼈지만, 그래서 더욱 나오미가 가엾고 애처롭게 생각되었습니다. 그녀의 어머니 말에 따르면, 그들은 나오미를 주체하지 못해, "사실은 그 아이를 게이샤*로 만들 생각이었지만 본인이 내켜하지 않아서, 그렇다고 언제까지나 놀고먹게 내버려둘 수도 없고 해서 어쩔 수 없이 카페에 내보낸 겁

---

*요정이나 연회석에서 술을 따르고 전통적인 춤이나 노래로 술자리의 흥을 돋우는 직업을 가진 여성. 1688~1704년경부터 생긴 제도로서, 본래는 예능에 관한 일만 했으나, 창녀가 갖추지 못한 예능을 도와주는 역할을 한 게이샤와, 춤을 추는 것을 구실로 손님에게 몸을 파는 게이샤의 두 종류가 따로 생겼다.

니다……" 하는 말투였으니, 누구든지 그녀를 맡아 어른이 될 때까지 길러주기만 하면 어쨌든 한시름 놓겠다는 태도였습니다. 그런 식이면 그녀가 집에 있기 싫어서 공휴일에는 언제나 밖으로 나가고 영화를 보러 가는 것도 당연하다고, 집안 사정을 듣고 나서야 나도 그 수수께끼가 풀렸습니다.

하지만 나오미의 가정이 그런 형편이었던 것은 나오미에게도 나에게도 아주 다행한 일이어서, 이야기에 결말이 나자 나오미는 곧 카페를 그만두고 날마다 나하고 둘이서 적당한 셋집을 찾으러 다녔습니다. 내 직장이 오이마치에 있었기 때문에 가능하면 출퇴근하기에 편리한 곳을 찾으려고 일요일에는 아침 일찍부터 신바시 역에서 만나고 평일에는 회사 퇴근 시간에 오이마치에서 만나 가마타, 오모리, 시나가와, 메구로 등, 주로 그 부근의 교외부터 돌아다니고, 시내에서는 다카나와, 다마치, 미타 부근을 돌아보고, 돌아올 때는 어디서 함께 저녁을 먹고, 시간이 있으면 전과 마찬가지로 영화를 보거나 긴자 거리를 어슬렁거리다가 그녀는 센조쿠초에 있는 집으로, 나는 시바구치의 하숙집으로 돌아갔습니다. 사실 그 무렵은 셋집이 귀한 때였기 때문에* 마땅한 집이 좀처럼 발견되지 않아서, 우리는 보름 남짓 이렇게 살았습니다.

만약 그 무렵, 화창한 5월의 일요일 아침 같은 때, 오모리 근처의 나무가 많은 교외 길을 회사원인 듯한 남자와 모모와레 머리를 한 초라한 소녀가 어깨를 나란히 하고 걸어가는 모습

---

*1914년에 제1차 세계대전이 시작되자, 도쿄에서는 공업 발전과 인구 유입에 따른 주택 부족과 집세 인상 문제가 심각해졌다.

을 누군가가 주의해서 보고 있었다면, 글쎄 어떻게 생각했을까요? 남자는 소녀를 '나오미야'라고 부르고 소녀는 남자를 '가와이 씨'라고 부르며, 주인과 하녀 사이로도 보이지 않고 남매 사이로도 보이지 않고, 그렇다고 부부나 친구 같지도 않은 태도로 서로 조심스럽게 말을 나누거나 번지를 묻거나 주위의 경치를 바라보거나 군데군데 있는 산울타리나 저택의 정원, 길가에 피어 있는 아름답고 향기로운 꽃을 돌아보거나 하면서 늦봄의 긴 하루를 여기저기 행복한 듯이 걷고 있는 이 두 사람은 필시 이상한 한 쌍이었을 게 분명합니다. 꽃 이야기로 생각나는 것은, 그녀가 서양 꽃을 무척 좋아해서 내가 잘 모르는 여러 가지 꽃 이름—그것도 외우기 힘든 영어 이름을 많이 알고 있었다는 것입니다. 카페에서 일할 때 꽃병의 꽃을 늘 다루다 보니 저절로 이름을 외웠다지만, 지나치던 대문 안에 우연히 온실이 있거나 하면 그녀는 곧 발걸음을 멈추고, "어머나, 예쁜 꽃!" 하고 즐거운 듯이 외치곤 했습니다.

"그럼 나오미는 무슨 꽃이 제일 좋아?" 하고 언젠가 물어봤더니,

"난 튤립이 제일 좋아요" 하고 대답한 적이 있습니다.

아사쿠사의 센조쿠초처럼 너저분한 골목에서 자랐기 때문에, 오히려 나오미는 반발적으로 넓은 전원을 그리워하고 꽃을 사랑하는 버릇이 생긴 게 아닐까요. 제비꽃, 민들레꽃, 자운영, 앵추—이런 꽃이라도 밭두렁이나 시골길에 피어 있으면 당장 종종걸음으로 달려가서 꺾으려고 합니다. 그렇게 종일 걷다 보면 그녀의 손에는 그렇게 꺾은 꽃이 가득해지고, 몇 개인지 알 수 없는 꽃다발을 만들어 그것을 집에 돌아갈 때까지 소중하게

가지고 옵니다.

"그 꽃들은 벌써 다 시들어버렸잖아. 이젠 그만 내버려" 하고 내가 말해도 그녀는 좀처럼 듣지 않고,

"괜찮아요. 물을 주면 금방 되살아나니까, 가와이 씨 책상 위에 놓아두면 돼요" 하면서 헤어질 때는 언제나 그 꽃다발을 나에게 건네주곤 했습니다.

이렇게 여기저기 찾아다녀도 좀처럼 마땅한 집이 발견되지 않아서, 한참 궁리를 거듭한 끝에 결국 우리가 얻게 된 것은 오모리 역에서 12, 3초* 거리에 있는 쇼센(省線) 전차** 선로 근처의 허름한 양옥이었습니다. 이른바 '문화주택'***이라는 것인데, 아직 그 무렵에는 그런 집이 별로 유행하지 않았지만, 요즘 말로 하면 결국 그런 것이었겠죠. 물매가 가파르고 전체 높이의 절반이 넘는 것처럼 보이는 빨간 슬레이트 지붕, 성냥갑처럼 하얀 벽으로 둘러싸인 겉면, 군데군데 뚫려 있는 직사각형 유리창, 그리고 정면 포치 앞에 정원이라기보다는 오히려 작은 빈터가 있습니다. 대강 그런 모양이어서, 안에서 살기보다는 그림으로 그리는 편이 재미있을 것 같은 집이었습니다. 그도 그럴 것이 원래 이 집은 어떤 화가가 지어서 모델 여자를 아내로 삼아 함께 살았답니다. 그래서 실내 구조 따위는 아주 불편하

---

*거리단위로, 1초(町)는 약 110미터. 따라서 12, 3초는 1300미터 내지 1400미터쯤 된다.
**전쟁 이전에 철도성과 운수성이 관리한 일본국유철도선의 약칭.
***간토 대지진(1923년)이 일어난 뒤, 사철(私鐵) 자본 등이 도쿄 교외에 이른바 문화주택이라는 집을 많이 짓게 되었다. 주요 특징은 현관 옆에 서양식 응접실이 있고, 현관에서 안쪽을 향해 복도를 놓고 그 양쪽에 방들을 배치하여 각 방의 독립성을 높인 것, 붉은색이나 파란색의 기와 등 서양식 외관이었다.

게 되어 있었습니다. 쓸데없이 넓기만 한 아틀리에와 아주 작은 현관과 부엌, 아래층에는 그것밖에 없고, 2층에 3조*와 4조 반짜리 방이 있었지만, 지붕 밑 다락방 같은 곳이어서 쓸 수 있는 방은 아니었습니다. 그 다락방으로 올라가기 위해 아틀리에 안에 사다리 층계가 놓여 있었는데, 그 층계를 올라가면 난간이 달린 복도가 있어서, 마치 극장의 2층 관람석처럼 그 난간으로 아틀리에를 내려다볼 수 있게 되어 있었습니다.

나오미는 처음에 이 집의 '풍경'을 보고 무척 마음에 든 모양이었습니다.

"어머나, 하이칼라네요! 난 이런 집이 좋아요!" 하면서 기뻐했기 때문에 나도 당장 그 집을 빌리는 데 찬성했습니다.

아마 나오미는 그 어린애 같은 생각으로 방의 배치 따위는 실용적이 아니더라도 동화의 삽화 같은 색다른 양식에 호기심을 느꼈을 겁니다. 확실히 그것은 만사태평한 젊은이와 소녀가 되도록이면 살림 냄새가 나지 않게, 소꿉장난을 하는 기분으로 살기에는 좋은 집이었습니다. 앞에서 말한 화가와 모델 여자도 그런 기분으로 여기서 살았을 테지만, 사실 단둘이라면 그 아틀리에 한 칸만으로도 먹고 자고 하는 데에는 충분했습니다.

---

*다다미를 세는 말. 3조는 다다미 석 장.

# 3

마침내 내가 나오미를 맡아 이 '동화의 집'으로 이사한 것은 아마 5월 하순이었을 겁니다. 이 집에 들어와 보니 생각했던 만큼 불편하지도 않았고, 햇볕이 잘 드는 다락방에서는 바다도 바라볼 수 있었습니다. 남쪽을 향한 앞뜰의 빈터는 꽃밭을 만들기에 안성맞춤이었고, 가끔 집 근처를 쇼센 전차가 지나가는 것이 흠이었지만, 집과 선로 사이에 논밭이 있어서 그 소리도 그렇게 시끄럽지는 않았고, 우선 이 정도라면 나무랄 데 없는 집이었습니다. 그뿐만 아니라 보통 사람에게는 적당치 않은 집이었기 때문에 뜻밖에도 집세가 싸서, 그 무렵에는 일반적으로 물가가 싸기는 했지만 보증금도 없이 매달 20엔이라고 했기 때문에 그것도 마음에 들었습니다.

"나오미야, 앞으로는 나를 '가와이 씨'라고 부르지 말고 '조지 씨'라고 불러. 그리고 우리 정말 친구처럼 살아보자" 하고 나는 이사한 날 나오미에게 말했습니다. 물론 나는 고향집에도 이제는 하숙을 그만두고 집을 한 채 빌렸다는 것, 가정부 대신 열다섯 살 난 소녀를 고용했다는 것 등을 알렸지만, 그녀와 '친구처럼' 산다는 말은 하지 않았습니다. 고향에서 가족이나 친척이 찾아오는 일은 별로 없었으므로, 나중에 알릴 필요가 생기면 그때 알릴 생각이었습니다.

우리는 한동안 이 진기한 새 살림에 어울리는 여러 가지 가구를 사들이고, 그것들을 여기저기 배치하거나 장식하기 위해 바쁘면서도 즐거운 나날을 보냈습니다. 나는 최대한 그녀의 취미를 계발하려고 작은 물건 하나를 살 때에도 나 혼자서는 결정하지 않고 그녀의 의견을 말하게 하여 그녀의 머리에서 나오는 생각을 가능한 한 받아들였지만, 원래 장롱이나 장화로 같은 평범한 살림살이는 놓아둘 곳이 없는 집이었기 때문에 선택도 자유롭고, 어떻게든 우리 마음대로 집을 꾸밀 수 있었습니다. 우리는 값싼 인도 사라사를 사다가 그것을 나오미가 서툰 솜씨로 바느질하여 커튼으로 만들고, 시바구치의 서양 가구점에서 낡은 등의자와 소파, 안락의자와 탁자 따위를 사와서 아틀리에에 늘어놓고, 벽에는 메리 픽퍼드를 비롯한 미국의 영화배우 사진을 두세 장 걸어놓았습니다. 그리고 나는 잠자리도 가능하면 서양식으로 하고 싶었지만, 침대를 두 개나 사려면 비용도 걱정일 뿐 아니라 이불이라면 시골집에서 보내줄 수 있다는 편리함이 있었기 때문에, 결국 그것은 체념할 수밖에 없었습니다.

하지만 나오미를 위해 시골에서 보내온 깃은 가정부용 이부자리여서 당초무늬의 뻣뻣한 부넝으로 지온 얄파한 이불이었습니다. 나는 왠지 불쌍한 생각이 들어서,

"이건 좀 심하군. 내 이불과 바꿔줄까?" 하고 말했지만,

"아니, 괜찮아요. 난 이걸로 충분해요" 하고는, 나오미는 그 이불을 뒤집어쓰고 3조짜리 다락방에서 혼자 쓸쓸하게 잤습니다.

나는 그녀의 옆방—같은 다락의 4조 반짜리 방—에서 잤지만, 아침마다 눈을 뜨면 우리는 저쪽 방과 이쪽 방에서 각자 이불 속으로 파고들면서 소리를 지르곤 했습니다.

"나오미야, 일어났어?" 하고 내가 말하면,

"네, 일어났어요. 지금 몇 시예요?" 하고 그녀가 응수합니다.

"여섯 시 반이야…… 오늘 아침에는 내가 밥을 지어줄까?"

"그래요? 어젠 내가 지었으니까 오늘은 조지 씨가 지어도 좋아요."

"그럼 어쩔 수 없지. 내가 지어줄게. 아니, 귀찮은데 빵으로 때울까?"

"네, 좋아요. 하지만 조지 씨는 정말 꾀보예요."

그리고 우리는 밥을 먹고 싶으면 작은 질냄비에 밥을 지어, 밥통에 옮겨 담을 필요도 없이 탁자로 가져와서 통조림이나 그런 반찬을 조금씩 집어먹으며 식사를 합니다. 그것도 귀찮고 싶으면 빵과 우유와 잼으로 때우거나 양과자를 집어먹기도 하고, 저녁밥은 메밀국수나 가락국수로 때우기도 하고, 조금 맛있는 음식을 먹고 싶을 때는 둘이서 가까운 양식당으로 식사를 하러 나가는 것입니다.

"조지 씨, 오늘은 비프스테이크를 먹고 싶어요." 그녀는 곧잘 이런 말을 하곤 했습니다.

아침식사를 끝내면 나는 나오미를 혼자 남겨두고 회사에 갑니다. 그녀는 오전에는 화단의 꽃을 만지작거리고, 오후가 되면 텅 빈 집에 자물쇠를 채우고 영어와 음악을 배우러 갑니다. 영어는 차라리 처음부터 서양 사람에게 배우는 것이 좋으리라는 생각에서, 메구로에 살고 있는 미국인 노처녀인 미스 해리슨에게 하루걸러 회화와 독본을 배우러 가고, 부족한 부분은 내가 집에서 이따금 보충해주기로 했습니다. 음악에 대해서는 나도 어떻게 해야 좋을지 전혀 몰랐지만, 이삼 년 전에 우에노의 음악학교\*를 졸업한 어떤 부인이 자기 집에서 피아노와 성악을 가르친다는 말을 듣고 시바의 이사라고\*\*까지 날마다 한 시간씩 수업을 받으러 갔습니다. 나오미는 메이센 기모노 위에 감색 캐시미어 하카마\*\*\*를 입고, 까만 양말에 작고 귀여운 반구두를 신고 완전히 여학생이 되어, 자신의 이상이 드디어 실현된 기쁨에 가슴을 두근거리면서 부지런히 배우러 다녔습니다. 퇴근길에 이따금 길거리에서 마주치거나 하면, 이제는 아무리 보아도 센조쿠초에서 자라나 카페에서 여급으로 일한 아이라고는 도저히 생각할 수 없었습니다. 머리도 그 후에는 모모와레로 묶은 적이 한 번도 없고, 반드시 리본으로 묶은 다음 쫑쫑 땋아서 오사게\*\*\*\*로 늘어뜨리고 있었습니다.

   나는 전에 '작은 새를 기르는 마음'이라고 말했지만, 그녀를 이곳으로 데려온 뒤로는 안색도 점점 건강해지고 성질도 차츰

---

\*도쿄음악학교. 1948년에 도쿄미술학교와 합병되어 도쿄예술대학이 되었다.
\*\*시바는 1878년부터 1947년까지 도쿄 시의 한 구였으나 지금은 미나토 구에 편입되었다. 이사라고는 미나토 구 미타 4가와 다카나와 2가에 걸쳐 있는 고지대의 지명.
\*\*\*일본 전통 의상의 하나. 기모노 위에 입는 아래옷이다. 허리에서 발목까지 덮으며, 바지처럼 가랑이가 져 있고, 스커트 모양도 있다.
\*\*\*\*일본식 머리를 서양화한 머리 모양. 뒤통수의 머리카락을 모아서 리본으로 묶고 뒤로 늘어뜨린다. 일본식 머리에서는 리본을 사용하는 경우가 없다.

변해서 정말로 쾌활하고 명랑한 작은 새가 되어가고 있었습니다. 그리고 그 휑뎅그렁한 아틀리에는 그녀를 위해서는 커다란 새장이었습니다. 5월도 지나고 화창한 초여름 날씨가 찾아왔습니다. 화단의 꽃들은 나날이 자라서 색채를 더해갑니다. 나는 회사 일을 마치고, 그녀는 공부를 마치고 저녁때 집에 돌아오면, 인도 사라사 커튼을 통해 방으로 비쳐드는 햇빛은 새하얗게 칠해진 사방 벽을 아직도 대낮처럼 환하게 비추고 있습니다. 그녀는 플란넬 홑옷을 입고 맨발에 슬리퍼를 신고 마룻바닥을 쿵쿵 구르며 배워온 노래를 부르기도 하고 나를 상대로 술래잡기나 숨바꼭질 같은 놀이를 하기도 하는데, 그럴 때는 아틀리에 안을 뱅뱅 뛰어 돌아다니면서 탁자를 뛰어넘기도 하고 소파 아래로 기어들기도 하고 의자를 쓰러뜨리기도 하고, 그래도 부족해서 층계를 뛰어 올라가 그 극장 관람석 같은 다락의 복도를 쥐처럼 바스락거리며 왔다 갔다 하는 것이었습니다. 한번은 내가 말이 되어 그녀를 잔등에 태운 채 방 안을 기어서 돌아다닌 적도 있었습니다.

"이랴, 이랴, 워어!" 하고 외치면서 나오미는 수건을 고삐로 삼아, 그것을 나에게 물도록 했습니다.

역시 그런 놀이를 하던 날의 일이었을 겁니다. 나오미가 깔깔대고 웃으면서 너무나 활기차게 층계를 오르내렸기 때문에, 결국은 발을 헛디뎌 꼭대기에서 굴러 떨어져 갑자기 훌쩍훌쩍 울기 시작한 적이 있었지요.

"이봐, 왜 그래? 어디를 다쳤는지 보여줘" 하며 내가 안아 일으키자, 그래도 그녀는 여전히 코를 훌쩍거리면서 소매를 걷어 올려 다친 곳을 보여주었는데, 떨어질 때 못이나 무언가에 찔렸는지, 오른쪽 팔꿈치의 살갗이 찢어져 피가 배어나오고 있었습니다.

"뭐야, 이 정도로 울다니! 자, 반창고를 붙여줄 테니까 이리 와."

내가 고약을 붙여주고 수건을 찢어서 붕대를 매주는 동안에도 나오미는 눈물을 글썽거리고 콧물을 질질 흘리면서 흑흑 흐느끼는 표정이 마치 철없는 어린애 같았습니다. 재수 없게도 그 후 상처가 곪아서 대엿새 동안 낫지 않았는데, 매일같이 붕대를 갈아줄 때마다 그녀는 울지 않은 적이 없었습니다.

하지만 나는 이미 그 무렵 나오미를 사랑하고 있었는지 어떤지, 나도 잘 모르겠습니다. 그래요, 확실히 사랑하기는 했겠지만, 나로서는 오히려 그녀를 키워주고 잘 가르쳐서 훌륭한 부인으로 만드는 것이 낙이었기 때문에, 단지 그것만으로도 만족할 수 있을 것 같았습니다. 하지만 그해 여름에 회사에서 2주간의 휴가가 나왔기 때문에, 매년 그랬듯이 나는 고향에 돌아가게 되었고, 그래서 나오미를 아사쿠사의 본가에 맡기고 오모리의 집은 문단속을 한 다음 시골집으로 내려가 보니, 그 2주간이 나에게는 못 견디게 단조롭고 쓸쓸하게 느껴졌습니다. 그 아이가 내 곁에 없다는 것이 왜 이리 심심한지 모르겠다, 이것이 연애의 시작은 아닐까 하고 그때 비로소 생각했습니다. 그래서 어머니한테 적당한 구실을 둘러대고 예정을 앞당겨 도쿄에 도착하자 벌써 밤 10시가 넘었지만, 댓바람에 우에노의 정거장에서 나오미의 집까지 택시를 타고 달렸습니다.

"나오미야, 돌아왔어. 길모퉁이에 자동차가 기다리고 있으니까, 어서 오모리로 가자."

"그래요. 지금 곧 갈게요." 그녀는 나를 격자문 밖에 기다리게 해놓고, 잠시 후 작은 보따리를 들고 나왔습니다. 찌는 듯이 무더운 밤이었지만, 나오미는 연보라색 포도무늬가 있는 모슬린 홑옷을 입고, 폭넓고 화려한 연분홍색 리본으로 머리를 묶고 있었습니다. 그 모슬린 옷감은 지난 명절에 사준 것인데, 그녀는 그것을 내가 없는 동안 자기 집에서 옷으로 만들어 입고 있었습니다.

택시\*를 타고 붐비는 큰길로 나오자, 나는 그녀와 나란히 앉아 약간 그녀 쪽으로 얼굴을 가까이 가져가면서 말했습니다.

"나오미야, 날마다 뭘 하고 지냈어?"

"날마다 영화를 보러 갔어요."

"그럼 별로 쓸쓸하진 않았겠구나."

"네, 별로 쓸쓸하진 않았지만……" 하고 대답하더니 그녀는 잠깐 생각하다가 덧붙였습니다. "그런데 조지 씨는 생각했던 것보다 일찍 돌아오셨네요."

"시골에 있어도 심심하니까 예정을 앞당겨서 와버렸지. 역시 도쿄가 제일 좋아."

나는 이렇게 말하고 가벼운 한숨을 내쉬면서 창밖에 어른거리는 도회지 밤의 화려한 불빛을 말할 수 없이 반가운 기분으로 바라보았습니다.

"하지만 여름에는 시골도 좋다고 생각해요."

---

\*도쿄에서는 1912년에 택시가 생겼지만, 처음에는 차고에서 기다리다가 손님이 부르면 가는 방식이었고, 수도 적고 요금도 비쌌다(1918년에 도쿄 시내 전차 운임이 5전이었을 때, 택시 요금은 처음 1.6킬로미터까지의 기본요금이 무려 60전이었다). 길거리에서 지나가는 택시를 잡아타는 방식은 1922년에 시작되었다.

"그건 시골 나름이지. 우리 집은 외딴 농가인데다 주변 풍경은 평범하고, 명승고적이 있는 것도 아니고, 대낮부터 모기나 파리가 윙윙거리고, 너무 더워서 견딜 수 없어."

"어머나, 그런 곳이에요?"

"그런 곳이야."

"난 어디로든 해수욕을 하러 가고 싶어요."

불쑥 이렇게 말하는 나오미의 말투에는 응석받이 어린애 같은 귀여움이 있었습니다.

"그럼 며칠 안에 시원한 곳으로 데려가줄까. 가마쿠라\*가 좋겠어? 아니면 하코네\*\*?"

"온천보다는 바다가 좋아요. 가고 싶어요, 정말."

이런 천진난만한 목소리만 듣고 있으면 역시 이전의 나오미가 분명했지만, 겨우 열흘 못 본 사이에 갑자기 몸이 무럭무럭 자란 것 같아서, 모슬린 홑옷 안에서 숨 쉬고 있는 동그스름한 어깨 모양이나 젖가슴 언저리를 나는 슬쩍 훔쳐보지 않을 수 없었습니다.

"이 옷은 잘 어울리는군. 누가 지어주었어?" 하고 잠시 후에 나는 물어보았습니다.

"어머니가 지어주셨어요."

"집에서는 평판이 어땠어? 옷감을 잘 골랐다고 하지 않대?"

"네, 그랬어요. 나쁘지는 않지만, 무늬가 너무 하이칼라라고⋯⋯."

---

\*가나가와 현 동남쪽에 있는 도시. 가마쿠라 막부가 있었던 곳이며, 기후가 온화하고 경치가 수려하며 휴양지로 유명하다.
\*\*가나가와 현 남서부 아시가라시모 군에 있는 마을. 예로부터 온천 휴양지로 유명하다.

"어머니가 그러셨어?"

"네, 그랬어요. 우리 집 식구들은 아무것도 몰라요." 이렇게 말하고 나서 그녀는 먼 곳을 바라보는 듯한 눈으로 덧붙였습니다. "다들 내가 몰라보게 변했대요."

"어떻게 변했대?"

"겁나게 하이칼라가 되어버렸다고……."

"그야 그렇겠지. 내가 보기에도 그러니까."

"그런가요? 한번 머리를 일본식으로 묶어보라고 했지만, 나는 싫어서 그렇게 묶지 않았어요."

"그럼 그 리본은?"

"이거요? 이건 내가 단골가게에 가서 산 거예요. 어때요?" 하고는 목을 돌려 바슬바슬하고 기름기 없는 머리카락을 바람에 날리면서 팔랑거리는 연분홍색 헝겊을 나에게 보여주었습니다.

"아, 잘 어울려. 이런 머리가 일본식 머리보다 얼마나 좋은지 몰라."

"흥!" 하고 그녀는 사자코 끝을 살짝 치켜 올리고 만족스러운 듯이 웃었습니다. 나쁘게 말하면 좀 건방진 이 코웃음이 그녀의 버릇이기는 했지만, 그것이 내 눈에는 오히려 아주 영리하게 보이는 것이었습니다.

# 4

 나오미가 계속 가마쿠라에 데려가 달라고 졸라댔기 때문에 이 삼 일만 머물 작정으로 집을 떠난 것은 8월 초였습니다.
 "왜 이삼 일만 머물러야 해요? 이왕에 갈 거면 열흘이나 일주일 정도는 가 있지 않으면 재미없어요."
 그녀는 이렇게 말하면서 떠날 때 좀 불만스러운 표정을 지었지만, 어쨌든 나는 회사 일이 바쁘다는 핑계로 고향에서 일찍 떠났기 때문에, 그게 들통 나면 어머니한테 내 입장이 조금 난처했습니다. 하지만 그런 말을 하면 오히려 그녀가 주눅이 들 것 같아서 나는 이렇게 말했습니다.
 "올해는 이삼 일로 참아줘. 내년에는 날을 넉넉히 잡아서 어딘가 다른 곳으로 데려가줄 테니까. 그럼 되잖아?"
 "하지만 고작 이삼 일로는……."
 "그건 그렇지만, 수영을 하고 싶으면 집에 돌아온 뒤에 오모리 해안*에서 하면 되잖아."
 "그렇게 더러운 바다에서 헤엄칠 수는 없어요."

"그런 억지소리는 하는 게 아니야. 자, 착한 아이니까 그렇게 해. 그 대신 옷을 사줄게. 그래, 그래, 양장을 입고 싶다고 했지? 그러니까 양장을 맞춰줄게."

이 '양장'이라는 미끼에 낚여서 그녀는 겨우 납득했습니다.

가마쿠라에서는 하세의 긴파로라는 별로 좋지 않은 여관에 묵었습니다. 거기에 대해 이제 와서 생각하면 좀 우스운 이야기가 있습니다. 내 주머니에는 상반기에 받은 보너스가 대부분 남아 있었기 때문에 겨우 이삼 일 머무는 데 굳이 비용을 아낄 필요는 없었습니다. 그리고 나는 그녀와 처음으로 숙박 여행을 떠나는 것이 유쾌해서 견딜 수 없었기 때문에, 될 수 있으면 그 인상을 아름답게 만들기 위해 너무 쩨쩨한 짓은 하지 않고 숙소도 일류 여관으로 잡고 싶다고, 처음에는 그렇게 생각했습니다. 그런데 막상 떠나는 날이 되어 요코스카행** 2등칸에 올라탔을 때부터 우리는 주눅이 들었습니다. 그 기차에는 즈시***나 가마쿠라에 가는 부인과 아가씨들이 많이 타고 있어서 눈부시게 화려한 줄을 이루고 있었기 때문에, 그 틈에 끼어들고 보니 나야 어찌 됐든 나오미의 차림새가 너무 초라해 보였던 것입니다.

\*오모리는 원래는 전원지대였고, 그 앞바다는 김의 산지이고 메이지 시대부터는 해수욕장으로도 이용되었다. 하지만 이 무렵에는 공업화와 도시화가 진행되어 바다도 오염되어 있었다.
\*\*가나가와 현 남동부 미우라 반도 동쪽 연안에 있다. 해안선 굴곡이 심하고 수심이 깊은 천연의 양항(良港)을 끼고 있어 메이지 시대 이래 군항으로 지정되었다. 1889년에 요코스카선(線)이 개통되었으며, 1910년대 후반에 여객 운임은 1등·2등·3등으로 구별되어 있었고, 1등 운임은 3등의 3배, 2등 운임은 3등의 2배였다.
\*\*\*가나가와 현 남동부 미우라 반도에 있다. 삼면이 언덕에 둘러싸이고, 서쪽은 사가미 만에 면해 있다. 아름다운 풍광과 따뜻한 기후, 그리고 도쿄와 가깝다는 이점 때문에 관광휴양지와 별장지로 유명하다.

물론 여름철이니까 그 부인과 아가씨들도 그렇게 유난스럽게 차려입고 있었던 것은 아닙니다. 하지만 이렇게 그들과 나오미를 비교해보니, 사회의 상류층에서 태어난 사람과 그렇지 못한 사람 사이에는 어쩔 수 없는 품격의 차이가 있는 듯이 느껴졌습니다. 나오미도 카페에 있을 때와는 딴사람처럼 달라지긴 했지만, 집안이나 성장 과정이 좋지 않으면 역시 틀린 게 아닐까 하고 나도 그렇게 생각했고, 그녀 자신도 그것을 한층 강하게 느꼈을 게 분명합니다. 그리고 평소에는 그녀를 하이칼라로 보이게 한 그 포도무늬의 모슬린 홑옷도 그때는 얼마나 초라해 보였는지 모릅니다. 줄지어 앉아 있는 부인들 중에는 산뜻한 무명 홑옷을 걸친 사람도 있었지만, 손가락에 반짝거리는 보석 반지를 끼고 있다든지 몸에 사치스러운 물품을 지니고 있다든지, 어쨌든 그들의 부귀를 말해주는 무언가가 눈에 띄는데, 나오미의 손에서는 그 매끈한 피부 말고는 자랑할 만한 것이 하나도 반짝이고 있지 않았습니다. 지금도 나는 나오미가 양산을 멋쩍은 듯 소맷자락 뒤에 감춘 것을 기억하고 있습니다. 그도 그럴 것이, 그 양산은 새것이기는 했지만 누가 봐도 칠팔 엔짜리 싸구려로밖에 여겨지지 않는 물건이었으니까요.

　그래서 우리는 미바시에 묵을까, 아니면 눈 딱 감고 가이힌 호텔에 묵을까* 하는 공상을 하고 있었지만, 막상 그 호텔 앞까지 가서 보니 우선 대문이 으리으리한 데 압도되어, 하세의 거

---

*미바시는 하세(가마쿠라 남시부)에 있었던 일류 여관으로, 요코스카선이 개통되고 가마쿠라가 별장지가 되기 시작한 1890년대에 이미 가마쿠라에서 가장 큰 여관으로 알려져 있었다. 가이힌 호텔은 유이가하마 해안의 고지대에 있었는데, 격식과 호화로움으로 알려져 외국인과 문인·정치가·실업가들이 많이 이용했고, 서민에게는 그림의 떡이었다.

리를 두 번이고 세 번이고 왔다 갔다 한 끝에 결국 현지에서는 이류나 삼류밖에 안 되는 긴파로로 가게 된 것입니다.

여관에는 젊은 학생들이 많이 묵고 있어서 도저히 안정된 기분을 느낄 수 없었기 때문에, 우리는 날마다 해변에서만 지냈습니다. 말괄량이인 나오미는 바다만 보면 기분이 좋아져서, 기차 안에서 의기소침했던 것은 벌써 까맣게 잊어버리고, "나는 어떻게든 이번 여름에 수영을 배우고 말 테야" 하면서 내 팔에 매달려 얕은 곳을 마구 첨벙거리고 다녔습니다. 나는 그녀의 몸통을 두 손으로 안고 엎드리게 한 뒤 물 위에 뜨게 해주기도 하고, 말뚝을 단단히 잡게 해놓고 그녀의 다리를 잡아서 발장구치는 법을 가르쳐주기도 하고, 일부러 갑자기 손을 놓아서 짠 바닷물을 먹이기도 하고, 그러다 싫증이 나면 파도타기*를 연습하기도 하고, 바닷가에 뒹굴면서 모래 장난을 하기도 하고, 저녁에는 작은 배를 빌려 난바다로 노를 저어 나가기도 하고―그럴 때면 그녀는 언제나 수영복 위에 커다란 타월을 두른 채, 어떤 때는 고물에 걸터앉고 어떤 때는 뱃전을 베개 삼아 푸른 하늘을 쳐다보며, 누구한테도 거리끼지 않고 그녀의 장기인 〈산타 루치아〉**를 목청껏 부르곤 했습니다.

---

*서핑은 아니고, '널빤지타기'라고 불린 것인데, 널빤지 위에 엎드린 상태로 밀려오는 파도를 타고 해안에 도착하는 놀이다.
**전통적인 나폴리 민요곡이었으나, 테오도로 코트라우(11827~1879)가 편곡하여 출판했으며, 나중에 나폴리어 가사를 이탈리아어로 번역했다. 산타 루치아는 나폴리 수호 성녀의 이름이며 나폴리 해안거리의 지명이기도 하다. 이 해안에서 황혼의 바다로 배를 저어 떠나는 광경을 노래한 곡으로, 1850년에 발표된 뒤 나폴리의 어부들 사이에서 뱃노래로 애창되어 오늘에 이르렀다.

O dolce Nopoli,
O suol beato*

이탈리아어로 노래하는 그녀의 소프라노가 잔잔한 저녁 바다에 울려 퍼지는 것을 황홀한 기분으로 들으면서 나는 조용히 노를 저어갔습니다. "더 저쪽으로! 더 저쪽으로!" 하며 그녀는 파도 위를 끝없이 달리고 싶어 했습니다. 어느덧 해는 지고, 별들이 반짝이며 우리가 타고 있는 조각배를 하늘에서 내려다보고, 주위가 어두워지자 그녀의 모습은 희끄무레한 타월에 싸여 윤곽이 희미해져갑니다. 하지만 명랑한 노랫소리는 좀처럼 그치지 않아서 〈산타 루치아〉가 몇 번이고 되풀이되다가 〈로렐라이〉가 되고 다시 〈유랑의 무리〉가 되고 또 〈미뇽〉의 한 구절이 되기도 하면서**, 천천히 나아가는 배의 속도와 함께 여러 노래가 이어집니다……. 

이런 경험은 젊은 시절에는 누구에게나 한 번쯤 있겠지만, 나는 그때가 처음이었습니다. 나는 전기기사여서 문학이나 예술이라는 것과는 인연이 없는 편이었기 때문에 소설 따위를 읽는 일이 별로 없었지만, 그때 생각난 것은 전에 읽은 적이 있는 나쓰메 소세키의 《풀베개》였습니다. 그렇습니다. 분명

---

*'오 아름다운 나폴리, 오 축복받은 땅'인데, 우리나라에서는 '아름다운 동산, 행복의 나폴리'로 번역되어 있다.
**〈로렐라이〉는 1837년 독일의 프리드리히 질허가 하이네의 시에 곡을 붙여 완성한 노래. 〈유랑의 무리〉는 로마의 집시를 노래한 에마누엘 가이벨의 시에 슈만이 곡을 붙여 만든 합창곡(1840년). '미뇽(프랑스어로 '귀여운 아이'라는 뜻)'은 괴테의 자전적 소설 《빌헬름 마이스터의 수업시대》에 나오는 소녀의 이름으로, 이 소설에서 미뇽이 부르는 시에 곡을 붙인 것이 〈미뇽의 노래〉인데, 볼프의 작품과 슈베르트의 작품이 유명하다.

히 거기에 '베네치아는 가라앉으면서, 베네치아는 가라앉으면서……'* 하는 구절이 있었던 것으로 기억나는데, 나오미와 단둘이 배를 타고 흔들리면서 난바다 쪽에서 저녁 안개의 장막을 통해 육지의 불빛을 바라보고 있으려니까 이상하게도 그 구절이 마음에 떠올라, 이대로 그녀와 함께 끝없이 먼 세계로 흘러가버리고 싶다는, 눈물겹고 황홀하게 도취한 기분에 잠기는 것이었습니다. 나처럼 무뚝뚝한 남자가 그런 기분을 맛볼 수 있었다는 것만으로도 가마쿠라에서 보낸 사흘은 결코 헛되지 않았습니다.

 아니, 그것만이 아닙니다. 사실을 말하면, 그 사흘은 또 하나의 중요한 발견을 나에게 주었습니다. 나는 지금까지 나오미와 함께 살면서도 그녀가 어떤 몸매를 갖고 있는지, 노골적으로 말하면 그 알몸을 알 수 있는 기회가 없었는데, 이번에 그것을 정말로 잘 알게 된 것입니다. 그녀가 처음 유이가하마 해수욕장에 가서, 전날 밤에 일부러 긴자에서 사온 짙은 초록빛 수영모와 수영복**을 알몸에 입고 나타났을 때, 솔직히 나는 그녀의 사지가 반듯한 것을 보고 얼마나 기뻤는지 모릅니다. 그렇습니다, 나는 정말 기뻤습니다. 나는 전부터 옷매무새 따위를

---

*나쓰메 소세키(1867~1916)의 소설 《풀베개》(1906년) 제9장에서 젊은 화가가 온천장에서 만난 젊은 이혼녀에게 읽어주는 조지 메러디스(1828~1909)의 소설 《보첨의 경력》(1875년)의 한 구절로, 베네치아에서 애정도 없이 결혼하려는 연인을 주인공이 저녁 어스름에 배에 태워 난바다로 데리고 나가는 장면이다.
**프랑스에서는 1870년대에 반소매 셔츠와 반바지를 연결한 남성용 원피스 수영복이 발매되었고, 여성도 차츰 같은 형태의 수영복을 입게 되었다. 하지만 19세기에는 여성의 대부분이 수영을 하지 않았다. 1902년에 오스트레일리아의 여자 수영선수 아네트 켈러먼이 국제적 주목을 받은 뒤 수영을 배우는 여성이 늘어났다고 한다. 여자가 수영복을 입으면 팔과 다리가 드러나고 몸매의 곡선도 겉으로 관찰할 수 있기 때문에 매우 섹시하게 느껴졌다.

보고 나오미의 몸매 곡선은 분명 이럴 거라고 생각했는데, 내 상상이 그대로 들어맞았기 때문입니다.

'나오미여, 나오미여, 나의 메리 픽퍼드여, 너는 정말 균형 잡힌 아름다운 몸매를 가졌구나. 너의 그 부드러운 팔은 어떤가. 곧게 쭉 뻗은 너의 다리, 마치 사내아이처럼 미끈한 그 다리는 또 어떤가!' 하고 나는 나도 모르게 속으로 부르짖었습니다. 그리고 영화에서 낯익은, 맥 세넷*의 활발한 수영복 미인들을 생각하지 않을 수 없었습니다.

누구나 제 아내의 몸에 대해 너무 자세히 쓰기는 싫겠지만, 나도 훗날 내 아내가 된 그녀에 대해 그런 말을 여봐란 듯이 지껄이거나 많은 사람들에게 알리는 것은 결코 유쾌하지 않습니다. 하지만 그것을 털어놓지 않으면 이야기를 계속하기가 불편하고, 그 정도 이야기하는 것도 마다하면 결국 이 기록을 써서 남기는 의의가 없어져버리기 때문에, 나오미가 열다섯 살 되던 해 8월 가마쿠라의 해변에 섰을 때 어떤 몸매였는지를 일단 여기에 써두지 않으면 안 됩니다. 당시의 나오미는 나와 나란히 서면 키가 나보다 한 치쯤 작았습니다. 미리 말해두자면 나는 단단한 바위처럼 몸이 옹골차기는 했지만 키는 5자 2치**밖에

---

*맥 세넷(Mack Sennett, 1880~1960): 캐나다 태생의 미국 영화감독·제작자·배우·코미디언. 1912년에 영화사를 설립하여 많은 단편 희극영화를 제작했으며 슬랩스틱코미디 형식을 완성했다. 이것이 미국 희극영화의 전통적 스타일이 되어 훗날 큰 영향을 주었으며, 특히 '수영복 미인들'의 창안은 당시 미국 영화계의 명물이 되었다.

**1치는 약 3.03센티미터, 1자는 그 10배니까, 5자 2치는 157.6센티미터가 된다. 다니자키 준이치로의 키도 5자 2치였다. 일본인 성인 남성의 평균키는 서양인에 비해 상당히 작아서, 1860년대에 155센티미터, 1920년대에는 160센티미터였고, 여자는 남자보다 10~12센티미터 작았다.

안 되니까 남자로서는 키가 작은 편이었습니다. 하지만 그녀는 몸통이 짧고 다리가 긴 것이 뼈대의 두드러진 특징이었기 때문에, 조금 떨어져서 보면 실제보다 훨씬 커 보였습니다. 그리고 그 짧은 몸통은 S자 모양으로 깊은 굴곡을 이루어, 허리는 잘록하고 그 잘록한 허리 밑에 벌써 성숙한 여자답게 둥그스름해진 엉덩이가 부풀어 있었습니다.

그 무렵 우리는 저 유명한 수영의 달인인 아네트 켈러먼*이 주역을 맡은 〈해신의 딸〉인지 뭔지 하는 인어 영화를 본 적이 있었기 때문에, "나오미야, 켈러먼 흉내를 좀 내봐" 하고 내가 말하면 그녀는 모래밭에 우뚝 서서 두 손을 하늘로 치켜들면서 물속으로 뛰어드는 흉내를 내곤 했는데, 그런 경우에 두 무릎을 맞대면 다리와 다리 사이에 한 치의 틈도 없고, 허리 아래가 발목을 정점으로 한 하나의 길쭉한 삼각형을 그리는 것이었습니다. 그녀도 거기에는 만족한 듯 "어때요, 조지 씨? 내 다리 휘지 않았죠?" 하고 말하면서 걸어보기도 하고 서보기도 하고 모래 위에 몸을 쭉 뻗고 누워보기도 하고, 그러면서 곧게 뻗은 제 다리를 흐뭇한 듯이 바라보았습니다.

그리고 나오미 몸매의 또 다른 특징은 목에서 어깨에 이르는 선이었습니다. 어깨…… 나는 종종 그녀의 어깨를 만질 기회가 있었는데, 나오미는 언제나 수영복을 입을 때 "조지 씨, 이것 좀 채워주세요" 하면서 내 옆에 와서 어깨에 달려 있는 단

---

*아네트 켈러먼(Annette Kellerman, 1886~1975): 오스트레일리아의 수영선수로 활약한 뒤, 1909년부터 15년 동안 8편의 무성영화에 출연했다. 〈인어〉(1911년)에서 몸에 찰싹 달라붙어 물고기를 연상시키는 수영복을 입어서 화제가 되었다. 〈해신의 딸〉(1914년)은 해신(넵투누스)의 딸이 인간 남자와 사랑한다는 내용이다.

추를 채우게 했기 때문입니다. 그런데 나오미처럼 어깨가 매끄럽고 목이 긴 사람은 옷을 벗으면 비쩍 마른 것이 보통이지만, 그녀는 그와는 반대로 뜻밖에 두툼하고 듬직한 어깨와 호흡이 강해 보이는 가슴을 지니고 있었습니다. 단추를 채워줄 때 그녀가 깊이 숨을 들이마시거나 팔을 움직여서 잔등의 근육이 불룩불룩 물결을 치거나 하면, 가뜩이나 찢어질 듯한 수영복은 언덕처럼 부풀어 오른 어깨 부분이 팽팽하게 늘어나 금방이라도 터져버릴 것만 같았습니다. 한 마디로 말하면 그것은 참으로 힘이 가득 찬 어깨, '젊음'과 '아름다움'이 넘쳐흐르는 어깨였습니다. 나는 남몰래 그 주변에 있는 많은 소녀와 비교해보았는데, 그녀처럼 건강한 어깨와 우아한 목을 겸비하고 있는 소녀는 달리 없는 것 같았습니다.

"나오미야, 좀 가만히 있어. 그렇게 움직이면 단추가 뻑뻑해서 잘 채워지지 않아" 하면서 나는 수영복 가장자리를 잡고 커다란 물건을 자루 속에 쑤셔 넣듯 억지로 그녀의 어깨를 수영복 안으로 밀어 넣어주는 것이 보통이었습니다.

이런 체격을 가진 그녀가 운동을 좋아하고 말괄량이였던 것은 당연하다고 말할 수밖에 없습니다. 실제로 나오미는 팔다리를 써서 하는 일이라면 무엇이든 잘했습니다. 수영은 가마쿠라에서 보낸 사흘을 시작으로 오모리 해안에서 날마다 열심히 연습하여 그해 여름에 결국 완전히 습득했고, 보트를 젓거나 요트를 조종하는 등 여러 가지 일을 할 수 있게 되었습니다. 그렇게 하루 온종일 놀고 날이 저물면 기진맥진히어 "아, 피곤해" 하면서 흠뻑 젖은 수영복을 가지고 돌아옵니다.

"아이, 배고파" 하고는 의자에 몸을 털썩 내던집니다. 걸핏

하면 저녁밥을 짓는 게 귀찮아서 돌아오는 길에 양식당에 들러, 두 사람이 마치 경쟁이라도 하듯 배가 터지도록 먹어댑니다. 그녀는 비프스테이크\*를 워낙 좋아해서, 세 접시 정도는 거뜬히 비우곤 했습니다.

그해 여름의 즐거웠던 추억을 쓰자면 한이 없으니까 이 정도로 해두겠지만, 마지막으로 한 가지 빼놓을 수 없는 것은, 그때부터 내가 그녀를 더운 목욕물 속에 넣고 손이며 발이며 등을 고무 스펀지로 씻어주는 습관이 생겼다는 것입니다. 이것은 나오미가 졸음을 참지 못해 공중목욕탕\*\*에 가기를 귀찮아했기 때문에, 짠 바닷물을 씻어내기 위해 부엌에서 물을 끼얹어주거나 큰 대야 안에서 몸을 씻겨준 것이 시작이었습니다.

"자, 나오미야, 그대로 잠들면 몸이 끈적끈적해서 안 돼. 내가 씻겨줄 테니까 이 대야 안으로 들어와" 하고 말하면 그녀는 시키는 대로 얌전히 나에게 알몸을 내맡기곤 했습니다. 그게 차츰 버릇이 되어 서늘한 가을철이 되어도 대야 안에서 몸을 씻는 일은 계속되었고, 결국에는 아틀리에 구석에 서양식 목욕통과 깔개를 놓고 그 주위에 칸막이를 두르고 겨울 내내 몸을 씻겨주게 되었습니다.

---

\*에도 시대까지만 해도 일본에서는 짐승고기는 더러운 것, 고기를 먹는 것은 살생의 죄를 짓는 것이라는 인식이 강하게 존재했고 경제적으로도 가난했기 때문에, 이 소설의 배경인 1910년대에도 기름진 비프스테이크를 배불리 먹는다는 것은 상당히 특별한 일이었다.
\*\*에도 시대 이후에는 집에 불이 나는 것을 피하기 위해, 그리고 경제적 빈곤 때문에 집에 목욕탕을 만드는 경우는 드물었고 공중목욕탕에 다니는 것이 보통이었다.

5

 눈치 빠른 독자들 중에는 지난번 이야기가 진행되는 동안 이미 나와 나오미가 친구 이상의 관계를 맺었을 거라고 상상하는 사람도 있을 것입니다. 하지만 사실은 그렇지 않았습니다. 물론 세월이 흐르면서 서로의 마음속에 일종의 '양해' 같은 것이 생겨나기는 했을 테지요. 하지만 한쪽은 아직 열다섯 살의 소녀이고, 나는 앞에서도 말했듯이 여자에 관해서는 경험이 없는 근엄하고 고지식한 '군자'였을 뿐만 아니라 그녀의 정조에 대해 책임을 느끼고 있었기 때문에, 일시적인 충동에 사로잡혀 그 '양해'의 범위를 넘어서는 일은 좀처럼 하지 않았습니다. 물론 내 마음속에는 나오미를 제쳐놓고 내 아내로 삼을 만한 여자는 없었고, 설령 있다 해도 인정상 이제 와서 그녀를 버릴 수는 없다는 생각이 차츰 확고히 뿌리를 내리고 있었습니다. 그래서 너욱 그녀를 더럽히는 방식으로, 또는 희롱하는 태도로 그 일에 처음 접촉하고 싶지는 않다고 생각하고 있었습니다.
 그렇습니다, 나와 나오미가 처음 그런 관계를 맺은 것은 그 이듬해, 나오미가 열여섯 살이 된 해의 4월 26일이었습니다. 이렇게 날짜를 똑똑히 기억하고 있는 것은 사실 그 무렵, 아니 그보다 훨씬 전에 대야에서 몸을 씻겨주기 시작했을 때부터 날마다 나오미에 대해 여러 가지 흥미를 느낀 것을 일기에 적어두었기 때문입니다. 정말 그 무렵의 나오미는 몸매가 나날이 여자다워지고 눈에 띄게 자랐기 때문에, 마치 아기를 낳은 부모가 '처음으로 웃었다'라든가 '처음으로 말을 했다'는 식으로 아이가 자라나는 모습을 적어두는 것과 똑같은 심정으로 나는 내 주의를 끈 일들을 일일이 일기에 적어두었습니다. 나는 지금도 이따금 그 일기를 펼쳐볼 때가 있는데, 모년(某年) 9월 21일—나오미가 열다섯 살이던 해 가을—의 일기에는 이렇게 적혀 있습니다.

밤 8시에 목욕을 시키다. 해수욕을 하느라 햇볕에 탄 것이 아직 낫지 않는다. 수영복을 입었던 자리만 하얗고 나머지는 새까맣다. 나도 그렇지만 나오미는 피부가 하얗기 때문에 더욱 선명하게 눈에 띄고, 알몸으로 있어도 수영복을 입은 것 같다. 네 몸은 얼룩말 같다고 했더니, 나오미는 우습다면서 웃었다…….

그 후 한 달쯤 지난 10월 17일의 일기에는 이렇게 적혀 있습니다.

햇볕에 타고 살갗이 벗겨지던 것이 차츰 나았나 했더니, 오히려 전보다 더 매끄럽고 아주 아름다운 피부가 되었다. 내가 팔을 씻겨주면 나오미는 말없이 알몸 위를 녹아서 흘러내리는 비누거품을 바라보고 있었다. "아름다워" 하고 내가 말했더니, "정말 아름다워요" 하고는, "비누거품 말이에요" 하고 덧붙였다.……

다음은 11월 5일.

오늘 밤 처음으로 서양식 목욕통을 사용해본다. 익숙지 않아서 나오미는 더운 물 속에서 주르르 미끄러지며 까르르 웃었다. "큰 애기야" 하고 내가 말했더니, 그녀는 나를 "파파"*라고 불렀다.……

그렇습니다. 이 '애기'와 '파파'는 그 후에도 종종 나왔습니다. 나오미가 뭔가를 조르거나 응석을 부릴 때는 언제나 장난스럽게 나를 '파파'라고 부르곤 했지요.

〈나오미의 성장〉─그 일기에는 이런 제목이 붙어 있었습니다. 따라서 그것은 말할 나위도 없이 나오미와 관련된 사항만 기록한 것이고, 이윽고 나는 사진기**를 사서 점점 메리 픽퍼드를 닮아가는 그녀의 얼굴을 갖가지 광선이나 각도에서 촬영하여 일기 사이사이에 군데군데 붙이기도 했습니다.

---

*1890년대부터 이미 일부에서는 부모를 '파파'와 '마마'라고 불렀지만, 이 무렵에는 아직 일반적인 것은 아니었고, 널리 유행한 것은 훨씬 뒤일 것으로 여겨진다. 1934년이 되면 마쓰다 겐지 문부성장관이 "요즘 파파와 마마라는 호칭이 유행하고 있는데, 아버지와 어머니라고 부르지 않으면 일본에 예로부터 전해 내려오는 효도가 쇠퇴한다"고 비난하기까지 한다.
**이 시대에는 사진을 찍을 때도 기술이 필요해서, 개인적으로 카메라를 소유한 사람은 드물었다.

일기 이야기를 하다가 옆길로 빗나갔지만, 어쨌든 그 일기에 따르면 나와 그녀가 떼려야 뗄 수 없는 관계로 맺어지게 된 것은 오모리에 온 지 2년째 되던 해의 4월 26일입니다. 물론 우리 두 사람 사이에는 아무런 말을 하지 않아도 '양해'가 되어 있었기 때문에 아주 자연스럽게, 누가 누구를 유혹한 것도 아니고 이렇다 할 말 한 마디 나누지 않은 채 암묵리에 그런 결과가 된 것입니다. 그 후 그녀는 내 귀에 입을 대고,

"조지 씨, 절대로 날 버리지 말아요" 하고 말했습니다.

"버리다니…… 그런 일은 절대 없을 테니 안심해. 나오미는 내 마음을 잘 알고 있을 테지만……."

"네, 물론 알고는 있지만……."

"그럼 언제부터 알고 있었지?"

"글쎄요, 언제부터였을까……."

"내가 너를 맡아서 돌봐주겠다고 밀했을 때, 그때는 나를 어떻게 생각했지? 너를 훌륭한 사람으로 키워서 나중에는 너와 결혼할 작정이 아닐까, 그렇게는 생각하지 않았어?"

"그야 뭐, 그럴 작정이 아닐까 하고는 생각했지만……."

"그럼 나오미도 내 아내가 되어도 좋다는 생각으로 와주었군" 하고 나는 그녀의 대답도 기다리지 않고 힘껏 그녀를 끌어안으면서 말을 이었습니다. "고마워, 나오미야, 정말 고마워. 내 마음을 잘 알아주었어. 이제야 솔직히 말하지만, 네가 이렇게…… 이렇게까지 내 이상에 맞는 여자가 되어주리라고는 생각지 않았어. 나는 운이 좋았어. 나는 평생 너를 귀여워해줄 거야. 오직 너만을……. 세상에 흔히 있는 부부처럼 너를 결코 소홀히 대하지 않을 거야. 정말로 나는 너를 위해 살고 있다고

생각해줘. 네가 원하는 거라면 무엇이든 들어줄 테니까, 너도 더욱 열심히 공부해서 훌륭한 사람이 되어줘."

"네, 열심히 공부할게요. 나도 정말 조지 씨 마음에 드는 여자가 될게요. 반드시······."

나오미의 눈에서는 눈물이 흐르고 있었는데, 어느새 나도 울고 있었습니다. 그리고 우리 두 사람은 싫증도 내지 않고 장래의 일을 이야기하며 밤을 새웠습니다.

그로부터 얼마 후, 나는 토요일 오후부터 일요일까지 고향에 돌아가 어머니에게 나오미의 일을 처음으로 털어놓았습니다. 이것은 한편으로는 나오미가 내 고향집에서 어떻게 생각할지 걱정하는 눈치였기 때문에 그녀를 안심시키기 위해서였고, 나로서도 공명정대하게 일을 추진하고 싶었기 때문에 어머니에게 보고하는 것을 되도록 서두른 것입니다. 나는 나의 '결혼'에 대한 생각을 솔직하게 털어놓고, 어떤 이유로 나오미를 아내로 삼고 싶은지를 노인네도 잘 납득할 수 있도록 이유를 설명했습니다. 어머니는 전부터 내 성격을 이해하고 믿어주었기 때문에,

"네가 그런 생각이라면 그 아이를 아내로 삼아도 좋지만, 그 아이의 집안이 그러하다면 귀찮은 문제가 일어나기 쉬우니까 나중에 곤란을 당하지 않도록 조심해야 한다" 하고 그냥 그렇게 말했을 뿐입니다.

그래서 공개적인 결혼은 이삼 년 뒤에 한다 해도 호적만은 하루 빨리 이쪽으로 옮겨놓고 싶었기 때문에, 센조쿠초에 있는 나오미의 집에도 곧바로 교섭했더니, 나오미의 어머니와 오빠들은 원래 태평스러운 사람들이라서 교섭이 아주 쉽게 끝나버

렸습니다. 태평스럽긴 하지만 그렇게 뱃속이 검은 사람들은 아니었던 듯, 욕심 사나운 말은 전혀 하지 않았습니다.

그렇게 된 뒤, 나와 나오미 사이가 급속도로 친밀해진 것은 말할 나위도 없습니다. 아직 세간에서 이 일을 아는 사람도 없고 겉으로는 여전히 친구처럼 지내고 있었지만, 이미 우리는 누구에게도 거리낄 게 없는 법률상의 부부였습니다.

"나오미야!" 하고 어느 날 그녀에게 말했습니다. "나와 앞으로도 친구처럼 지내지 않을래? 언제까지나……."

"그럼 언제까지나 저를 '나오미야'라고 불러주실래요?"

"물론이지. 아니면 '여보'라고 불러줄까?"

"그건 싫어요……."

"그럼 '나오미 양'이라고 부를까?"

"'양'은 싫어요. 역시 '야'가 좋아요. 제가 '양'이라고 불러달라고 할 때까지는."

"그럼 나도 영원히 '조지 씨'겠군."

"그야 그렇죠. 달리 부를 방법이 없는걸요" 하고 나오미는 소파에 벌렁 누워 장미꽃을 들고 그것을 계속 입술에 대고 만지작거리는가 싶더니 느닷없이, "이봐요, 조지 씨?" 하면서 두 팔을 벌려 그 꽃 대신 내 목을 끌어안았습니다.

"내 귀여운 나오미야" 하고 나는 숨이 막힐 만큼 꽉 껴안긴 채 옷소매 뒤의 어둠 속에서 목소리를 내며, "내 귀여운 나오미야, 나는 너를 사랑하는 것만이 아니야. 사실을 말하면 너를 숭배하고 있어. 너는 내 보물이야. 내가 직접 찾아내서 갈고 닦은 다이아몬드야. 그러니까 너를 아름다운 여자로 만들기 위해서라면 무엇이든 사주겠어. 내 월급을 몽땅 너한테 줘도 좋아."

"괜찮아요. 그렇게까지 해주지 않아도. 그런 것보다 전 영어와 음악을 좀 더 제대로 공부하고 싶어요."

"아, 공부해야지. 그럼 공부해야지. 이제 곧 피아노\*도 사줄게. 그리고 서양 사람 앞에 나가도 부끄럽지 않은 숙녀가 되어야 해. 너라면 반드시 그렇게 될 수 있어."

이 '서양 사람 앞에 나가도'라든가 '서양 사람처럼'이라든가 하는 말을 나는 종종 쓰곤 했습니다. 그녀도 물론 그것을 기뻐해서,

"어때요? 이렇게 하면 내 얼굴이 서양 사람처럼 보이지 않나요?" 하고는 거울 앞에서 여러 가지 표정을 지어 보였습니다. 영화를 볼 때 그녀는 여배우의 동작에 상당히 주의를 기울이고 있는 듯, 픽퍼드는 이렇게 웃는다든가 피나 메니켈리\*\*는 이런 식으로 눈짓을 한다든가 제럴딘 파라\*\*\*는 언제나 머리를 이렇게 묶고 있다든가, 나중에는 완전히 열중하여 머리카락까지 어지럽게 풀어헤치고 그것을 온갖 모양으로 만들면서 흉내를 내는데, 그런 여배우들의 버릇과 느낌을 순간적으로 포착하는 데 그녀는 참으로 능숙했습니다.

"정말 잘하는군. 배우도 그런 흉내는 못 낼 거야. 나오미는 얼굴이 서양 사람을 닮았으니까."

---

\*1918년에 그랜드피아노는 1천~2천5백 엔, 업라이트형 피아노는 4백~1천 엔이었다.
\*\*피나 메니켈리(Pina Menichelli, 1890~1984). 이달리아의 여배우. 출연한 영화들 가운데 〈불〉와 〈왕가의 호랑이〉 등이 일본에서 개봉되었다.
\*\*\*제럴딘 파라(Geraldine Farrar, 1882~1967): 미국이 낳은 리릭 소프라노의 오페라 가수로서 세계적인 명성을 얻는 한편 할리우드의 스타 여배우이기도 했다. 주연한 영화들 가운데 일본에서 개봉된 것은 〈잔다르크〉와 〈카르멘〉 등이다.

미친 사랑 53

"그래요? 도대체 어디가 닮았어요?"

"그 콧대와 치열 때문이야."

"아, 이 이빨 말예요?" 하더니 그녀는 '이이!' 하고 소리를 내듯 입을 벌리고 그 가지런한 이를 거울에 비추어 보았습니다. 그것은 정말 고르고 윤기가 나는 고운 치열이었습니다.

"어쨌든 넌 일본 사람 같지 않으니까 보통 일본 옷을 입으면 재미없어. 아예 양장을 입거나, 일본 옷을 입는다면 좀 색다른 스타일로 하면 어떨까?"

"그럼 어떤 스타일로 해요?"

"앞으로 여성은 점점 활발해질 테니까, 지금처럼 답답하고 꼭 끼는 그런 옷은 안 될 것 같아."

"통소매 옷을 입고 헤코오비*를 매면 안 될까요?"

"통소매도 나쁘진 않지. 무엇이든 좋으니까 되도록 신기한 모양으로 해봐. 일본 옷인지 중국 옷인지 서양 옷인지 알 수 없는, 뭐 그런 모양의 옷은 없을까?"

"있다면 나한테 만들어주실 거예요?"

"물론 만들어주고말고. 나는 나오미한테 여러 가지 모양의 옷을 만들어줘서 날마다 이것저것 갈아입어 보게 하고 싶어. 오메시니 지리멘**이니 그런 비싼 옷감이 아니라도 좋아. 포플린이나 메이센이라도 충분하니까 디자인을 기발하게 하는 거야."

---

*쪼글쪼글 주름진 비단을 꿰매지 않고 바싹 당겨서 몸에 두 번 감은 다음, 뒤에서 묶어서 늘어뜨리는 띠. 남자용이고, 여자는 어린애만 사용했다.
**지리멘은 질좋고 값비싼 생사를 사용하여 실을 꼬는 방법으로 옷감 표면에 잔주름이 잡히게 한 견직물. 오메시는 오메시지리멘의 약칭으로, 품위와 질감이 좋고 색채와 무늬도 선명하다.

이런 이야기 끝에 우리는 함께 여기저기 포목점이나 백화점으로 옷감을 구하러 가곤 했습니다. 특히 그 무렵에는 거의 일요일마다 미쓰코시나 시라기야*에 가지 않은 적이 없었을 겁니다. 어쨌든 보통 옷감으로는 나오미도 나도 만족하지 못했기 때문에 이거다 싶은 옷감을 찾기가 쉽지 않았고, 평범한 포목점으로는 안 되겠다 싶어서 사라사 옷감이나 깔개를 파는 가게, 와이셔츠나 양복감을 파는 가게, 또는 일부러 요코하마까지 가서 중국인 거리나 거류지**에 있는 외국인용 옷감 가게를 하루 종일 찾아다닌 적도 있었습니다. 둘 다 지치고 다리가 나무공이처럼 뻣뻣해지는데도 여기저기 원하는 물건을 찾아다녔습니다. 길을 다닐 때에도 방심하지 않고 서양 사람의 모습이랑 옷차림을 눈여겨보고, 도처의 쇼윈도를 주의 깊게 살피기도 했습니다. 어쩌다 진귀한 것이 눈에 띄면,

"아, 저 옷감은 어때?" 하고 외치면서 곧바로 그 가게에 들어가, 그 옷감을 쇼윈도에서 꺼내오게 해서 그녀의 몸에 대보고, 턱밑에서 늘어뜨리기도 하고, 몸통에 둘둘 감아보기도 했습니다. 그것은 정말이지, 그렇게 물건 구경을 하며 돌아다니는 것만으로도 두 사람에게는 퍽 재미난 놀이였습니다.

---

*미쓰코시는 1673년 에치고야라는 이름의 상호로 출발한 일본 최초의 백화점(1904년 개칭). 시라기야는 17세기 말에 포목점으로 번영한 뒤, 1919년부터 백화점으로 바뀌었다.
**외국인이 자유롭게 살 수 있도록 조약으로 인정한 토지. 일본의 경우, 1858년에 에도 막부가 미국·네덜란드·러시아·영국·프랑스와 맺은 수호통상조약을 토대로 요코하마·나가사키·오사카·고베·도쿄에 설치되었다. 불평등조약의 개정에 따라 1899년에 거류지는 폐지되고, 외국인은 옛 거류지만이 아니라 어디에서나 살 수 있게 되었지만, 고베와 요코하마 등지에는 외국인 거리가 남아 있었다. 여기 나오는 거류지는 요코하마의 옛 거류지를 가리킨다.

요즘에 와서는 일본의 여염집 부인들도 오건디나 조젯이나 코튼 보일* 같은 옷감을 홑옷으로 만들어 입는 것이 점점 유행하기 시작했지만, 그것을 처음 눈여겨본 것은 우리가 아니었을까요. 나오미는 묘하게도 그런 옷감이 어울렸습니다. 그것도 정식 기모노는 안 되기 때문에 통소매로 만들거나 파자마 같은 모양으로 만들거나 나이트가운처럼 만들거나 옷감 그대로를 몸에 두르고 몇 군데를 브로치로 고정시키고, 그런 차림으로 그냥 집 안에서 왔다 갔다 하면서 거울 앞에 서보거나 여러 가지 포즈를 사진으로 찍어보기도 하는 것입니다. 망사처럼 속이 비치는 하얀색이나 장미색이나 연보라색의 그런 옷에 감싸인 그녀의 모습은 살아 있는 커다란 한 떨기 꽃처럼 아름답고, 나는 "이렇게 해봐, 저렇게 해봐" 하면서 그녀를 안아 일으키거나 눕히거나 의자에 앉히거나 걸어가게 하면서 몇 시간이고 바라보고 있었습니다.

이런 식이었기 때문에 그녀의 옷은 1년 동안 수없이 늘어났습니다. 그녀는 그 옷들을 자기 방에는 도저히 다 간수할 수가 없어서 닥치는 대로 아무데나 걸어놓기도 하고 둘둘 뭉쳐놓기도 했습니다. 옷장을 사면 좋았겠지만, 그럴 돈이 있으면 옷을 한 벌이라도 더 사고 싶었고, 우리의 취향으로서는 뭐 그렇게 소중히 보관할 필요도 없었습니다. 옷가지 수는 많았지만 모두 싸구려였고, 어차피 금방 입고 버릴 옷이니까, 잘 보이는 곳에 흩어놓았다가 마음 내킬 때 몇 번이고 바꾸어 입는 편이 편

---

*오건디: 가늘게 꼬인 면사를 사용하여 만든 얇은 명주처럼 비치는 직물. 조젯: 얇고 투명하며 잔주름이 있는 견직물로 부인용 드레스 등에 쓰인다. 코튼 보일: 얇은 천으로, 가볍고 밀도가 거칠며 비쳐 보이는 면직물.

리하기도 하고 실내 장식도 되었습니다. 그래서 아틀리에 안은 마치 극장의 의상실처럼 의자 위에도 소파 위에도 마루 구석에도, 심지어는 층계의 중턱이나 다락방 복도의 난간에까지도 옷들이 꼴사납게 내던져져 있지 않은 곳이 없었습니다. 그리고 별로 빨래를 한 적이 없고, 더욱이 나오미는 그 옷들을 맨살에 걸치는 버릇이 있었기 때문에, 어느 옷이고 대개는 때가 묻어 있었습니다.

  이 많은 옷의 대부분은 별나게 만들어져 있어서, 외출할 때 입을 수 있는 것은 절반 정도밖에 안 되었을 겁니다. 그중에서도 나오미가 특히 좋아해서 이따금 집 밖에서 입고 다닌 옷으로는 공단으로 만든 겹옷과 그 짝인 하오리\*가 있었습니다. 공단이라고 하지만 면이 섞인 공단이었는데, 그 하오리도 기모노도 전체가 민무늬의 머루색이었고, 조리\*\*의 끈이나 하오리의 끈까지 머루색을 썼고, 그밖에는 한에리, 띠, 오비도메, 속옷 안, 소매끝동, 후키\*\*\* 등은 모두 연푸른색을 썼습니다. 띠도 역시 면공단이었고, 심은 얄팍하고 폭을 좁게 만들어 가슴 높이에 힘껏 졸라매고, 장식깃은 공단과 비슷한 옷감으로 만들고 싶다면서 리본을 사다가 깃에 달기도 했습니다. 나오미가 이 옷을 입고 나가는 것은 대개 밤에 연극을 보러 갈 때여서, 그 번쩍번쩍 빛나는 눈부신 바탕의 옷을 번쩍거리면서 유라쿠자

---

\*기모노 위에 길지는 짧은 곁옷.
\*\*일본식 짚신. 메이지 시대 이후 구두가 보급될 때까지 넓게 사용되었다.
\*\*\*한에리: 일본옷에서 겉옷의 옷깃 안으로 속옷의 깃이 엿보이기 때문에 거기에 예쁜 헝겊을 덧대어 장식한 것. 오비도메: 띠 위에 묶는 끈의 중앙에 다는 장식. 후키: 겹옷의 소맷부리나 옷자락의 안감을 겉으로 내어 접어서 가선처럼 마무른 것.

(有樂座)*나 제국극장의 복도를 걸으면 그녀를 뒤돌아보지 않는 사람이 없었습니다.

"뭘까, 저 여자는?"

"여배우**인가?"

"혼혈아***일까?"

따위의 속삭임을 들으면서 나도 그녀도 의기양양하게 일부러 그 근방을 서성거렸습니다.

그런데 그런 옷차림조차도 사람들이 그렇게 이상하게 생각했을 정도니까, 그보다 더 기발한 옷은 나오미가 아무리 색다른 것을 좋아해도 도저히 밖에 입고 나갈 수는 없었습니다. 그런 것은 실제로는 그저 방 안에서 그녀를 담아놓고 바라보기 위한 여러 가지 그릇에 지나지 않았습니다. 말하자면 아름다운 꽃 한 송이를 여러 꽃병에 번갈아 꽂아보는 것과 같은 심정이었겠지요. 나에게 나오미는 아내인 동시에 세상에도 진귀한 인형이자 장식품이기도 했으니까 그다지 놀랄 것은 없습니다. 따라서 그녀는 집 안에서는 거의 정상적인 차림을 하고 있지 않았습니다. 어떤 미국 영화의 남자 의상에서 힌트를 얻어 검은

---

*1908년에 현재의 도쿄 도 지요다 구 유라쿠 초에 만들어진 일본 최초의 서양식 극장. 모든 좌석이 의자식이었고, 식당과 휴게실이 딸려 있었다. 서양의 번역극이나 일본의 근대극이 자주 상연되었으며, 간토 대지진으로 소실되었다. 그 후 1935년에 이 자리에 극장이 세워졌다가 1984년에 폐점되었다.
**일본에서는 1910년 무렵에야 서양의 영향으로 여배우가 처음 탄생했다. 하지만 당초에는 게이샤나 창녀에 가까운 비천한 직업으로 보는 편견이 널리 존재했으며, 실제로도 단골손님이 부르면 요정이나 요릿집에 나가고 때로는 매춘 행위를 하는 경우도 있었다.
***당시 일본에서는 혼혈아에게 편견을 품고 차별하는 경향이 아주 강했다.

벨벳으로 지은 스리피스* 신사복 같은 것은 아마 제일 돈이 많이 든 사치스러운 실내복이었을 겁니다. 그것을 입고 머리카락을 둘둘 말아 올리고 사냥모를 쓴 모습은 고양이처럼 요염한 느낌을 주었지만, 여름은 물론 겨울에도 난로를 피워 실내를 따뜻하게 하고는 헐렁한 가운이나 수영복 하나만 입고 놀 때도 자주 있었습니다. 그녀가 신는 슬리퍼의 수만도 수놓은 중국 신발을 비롯하여 몇 켤레나 되었는지 모릅니다. 그리고 그녀는 대부분 버선이나 양말을 신지 않고 언제나 맨발**에 직접 그런 신을 신고 있었습니다.

---

*세 가지를 갖추어 한 벌이 되는 옷. 남자용은 저고리 조끼·바지, 여자용은 저고리·블라우스·스커트 혹은 바지로 이루어진다.
**일본에는 여성의 맨발을 섹시하게 보는 감각이 옛날부터 존재했는데, 예를 들면 창녀는 전통적으로 버선을 신지 않았다. 또한 다니자키 준이치로는 여성의 발에서 성적 만족감을 얻는 '풋 페디시즘(Foot Fetishism)' 성향이 강했다고 알려져 있다.

6

그 무렵 나는 그만큼 그녀의 비위를 맞추어 그녀가 좋아하는 것이라면 뭐든지 해주면서, 또 한편으로는 그녀를 충분히 교육시켜 잘난 여자, 훌륭한 여자로 만들겠다는 최초의 희망을 버린 적이 없었습니다. 이 '잘난'이나 '훌륭한'이라는 말의 뜻을 음미하면 나 자신도 분명히 말할 수는 없지만, 요컨대 나다운 아주 단순한 생각으로는 '어디에 내놓아도 부끄럽지 않은 근대적인 하이칼라 부인'이라는 지극히 막연한 것을 염두에 두고 있었을 것입니다. 나오미를 '훌륭하게 만드는 것'과 '인형처럼 소중하게 여기는 것', 이 두 가지가 과연 양립할 수 있는 것일까?—이제 와서 생각해보면 바보 같은 이야기지만, 그녀의 사랑에 현혹되어 눈이 어두워져 있던 나는 그렇게 뻔한 이치조차 전혀 분별하지 못했던 것입니다.

"나오미야, 노는 건 노는 거고 공부는 공부야. 네가 훌륭해지면 여러 가지 물건을 더 많이 사줄게" 하고 나는 입버릇처럼 말했습니다.

"네, 공부할게요. 그리고 반드시 훌륭하게 될게요" 하고 나오미는 내가 공부하라고 하면 반드시 그렇게 대답합니다. 그리고 날마다 저녁을 먹고 나서 30분쯤 나는 그녀에게 회화나 독본을 지도해주었습니다. 하지만 그런 경우 그녀는 그 벨벳옷이나 가운을 입고 발가락 끝으로 슬리퍼를 가지고 장난을 치면서 의자에 몸을 기대기 때문에, 마무리 잔소리를 해도 결국 '놀이'와 '공부'가 뒤죽박죽이 되어버리곤 했습니다.

"나오미야. 그게 무슨 짓이야! 공부할 때는 좀 더 얌전하게 하지 않으면 안 돼" 하고 내가 말하면, 나오미는 어깨를 움츠리고 초등학생처럼 응석부리는 목소리로,

"선생님, 잘못했어요" 하고 말하거나 "가와이 선생님, 용서해주세요" 하면서 내 얼굴을 가만히 들여다보는가 하면, 때로는 내 볼을 살짝 찌르기도 합니다. '가와이 선생님'도 이 귀여운 학생에게는 엄격하게 대할 용기가 없어서, 꾸지람의 말로는 실없는 장난이 되어버립니다.

원래 나오미는, 음악 쪽은 잘 모르지만, 영어는 열다섯 살 때부터 벌써 2년 동안 해리슨 양의 가르침을 받고 있었으니까 본래 같으면 충분히 할 수 있어도 좋을 텐데, 독본도 제1권부터 시작하여 지금은 제2권의 절반이 넘게 진도가 나갔고, 회화 교과서로는 《English Echo》를 배우고 문법책은 간다 나이부*의 《Intermediate Grammar》를 사용하고 있어서, 중학교 3학년 정도의 실력에 상당하는 것이었습니다. 하지만 아무리 호의적인

---

*간다 나이부(神田乃武, 1857~1923): 미국에 유학하고 도쿄제국대학 등에서 영어를 가르친 교육가. 그가 편찬한 중학교용 영어 교과서는 메이지 시대와 다이쇼 시대에 널리 사용되었다.

미친 사랑

눈으로 보아도 나오미는 2학년생한테도 뒤지고 있는 것 같았습니다. 아무래도 이상하다, 이럴 리가 없다고 생각해서, 한번은 해리슨 양을 찾아간 적이 있었습니다만,

"아니요, 그렇지 않습니다. 그 아이는 아주 영리한 아이입니다. 잘하고 있어요" 하면서, 그 뚱뚱하고 사람 좋아 보이는 노처녀는 생글생글 웃을 뿐이었습니다.

"그렇습니다. 그 아이는 영리한 아이입니다. 하지만 영리한데 비해서는 영어를 별로 잘하지 못하는 것 같습니다. 읽는 것만은 어떻게든 읽지만, 일본어로 번역하거나 문법을 해석하는 것 따위가……."

"그건 당신이 잘못 생각한 겁니다. 당신 생각이 틀렸습니다" 하고 노처녀는 여전히 생글생글 웃는 얼굴로 내 말을 가로채며 말하는 것이었습니다. "일본 사람은 모두 문법이나 번역을 생각합니다. 하지만 그건 제일 나쁩니다. 영어를 배울 때는 절대 머릿속에서 문법을 생각하면 안 됩니다. 번역해서는 안 됩니다. 영어 그대로 몇 번이고 되풀이해서 읽어보는 것, 그게 가장 좋습니다. 나오미 양은 발음이 아주 아름답습니다. 또 리딩을 잘하니까 이제 곧 틀림없이 잘하게 됩니다."

과연 노처녀의 말에도 일리는 있습니다. 하지만 내 말뜻은 문법을 조직적으로 배우라는 게 아닙니다. 2년 동안이나 영어를 배우고 독본 제3권을 읽을 수 있으니까, 하다못해 과거분사의 용법이나 능동태의 구조, 가정법의 응용법 정도는 실제적으로 이해해도 좋을 터인데, 일본어 문장을 영어로 번역하라고 시켜보면 그게 전혀 안 됩니다. 중학교 열등생한테도 미치지 못할 정도입니다. 아무리 읽기를 잘한다 해도, 이래서는 도저

히 실력이 늘 리가 없습니다. 도대체 2년 동안이나 무엇을 가르치고 무엇을 배웠는지 알 수가 없습니다. 그러나 노처녀는 불만스러운 나의 표정에는 신경도 쓰지 않고 아주 안심한 듯 대범한 태도로 고개를 끄덕이며, "그 아이는 아주 영리합니다"라는 말을 여전히 되풀이할 뿐이었습니다.

　이것은 나의 상상입니다만, 아무래도 서양인 교사는 일본인 학생에 대해 일종의 편견을 가지고 있는 것 같습니다. 편견—이렇게 말하는 것이 나쁘다면 선입관이라고 할까요? 그러니까 그들은 서양인 냄새가 나는 하이칼라에 귀여운 얼굴을 한 소년이나 소녀를 보면 당장 그 아이가 영리하다고 느낍니다. 특히 올드미스의 경우에는 그런 경향이 더욱 강합니다. 해리슨 양이 나오미를 자꾸 칭찬하는 것은 그 때문인데, 이미 처음부터 '영리한 아이'라고 단정해버린 것입니다. 게다가 나오미는 해리슨 양의 말대로 발음만은 아주 유창했습니다. 어쨌든 잇바디가 고운데다 성악의 소질이 있었기 때문에, 그 목소리만 듣고 있으면 참으로 고와서 영어도 멋지게 할 수 있을 것 같았고, 나 같은 것은 도저히 따라갈 수 없을 것처럼 생각되었습니다. 그래서 해리슨 양은 그 목소리에 맥없이 속아 넘어간 게 분명합니다. 그녀가 나오미를 얼마나 사랑하고 있었는지는, 그녀의 방에 안내되어 들어갔을 때 놀랍게도 그 화장대 주위에 나오미의 사진이 잔뜩 장식되어 있었던 것으로도 알 수 있었습니다.

　마음속으로는 해리슨 양의 의견이나 교수법이 몹시 불만스러웠지만, 그와 동시에 서양 사람이 나오미를 그렇게 귀여워해 주고 영리한 아이라고 말해주는 것이 내가 기대한 대로여서, 마치 내가 칭찬을 받은 듯한 기쁨을 금할 수 없었습니다. 그뿐만 아니라 원래 나는—아니, 나만이 아닙니다. 일본 사람은 누구나 대개 그렇지만—서양 사람 앞에 나가면 괜히 기가 죽어 자기 생각을 분명하게 말할 용기를 잃는 편이기 때문에, 해리슨 양이 기묘한 액센트가 있는 일본어로, 게다가 당당하게 떠들어대자 결국 해야 할 말도 하지 못하고 말았습니다. 뭐, 그녀가 그런 의견이라면 나는 나대로 부족한 부분을 집에서 보충해 주면 될 거라고 속으로 생각하면서,

"네, 정말로 그건 그렇습니다. 당신 말씀대로예요. 이젠 나도 알았으니까 안심입니다."

대충 이런 말을 하고 싱글싱글 알랑거리는 애매한 웃음을 지으며, 그대로 요령부득인 채 맥없이 돌아오고 말았던 것입니다.

"조지 씨, 해리슨 선생님이 뭐라고 하셨어요?" 하고 나오미는 그날 밤 물었지만, 그녀의 말투는 노처녀의 총애를 믿고 완전히 우습게 보는 것처럼 들렸습니다.

"잘하고 있다고 말했지만, 서양 사람은 일본인 학생의 심리를 몰라. 발음이 좋고 그저 술술 읽기만 하면 된다고 말하는 것은 큰 잘못이야. 너는 확실히 기억력은 좋아. 그래서 외우는 건 잘하지만, 번역을 시키면 의미를 하나도 모르잖아. 그래서는 앵무새나 다를 게 없지. 아무리 배워도 아무런 도움이 안 된단 말이야."

내가 나오미에게 꾸중다운 꾸중을 한 것은 그때가 처음이었습니다. 나는 그녀가 해리슨 양을 편들어 '그것 보라'는 듯이 의기양양하게 콧방울을 벌름거리며 우쭐대는 것이 비위에 거슬렸을 뿐만 아니라, 무엇보다도 이래서야 '훌륭한 여자'가 될 수 있을지 어떨지, 그것이 몹시 불안하게 느껴졌습니다. 영어

라는 것을 별문제로 생각해도, 문법 규칙을 이해하지 못하는 머리라면 정말 앞날이 걱정스러웠습니다. 사내아이가 중학교에서 기하나 대수를 배우는 것은 무엇 때문인가. 반드시 실생활에 이용하는 것이 주요 목적이 아니라, 두뇌 작용을 치밀하게 하고 연마하는 것이 목적이 아닌가. 여자아이라고 하면 지금까지는 해부학적 두뇌가 없어도 괜찮았지만, 앞으로의 부인은 그래서는 안 된다. 하물며 '서양 사람에게도 뒤지지 않는' '훌륭한' 여자가 되겠다는 사람이 조직하는 재주가 없고 분석하는 능력이 없다면 마음이 놓이지 않는다.

나는 다소 옹고집을 부려, 전에는 겨우 30분쯤 복습을 도와주었을 뿐이지만 그 후로는 날마다 한 시간 또는 한 시간 반 이상을 반드시 번역과 문법을 가르쳐주기로 했습니다. 그리고 그동안은 절대로 노는 기분을 용납하지 않고 호되게 야단쳤습니다. 나오미에게 가장 부족한 점은 이해력이었기 때문에, 나는 일부러 심술궂게 자세한 것은 가르쳐주지 않고 약간의 힌트만 준 뒤, 나머지는 스스로 깨우치도록 이끌었습니다. 예를 들어 문법의 능동태를 배웠다면, 당장 그것에 따른 응용문제를 그녀에게 제시하고는,

"자, 이걸 영어로 번역해봐. 지금 읽은 부분을 이해하기만 하면, 이걸 못할 리가 없어."

이렇게만 말해놓고, 그녀가 답안을 만들어낼 때까지는 잠자코 느긋한 태도로 있습니다. 그 답안이 틀려도 절대로 어디가 틀렸다고는 말하지 않고,

"뭐야. 이건 모르는 거잖아. 다시 한 번 문법을 읽어봐" 하고 몇 번이고 돌려보냅니다. 그래도 못하면,

"나오미야, 이렇게 쉬운 걸 못하면 어떡해. 네가 도대체 몇 살이야. 몇 번이나 같은 부분을 고치게 했는데도 아직 이런 걸 모르다니, 머리는 어디다 두고 있는 거야. 해리슨 양은 네가 영리하다고 했지만, 나는 조금도 그렇게 생각지 않아. 이걸 못해서는 학교에 가면 열등생이야"하고, 나는 그만 지나치게 열을 올린 나머지 큰 소리를 내게 됩니다. 그러면 나오미는 발끈해서 부루퉁한 표정을 짓고, 결국에는 훌쩍훌쩍 울기 시작하는 일이 자주 있었습니다.

평소에는 정말 사이좋은 두 사람, 그녀가 웃으면 나도 웃고, 일찍이 한 번도 말다툼을 한 적이 없고, 이렇게 정다운 남녀는 없다고 여겨지는 두 사람―그런데 영어를 공부하는 시간만 되면 반드시 둘 다 답답하고 숨 막힐 듯한 기분이 됩니다. 하루에 한 번씩은 내가 화를 내지 않은 적이 없고, 그녀가 부루퉁하지 않은 적이 없고, 주금 전까지는 그렇게 기분이 좋았는데 갑자기 양쪽 다 긴장하여 몸이 굳어지고, 거의 적의까지 담긴 눈초리로 상대를 쏘아봅니다. 실제로 나는 그때가 되면 그녀를 훌륭하게 만들기 위한 것이라는 애초의 동기는 잊어버리고, 너무나 한심스러운 데 속이 타서 진심으로 그녀가 미워지는 것이었습니다. 상대가 사내아이였다면 나는 홧김에 주먹으로 한 대 쥐어박았을지도 모릅니다. 때리지는 않아도 교육에 열중한 나머지 "이 바보야!" 하고 늘 호통을 쳤습니다. 한번은 그녀의 이마 언저리에 알밤을 먹인 적도 있었습니다. 하지만 그렇게 당하자 나오미 쪽도 묘하게 뒤둥그러져서, 아는 것도 절대 대답하려고 하지 않고 볼을 따라 흘러내리는 눈물을 삼키며 언제까지나 돌덩이 같은 침묵을 지키는 것입니다. 나오미는 일단 그런 식으로 비뚤어지면 놀랄 만큼 고집이 세서 다루기가 어려운 성질이었기 때문에, 마지막에는 내가 끈기에 져서 흐지부지되어버리고 마는 것이었습니다.

한번은 이런 일이 있었습니다. 'doing'이나 'going' 같은 현재분사에는 반드시 그 앞에 '있다'라는 동사 'to be'를 붙이지 않으면 안 되는데, 몇 번을 가르쳐도 그녀는 그것을 이해하지 못했습니다. 그런 식으로 아직도 'I going'이나 'He making'이라고 말하는 잘못을 저지르기 때문에, 나는 마구 화를 내고 늘 하는 "이 바보야!"를 연발하면서 입에서 신물이 날 만큼 자세히 설명해준 다음, 과거·미래·미래완료·과거완료 등 여러 가지 시제(時制)에서 'going'의 변화를 시켜보았지만, 어이없게도 여전히 그것을 모르고 있었습니다. 여전히 'He will going'이라고 하거나 'I had going'이라고 쓰는 것입니다. 나는 나도 모르게 화가 치밀어,

"바보! 넌 정말 지독한 바보구나! 'will going'이나 'have going'이라고는 절대 말할 수 없다고 그렇게 말해주었는데, 넌 아직도 그걸 모르겠냐? 모르면 알 때까지 해봐. 오늘 밤을 꼬박 새우더라도 할 수 있을 때까지는 용서하지 않을 테니까" 하고는 사납게 연필을 내동댕이치고 공책을 나오미 앞에 내던지자, 나오미는 입을 꽉 다물고 새파래져서 눈을 치뜨고 내 미간을 뚫어지게 노려보았습니다. 그러다가 무슨 생각을 했는지 갑자기 공책을 움켜잡더니 갈기갈기 찢어서 마루에 탁 내던지고는, 다시 무서운 눈초리로 내 얼굴을 구멍이 날 만큼 노려보는 것이었습니다.

한순간 그 맹수 같은 기세에 눌려 어안이 벙벙해져 있던 나

는 잠시 후에 이렇게 말했습니다.

"그게 무슨 짓이야! 나한테 반항할 셈이야? 공부 같은 건 아무래도 좋다고 생각해? 열심히 공부하겠다고, 훌륭한 여자가 되겠다고 말한 건 도대체 어떻게 된 거지? 어쩔 셈으로 공책을 찢은 거야? 잘못했다고 빌어. 빌지 않으면 용서하지 않겠어. 오늘로 당장 이 집에서 나가!"

하지만 나오미는 여전히 고집스럽게 입을 다문 채, 그 창백한 얼굴의 입가에 우는 듯한 엷은 미소를 띠고 있을 뿐이었습니다.

"좋아! 빌지 않겠다면 그만이야. 지금 당장 여기서 나가줘! 자, 어서 나가라니까!"

그 정도로 나가지 않으면 도저히 그녀를 위협할 수 없다고 생각했기 때문에, 나는 벌떡 일어나 그녀가 벗어던진 옷 두세 벌을 재빨리 뭉쳐서 보자기에 싸고, 2층 방에서 지갑을 가져다가 10엔짜리 두 장을 꺼내서 그녀에게 거칠게 내밀면서 말했습니다.

"자, 이 보따리에 네 소지품이 들어 있으니까, 이걸 가지고 오늘 밤 아사쿠사로 돌아가줘. 그리고 여기 20엔이 있어. 적지만 당분간 쓸 용돈으로 받아둬. 이야기는 나중에 확실히 매듭짓기로 하고, 짐은 내일이라도 보내줄 테니까…… 응? 왜 그래? 왜 말이 없지?"

이렇게 나오자, 아무리 지기 싫어하고 고집이 센 것 같아도 역시 어린애였습니다. 심상치 않은 내 서슬에 나오미는 조금 겁을 먹은 듯, 이제야 뉘우치는 것처럼 얌전히 고개를 숙이고 몸을 움츠리는 것이었습니다.

"너도 꽤 고집이 세지만, 나도 일단 말을 꺼내면 결코 그대로는 끝나지 않아. 잘못했다고 생각하면 빌고, 그게 싫으면 돌아가줘. 자, 어떻게 할 거야? 빨리 결정하면 되잖아. 잘못을 빌 거야? 아니면 아사쿠사로 돌아갈래?"

그러자 그녀는 고개를 저으며 싫다고 도리질을 했습니다.

"그럼 돌아가고 싶지 않은 거야?"

'응'이라고 말하듯이 이번에는 턱을 끄덕입니다.

"그럼 빌겠다는 거야?"

"응" 하고 또 아까처럼 고개를 끄덕입니다.

"그렇다면 용서해줄 테니까, 두 손을 짚고 제대로 빌어."

그래서 나오미는 하는 수 없이 책상에 두 손을 짚고—그러면서도 여전히 어딘지 모르게 사람을 깔보는 듯한 태도로 귀찮다는 듯 삐딱하게 옆으로 고개를 숙입니다.

이런 오만하고 제멋대로인 근성은 전부터 그녀에게 있었던 것인지, 아니면 내가 지나치게 응석을 받아준 결과인지, 어쨌든 날이 갈수록 점점 심해지고 있는 것은 분명했습니다. 아니, 실은 심해진 게 아니라 열대여섯 살 무렵에는 그것을 어린애다운 애교로 보아 넘겼지만, 나이를 먹어도 그만두지 않기 때문에 점점 내 힘에 부치게 되었는지도 모릅니다. 전에는 아무리 떼를 쓰다가도 내가 야단치면 순순히 말을 들었는데, 이 무렵에는 조금만 제 마음에 들지 않는 일이 생기면 금세 부루퉁해집니다. 그래도 훌쩍훌쩍 울기라도 하면 아직 귀여운 데가 있지만, 때로는 내가 아무리 엄하게 꾸짖어도 눈물 한 방울 흘리지 않고 얄미울 만큼 딴청을 부리거나 매섭게 눈을 치뜨고 나를 똑바로 노려봅니다. 만약 동물전기\*라는 게 실제로 있다면

미친 사랑 69

나오미의 눈에는 분명 그것이 다량으로 들어 있을 거라고, 나는 언제나 그렇게 느꼈습니다. 왜냐하면 그녀의 눈은 여자의 눈이라고는 생각할 수 없을 만큼 날카롭고 매섭게 번득이고, 게다가 바닥을 알 수 없는 일종의 깊은 매력을 담고 있어서, 그 눈에 힘을 주고 노려보면 이따금 오싹할 때가 있었기 때문입니다.

*1786년, 이탈리아의 루이지 갈바니가 개구리 다리에 전기 자극을 주는 실험을 하여 동물전기의 존재를 제창했다. 오늘날에는 신경이나 근육세포가 활동할 때 일종의 전류를 발생시킨다는 사실이 알려져 있다.

7

그 무렵 내 가슴 속에서는 실망과 연모라는 서로 모순된 두 감정이 서로 엇갈려 싸우고 있었습니다. 내가 선택을 잘못 했다는 것, 나오미는 기대한 만큼 영리한 여자가 아니었다는 것─이미 이 사실은 내가 아무리 호의적인 눈길로 보아도 부정할 수 없었고, 그녀가 훗날 훌륭한 부인이 될 거라는 희망은 이제 와서는 완전히 꿈이었다는 것을 깨닫게 되었습니다. 역시 성장 환경이 나쁘면 어쩔 수 없구나, 센조쿠초에서 나고 자란 계집애에게는 카페 여급이 어울리는구나, 분수에 맞지 않는 교육을 받아봤자 아무 소용이 없구나─나는 이런 체념을 절실히 품게 되었습니다. 하지만 그와 동시에 나는, 한편으로는 체념하면서도 다른 한편으로는 점점 더 강하게 그녀의 육체에 매혹되어 갔습니다. 그렇습니다, 나는 특별히 '육체'라고 말합니다. 왜냐하면 그것은 그녀의 피부와 이, 입술, 머리카락, 눈동자, 그밖에 모든 자태의 아름다움이었고, 거기에는 정신적인 것은 아무것도 없었기 때문입니다. 그러니까 그녀는 두뇌 쪽에서는 내 기대를 배반했지만 육체 쪽에서는 점점 더 내 이상대로, 아니 그 이상으로 아름다움을 더해갔던 것입니다. '바보 같은 계집', '어쩔 수 없는 것'이라고 생각하면 할수록 더욱 더 속절없이 그 아름다움에 유혹당하고 맙니다. 이것은 참으로 나에게 불행한 일이었습니다. 나는 차츰 그녀를 '키워주자'는 순수한 마음을 잊어버리고, 오히려 내가 거꾸로 질질 끌려가게 되었고, 이래서는 안 된다고 깨달았을 때는 벌써 나로서도 어떻게 할 수 없게 되고 말았습니다.

'세상일이란 모두 자기 생각대로 되는 건 아니다. 나는 나오미를 정신과 육체의 양쪽 면에서 아름답게 만들려고 했다. 그리고 정신 면에서는 실패했지만 육체 면에서는 훌륭하게 성공하지 않았는가. 나는 그녀가 이 방면에서 이만큼 아름다워지리라고는 예상하지 못했다. 그러고 보면 이 성공은 다른 실패를 보충하고도 남지 않는가'―나는 억지로 그렇게 생각하고, 그것으로 만족하도록 내 기분을 이끌어갔습니다.

"조지 씨는 요즘 영어 시간에도 별로 나를 '바보'라고 부르지 않게 되었어요" 하고 나오미는 재빨리 내 마음의 변화를 알아차리고 말했습니다. 그녀가 공부에는 어두워도 내 안색을 읽는 데에는 참으로 민감했습니다.

"아, 너무 그러면 오히려 네가 고집을 부리게 되고, 결과가 좋지 않을 것 같아서 방침을 바꾸기로 했어."

"흥!" 하고 그녀는 콧방귀를 뀌고는, "그야 그렇죠. 그렇게 함부로 바보, 바보 하면 난 절대로 말을 듣지 않아요. 대개의 문제는 제대로 풀 수 있었지만, 일부러 조지 씨를 곯려주려고 못하는 척한 거예요. 그걸 조지 씨는 몰랐죠?"

"아니, 정말이야?" 하고 나는 나오미의 말이 남에게 지기 싫어 허세 부리는 것임을 알면서도 일부러 놀란 척했습니다.

"물론이죠. 그런 문제를 못 푸는 사람은 없어요. 그런데 정말로 못하는 줄 알다니, 조지 씨가 훨씬 더 바보예요. 난 조지 씨가 화를 낼 때마다 어찌나 우스운지 혼났어요."

"어이가 없군. 나한테 완전히 한 방 먹였어."

"어때요? 제가 조금 더 영리하죠?"

"응, 영리해. 너한테는 못 당하겠어."

그러면 그녀는 우쭐해져서 배를 움켜쥐고 웃어대곤 했습니다.

독자 여러분, 여기서 내가 갑자기 묘한 이야기를 꺼내도 부디 웃지 말고 들어주세요. 나는 옛날 중학교에 다닐 때 역사 시간에 안토니우스와 클레오파트라*에 관한 대목을 배운 적이 있습니다. 여러분도 아시겠지만, 그 안토니우스가 옥타비아누스의 군대를 맞아 나일 강에서 싸울 때, 안토니우스를 따라온 클레오파트라는 아군의 형세가 불리하다고 생각되자 갑자기 도중에 뱃머리를 돌려 도망쳐버립니다. 그런데 안토니우스는 이

---

*클레오파트라(기원전 69~30년)는 고대 이집트 프톨레마이우스 왕조의 마지막 여왕. 당시 로마는 지중해의 거의 전역을 지배하고 있었고, 마지막으로 남은 이집트도 지배하려고 했지만, 클레오파트라는 카이사르의 애인이 되어 독립을 유지했다. 카이사르가 암살된 뒤, 카이사르의 양자인 옥타비아누스(나중에 로마제국 초대 황제 아우구스투스)가 이탈리아 및 서방을 통치하고, 카이사르의 심복인 마르쿠스 안토니우스 장군이 동방을 통치했는데, 안토니우스는 클레오파트라의 매력에 사로잡힌 나머지 아내인 옥타비아(옥타비아누스의 누이)를 버리면서까지 이집트를 중시했다. 결국 옥타비아누스는 안토니우스를 로마의 적으로 고발하고, 기원전 31년에 그리스 북쪽의 악티움 앞바다에서 결전을 벌였다(소설에서 조지가 나일 강에서 싸웠다고 한 것은 잘못). 하지만 여기서 패한 안토니우스와 클레오파트라는 이집트로 도망쳐 재기를 꾀하다 이듬해 8월에 자결했다.

박정한 여왕의 배가 자기를 버리고 가는 것을 보자, 사태의 존망이 걸려 있는 매우 위급한 때임에도 불구하고 전쟁 따위는 제쳐놓고 자신도 곧바로 여자를 뒤따라갑니다.

"여러분!" 하고, 그때 역사 선생님은 우리에게 말했습니다. "이 안토니우스라는 남자는 여자의 꽁무니를 따라다니다가 목숨을 잃었으니, 역사상 이만큼 바보짓을 한 인간은 없으며, 참으로 고금을 통틀어 유례를 찾아볼 수 없는 웃음거리의 표본이라 하겠다. 영웅호걸도 이 꼴이 되어버린다면……."

그 말투가 하도 우스워서, 학생들은 선생님의 얼굴을 쳐다보며 한꺼번에 와아 하고 웃음을 터뜨렸습니다. 나도 그렇게 웃어댄 학생들 가운데 하나였던 것은 말할 나위도 없습니다.

그런데 중요한 것은 이 대목입니다. 나는 당시 안토니우스쯤 되는 사람이 왜 그렇게 박정한 여자한테 혹했는지 이상해서 견딜 수가 없었습니다. 아니, 안토니우스만이 아니라 바로 그 전에도 율리우스 카이사르 같은 영웅호걸이 클레오파트라한테 걸려서 품격을 떨어뜨렸지요. 그런 예는 그밖에도 얼마든지 있습니다. 도쿠가와 시대*의 집안싸움이나 한 나라의 흥망성쇠의 자취를 더듬어보면 그 뒤에는 반드시 무서운 요부(妖婦)의 농간이 있습니다. 그러면 그 농간이라는 것은 일단 거기에 걸려들면 누구나 감쪽같이 넘어갈 만큼 아주 음험하고 교묘하게 짜인 것인가 하면, 아무래도 그렇지는 않은 것 같습니다. 클레오파트라가 아무리 영리한 여자였다 해도 설마 카이사르나 안토

---

*1603년에 도쿠가와 이에야스가 대장군에 임명되어 막부를 개설한 때부터 1867년에 도쿠가와 요시노부가 정권을 메이지 천황에게 돌려준 때까지의 시기. 정권의 본거지가 에도(현재의 도쿄)였기 때문에 '에도 시대'라고 부르기도 한다.

니우스보다 지혜가 뛰어났다고는 생각되지 않습니다. 설령 영웅이 아니더라도 그 여자에게 진심이 있는지, 그녀의 말이 거짓인지 진정인지 하는 정도는 주의하면 통찰할 수 있을 것입니다. 그럼에도 불구하고 제 신세를 망칠 것을 뻔히 알면서도 속아버린다는 것은 너무도 한심한 일이다. 실제로 그랬다면 영웅이라고 해봤자 그렇게 훌륭한 사람은 아닐지도 모른다―나는 속으로 그렇게 생각하고 마르쿠스 안토니우스가 '고금을 통틀어 유례를 찾아볼 수 없는 웃음거리의 표본'이고 '역사상 이만큼 바보짓을 한 인간은 없다'는 역사 선생님의 비평을 그대로 수긍했던 것입니다.

나는 지금도 그때 선생님의 말씀을 가슴에 떠올리며, 모든 학생들과 함께 낄낄대고 웃었던 내 모습을 떠올릴 때가 있습니다. 그리고 그 일을 회상할 때마다, 이제 와서는 웃을 자격이 없다는 것을 절실히 느낍니다. 왜냐하면 나는 어떤 이유로 로마의 영웅이 바보가 되었는지, 안토니우스쯤 되는 자가 무엇 때문에 요부의 농간에 칠칠치 못하게 휘말려들었는지, 그 마음을 이제 와서는 확실히 납득할 수 있을 뿐만 아니라 거기에 대해 동정마저 금할 수 없을 정도이기 때문입니다.

흔히 세상에서는 "여자가 남자를 속인다"고 말합니다. 하지만 내 경험에 따르면 이것은 결코 처음부터 '속이는' 게 아닙니다. 처음에는 남자가 자진해서 '속는 것'을 기뻐합니다. 어떤 여자에게 반해버리면 그 여자가 하는 말이 거짓이든 진실이는 남자 귀에는 모두 귀엽고 사랑스럽게 들립니다. 이따금 그녀가 거짓눈물을 흘리며 기대거나 하면,

'아, 그래, 요 녀석이 이런 수법으로 나를 속이려 드는군.

그래도 넌 우스운 녀석이야. 귀여운 녀석이야. 네 속셈은 알고 있지만, 모처럼이니까 내가 속아주지. 자, 실컷 나를 속여봐……' 하는 식으로 남자는 도량 있게 생각하고, 말하자면 어린아이를 기쁘게 해주는 것 같은 기분으로 일부러 그 수법에 넘어가줍니다. 그러니까 남자는 여자한테 속는다고 생각하지 않습니다. 오히려 자기가 여자를 속이고 있다고 생각하며 속으로 웃고 있는 것이지요.

그 증거로는, 나와 나오미도 역시 그러했습니다.

"내가 조지 씨보다 영리하죠?" 하고는, 나오미는 나를 끝까지 속여먹었다고 생각합니다. 나는 얼간이 흉내를 내면서 속아 넘어간 척합니다. 나에게는 얄팍한 그녀의 거짓말을 폭로하기보다, 오히려 그녀를 우쭐하게 만들어놓고, 그녀가 기뻐하는 모습을 바라보는 편이 얼마나 더 즐거운지 모릅니다. 그뿐만 아니라 나는 거기에 내 양심을 만족시킬 수 있는 구실까지도 가지고 있었습니다. 설령 나오미가 영리한 여자가 아니라 하더라도, 영리하다는 자신감을 갖게 하는 것은 나쁘지 않은 일이다. 일본 여자의 가장 큰 단점은 확고한 자신감이 없다는 점이다. 따라서 그들은 서양 여자에 비해 위축되어 보인다. 근대적인 미인의 자격은 얼굴 생김새보다 재기발랄한 표정과 태도에 있다. 설령 자신감이라고 할 정도는 아니더라도, 단순한 자만심이라도 좋으니까 '나는 영리하다'거나 '나는 미인이다'라고 믿는 것이 결국은 그 여자를 미인으로 만든다—나는 그렇게 생각하고 있었기 때문에, 영리한 척하는 나오미의 버릇을 나무라지 않았을 뿐만 아니라 오히려 한껏 부추겨주었습니다. 항상 기꺼이 그녀에게 속아주고, 그녀의 자신감이 더욱 강해지게 했습니다.

한 예를 들면, 나와 나오미는 그 무렵 자주 군대 장기\*를 두 거나 트럼프를 하며 놀았는데, 본격적으로 하면 내가 이길 수 있는데도 되도록이면 그녀가 이기게끔 해주었기 때문에, 차츰 그녀는 '승부에서는 내가 훨씬 강하다'고 자만해서는,

"자, 조지 씨, 가볍게 한 판 이겨줄 테니까 오세요" 하고 나를 완전히 깔보는 태도로 도전해옵니다.

"그럼 어디 한 번 복수전을 해줄까. 나도 작정하고 덤벼들면 너 따위한테 지지는 않지만, 상대가 어린애라고 생각하니까 그만 방심해서……."

"좋아요. 큰소리는 이긴 뒤에나 하세요."

"좋아! 이번만은 정말 이겨줄 테니까!"

이렇게 말하면서 나는 일부러 엉터리 수를 써서 여전히 져줍니다.

"어때요? 조지 씨, 어린애한테 져서 분하지 않아요? 이젠 안 돼요. 무슨 말을 하건 저한테는 못 당해요. 글쎄요, 어떨까. 서른한 살이나 먹은 다 큰 남자가 이런 놀이에서 열여덟 살밖에 안 된 아이한테 지다니, 조지 씨는 이걸 전혀 할 줄 모르나 봐요."

---

\*청일전쟁과 러일전쟁에 영향을 받아 육군 조직을 본떠서 만들어졌다. 내용 구성과 말의 개수는 시대나 제조원에 따라 다소 다르다. 초기에는 보병·기병·공병·포병에 소위부터 대장까지의 계급으로 구성되어 있었다. 군기(원수)의 말만 앞면을 위로 하여 정해진 위치에 놓고, 나머지 말들은 거꾸로 뒤집어 임의로 배열한다. 교대로 말을 움직이다가 양쪽의 말이 만났을 때 판정자가 뒤집힌 말을 확인하여 말의 계급에 따라 이긴 말은 남겨놓고 진 말은 내려놓는다. 적진으로 말을 몰고 가서 군기를 먼저 탈취한 쪽이 승자가 된다.

그리고 그녀는 "역시 나이보다는 머리죠"라든가, "자기가 바보니까 분해도 별수 없어요" 하면서 더욱 우쭐대고, "흥" 하고 건방지게 콧방귀로 비웃습니다.

하지만 무서운 것은 여기에서 생겨나는 결과입니다. 처음 얼마 동안은 내가 나오미의 비위를 맞춰주고 있다고, 적어도 나 자신은 그렇게 생각합니다. 그런데 점점 그게 습관이 될수록 나오미는 정말로 강한 자신감을 갖게 되고, 이번에는 아무리 내가 진지하게 버텨도 실제로 그녀를 이길 수 없게 되는 것입니다.

사람과 사람의 승부는 이성과 지혜에 의해서만 결정되는 것이 아니라, 거기에는 '기세'라는 것이 있습니다. 바꿔 말하면 동물전기입니다. 더구나 내기를 하는 경우에는 더욱 그러해서, 나오미는 나와 결전을 벌이게 되면 처음부터 나를 얕잡아보고 굉장한 기세로 덤벼들기 때문에, 나는 조금씩 압도당하게 되고 주눅이 들게 됩니다.

"그냥 하면 재미없으니까 얼마라도 걸고 해요" 하고 나중에는 완전히 맛을 들여, 돈을 걸지 않으면 아예 승부를 하지 않게 되었습니다. 그러면 내기를 할수록 내가 잃는 돈은 많아집니다. 나오미는 한 푼도 없는 주제에 10전이니 20전이니 하고 자기 마음대로 단위를 정하고, 실컷 용돈을 뜯어냅니다.

"아, 30엔만 더 있으면 그 옷을 살 수 있는데…… 또 트럼프를 해서 돈을 딸까?" 하고 말하면서 도전해옵니다. 때로는 그녀가 질 때도 있지만, 그럴 때는 또 다른 수법을 알고 있어서, 그 돈이 꼭 필요하면 무슨 수를 써서라도 반드시 돈을 손에 넣고 맙니다.

나오미는 언제라도 그 '수법'을 쓸 수 있도록, 승부를 할 때는 대개 헐렁한 가운 같은 옷을 일부러 칠칠치 못하게 걸치고 있었습니다. 그리고 형세가 나빠지면 음란하게 앉음새를 흐트러뜨려 옷깃을 벌리거나 다리를 내뻗거나, 그래도 안 되면 내 무릎에 기대어 내 뺨을 어루만지거나 입술 끝을 잡고 흔들거나 온갖 수단으로 나를 유혹했습니다. 나는 이 '수법'에 걸리면 영락없이 약해졌습니다. 그중에서도 최후의 수단*―이것은 차마 글로 쓸 수 없지만―을 쓰면 머릿속이 왠지 몽롱하게 흐려지고, 갑자기 눈앞이 캄캄해져서 승패 따위는 뭐가 뭔지 알 수 없게 되어버립니다.

"교활해, 그런 짓을 하면……."

"교활한 게 아니에요. 이것도 하나의 수법이라고요."

정신이 아득해지고 모든 것이 희미해져가는 나의 눈에는 그 목소리와 함께 만면에 교태를 띤 나오미의 얼굴만이 어렴풋이 보입니다. 생글생글 야릇한 웃음을 띠고 있는 그 얼굴만이…….

"교활해. 교활해. 트럼프에 그런 수법이 어디 있어……."

"흥, 없기는 왜 없어요. 여자와 남자가 승부를 하면 온갖 '주술'을 다 부리는 법이에요. 나는 다른 데서 본 적이 있어요. 어릴 적에 집에서 언니가 남자랑 화투**를 칠 때 옆에서 보고 있었더니 온갖 주술을 다 부리던데요. 트럼프도 화투와 마찬가지잖

---

*당시 일본 여성은 팬티를 입지 않고 허리 주위에 '고시마키'라는 헝겊만 두르고 있었기 때문에, 앉는 자세에 따라서는 음부가 훤히 보이게 된다.
**에도 시대 말기에 탄생했지만, 막부에서는 이를 금지했다. 메이지 시대에 금지령이 풀리자 일반 서민부터 상류계급에 이르기까지 널리 애호되었다.

아요."

　나는 생각합니다. 안토니우스가 클레오파트라한테 정복당한 것도 결국에는 이런 식으로 해서 차츰 저항력을 빼앗기고, 구슬림에 넘어가고 말았을 거라고. 사랑하는 여자에게 자신감을 갖게 해주는 것은 좋지만, 그 결과 이번에는 이쪽이 자신감을 잃게 됩니다. 그렇게 되면 쉽사리 여자의 우월감을 이길 수가 없습니다. 그리고 생각지도 않았던 재앙이 거기서 생겨나게 되는 것입니다.

# 8

나오미가 꼭 열여덟 살 되던 해 가을, 늦더위가 기승을 부리는 9월 초의 어느 날 저녁이었습니다. 그날은 회사 일이 한가했기 때문에 한 시간쯤 일찍 일을 끝내고 오모리의 집으로 돌아온 나는 뜻밖에도 문 안쪽 마당에서 낯선 소년이 나오미와 뭔가 이야기를 나누고 있는 것을 보았습니다.

소년의 나이는 나오미와 비슷해 보였고, 나오미보다 많다 해도 기껏해야 열아홉 살은 넘지 않을 것으로 생각되었습니다. 시로지가스리\*로 지은 홑옷을 입고, 양키가 좋아하는 화려한 리본이 달린 밀짚모자를 쓰고, 지팡이로 게다 끝을 탁탁 때리면서 지껄이고 있는, 불그레한 얼굴에 눈썹이 짙고 이목구비가 못생기지는 않았지만 얼굴이 온통 여드름투성이인 사내.

나오미는 그 사내의 발치에 쪼그리고 앉아서 화단 뒤에 가려져 있었기 때문에 어떤 보양을 하고 있는지는 확실히 보이지

---

\*하얀 바탕에 감색·남색·흑색·갈색 등으로 점박이 무늬를 넣은 여름 옷감.

않았습니다. 백일홍과 풀협죽도, 칸나 따위가 피어 있는 사이로 그녀의 옆얼굴과 머리카락만 어른어른 보일 뿐이었습니다.

사내는 나를 보자 모자를 벗고 인사한 뒤,

"그럼 또 봐" 하고 나오미 쪽을 돌아보며 말하고는 곧 총총걸음으로 문 쪽으로 걸어왔습니다.

"그럼 잘 가" 하고 나오미도 뒤따라 일어났지만,

"잘 있어" 하고 사내는 뒤를 향한 채 내뱉듯이 말하고, 내 앞을 지날 때 모자챙에 살짝 손을 대어 얼굴을 가리듯이 하면서 나갔습니다.

"누구야, 저 남자는?" 하고 나는 질투라기보다, '방금 그건 이상한 장면이던데……' 하는 정도의 가벼운 호기심으로 물어보았습니다.

"저 사람요? 내 친구예요. 하마다 씨라고……."

"언제 친구가 됐지?"

"오래전부터예요. 저 사람도 이사라고에 성악을 배우러 다니고 있어요. 얼굴은 저렇게 여드름투성이라 지저분하지만, 노래를 부르면 정말 멋져요. 아름다운 바리톤이에요. 먼젓번 음악회에서도 나랑 같이 콰르테토(사중창)를 했어요."

말하지 않아도 좋을 얼굴 험담을 했기 때문에 나는 문득 의심이 생겨서 나오미의 눈을 들여다보았지만, 나오미의 태도는 침착했고 평소와 다른 점은 전혀 눈에 띄지 않았습니다.

"자주 놀러 오나?"

"아뇨. 오늘이 처음이에요. 이 근처에 왔다가 잠깐 들렀대요. 이번에 사교춤* 클럽을 만드니까 나한테도 꼭 가입해달라고 말하러 온 거예요."

나는 다소 불쾌했던 게 사실이지만, 이야기를 찬찬히 들어보니 그 소년이 단지 그 이야기만 하러 왔다는 것이 거짓말이 아닌 것처럼 생각되었습니다. 우선 그와 나오미가 내가 돌아올 시간에 마당에서 이야기를 나누고 있었다는 것, 그것은 내 의심을 풀기에 충분했습니다.

"그래서 댄스를 하겠다고 말했어?"

"생각해보겠다고 말했지만……" 하더니 그녀는 갑자기 응석을 부리는 간사한 목소리를 내면서, "저어, 하면 안 돼요? 하게 해주세요! 네에! 조지 씨도 클럽에 들어가서 함께 배우면 좋잖아요?"

"나도 클럽에 들어갈 수 있어?"

"그럼요. 누구나 들어갈 수 있어요. 이사라고의 스기사키 선생이 알고 있는 러시아 사람이 가르쳐요. 시베리아**에서 도망쳐 왔는데, 돈이 없어서 곤란하니까 도와주고 싶어서 클럽을 만들었대요. 그러니까 한 사람이라도 제자가 많은 편이 좋아

---

*남녀가 한 쌍이 되어 실내의 플로어에서 추는 댄스. 19세기에 유럽에서 크게 유행한 왈츠를 기원으로 하여, 1913년 여름에 미국에서 재즈에 맞추어 추는 폭스트롯이 큰 인기를 얻은 이후 차례로 새로운 춤이 생겨났다. 일본에서는 1883~1887년에 서양에서 온 사신을 접대하기 위해 '로쿠메이칸'이라는 사교장에서 왈츠를 중심으로 한 무도회가 열렸고, 로쿠메이칸이 폐쇄된 뒤에는 제국 호텔과 가마쿠라 가이힌 호텔, 요코하마 그랜드 호텔 등에서 일부 상류층과 외국인이 가끔 출 뿐이었다. 조지가 상상한 것은 이 시기의 사교춤이다. 1917년경 요코하마의 '가게쓰엔'이라는 호텔에 사교댄스장이 생기자, 폭스트롯을 중심으로 한 새로운 미국풍 사교춤이 도쿄와 요코하마의 상류층과 지식층 일부에 유행하기 시작했고, 1922년 무렵부터 직업 댄서를 두고 손님과 춤을 추게 하는 영리 목적의 댄스홀이 등장하자, 대중적인 오락으로 폭발적인 인기를 모았다.

**러시아에서는 1917년 10월 혁명으로 제정이 무너진 뒤 사회주의화가 추진되어, 귀족이나 자산가들 중에는 국외로 망명하는 사람이 많았는데, 1904년에 개통된 시베리아 철도를 이용하여 일본 등지로 망명하는 러시아인도 적지 않았다.

요. 네에, 하게 해줘요!"

"너는 좋지만, 내가 배울 수 있을까?"

"괜찮아요. 금방 배울 수 있을 거예요."

"하지만 나는 음악에 소양이 없어서 말이야."

"음악 같은 건 하다 보면 저절로 알게 돼요. 네에, 조지 씨도 하지 않으면 안 돼요. 나 혼자 하면 춤추러 갈 수도 없잖아요. 그리고 이따금 둘이서 댄스하러 가요. 날마다 집에서 놀고만 있었더니 따분해 죽겠어요."

나오미가 요즘 들어 지금까지의 생활에 조금 권태를 느끼고 있는 모양이라는 것은 나도 어렴풋이 알고 있었습니다. 생각해보면 우리가 오모리에 둥지를 튼 뒤 벌써 햇수로 4년이 됩니다. 그리고 그동안 우리는 여름휴가를 제외하고는 이 '동화의 집' 속에 틀어박혀 넓은 세상과의 교제를 끊고 언제나 단둘이만 얼굴을 맞대고 있었기 때문에, 아무리 온갖 '놀이'를 해봤자 결국 권태를 느끼게 되는 것도 무리는 아니지요. 더구나 나오미는 싫증을 잘 내는 성질이어서, 어떤 놀이라도 처음에는 무척 열중하지만 결코 그것이 오래 계속되지는 않았습니다. 그런 주제에 무언가를 하고 있지 않으면 한 시간도 가만히 있지 못하기 때문에, 트럼프도 싫다, 장기도 싫다, 영화배우 흉내도 싫다…… 이렇게 되면 하는 수 없이 한동안 버려두고 돌보지 않았던 화단의 꽃을 만지작거리기도 하고, 부지런히 흙을 파기도 하고. 씨를 뿌리거나 물을 주거나 하기도 했지만, 그것도 한때의 변덕에 불과했습니다.

"아, 따분해. 뭔가 재미난 일이 없을까?" 하고 소파 위에서 몸을 뒤로 젖히고 읽던 소설책을 내던지고는 크게 하품하는 것을 보면서도, 이 단조로운 두 사람의 생활에 무언가 변화를 줄 방법은 없을까 하고 나도 남몰래 걱정하고 있었습니다. 마침 그런 때였기 때문에, 사교춤을 배우는 것도 나쁘지는 않겠다, 이제 나오미도 3년 전의 나오미가 아니다, 저 가마쿠라에 갔을 때와는 사정이 다르니까 그녀를 멋지게 차려 입혀서 사교계에 내보내면 아마도 많은 부인들 앞에서도 꿇리지 않을 것이다— 이런 상상은 나에게 말할 수 없는 긍지를 느끼게 했습니다.

앞에서도 말했듯이 나는 학창시절부터 각별하게 친한 친구도 없었고, 지금까지도 가능하면 쓸데없는 교제를 피하며 살아왔지만, 사교계에 나가는 것이 결코 싫지는 않았습니다. 시골뜨기에다 겉치레 말을 잘하지 못하고 사람을 대하는 것이 서툴러서, 그 때문에 소극적인 성격이 되었지만, 그런 만큼 오히려 화려한 사회를 동경하는 마음이 더욱 강했습니다. 원래 나오미를 아내로 삼은 것도 그녀를 한껏 아름다운 부인으로 만들어 날마다 여기저기 데리고 다니면서 세상 사람들에게 이런저런 말을 듣고 싶었기 때문입니다. "자네 부인은 훌륭한 하이칼라로군!" 하는 칭찬을 사교장에서 받아보고 싶다는 야심이 크게 작용하고 있었기 때문에, 언제까지나 그녀를 '새장' 속에 가두어둘 생각은 없었습니다.

나오미의 이야기에 따르면, 그 러시아인 무용 선생은 알렉산드라 슈렘스카야라는 이름의 백작부인이라는 것이었습니다. 남편인 백작은 혁명 때 행방불명되어버리고, 아이도 둘이나 있었다지만 지금은 어디 있는지도 모르며, 겨우 제 몸 하나만 일본으로 도망쳐왔는데 생활이 곤궁한 나머지 이번에 댄스 교습을 시작하게 되었다는 것입니다. 나오미의 음악 선생인 스기사키 하루에 여사가 부인을 위해 사교댄스 클럽을 조직하고, 그 클럽의 간사가 된 것이 그 하마다라는 게이오기주쿠* 학생이었습니다.

교습장으로 쓰이게 된 곳은 미타의 히지리자카**에 있는 '요시무라'라는 서양 악기점 2층이었는데, 부인은 매주 두 번, 월요일과 금요일에 그곳에 나옵니다. 회원들은 오후 4시부터 7시 사이에 편리한 시간을 정해서 한 번에 한 시간씩 배우고, 월사금은 일인당 20엔, 그 돈을 전달에 선불한다는 규정이었습니다. 나와 나오미가 둘이 가면 매달 40엔이나 들게 되니까, 아무리 상대가 서양 사람이라 해도 어이없다고는 생각했지만, 나오미의 말에 따르면 댄스는 일본의 춤과 같은 것이고 어차피 사치스러운 거니까 그 정도 받는 것은 당연하고, 그렇게 오래 배우지 않아도 재주가 있는 사람이라면 한 달 정도, 재주가 없는 사람도 석 달만 하면 배울 수 있으니까 비싸다고 해도 들어가는 돈은 뻔하다는 것이었습니다.

"우선 그 슈렘스카야라는 사람을 도와주지 않으면 딱해요. 옛날에는 백작부인이었는데 그렇게 영락해버리다니 정말 불쌍하잖아요. 하마다 씨한테 들었는데, 댄스는 아주 잘하니까 사

---

*일본 최고의 명문 사립대학. 메이지 시대의 사상가이자 교육가인 후쿠자와 유키치(福澤諭吉)가 1858년에 창립한 난학원(서양 학문을 가르치는 교육기관)에 기원을 두고 있으며, 일본에서 가장 오래된 대학이기도 하다. 1868년에 지금의 도쿄 미나토구 자리로 이전했을 때, 그해의 연호가 게이오 4년이었으므로 게이오기주쿠(慶應義塾)로 이름을 바꾸었다. 기주쿠는 영어의 'public school'을 번역한 뜻이다.
**오늘날 도쿄 미나토구 미타 3가와 4가 사이에 있는 비탈. 게이오기주쿠와 이사라고를 잇는 곳에 있다. 또한 슈렘스카야 백작부인의 모델은 러시아에서 망명한 발레리나로서, 1920년에 여기서 멀지 않은 도라노몬 근처의 '난오(南歐)상회'라는 악기수입회사 2층에서 사교춤을 가르치기 시작한 엘리아나 파블로바일 것이다.

교댄스만이 아니라 희망자가 있으면 스테이지 댄스*도 가르쳐 준대요. 댄스만은 그런 사람한테 배우는 게 제일 좋아요. 연예인의 댄스는 천해서 안 돼요" 하고, 아직 본 적도 없는 그 부인을 계속 편들면서 나오미는 제법 댄스에 숙달한 사람처럼 말하는 것이었습니다.

이리하여 나와 나오미는 어쨌든 그 클럽에 가입하게 되었고, 매주 월요일과 금요일에 나오미는 음악 교습을 끝내고, 나는 회사에서 퇴근하는 길로 오후 6시까지 히지리자카의 악기점에 가기로 했습니다. 첫날은 오후 5시에 다마치 역에서 나오미가 나를 기다렸다가 거기서 함께 나왔는데, 언덕 중턱에 있는 그 악기점은 폭이 좁고 작은 가게였습니다. 안으로 들어가자, 피아노며 오르간이며 축음기**며 온갖 악기가 비좁은 곳에 즐비하게 놓여 있었고, 2층에서는 벌써 댄스가 시작된 듯 시끄러운 발소리와 축음기 소리가 들렸습니다. 층계를 올라가는 입구에 게이오기주쿠 학생인 듯한 젊은이가 대여섯 명 모여 있다가 나와 나오미를 말똥말똥 쳐다봐서 별로 기분이 좋지 않았는데,

"나오미 씨!" 하고 허물없이 큰 소리로 그녀를 부르는 사람이 있었습니다. 그쪽을 보니 방금 말한 학생들 가운데 하나였고, 플랫 만돌린***이라고 할까요, 평평하고 마치 월금(月琴)****처럼

---

*남에게 보여주기 위해 무대에서 추는 춤.
**오늘날의 레코드플레이어의 조상. 1902년에 미국에서 상품화되었고, 얼마 후 일본에서도 만들어지게 되었다. 아직 태엽식이어서 음질도 나빴다. 싼 것이 30엔 정도였고, 1922년에는 일본 전역에 3백만 대가 보급되어 있었다고 한다.
***초기의 만돌린이 무화과를 반으로 쪼갠 듯한 모양의 동체를 갖고 있었던 반면, 뒤판이 거의 평평한 만돌린을 말한다. 19세기 후반에 미국에서 만들어져 널리 보급되었다. 일본에서는 1907년 무렵부터 상류층 자녀들 사이에 유행했다.
****중국의 현악기. 동체의 모양은 보름달처럼 둥글고, 소리는 거문고와 비슷해서 이

생긴 악기를 옆구리에 끼고 장단을 맞추면서 쇠줄로 된 현을 치링치링 울리고 있었습니다.

"안녕하셔" 하고 나오미도 여자답지 않게 학생 같은 말투로 대답하고는, "어떻게 된 거야, 마짱*은? 댄스는 안 해?" 하고 물었습니다.

"난 싫어" 하고, 마짱이라고 불린 남자는 싱글싱글 웃으며 만돌린을 선반 위에 올려놓더니, "그런 건 질색이야. 무엇보다, 월사금을 20엔이나 받다니, 너무 비싸잖아" 하고 대답했습니다.

"하지만 처음 배우는 거라면 어쩔 수 없잖아."

"뭐, 이제 곧 다들 배울 테니까, 그렇게 되면 놈들을 붙잡아서 나도 배울 거야. 댄스 따위는 그걸로 충분해. 어때? 요령이 좋지?"

"마짱은 얄미워. 요령이 너무 지나쳐. 그런데, 하마상**은 2층에 있어?"

"응, 있어. 가봐."

이 악기점은 이 근처 학생들의 '집합소'가 되어 있는 모양이고, 나오미도 자주 오는 듯 점원들도 모두 그녀와 낯익은 사이였습니다.

"나오미야, 지금 밑에서 만난 학생들은 뭐야?" 하고 나는 그녀에게 이끌려 층계를 올라가면서 물었습니다.

---

런 이름으로 불린다. 일본에는 18세기에 나가사키에서 전해져 중국(명, 청) 음악을 연주하는 데 사용되었고, 메이지 중기까지 상류사회에서 유행했다.
*본명 마사타로에 친밀감을 나타내는 접미어 '짱'을 붙여 부른 호칭.
**본명 하마다에 친애의 뜻을 나타내는 접미어 '상'을 붙여 부른 호칭.

"게이오의 만돌린 클럽* 회원들이에요. 입은 좀 거칠지만, 그렇게 나쁜 사람들은 아니에요."

"모두 네 친구들이야?"

"친구라고 할 정도는 아니지만, 이따금 여기 뭘 사러 오면 만나니까, 그래서 알게 됐어요."

"댄스를 하는 건 저런 패거리가 대부분인가 보지?"

"글쎄, 그렇지는 않을 거예요. 학생보다는 훨씬 나이든 사람이 많지 않을까요? 이제 가보면 알겠죠."

2층에 올라가자 복도가 시작되는 곳에 교습장이 있고, "원, 투, 쓰리!" 하면서 발로 장단을 맞추고 있는 대여섯 명의 모습이 곧 눈에 들어왔습니다. 일본식 다다미방을 두 칸 트고, 구두를 신은 채 들어갈 수 있도록 마루를 깔고, 잘 미끄러지도록 하기 위해서인지 그 하마다라는 남자가 이리저리 뛰어다니면서 고운 가루를 바닥에 뿌리고 있었습니다. 아직 해가 길고 더운 계절이었기 때문에, 장지문을 활짝 열어젖힌 서쪽 창문에서는 저녁 햇살이 눈부시게 비쳐들고, 그 불그레한 석양빛을 등에 받으면서 하얀 조젯 저고리와 감색 서지** 스커트를 입고 방과 방 사이의 칸막이 있는 곳에 서 있는 사람이 말할 것도 없이 슈렘스카야 부인이었습니다. 두 아이가 있다는 것으로 미루어보면 실제 나이는 서른대여섯 살쯤 되지 않을까 생각했는데, 겉

---

*만돌린 연주가 겸 작곡가인 다나카 쓰네히코(田中常彦)가 1910년에 창립하여 오늘날까지 이어지고 있는 클럽.
**무늬가 씨실에 대하여 45도로 된 모직물. 색깔은 감색과 검은색이 많다. 감촉이 좋고 내구성이 뛰어나기 때문에, 대중적이고 실용적인 옷감으로 아동복과 각종 제복 등에 널리 쓰인다.

보기에는 겨우 서른 살 안팎이었고, 과연 귀족 출신다운 위엄을 간직한 야무진 얼굴의 부인이었습니다. 그 위엄은 다소 매서움을 느끼게 할 만큼 창백함을 띤 맑은 혈색 탓일 것으로 여겨졌지만, 의연한 표정이나 산뜻한 옷차림, 가슴과 손가락에서 반짝이고 있는 보석을 보면 생활이 곤궁하다는 말은 아무래도 곧이듣기 힘들었습니다.

부인은 한 손에 채찍을 들고 약간 까다롭게 미간을 찌푸린 채, 연습하고 있는 사람들의 발을 노려보면서 조용하지만 명령적인 태도로 "원, 투, 트리"―러시아인이 하는 영어니까 '쓰리'를 '트리'라고 발음했습니다―를 되풀이하고 있었습니다. 거기에 따라 교습생들이 줄을 지어 불안한 스텝을 밟으면서 왔다 갔다 하는 장면은 여군 장교가 병사들을 훈련시키는 것 같아서, 언젠가 아사쿠사의 '긴류칸(金龍館)'에서 본 적이 있는 〈여군 출정〉*이 생각났습니다. 교습생 가운데 세 명은 어쨌든 학생이 아닌 듯한 양복 차림의 젊은 남자였고, 나머지 두 사람은 여학교를 갓 나온 어느 집의 따님일 겁니다. 소박한 차림으로 하카마를 입고 남자와 함께 열심히 연습하고 있는 모습이 착실한 규수다워서 나쁜 느낌은 들지 않았습니다. 부인은 한 사람이라도 발놀림이 틀리면 당장에, "No!" 하고 날카롭게 꾸짖고는, 옆으로 다가와서 스텝을 밟아 보입니다. 이해가 더디어서 너무 자주 틀리면, "No Good!" 하고 외치면서 채찍으로 바닥을 찰

---

*제1차 세계대전에 남자 병사가 부족하여 여군이 출정한다는 뮤지컬 코미디. 1917년 1월 22일부터 29일까지 아사쿠사의 도카와 극장에서 이바 다카시의 각본으로 가무극협회가 초연하여 큰 인기를 얻었고, 아사쿠사 오페라 황금시대를 이룩하는 토대가 되었다.

싹 때리거나, 남녀를 가리지 않고 틀린 사람의 발을 때리기도 했습니다.

"정말 열심히 가르치시네요. 저렇게 하지 않으면 안 돼요."

"정말이에요. 슈렘스카야 선생은 정말 열심이세요. 일본인 선생은 아무래도 저렇게는 못하는데, 서양 사람들은 설령 부인이라도 그런 점만은 확실해서 정말 기분이 좋아요. 그리고 저렇게 수업을 하는 동안은 한 시간이고 두 시간이고 잠시도 쉬지 않고 연습을 계속하시니까, 이 더위에 보통일이 아닐 것 같아서 아이스크림이라도 드릴까요 하고 여쭈어보지만, 수업 중에는 아무것도 필요 없다시면서 절대로 드시지 않아요."

"어머나, 그래도 용케 지치지도 않으시네요."

"서양 사람은 몸이 튼튼하니까 우리와는 다르겠죠. 하지만 생각해보면 딱한 분이에요. 원래는 백작부인으로 무엇 하나 아쉬운 것 없이 사셨을 텐데, 혁명 때문에 이런 일까지 하시게 되었으니 말이에요."

대기실로 되어 있는 옆방 소파에 앉아 교습장 광경을 구경하면서 두 부인이 자못 감탄한 듯 이런 대화를 나누고 있었습니다. 한 사람은 입술이 얇고 크며 둥근 얼굴에 눈이 툭 튀어나와서 중국 금붕어 같은 느낌을 주는 스물대여섯 살의 부인인데, 가리마를 타지 않고 머리를 이마 끝에서 정수리까지 고슴도치의 엉덩이처럼 차츰 높게 부풀리고, 그렇게 틀어 올린 머리에 아주 커다란 흰 대모갑 비녀를 꽂고, 이집트 무늬가 있는 호박딘으로 민든 둥근 띠를 미쳐 장식으로 고징하고 있었습니다. 슈렘스카야 부인의 처지를 동정하고 계속 그녀를 칭찬하고 있는 것은 이 부인이었습니다. 거기에 맞장구를 치고 있는 또

다른 부인은 땀 때문에 짙게 바른 분이 얼룩져서 잔주름이 있는 거친 피부가 군데군데 드러나 있는 것으로 미루어보아, 아마 마흔 살이 가까울 겁니다. 일부러 그런 것인지 타고난 것인지, 트레머리로 묶은 불그스름한 머리카락이 곱슬곱슬했고, 비쩍 마르고 호리호리한 체격에 옷차림은 화려했지만 어딘지 모르게 간호사 출신 같은 얼굴을 가진 여자였습니다.

이 부인들을 에워싸고 얌전히 자기 차례를 기다리고 있는 사람도 있고, 개중에는 벌써 어느 정도 연습을 쌓은 듯 각자 팔짱을 끼고 교습장 구석을 춤추며 돌고 있는 사람도 있었습니다. 간사인 하마다는 부인의 대리인 자격인지, 스스로 대리인을 자처하고 있는지, 그런 사람들의 상대가 되어 춤을 추어주기도 하고 축음기의 레코드를 바꿔놓기도 하면서 혼자 바쁘게 활약하고 있었습니다. 도대체 여자들은 별개로 치고, 남자로서 댄스를 배우러 오는 사람은 어떤 사회의 인간일까 하고 생각하면서 바라보니, 이상하게도 멋진 옷을 입고 있는 것은 하마다 정도이고, 나머지는 하급 월급쟁이 같은 촌스러운 감색 양복을 조끼까지 갖추어 입은, 별로 멋스럽지 않은 자들이 많았습니다. 게다가 나이는 모두 나보다 젊어 보여서, 30대로 여겨지는 신사는 한 사람밖에 없었습니다. 그 남자는 검은 모닝코트* 차림에 알이 두꺼운 금테 안경을 쓰고, 시대에 뒤진 팔자수염**

---

*남자가 낮에 입는 반(半)예복이었지만, 1920~30년대에 프록코트 대신 낮에 입는 정장이 되었다. 코트는 검은색, 앞여밈은 싱글이고 단추는 하나, 옷깃은 끝이 뾰족한 형태이고, 뒤에 늘어뜨리는 꼬리가 달려 있다.
**일본에서는 에도 시대에는 노인 등 일부를 제외하고는 수염을 기르는 것이 금지되어 있었다. 하지만 메이지 시대에 금지령이 해제되자, 메이지 천황이 수염을 기른 것과 서양의 영향으로 정치가·군인·관리·학자·교원 등을 중심으로 하여

을 기르고 있었는데, 가장 머리가 둔한 듯 몇 번이고 부인한테 "No Good!"이라고 야단을 맞으며 채찍으로 딱 하고 얻어맞곤 했습니다. 그럴 때마다 그는 히죽히죽 얼빠진 미소를 띠면서 또다시 처음부터 "원, 투, 쓰리!"를 반복합니다.

저런 남자는 나잇살이나 먹은 주제에 어쩌자고 댄스를 할 마음이 들었을까? 아니, 생각해보면 나도 역시 저 남자와 같은 부류가 아닐까? 그렇지 않아도 화려한 곳에 나가본 적이 없는 나는 이 부인들의 눈앞에서 저 서양 여자한테 야단맞는 순간을 생각하면, 아무리 나오미의 상대라고는 하지만, 교습 장면을 보고 있는 동안 식은땀이 솟아나는 것 같아서 내 차례가 돌아오는 것이 두려워지는 것이었습니다.

그때 하마다가 두세 번 계속해서 춤을 추고 나서, 손수건으로 여드름투성이 이마의 땀을 훔치며 옆으로 다가왔다.

"아, 어서 오세요. 요전에는 실례했습니다" 하고 오늘은 좀 우쭐거리며 새삼 나에게 인사를 하고는 나오미 쪽을 향해서 말했습니다. "이렇게 더운데 잘 와줬어. 저기…… 미안하지만 부채 가지고 있으면 좀 빌려줘. 어쨌든 어시스턴드도 그리 쉬운 일은 아니야."

그러자 나오미는 허리춤에서 부채를 꺼내 건네주고는,

"그래도 하마상은 아주 잘하던데요. 어시스턴트 자격이 충분해요. 언제부터 배우기 시작했어요?"

"나 말이야? 난 벌써 반년이나 됐어. 하지만 넌 재주가 있으니까 금방 배울 수 있을 거야. 댄스는 남자기 리드히기 때문에

---

권위의 상징으로 콧수염을 기르는 사람이 늘어났다. 팔자수염을 기른 사람 중에는 관리가 많았다.

여자는 그냥 따라가기만 하면 돼."

"저어, 여기 있는 남자들은 대개 어떤 사람입니까?" 하고 내가 물어보자,

"네, 여기 말씀입니까?" 하고 하마다는 정중한 말투로 대답했습니다. "이 사람들은 대부분 도요(東洋)석유주식회사 직원들입니다. 스기사키 선생의 친척이 회사 중역으로 계시기 때문에 그분이 소개하셨다더군요."

도요석유회사 직원과 사교댄스―아주 묘한 조합이라고 생각하면서 나는 다시 물었습니다.

"그럼 저기 있는 수염 기른 신사도 역시 그 회사 직원인가요?"

"아니요. 저분은 다릅니다. 저분은 닥터예요."

"닥터?"

"네, 역시 그 회사의 위생 고문을 맡고 있는 닥터랍니다. 댄스만큼 운동이 되는 건 없다면서 저분은 오히려 그 때문에 하고 계시죠."

"그래요? 그렇게 운동이 될까요?" 하고 나오미가 끼어들었습니다.

"그럼, 되고말고. 댄스를 하고 있으면 겨울에도 땀을 흠뻑 흘려서 셔츠가 젖을 정도니까 운동으로는 확실히 좋지. 게다가 슈렘스카야 부인의 교습은 보다시피 저렇게 맹렬하니까 말이야."

"저 부인은 일본 말을 아시나요?" 하고 내가 물은 것은, 사실은 아까부터 그것이 마음에 걸렸기 때문입니다.

"아니요. 일본 말은 거의 모릅니다. 대개 영어로 하고 있습

니다."

"영어는 아무래도⋯⋯ 나는 회화에는 서툴러서⋯⋯."

"뭐, 다들 마찬가지예요. 슈렘스카야 부인도 엉터리 영어라서 나보다 심한 편이니까 조금도 걱정하실 것 없습니다. 그리고 댄스를 배우는 데에는 말이 전혀 필요 없어요. 원, 투, 쓰리로, 그리고 나머지는 몸짓으로 알게 되니까요."

"어머나, 나오미 양, 언제 왔어요?" 하고 그녀에게 말을 건 사람은 대모갑 비녀를 꽂은 중국 금붕어 같은 부인이었습니다.

"아, 선생님⋯⋯ 저기요, 스기사키 선생님이세요."

나오미는 그렇게 말하고는 내 손을 잡고 그 부인이 있는 소파 쪽으로 끌고 갔습니다.

"저어, 선생님, 소개할게요⋯⋯ 가와이 조지⋯⋯."

"아, 그래요⋯⋯" 하더니, 스기사키 여사는 나오미가 얼굴을 붉혔기 때문에 끝까지 듣지 않고도 그 뜻을 알아차린 듯 소파에서 일어나 인사를 하면서, "처음 뵙겠어요. 저는 스기사키입니다. 잘 오셨어요. 나오미 양, 그 의자를 이리로 가져와요" 하고는 다시 나를 돌아보면서 말했습니다. "자, 어서 앉으세요. 이제 곧 시작하겠지만, 그렇게 서서 기다리시면 지쳐버려요."

"⋯⋯."

나는 뭐라고 인사했는지 확실히 기억하지는 못하지만, 아마 입 속으로 우물거렸을 뿐이었겠지요. 자신을 '저'라고 하면서 격식을 차리는 부인들이 나로서는 가장 거북한 상대였습니다. 그뿐만 아니라 나와 나오미의 관계를 여사가 어떤 식으로 해석하고 있는지, 나오미가 우리의 관계를 어느 정도까지 암시했는지에 대해 미리 물어두는 것을 그만 깜박 잊었기 때문에 더욱 당황했습니다.

"소개할게요" 하고 여사는 내가 우물우물하고 있는데도 아랑곳하지 않고 그 곱슬머리 부인을 가리키면서 말했습니다. "이분은 요코하마에 사시는 제임스 브라운 씨의 부인이세요. 그리고 이분은 오이마치의 전기회사에 다니시는 가와이 조지 씨……"

그렇다면 이 여자는 외국인의 아내였나? 그러고 보니 간호사보다는 라샤멘(洋妾)* 타입이라고 생각하면서 나는 점점 더 몸이 굳어져서 뻣뻣하게 인사를 할 뿐이었습니다.

"실례지만 댁은 댄스 교습을 받으시는 게 이번이 퍼스트 타임이신가요?"

그 곱슬머리는 당장 나를 붙잡고 이런 식으로 지껄이기 시작했지만, 그 '퍼스트 타임'이라고 말할 때는 아주 젠체하는 발음으로 너무 빠르게 말했기 때문에,

"네?" 하고 되물으면서 내가 당황하여 쩔쩔매고 있자,

"네, 처음이세요" 하고 스기사키 여사가 옆에서 나 대신 대답해주었습니다.

"어머나, 그러세요? 하지만 뭐랄까, 그야 물론 젠을맨은 레이디보다 모어 모어 디피컬트하지만, 일단 시작하면 금방 뭐랄까……"

이 '모어 모어'라는 말을 나는 이해할 수 없었지만, 잘 들어 보니 'more more'라는 뜻이었습니다. 그리고 '젠틀맨'을 '젠을맨', '리틀'을 '리를', 모두 이런 식으로 발음하면서 말 속에 영

---

*일본에 거주하는 서양인의 첩이 된 일본 여자를 경멸하는 호칭.

어를 끼워넣습니다. 그리고 일본말에도 일종의 기묘한 악센트가 있었고, 세 번에 한 번쯤은 '뭐랄까?'를 연발하면서 기름종이에 불이 붙은 것처럼 끝도 없이 지껄여대는 것입니다. 그리고 다시 슈렘스카야 부인 이야기, 댄스 이야기, 어학 이야기, 음악 이야기…… 베토벤의 소나타가 어떻다는 둥, 제3교향곡이 어떻다는 둥, 무슨 회사의 레코드*는 무슨 회사의 레코드보다 좋다느니 나쁘다느니, 내가 그만 기가 죽어서 입을 다물어버렸기 때문에 이번에는 여사를 상대로 나불나불 지껄여댔는데, 그 말투로 미루어보면 이 브라운 씨의 부인이라는 사람은 스기사키 여사의 피아노 제자라도 되는 걸까요. 그리고 나는 이럴 때 "잠깐 실례하겠습니다" 하고 틈을 보아 그 자리에서 빠져나오는 요령 좋은 짓을 못하기 때문에, 이 수다쟁이 부인 사이에 끼게 된 불운을 한탄하면서 어쩔 수 없이 그 이야기를 경청할 수밖에 없었습니다.

얼마 후 팔자수염 의사를 비롯해서 석유회사 직원들의 교습이 끝나자, 여사는 나와 나오미를 슈렘스카야 부인 앞으로 데려가서 처음에는 나오미, 다음에는 나를—이것은 아마 '레이디 퍼스트'라는 서양식 예절에 따른 것이겠지요—아주 유창한 영어로 소개했습니다. 그때 여사는 나오미를 '미스 가와이'라

---

*오늘날과는 달리 메이지와 나이쇼 시대의 일본에서는 서양 음악을 라이브로 들을 기회가 별로 없었고, 이 장면이 벌어졌을 무렵에는 라디오 방송도 아직 시작되지 않은 상태였다(1925년에 방송 개시). 따라서 주로 레코드로 음악을 들을 수밖에 없었다. 게다가 이 무렵의 서양 음악 레코드(SP)는 수입품이어서 값이 비싼 데다 한 장에 기껏해야 5분밖에 녹음할 수 없었기 때문에 교향곡 같은 긴 곡은 몇 장으로 나뉘어 녹음되어 있었다. 서양 악기도 값이 비쌌다. 이런 사정 때문에, 이 무렵에는 서양의 클래식 음악을 애호하는 일본인이 아직 소수에 머물러 있었다.

고 부른 것 같았습니다. 나는 내심 나오미가 어떤 태도로 서양 사람과 응대하는지 흥미를 가지고 기다리고 있었지만, 평소에는 자만심이 강한 그녀도 부인 앞에서는 조금 낭패한 듯했고, 부인이 뭐라고 한두 마디 건네면서 위엄 있는 눈가에 미소를 머금고 손을 내밀자, 나오미는 얼굴을 붉히면서 아무 말도 못하고 어름어름 악수를 했습니다. 나는 그보다 심해서, 솔직히 그 창백한 조각 같은 윤곽을 똑바로 쳐다볼 수도 없었습니다. 그래서 말없이 고개를 숙인 채 작은 다이아몬드 알갱이들이 무수히 반짝거리고 있는 부인의 손을 살짝 맞춰었을 뿐입니다.

9

 내가 자신은 촌스러운 인간임에도 불구하고 취미로는 하이칼라를 좋아하고, 만사에 서양식을 흉내 낸 것은 독자 여러분도 이미 알고 계실 것입니다. 만일 나에게 충분한 돈이 있어 마음대로 할 수 있었다면 나는 어쩌면 서양에 가서 생활했을 것이고 서양 여자를 아내로 삼았을지도 모르지만, 그것은 내 처지가 허락하지 않았기 때문에 일본인 중에서는 어쨌든 서양인 냄새가 풍기는 나오미를 아내로 삼은 것입니다. 그리고 또 하나는, 아무리 나에게 돈이 있었다 해도 사내다운 모습에는 자신이 없었습니다. 어쨌든 키가 5자 2치밖에 안 되고 피부는 검고 치열도 고르지 않은 내가 그 당당한 체격의 서양 여자를 아내로 삼는 것은 지나치게 분수를 모르는 짓이다, 역시 일본 사람에게는 같은 일본 사람이 좋고, 나오미 같은 여자가 가장 내 격에 맞는다—그렇게 생각해서 나는 꽤 만족하고 있었습니다.
 하지만 말은 그렇게 해도 백색인종 부인에게 접근할 수 있다는 것은 나에게 하나의 기쁨—아니, 기쁨 이상의 영광이었습니다. 사실대로 말하면 나는 교제에 서투르고 어학에 재능이 없는 데 정나미가 떨어져서 그런 기회는 평생 오지 않을 거라고 체념하고, 이따금 외국인 오페라단\*의 공연을 본다든가 영화배우의 얼굴을 익힌다든가 하는 방법으로 겨우 그들의 아름다움을 꿈처럼 사모하고 있었습니다. 그런데 뜻밖에도 댄스 교습은 서양 여자─그것도 백작부인─에게 접근할 기회를 만들어주었습니다. 해리슨 양 같은 노처녀는 별도로 하고, 내가 서양 여자와 악수하는 '영광'을 누린 것은 그때가 난생처음이었습니다. 나는 슈렘스카야 부인이 그 '하얀 손'을 나에게 내밀었을 때 나도 모르게 가슴이 두근거려, 그 손을 잡아도 되는지 어떤지 잠깐 망설였을 정도였습니다.

　나오미의 손도 부드럽고 매끄럽고 손가락이 길고 가느니까 물론 우아하지 않은 것은 아니다. 하지만 그 '하얀 손'은 나오미의 손처럼 지나치게 연약하지 않고, 손바닥에 두툼하게 살이 붙어 있고, 손가락도 나긋나긋하게 뻗어 있으면서도 약하고 가냘픈 느낌이 없어, '굵은' 동시에 '아름다운' 손이다─나는 이런 인상을 받았습니다. 그 손가락에 끼워져 있는 눈동자처럼 반짝거리는 커다란 반지도 일본인이라면 분명 불쾌감을 줄 터인데 오히려 손가락을 섬세하고 아름다워 보이게 하고 기품 있고 화사한 분위기를 더해주고 있었습니다. 그리고 무엇보다도 나오미와 다른 점은 그 피부색이 이상할 만큼 하얗다는 것입니다. 그 하얀 피부 밑에 자줏빛 혈관이 대리석 무늬를 연상시

---

\*외국 오페라단의 본격적인 일본 공연은 1919년 9월 1일부터 24일까지 제국극장에서 러시아 그랜드 오페라단이 〈카르멘〉 등 8개 작품을 공연한 것이 처음이었다.

키듯 어렴풋이 비쳐 보이는 것이 기막히게 아름답습니다. 나는 지금까지 나오미의 손을 노리개처럼 갖고 놀면서,

"네 손은 정말 예뻐. 꼭 서양 사람 손처럼 하얘" 하고 자주 칭찬했지만, 이렇게 보니 유감이지만 역시 다릅니다. 나오미의 하얀 피부는 흰 것 같지만 맑고 깨끗하지 않습니다. 아니, 일단 슈렘스카야 부인의 손을 본 뒤에는 거무칙칙하게 느껴지기까지 합니다. 그리고 또 하나 내 주의를 끈 것은 손톱이었습니다. 열 손가락이 모두 같은 조가비를 모아놓은 것처럼 손톱이 고르게 가지런하고 복숭아빛으로 빛나고 있었을 뿐만 아니라, 이것이 서양의 유행일까요, 손톱 끝이 삼각형으로 뾰족하게 잘려 있었습니다.

나오미는 나와 나란히 서면 나보다 한 치쯤 키가 작다는 것은 앞에서 말한 대로지만, 부인은 서양 사람치고는 몸집이 작은 것처럼 보이면서도 나보다는 키가 크고 굽 높은 구두를 신은 탓인지, 함께 춤을 추면 내 머리가 거의 스칠 만큼 가까운 곳에 그녀의 드러낸 가슴이 있었습니다. 부인이 처음에 "Walk with me!"* 하면서 내 등에 팔을 돌리고 '원스텝'** 밟는 법을 가르쳐주었을 때, 나는 이 시커먼 내 얼굴이 그녀의 피부에 닿지 않도록 얼마나 조심했는지 모릅니다. 그 매끄럽고 청초한 피부는 나에게는 그저 멀리서 바라보는 것만으로도 충분했습니다.

---

*"나와 함께 걸어요!"
**20세기 초에 미국에서 시작된 춤추는 법. 음악에 맞추어 그냥 걸어다니는 것에 가깝기 때문에 초보자용이다. 원래는 발끝을 먼저 바닥에 대는 방식으로 걸음을 옮겼지만, 그후 발꿈치부터 바닥에 대고 발을 바닥에서 떼지 않고 미끄러지듯 나아가는 방법이 일반화되었다.

악수하는 것조차 미안하게 생각되었는데, 그 부드럽고 얇은 옷자락을 한 겹 사이에 두고 그녀의 가슴에 안겨버렸으니, 나는 정말로 해서는 안 될 일을 한 것 같았고, 내 입김에서 냄새가 나지는 않을까, 땀이 나서 끈적거리는 이 손이 불쾌감을 주지는 않을까, 그런 것만 마음에 걸렸고, 이따금 그녀의 머리카락 한 올이 떨어져도 놀라서 가슴이 철렁 내려앉지 않을 수 없었습니다.

그뿐만 아니라 부인의 몸에서는 일종의 달콤한 향기가 났습니다.

"그 여자는 암내가 지독해. 고약한 냄새야!" 하고 그 만돌린 클럽 학생들이 험담하고 있는 것을 나는 나중에 들은 적이 있고, 서양 사람에게는 암내가 많다니까 부인도 그랬을 게 분명하고, 그 냄새를 없애기 위해 언제나 주의해서 향수를 뿌리고 있었겠지만, 나에게는 그 향수와 암내가 섞인 달콤새콤한 듯한 은은한 냄새가 결코 싫지 않았을 뿐만 아니라, 언제나 말할 수 없이 고혹적이었습니다. 그것은 나에게 아직 본 적도 없는 바다 저편의 나라들과 세상에서도 보기 드물게 아름다운 이국의 꽃밭을 연상시켰습니다.

"아, 이것이 부인의 하얀 몸에서 나는 향기인가!" 하고 나는 황홀해져서 언제나 그 냄새를 탐하듯 맡았던 것입니다.

나처럼 서투르고 댄스 같은 화려한 분위기에는 전혀 어울리지 않는 남자가 아무리 나오미를 위해서라고는 하지만 어떻게 그 후 싫증도 내지 않고 한 달이고 두 달이고 댄스를 배우러 다닐 마음이 났을까? 감히 털어놓지만, 그것은 분명 슈렘스카야 부인이라는 사람이 있었기 때문입니다. 매주 월요일과 금요일 오후, 부인의 가슴에 안겨 춤을 추는 것. 그 짧은 한 시간이 어느새 나에게는 무엇보다 큰 낙이 되어 있었습니다. 나는 부인 앞에 나가면 나오미의 존재를 완전히 잊어버렸습니다. 그 한 시간은 말하자면 향긋한 술처럼 나를 도취시켰습니다.

"조지 씨는 뜻밖에 열심이군요. 금방 싫증을 낼 줄 알았는데……."

"왜?"

"'나도 댄스를 할 수 있을까' 하고 말했잖아요?"

그래서 나는 그런 이야기가 나올 때마다 왠지 나오미에게 미안한 마음이 들었습니다.

"할 수 있을 것 같지 않았는데, 해보니까 유쾌하더군. 그리고 닥터의 입버릇을 흉내 내는 건 아니지만, 몸에 아주 좋은 운동이 돼."

"그것 보세요. 그러니까 뭐든지 생각만 하지 말고 해보는 거예요."

나오미는 내 마음의 비밀을 눈치채지 못하고 그렇게 말하면서 웃었습니다.

어지간히 훈련을 쌓았으니까 이제 슬슬 실전에 나가도 괜찮을 거라고 해서 우리가 처음 긴자의 카페 엘도라도에 간 것은 그해 겨울이었습니다. 그 무렵에는 아직 도쿄에 댄스홀이 그리 많지 않았기 때문에, 제국 호텔\*과 가게쓰엔(花月園)\*\*을 제외하

---

\*일본의 대표적인 호텔로, 수도 도쿄에 외국에서 온 손님을 접대할 본격적인 호텔이 없는 것은 나라의 수치라는 정부의 지적에 따라 1890년에 개업했다. 무도회장도 있었다.
\*\*신비시의 요리전 '가게쓰'의 주인이 1914년에 요코하마에 개장한 유원지. 7만 평

면 그 카페가 그 무렵에 겨우 문을 연 정도였을 겁니다. 그런데 호텔이나 가게쓰엔은 외국인이 대부분이었고, 옷차림이나 예절이 까다롭다니까, 처음에는 엘도라도가 좋을 거라고 해서 거기에 가게 된 것입니다. 게다가 나오미도 어디선가 소문을 듣고 와서는 꼭 가봐야 한다고 재촉하는 것이었습니다. 하지만 나는 아직 공개적인 장소에서 춤을 출 만한 자신이 없었습니다.

그러자 나오미는 나를 노려보며,

"안 돼요, 조지 씨는! 그렇게 마음 약한 소리를 하니까 안 되는 거라구요. 댄스라는 건 연습만 하고 있으면 아무리 해도 늘지 않아요. 사람들 속으로 나가서 넉살좋게 춤을 추다보면 느는 법이에요."

"그야 물론 그렇겠지만, 나한테는 그 넉살이 없으니까……."

"그럼 좋아요. 나 혼자서라도 갈 테니까. 하마상이나 마쌍이라도 데려가서 춤을 출 테니까요."

"마쌍이라면 요전에 만난 만돌린 클럽의 남자?"

"그래요. 그 사람은 교습도 한 번 받지 않았는데 어디든 가서 상대를 가리지 않고 춤을 추니까 요즘에는 벌써 아주 능숙해졌어요. 조지 씨보다 훨씬 잘 춰요. 그러니까 뻔뻔스럽지 않으면 손해예요. 네에, 가요. 내가 조지 씨랑 춤을 춰드릴게요. 제발 함께 가요. 착하지, 착하지. 조지 씨는 정말로 착한 아이

---

부지에 다양한 놀이시설을 갖추었고 가게쓰엔 호텔도 있었으며, 1920년경에 200평 규모의 댄스홀을 개설했다. 이 무렵의 댄스 인구는 도쿄와 요코하마 전체에서 일본인과 외국인을 합해도 500명이 채 안 되었다고 한다.

야!"

그래서 결국 가기로 결정되자, 이번에는 또 '무슨 옷을 입고 갈 것인가?' 하는 문제로 긴 의논이 시작되었습니다.

"이봐요, 조지 씨, 어느 게 더 좋아요?" 하고 그녀는 나가기 너댓새 전부터 야단법석을 떨면서 있는 옷을 죄다 꺼내놓고 그것을 하나씩 입어보는 것이었습니다.

"아아, 그게 좋겠군" 하고 나도 마지막에는 귀찮아져서 아무렇게나 적당히 대답하자,

"그래요? 이걸 입으면 우습지 않을까?" 하면서 거울 앞에서 빙글빙글 돌다가,

"뭔가 이상해요. 이런 옷은 마음에 안 들어요" 하면서 당장 벗어던지고, 휴지처럼 발로 구겨서 걷어찬 다음, 또 다음 옷을 걸쳐봅니다. 하지만 저 옷도 싫다, 이 옷도 싫다면서,

"이봐요, 조지 씨! 새 옷을 하나 맞춰줘요! 댄스를 하러 가려면 좀 더 화려한 옷을 입어야지, 이런 옷으로는 돋보이지 않아요. 네! 새 옷을 지어줘요. 어차피 앞으로는 자주 춤을 추러 갈 텐데, 의상이 없으면 안 되잖아요."

그 무렵, 나의 매달 수입으로는 도저히 그녀의 사치를 따라갈 수 없게 되었습니다. 원래 나는 돈 문제에 관해서는 꽤 꼼꼼한 편이어서, 독신 시절에는 매달 용돈을 정해놓고 나머지는 아무리 적은 액수라도 반드시 저금을 했기 때문에, 나오미와 처음 살림을 차렸을 무렵에는 상당한 여유가 있었습니다. 그리고 나는 나오미의 사랑에 푹 빠져 있기는 했지만 회사 일은 결코 소홀히 한 적이 없고, 여전히 열심히 일하는 모범 사원이었기 때문에 중역의 신임도 점점 두터워지고 월급도 액수가 많아

져서 반년마다 나오는 보너스를 합하면 한 달에 평균 400엔은 되었습니다. 따라서 보통 정도로 산다면 둘이서는 넉넉하게 살 수 있을 터인데 아무리 해도 부족했습니다. 너무 좀스러운 말을 하는 것 같지만, 우선 매달 생활비가 아무리 적게 어림잡아도 250엔이 넘고, 경우에 따라서는 300엔이나 들었습니다. 이 가운데 집세가 35엔(원래는 20엔이었지만 4년 동안 15엔이 올랐습니다), 그리고 가스비, 전기료, 수도료, 땔감비, 세탁비* 같은 잡비를 빼고 남은 200엔에서 2백 3, 40엔 정도를 무엇에 쓰는가 하면, 그 대부분이 음식값에 들어갔습니다.

그도 그럴 것이, 어릴 때는 일품요리인 비프스테이크로 만족했던 나오미가 어느새 점점 입이 고급스러워져서, 하루 세 끼 식사할 때마다 "이런 게 먹고 싶다" "저런 게 먹고 싶다"고 나이에 맞지 않는 사치스러운 말을 합니다. 게다가 재료를 사서 직접 요리하는 귀찮은 일은 싫어하기 때문에, 내개는 가까운 식당에 주문을 합니다.

"아, 뭔가 맛있는 걸 먹고 싶어." 심심하면 나오미가 입버릇처럼 하는 말이었습니다. 그리고 전에는 양식만 좋아하더니, 요즘에는 그러지도 않고 세 번에 한 번은 "어느 식당의 밥을 먹고 싶어요"라든가 "어디어디의 회를 시켜 먹어요"라든가, 그런 건방진 말을 합니다.

낮에는 내가 회사에 있으니까 나오미 혼자 먹지만, 오히려 그런 때 먹는 사치가 심했습니다. 저녁에 회사에서 돌아오면

---

*세탁업은 막부 시대 말기에 요코하마에서 서양인을 상대로 시작되었지만, 1906년에는 도쿄에서 백양사가 창업하는 등, 일본인도 양복 등을 세탁할 때 세탁소를 이용하게 되었다. 1920년경의 요금은 양복 한 벌이 1엔 50전, 와이셔츠가 12전이었다.

부엌 구석에 배달요리 전문점의 배달통이나 양식당의 그릇 따위가 놓여 있는 것이 종종 보였습니다.

"나오미야, 너 또 배달시켰구나. 너처럼 배달요리를 시켜 먹기만 하면 돈이 너무 많이 들어서 안 돼. 무엇보다 여자 혼자 그런 짓을 하다니, 조금은 아깝다고 생각해봐."

이렇게 말해도 나오미는 태연하게,

"하지만 혼자니까 시켜먹은 거예요. 반찬 만들기가 귀찮은 걸요" 하면서 일부러 부루퉁해서 소파 위에 벌렁 드러눕는 것입니다.

이런 식이니까 돈이 모일 리가 없습니다. 반찬뿐이라면 또 모르지만, 때로는 밥을 짓는 것도 귀찮아해서 밥까지 배달요리 전문점에 배달을 시키는 형편이었습니다. 그래서 월말이 되면 닭집, 쇠고기집, 일본요리점, 양식당, 초밥집, 장어집, 과자점, 과일가게 등 곳곳에서 가져오는 청구서의 총계가 참 잘도 많이 먹었구나 하고 놀랄 만큼 많았습니다.

식비 다음으로 많은 것은 세탁비였습니다. 이것은 나오미가 버선 한 짝도 자기 손으로 빨려고 하지 않고, 빨래는 모두 세탁소에 보냈기 때문입니다. 그리고 이따금 내가 잔소리를 하면 입버릇처럼 하는 소리가 이렇습니다.

"난 하녀가 아니에요. 그런 빨래를 하면 손가락이 굵어져서 피아노를 칠 수 없게 되잖아요. 조지 씨는 나를 뭐라고 했죠? 자기의 보물이라고 하지 않았어요? 그런데 이 손이 굵어지면 어떡할 거예요?"

처음 얼마 동안은 나오미도 집안일을 해주고 부엌일도 해주었지만, 그것이 계속된 것은 겨우 1년인가 반년 정도였을 겁니다. 그래서 세탁물 같은 건 그나마 아직 나은 편이고, 무엇보다 곤란한 것은 집 안이 나날이 어질러지고 더러워져가는 것이었습니다. 옷을 벗으면 그 자리에 그대로 내버려두고, 음식을 먹으면 그 자리에 그대로 내버려두기 때문에, 지저분한 접시며 사발, 먹다 만 밥공기며 마시다 만 찻잔, 때 묻은 속옷이며 목욕옷이 언제 보아도 사방에 내던져져 있습니다. 바닥은 물론 의자며 탁자도 먼지가 쌓여 있지 않은 게 없고, 모처럼 만든 그 사라사 커튼도 벌써 옛 모습은 자취도 없이 사라진 채 낡고 찌들어 거무스름해졌고, 그렇게 화려한 '작은 새장'이었던 동화 속의 집은 분위기가 완전히 달라져버려서, 방에 들어가면 그런 곳 특유의 코를 찌르는 듯한 냄새가 물씬 풍깁니다. 나도 여기에는 완전히 두 손을 들고,

"자, 내가 청소를 해줄 테니까 넌 마당에 나가 있어" 하며 방을 쓸거나 먼지를 털어본 적도 있지만, 털면 털수록 먼지가 나올 뿐만 아니라 너무 어질러져 있어서 치우고 싶어도 어떻게 손을 댈 수가 없었습니다.

이래서는 어쩔 수 없다는 생각이 들어서 두세 번 가정부를 고용한 적도 있지만, 들어오는 가정부마다 모두 아이가 없어서 닷새도 못 참고 나가버렸습니다. 우선, 처음부터 가정부를 고용할 작정이 아니었기 때문에, 가정부가 들어와도 잠잘 곳이 없었습니다. 게다가 우리도 마음대로 농탕을 칠 수 없게 되고, 잠깐 둘이서 새롱거리기에도 왠지 거북한 느낌이 들었습니다. 나오미도 일손이 늘어나면 더욱 뻔뻔하고 게을러져서, 손가락 하나 까딱하지 않고 가정부를 부려먹습니다. 그리고 여전히 "어느 식당에 가서 무엇을 주문해 오라"고, 오히려 전보다

편리해진 만큼 더욱 사치를 부렸습니다. 결국 가정부라는 존재는 매우 비경제적이기도 하고 우리의 '놀이' 생활에 방해가 되기도 하기 때문에, 그쪽도 질려버렸겠지만 이쪽도 굳이 가정부를 두고 싶지 않았습니다.

그래서 매달 생활비가 그만큼은 든다 해도 남은 100엔 내지 150엔 가운데 매달 10엔이나 20엔씩이라도 저축을 하고 싶었지만, 나오미의 씀씀이가 너무 헤퍼서 그럴 여유가 없었습니다. 그녀는 한 달에 한 벌은 반드시 새 옷을 맞춥니다. 아무리 모슬린이나 메이센이라도 안감과 겉감을 사고, 게다가 자기가 직접 바느질을 하지 않고 삯바느질을 시키니까 50엔이나 60엔은 없어집니다. 그렇게 지은 옷이라도 마음에 들지 않으면 벽장 구석에 처박은 채 전혀 입지 않고, 마음에 들면 무릎이 해질 때까지 입어버립니다. 그래서 그녀의 옷장 속에는 누더기가 된 헌옷이 가득 쌓여 있었습니다. 그리고 게다 사치에 대해서도 말씀드리겠습니다. 조리, 고마게다, 아시다, 히요리게다, 료구리,* 나들이용 게다, 평소 때 신는 게다—이것들은 기껏해야 한 켤레에 7, 8엔 내지 2, 3엔이지만 열흘에 한 번은 사니까 쌓이면 결코 싼 게 아닙니다.

"이렇게 게다를 신으면 당해낼 수 없으니까, 구두를 신으면 좋잖아" 하고 말해보아도, 옛날에는 여학생답게 하카마 차림에 구두를 신고 다니는 것을 좋아한 주제에, 이 무렵에는 교습을 받으러 갈 때에도 평소 차림으로 하느작하느작 나가면서,

---

*고마게다: 앞에는 굽이 없고 뒷굽은 높고 폭이 넓은 나막신. 아시다: 비가 올 때 신는, 굽이 높은 나막신. 히요리게다: 날씨가 좋은 때 신는, 굽이 낮은 나막신. 료구리: 목제 한 개의 앞뒤를 파서 만든 나막신.

"나 이래 봬도 도쿄 토박이예요. 옷차림은 아무래도 좋지만 신발만은 제대로 신지 않으면 마음이 편하지 않은걸요" 하고 나를 촌뜨기로 취급합니다.

용돈도 음악회다, 전차비다, 교과서다, 잡지다, 소설책이다 해서 3엔이나 5엔씩 사흘이 멀다 하고 가져갑니다. 그밖에 영어와 음악의 수업료가 25엔, 이것은 매달 규칙적으로 내야 합니다. 400엔의 수입으로 이런 부담을 짊어지는 것은 쉽지 않아서, 돈을 저축하기는커녕 거꾸로 저금을 꺼내 쓰게 되고, 독신 시절에 얼마간 비축해두었던 것도 야금야금 줄어들었습니다. 그리고 돈이라는 것은 일단 손을 대기 시작하면 정말 빠르기 때문에 지난 3, 4년 동안 저축한 것을 다 써버리고 이제는 한 푼도 남지 않게 되었습니다.

불행하게도 나 같은 남자가 으레 그렇듯이, 외상값 지불을 연기해달라고 미리 양해를 구하는 데에도 서툴렀고, 따라서 외상값은 제 날짜에 꼬박꼬박 갚지 않으면 아무래도 마음이 편치 않기 때문에, 그믐날이 되면 이루 말할 수 없는 고생을 했습니다.

"그렇게 돈을 쓰면 그믐날을 넘길 수 없잖아" 하고 나무라도,

"넘기지 못하면 기다리게 하면 되잖아요" 하고 말합니다. "3년, 4년씩 한곳에 살고 있으면서 월말 계산을 연기하지 못하다니, 그런 법이 어디 있어요. 6개월마다 꼭 갚겠다고 말하면 어느 가게라도 기다려줄 거예요. 조지 씨는 소심하고 융통성이 없어서 탈이에요."

이런 식이어서, 그녀는 자기가 사고 싶은 건 모두 현금으로 사고, 다달이 내야 하는 돈은 보너스가 들어올 때까지 미룬다는 방식입니다. 그런 주제에 외상값을 연기해달라고 부탁하는

것은 싫어해서,

"난 그런 말 하기 싫어요. 그건 남자가 할 일이잖아요" 하고, 월말이 되면 어딘가로 휙 뛰쳐나가버립니다.

그러니까 나는 나오미를 위해 내 수입을 몽땅 바치고 있다고 해도 좋았습니다. 그녀를 조금이라도 더 아름답게 꾸며주는 것, 부자유스러운 생각이나 쩨쩨한 짓은 시키지 않고 유유히 성장시켜주는 것—그것은 원래부터 나의 소망이었기 때문에, 곤란하다고 푸념하면서도 그녀의 사치를 허용하고 맙니다. 그러면 그만큼 다른 방면의 지출을 줄여야 하고, 다행히 나는 교제비가 전혀 들지 않았지만 그래도 이따금 회사와 관계된 모임 따위가 있으면 의리를 무시하고라도 최대한 피하려고 합니다. 그밖에 내 용돈과 피복비, 점심값을 최대한 절약합니다. 매일 통근하는 전차도 나오미는 2등 정기권을 사지만 나는 3등으로 견딥니다. 밥을 짓는 게 귀찮아서 배달요리를 시켜 먹으면 큰일이니까, 내가 밥을 지어주고 반찬을 만들어주는 경우도 있습니다. 하지만 그렇게 되자 나오미는 그것이 또 마음에 들지 않는 것입니다.

"사내답지 않게 부엌에서 일하는 건 꼴불견이에요. 그러지 않아도 돼요. 또 조지 씨는 1년 내내 같은 옷만 입지 말고, 좀더 세련된 옷차림을 하면 어때요? 나만 잘 차려 입어도 조지 씨가 그런 식이면 역시 싫어요. 그래서는 함께 다닐 수도 없잖아요."

그녀와 함께 나니지 못하면 아무 낙도 없으니까, 나도 이른바 '세련된' 옷을 한 벌쯤 맞추지 않으면 안 됩니다. 그리고 그녀와 외출할 때는 전차도 2등칸에 타지 않으면 안 됩니다. 즉 그녀의 허영심을 다치지 않게 하려면 그녀 혼자만의 사치로는 끝나지 않는 결과가 되었습니다.

이런 사정으로 생활을 꾸려나가기가 어려운 판에 요즘 또 슈렘스카야 부인에게 40엔씩 뜯기고, 게다가 댄스 의상을 사주거나 하면 이러지도 저러지도 못하게 됩니다. 하지만 사정을 말해봤자 알아들을 나오미도 아니었고, 또 마침 월말이어서 내 주머니에 현금이 있었기 때문에, 그 돈을 내놓으라고 졸라댔습니다.

"하지만 지금 이 돈을 써버리면 당장 그믐날에 곤란하다는 건 너도 알잖아."

"곤란해져도 어떻게든 돼요."

"어떻게든 되다니, 뭐가 어떻게 돼? 어떻게도 될 것 같지 않아."

"그럼 뭣 때문에 댄스 같은 걸 배웠어요? 좋아요, 그럼 내일부터는 아무 데도 가지 않겠어요."

이렇게 말하고 그녀는 그 커다란 눈에 이슬을 머금고 원망하듯 나를 노려보며 입을 꽉 다물어버렸습니다.

그날 밤 나는 이불 속에 들어간 뒤 등을 돌리고 자는 척하는 그녀의 어깨를 흔들면서 말했습니다.

"나오미야, 화났어? 에에, 나오미야, 잠깐 이쪽을 좀 봐줘. 이쪽을 좀 보라니까……."

그러고는 부드럽게 손을 대어 생선을 뒤집듯 이쪽으로 돌려놓자, 저항이 없는 나긋나긋한 몸은 반쯤 눈을 감은 채 순순히 내 쪽을 향했습니다.

"왜 그래? 아직도 화났어?"

"……."

"이봐, 그렇게까지 화내지 않아도 되잖아. 어떻게든 해볼 테니까……."

"……."

"이봐, 눈을 떠봐, 눈을……."

이렇게 말하면서 속눈썹이 파르르 떨리고 있는 눈꺼풀을 밀어 올리자, 조갯살처럼 안에서 살며시 내다보고 있는 봉긋한 눈동자는 자고 있기는커녕 정면으로 내 얼굴을 바라보고 있습니다.

"그 돈으로 사줄게. 그럼 됐지?"

"하지만 그렇게 하면 곤란하지 않아요?"

"곤란해도 괜찮아. 어떻게든 해볼 테니까."

"그럼 어떻게 할 건데요?"

"고향집에 사정을 말하고 돈을 보내달라고 하면 돼."

"보내줄까요?"

"그야 물론이지. 난 여태까지 한 번도 집에 폐를 끼친 적이 없어. 둘이서 살림을 하게 되면 여러 가지로 물건이 필요하리라는 것쯤은 어머니도 알고 계실 테니까……."

"그래요? 하지만 어머니께 미안하지 않아요?"

나오미는 걱정하는 듯한 말투였지만, 사실 그녀의 뱃속에는 진작부터 '시골집에 말하면 될 텐데……' 하는 생각이 있었다는 것은 나도 어렴풋이 짐작하고 있었습니다. 내가 그 말을 꺼낸 것은 그녀가 바라던 바였습니다.

"아니, 뭐 미안할 건 없어. 하지만 그러지 않겠다는 게 내 주의여서 그러기가 싫었기 때문에 하지 않았을 뿐이야."

"그럼 왜 주의를 바꾼 거예요?"

"아까 네가 우는 걸 보니 불쌍해져서……."

"그래요?" 하고는 파도가 밀려오는 듯이 가슴을 물결치게 하면서 부끄러운 듯한 웃음을 띠고 말했습니다. "제가 정말로 울었어요?"

"이젠 아무 데도 가지 않겠다면서 눈에 가득 눈물을 글썽거렸잖아? 아무리 세월이 흘러도 너는 응석꾸러기 어린애야. 우리 큰 애기……."

"나의 파파! 귀여운 파파!"

나오미는 느닷없이 내 목을 끌어안고는, 그 입술의 빨간 날인을 마치 바쁜 우체국 직원이 소인을 찍듯 이마에, 코에, 눈꺼풀 위에, 귓불에, 내 얼굴의 모든 부분에 한 치의 빈틈도 없이 다닥다닥 찍었습니다. 그것은 나에게 동백꽃처럼 묵직하고 촉촉하고 부드러운 수많은 꽃잎이 내려오는 듯한 쾌감을 느끼게 하고, 그 꽃잎 향기 속에 내 머리가 완전히 묻혀버린 듯한 황홀경을 느끼게 해주었습니다.

"왜 그래, 나오미야. 꼭 미친 사람 같아."

"아아, 미쳤어요…… 오늘 밤은 미칠 듯이 조지 씨가 귀여운걸요. 왜, 내가 귀찮으세요?"

"귀찮기는? 나도 기뻐. 미칠 듯이 기뻐. 너를 위해서라면 어떤 희생을 치러도 괜찮아…… 아니, 왜 그래? 또 우는 거야?"

"고마워요, 파파. 난 파파한테 감사하고 있어요. 그래서 저절로 눈물이 나요…… 알았죠? 울면 안 되나요? 안 된다면 눈물을 닦아줘요."

나오미는 품에서 휴지를 꺼내\* 스스로 닦지 않고 그것을 내 손에 쥐여주었지만, 눈동자는 가만히 나를 향한 채 이제 곧 닦이기 전에 더한층 눈물을 속눈썹 끝까지 찰랑찰랑 넘치게 하고 있었습니다. 아아, 얼마나 촉촉하고 아름다운 눈인가. 이 아름다운 눈물방울을 그대로 결정체로 만들어 고이 보관해둘 수는 없을까 하고 생각하면서 나는 맨 먼저 그녀의 뺨을 닦아주고, 그 동글동글하게 맺힌 눈물방울을 건드리지 않도록 눈 주위를 닦아주자, 피부가 늘어졌다 당겨졌다 할 때마다 눈물방울은 여러 가지 모양으로 변하면서 볼록렌즈처럼 되었다가 오목렌즈처럼 되었다가 마지막에는 형태가 무너져 모처럼 닦아놓은 볼 위로 다시 빛나는 실을 끌면서 주르르 흘러내리는 것입니다. 그러면 나는 다시 한 번 그 볼을 닦아주고, 아직도 조금 젖어 있는 눈 위를 문질러주고, 그런 다음 희미하게 흐느끼고 있는 그녀의 코밑에 종이를 대고 "자, 코 풀어" 하고 말하자, 그녀는 "흥!" 하고 코를 풀어 몇 번이나 내가 콧물을 닦아주게 했습니다.

그 이튿날, 나오미는 나한테 200엔을 받아서 혼자 미쓰코시 백화점에 갔고, 나는 회사에서 점심시간에 어머니에게 처음으로 돈을 보내달라고 부탁하는 편지를 썼습니다.

'······요즘은 물가가 올라서 이삼 년 전과는 놀랄 만큼 차이가 나고, 별로 사치를 부리지 않는데도 매달 생활비에 쪼들리니, 도시 생활도 그렇게 쉽지 않고······.'

---

\*일본옷을 입을 때는 품에 가이시(懷紙) 또는 다토가미(畳紙)라고 부르는 종이를 접어서 넣어두는 습관이 있다. 여기서는 잠옷을 입고 품에 휴지를 넣고 있다.

이렇게 쓴 것을 기억하고 있지만, 어머니한테 이렇듯 능숙한 거짓말을 할 만큼 내가 대담해져버렸나 생각하니, 스스로 생각해도 무서운 기분이 들었습니다. 하지만 어머니는 나를 믿고 있을 뿐만 아니라 아들의 소중한 아내로서 나오미에 대해서도 자애로운 마음을 가지고 있다는 것은 며칠 뒤에 배달된 답장을 보아도 알 수 있었습니다. 편지에는 '나오미에게 옷이라도 사주어라' 하는 말과 함께 내가 말한 액수보다 100엔이 더 많은 우편환이 동봉되어 있었습니다.

# 10

'카페 엘도라도'로 댄스를 하러 간 것은 토요일 밤이었습니다. 오후 7시 반부터라고 해서 5시쯤 회사에서 돌아와 보니, 나오미는 벌써 목욕을 끝내고 웃통을 벗은 채 부지런히 화장을 하고 있었습니다.

"아, 조지 씨, 옷이 다 됐어요."

거울 속에서 내 모습을 보자마자 이렇게 말하고, 그녀가 한 손을 뒤로 뻗어 가리킨 소파 위에는 미쓰코시에 부탁하여 서둘러 만든 기모노와 허리띠가 포장이 풀린 채 길게 놓여 있었습니다. 옷은 아랫단과 소맷부리에 솜을 넣은 겹옷으로, 긴샤지리멘*이라고 할까요, 검붉은 바탕에 노란 꽃과 초록 잎이 점점이 흩어진 무늬가 있고, 띠에는 은실로 누빈 두 줄기, 세 줄기

---

*보통 지리멘보다 가느다란 생사를 사용하여 얇게 짠 직물. 다니자키 준이치로는 〈지리멘과 모슬린〉이라는 수필에서 긴샤(金紗)는 '벼락부자 냄새가 나고 천박하다'고 말했다.

의 물결이 흔들리고 군데군데 고자부네(御座船)* 같은 고풍스러운 배들이 떠 있었습니다.

"어때요? 잘 골랐죠?" 하고 나오미는 두 손에 분을 개어, 아직도 김이 피어오르고 있는 포동포동한 어깨며 목덜미를 손바닥으로 좌우에서 찰싹찰싹 두들기면서 말했습니다.

하지만 솔직히 말해서 어깨가 두툼하고 엉덩이가 크고 가슴이 튀어나온 그녀의 몸집에는 물처럼 부드럽게 흐르는 그 옷감이 별로 어울리지 않았습니다. 모슬린이나 메이센을 입으면 혼혈아 같은 이국적인 아름다움이 있지만, 이상하게도 이런 점잖은 옷을 입으면 오히려 그녀는 천박해 보이고, 무늬가 화려하면 할수록 요코하마의 차부야(チャブ屋)** 같은 데 있는 여자처럼 거친 느낌이 들 뿐이었습니다. 나는 그녀가 흐뭇해하고 있기 때문에 굳이 반대는 하지 않았지만, 이 칙칙한 옷을 입은 여자와 함께 전차를 타거나 댄스홀에 나타날 생각을 하니 몸이 오그라드는 것 같았습니다.

나오미는 그 옷을 입고 나자,

"자, 조지 씨, 당신은 감색 양복을 입으세요" 하며 웬일로 내 옷을 꺼내서 먼지를 털어주고 다리미로 주름을 펴주기도 했습니다.

"나는 감색보다 갈색이 더 좋은데."

"바보군요, 조지 씨는!" 하고 그녀는 꾸짖는 듯한 말투로 나를 노려보며 말했습니다. "야회에는 감색 양복이나 턱시도를

---

*에도 시대에 장군과 다이묘의 해상 순행이나 근무 교대에 사용된 전용선.
**주로 서양인을 상대하던 요코하마의 매춘굴.

입도록 정해져 있어요. 그리고 칼라도 소프트한 게 아니라 스티프한* 걸 달아야 해요. 그게 에티켓이니까, 앞으로 기억해두세요."

"헤에, 그런가?"

"그래요. 하이칼라라고 하면서 그걸 모르면 어떡해요? 이 감색 양복은 많이 더러워졌지만, 양복은 주름이 펴져 있고 모양이 망가져 있지 않으면 돼요. 자, 내가 잘 손질했으니까 오늘 밤에는 이걸 입고 가요. 그리고 조만간 턱시도를 맞추지 않으면 안 돼요. 그러지 않으면 조지 씨하곤 춤을 추지 않겠어요."

그리고 넥타이는 감색이나 민무늬 검은색 나비넥타이를 매는 게 좋고, 구두는 에나멜**을 신어야 하지만, 그게 없으면 보통의 검은색 단화를 신을 것, 붉은빛 구두는 정식에서 벗어난다는 것, 양말도 명주 양말이 좋지만 그게 아니더라도 색깔은 무늬 없는 검은색을 골라야 한다는 것—어디서 듣고 왔는지, 나오미는 그런 강의를 하면서 자신의 옷차림만이 아니라 나의 옷차림에도 일일이 참견을 하여, 드디어 집을 나설 때까지는 상당한 시간이 걸렸습니다.

그곳에 도착한 것은 7시 반이 지나서였기 때문에 댄스는 벌써 시작되어 있었습니다. 시끄러운 재즈밴드*** 소리를 들으면서 층계를 올라가 보니, 식당 의자를 치운 댄스홀 입구에는

---

*stiff. '딱딱한, 뻣뻣한'을 뜻하는 영어 낱말.
**반짝반짝 빛나는 에나멜가죽을 사용한 구두는 고급품이어서 야간의 정식 예복과 준예복에 사용된다.
***이 무렵 일본에서도 유행하기 시작한 사교댄스는 폭스트롯이 중심이었고, 반주에는 재즈 음악이 주로 사용되었다.

'Special Dance—Admission: Ladies Free, Gentlemen ￥3.00'*이라고 쓴 종이가 붙어 있고, 보이가 혼자 지키고 있다가 회비를 받았습니다. 물론 카페이기 때문에 홀이라고 해도 그리 훌륭한 것은 아니고, 둘러보니 춤을 추고 있는 것은 열 쌍쯤 되었지만, 그만한 인원으로도 벌써 떠들썩했습니다. 홀 한쪽에 탁자와 의자를 두 줄로 늘어놓은 자리가 있어서, 표를 사서 입장한 사람은 각자 그 자리를 차지하고 이따금 거기서 쉬면서 남이 춤추는 것을 구경하는 체제로 되어 있을 겁니다. 그곳에는 낯선 남자와 여자가 저쪽에 한 무리, 이쪽에 한 무리 모여서 지껄여대고 있었습니다. 나오미가 들어가자 그들은 서로 뭐라고 수군거리며, 이런 곳이 아니면 볼 수 없는 이상한 눈초리, 반은 적개심을 품은 듯하고 반은 경멸하는 듯한 수상한 눈초리로 야단스럽게 치장한 그녀의 모습을 더듬듯이 바라보는 것이었습니다.

"이봐, 이봐, 저기 저런 여자가 왔어."

"함께 온 남자는 누굴까?"

나는 그들이 그렇게 수군대고 있는 듯한 기분이 들었습니다. 그들의 시선이 나오미만이 아니라 그녀 뒤에 움츠리고 서 있는 나에게도 쏠리고 있는 것을 분명히 느꼈습니다. 내 귀에는 오케스트라의 음악이 쾅쾅 울려 퍼지고, 내 눈앞에는 춤추는 무리가, 모두 나보다 훨씬 능숙해 보이는 무리가 하나의 커다란 원을 그리며 빙글빙글 돌고 있습니다. 동시에 나는 내 키가 겨우 5자 2치밖에 안 되고 피부가 토인처럼 검고 치열이 들

*'입장료: 여성은 무료, 남성은 3엔.'

쭉날쭉 고르지 못하다는 것, 무려 2년 전에 지은 평범한 감색 양복을 입고 있다는 것 따위를 생각했기 때문에, 얼굴이 화끈 달아오르고 온몸이 덜덜 떨려서, '앞으로는 이런 곳에 절대로 오지 않겠다'고 생각하지 않을 수 없었습니다.

"이런 데 서 있으면 어떡해요? 어디 저쪽…… 탁자 쪽으로 가지 않을래요?"

나오미도 역시 주눅이 들었는지, 내 귀에 입을 대고 작은 소리로 말했습니다.

"그런데 춤추고 있는 사람들 사이를 뚫고 가도 될까?"

"괜찮을 거예요. 아마……."

"그렇지만 부딪치면 미안하잖아."

"부딪치지 않게 가면 돼요. 저기 보세요. 저 사람도 저쪽을 뚫고 가잖아요. 그러니까 괜찮아요. 가봐요."

나는 나오미를 따라 그 넓은 홀의 군중을 가로질러 갔지만, 다리가 후들거리는데다 마룻바닥이 미끄러워서 무사히 건너편에 도착할 때까지 꽤 고생했습니다. 그리고 한번은 쾅당 하고 나동그라질 뻔해서, 나오미가 "쯧!" 하고 혀를 차며 얼굴을 찡그린 것을 기억하고 있습니다.

"아, 저기 자리가 하나 비어 있는 것 같아요. 저 테이블에 앉지 않을래요?"

나오미는 그래도 나보다는 넉살이 좋아서, 우리를 말똥말똥 바라보는 사람들 사이를 쓰윽 지나서 어느 테이블에 앉았습니다. 하지만 그렇게 댄스를 낙으로 삼고 있던 주제에 바로 춤을 추자고는 말하지 않고, 왜 그런지 잠깐 마음이 가라앉지 않는 듯 손가방에서 거울을 꺼내 몰래 화장을 고치고는,

"넥타이가 왼쪽으로 비뚤어졌어요" 하고 살짝 나에게 주의를 주면서 홀 쪽을 지켜보고 있었습니다.

"나오미야, 하마다 군도 와 있잖아?"

"여기선 나오미야라고 부르는 게 아니에요. 나오미 씨라고 부르세요" 하고는 또다시 까다롭게 얼굴을 찡그리며, "하마상도 와 있고, 마짱도 와 있네요."

"어디, 어디 있어?"

"봐요. 저기……" 하고는 갑자기 목소리를 낮추어, "손가락질을 하면 실례가 돼요" 하고 조용히 나를 나무란 뒤, "저기 핑크색 양장을 입은 아가씨랑 춤추고 있잖아요. 저 사람이 마짱이에요."

그때 마짱이 "여어!" 하면서 우리 쪽으로 다가와, 상대 여자의 어깨 너머로 우리에게 히죽히죽 웃어 보였습니다. 핑크색 양장을 입은 아가씨는 키가 크고 육감적인 두 팔을 드러낸 뚱뚱한 여자였는데, 풍부하다기보다 성가실 만큼 숱이 많고 새까만 머리를 어깨 언저리에서 싹둑 잘라* 그것을 곱슬곱슬하게 지진 다음 다시 리본으로 머리띠를 맸고, 얼굴은 볼이 붉고 눈은 크고 입술이 두껍고, 어디까지나 순일본식이어서 우키요에(浮世絵)**에라도 나올 것처럼 가늘고 긴 코가 오똑하고 외씨처럼

---

*성인 여성이 머리를 어깨보다 위에서 자르는 것은 유럽에서는 제1차 세계대전 때 종군 간호사가 위생상 머리를 짧게 자른 것에서 비롯되어 일반 여성에게도 퍼졌다. 일본에서는 1920년대 극히 일부 여성이 머리를 자르기 시작했지만, 평판이 나빠서 일반에 받아들여질 때까지는 시간이 걸렸다.
**에도 시대에 서민계층을 기반으로 발달한 풍속화. '우키요'는 덧없는 세상, 속세를 뜻하는 말로 미인·기녀·광대 등 풍속을 중심 제재로 한다. 목판화를 주된 형식으로 대량 생산하여 서민의 수요를 충당했다.

갸름한 윤곽이었습니다. 나도 여자 얼굴에는 상당히 주의를 기울이는 편인데, 이렇게 불가사의하고 조화를 이루지 못한 얼굴은 지금까지 본 적이 없습니다. 생각건대 이 여자는 제 얼굴이 너무 일본인다운 것을 더없이 불행하게 느끼고, 되도록 서양인 냄새를 풍기려고 고심참담하고 있는 듯, 자세히 보니 밖으로 드러난 있는 피부라는 피부에는 모조리 밀가루를 뿌려놓은 것처럼 백분이 발라져 있고, 눈 주위에는 페인트처럼 반짝반짝 빛나는 청록색 물감이 칠해져 있었습니다.* 그 볼이 새빨간 것도 틀림없이 볼연지를 발랐기 때문이고, 게다가 그런 리본으로 머리띠를 맨 모습은 딱하지만 아무리 생각해도 도깨비로밖에 여겨지지 않습니다.

"이봐, 나오미야……" 하고 나는 그만 무심코 그렇게 불렀다가 얼른 '나오미 씨'라고 고쳐 말한 뒤, "저 여자는 저래도 처녀야?"

"그럼요. 꼭 매춘부 같지만……."

"아는 여자야?"

"알고 있는 건 아니지만, 마짱한테 가끔 이야기를 들었어요. 저것 보세요. 머리에 리본을 매고 있잖아요. 저 여자는 눈썹이 이마 위쪽에 있기 때문에 그걸 감추기 위해 눈썹 위에 머리띠를 두르고 아래쪽에 따로 눈썹을 그린대요. 잘 보세요. 저 눈썹

---

*제1차 세계대전 이후, 미국에서 호경기와 전후의 해방감 때문에 '플래퍼(flapper)'라고 붙리는 젊은 여성들이 등장했다. 그 특징은 당시의 도덕관에 어긋나게 향락적이고 자유분방하며 술담배를 즐기고 짧은 머리에 새빨간 립스틱과 아이새도를 바르고, 다리를 들어 올리면서 펄쩍펄쩍 뛰어다니는 '찰스턴'이라는 춤을 추는 것이었다. 이런 풍속은 일부 일본 여성에게도 영향을 주어, 1922년경부터 댄스와 아이새도가 유행하기 시작했고 가느다란 눈썹도 일부에서 유행했다.

은 가짜예요."

"하지만 얼굴은 그렇게 못생기지 않았잖아. 붉은 물감, 푸른 물감을 저렇게 덕지덕지 바르고 있으니까 우스운 거지."

"그러니까 바보죠" 하고 나오미는 점점 자신감을 되찾은 듯, 자만심이 강한 여느 때의 말투로 내뱉고 나서, "얼굴도 예쁜 건 아니에요. 조지 씨는 저런 여자를 미인이라고 생각하는 거예요?"

"미인이라고 할 정도는 아니지만, 코도 오똑하고 몸매도 나쁘지 않으니까, 보통으로 꾸미면 그런대로 봐줄 만할 텐데."

"어머나, 뭐가 봐줄 만해요. 저런 얼굴이라면 얼마든지 있어요. 게다가 서양 사람처럼 보이려고 여러 가지 잔꾀를 부린 건 좋지만, 전혀 서양 사람처럼 보이지 않으니까 재미있잖아요? 꼭 원숭이 같아."

"그런데 하마다 군과 춤추고 있는 저 여자는 어디선가 본 것 같은데."

"물론 본 적이 있을 거예요. 저 여자는 제국 극장의 하루노 기라코*예요."

"아니, 그럼 하마다 군이 기라코를 알고 있단 말이야?"

"그럼요, 알고 있죠. 저 사람은 댄스를 잘하니까 여기저기서 여배우들과 친해요."

---

*가공인물. 모델이 있는지는 확실치 않다. 제국극장에는 부속 기예학교(여배우 양성소)가 있었고, 그곳에서 양성된 여배우가 극장의 전속 여배우로 무대에 섰다. 또한 제국극장에서는 1911년에 극장이 문을 열었을 때부터 외국인 무용교사를 고용하여 남녀 배우에게 댄스와 발레를 연습시켰다.

하마다는 갈색 양복을 입고 밤색 박스구두에 스패츠*를 신고, 군중 속에서도 단연 돋보이는 능숙한 발놀림으로 춤을 추고 있었습니다. 그리고 발칙하게도, 어쩌면 그렇게 추는 춤이 있을지도 모르지만, 상대 여자와 얼굴을 찰싹 맞대고 있었습니다. 가늘고 상아처럼 하얀 손가락을 가진 기라코는 꽉 끌어안으면 휘어서 부러져버릴 것만 같은 작고 연약한 몸매에다 무대에서 보는 것보다 훨씬 미인이었고, 그 이름처럼 아름답기 이를 데 없는 고운 옷에 돈스인지 슈친**인지, 검은 바탕에 금실과 짙은 초록색으로 용을 수놓은 허리띠를 매고 있었습니다. 여자 쪽이 키가 작기 때문에 하마다는 머리카락 냄새라도 맡고 있는 것처럼 고개를 비스듬히 기울여 귀를 기라코의 귀밑털에 찰싹 붙이고 있었습니다. 기라코는 또 기라코대로, 눈가에 주름이 잡힐 만큼 남자의 볼에 이마를 힘껏 눌러대고 있었습니다. 두 얼굴은 네 개의 눈동자를을 깜박거리면서, 몸은 서로 떨어질 때가 있어도 머리와 머리는 한시도 떨어지지 않고 춤을 추고 있었습니다.

"조지 씨, 저런 춤 출 줄 아세요?"

"뭔지 모르지만, 별로 보기 좋지는 않군."

"정말이에요. 실제로 천박해요" 하고 나오미는 침을 뱉는

---

*박스구두: 무두질한 송아지 가죽으로 만든 얇고 부드러운 구두. 스패츠: 구두 위에서부터 발목 언저리까지를 덮는 헝겊 먼지막이. 남성은 예복에도 하얀 스패츠를 착용했으며, 19세기 말부터 20세기 초까지 유행했다.
**돈스: 수자직을 기본으로 하면서 다른 방직법도 섞고, 색실을 사용하여 무늬를 짜낸 견직물. 매끄럽고 광택과 중량감이 있다. 슈친: 수자직 바탕에 색실을 넣어 무늬를 나타낸 직물. 고급품에는 금실과 은실도 사용한다.

듯한 입술 모양을 만들어 보이고, "저건 치크 댄스*라고 하는데, 점잖은 자리에서는 추는 게 아니에요. 미국에서 저런 춤을 추면 퇴장해달라는 말을 듣는대요. 하마상은 좋을지 모르지만, 저건 눈에 거슬려요."

"하지만 여자도 여자로군."

"그야 그렇죠. 어차피 여배우란 저런 사람이에요. 애당초 이곳에 여배우를 들여놓는 게 나빠요. 그런 짓을 하면 진짜 레이디는 오지 않게 돼요."

"남자도, 너는 무척 까다롭게 말했지만, 감색 양복을 입고 있는 사람은 별로 없잖아. 하마다 군도 저런 차림을 하고 있고 말이야……."

이것은 내가 처음부터 알아차리고 있었던 일입니다. 아는 체하고 싶어 하는 나오미는 이른바 에티켓이라는 것을 듣고 와서 억지로 나에게 감색 신사복을 입혔지만, 막상 와서 보니 그런 옷을 입고 있는 사람은 두세 명 정도였고, 턱시도 따위를 입은 사람은 하나도 없고, 나머지는 대개 남다른 색깔의 세련된 양복을 입고 있었습니다.

"그건 그렇지만, 저건 하마상이 잘못한 거예요. 감색을 입는 게 정식이에요."

"너는 그렇게 말하지만…… 저기 저 서양 사람을 봐. 저 사람도 홈스펀**을 입었잖아. 그러니까 뭘 입어도 좋은 거야."

"그렇지 않아요. 남이야 어쨌든, 자신만은 정식 차림을 하고

---

*남녀가 볼을 맞대고 비벼대면서 추는 춤. 천박한 춤으로 여겨지고 있었다.
**집에서 뽑은 수제 털실로 짠 직물, 또는 그 모조품. 감촉이 거칠고 뻣뻣하지만 야성적이어서 스포티한 옷에 어울린다.

와야 해요. 서양 사람이 저런 차림을 하고 오는 건 일본 사람이 나쁘기 때문이에요. 그리고 하마상처럼 경험을 많이 쌓고 춤을 잘 추는 사람이라면 또 모르지만, 조지 씨는 옷이라도 깔끔하게 차려입지 않으면 꼴불견이에요."

홀 쪽 댄스 흐름이 한꺼번에 멈추고 요란한 박수가 일어났습니다. 오케스트라가 멈추었기 때문에, 그들은 모두 조금이라도 더 춤을 추고 싶은 듯, 열심인 사람은 휘파람을 불고 발을 구르며 앙코르를 외치고 있었습니다. 그러자 음악이 또 시작되고, 멈춰 있던 흐름이 다시금 빙글빙글 돌며 움직이기 시작했습니다. 한 곡이 끝나면 또 멈춰버립니다. 또 앙코르…… 두 번이고 세 번이고 되풀이하다가 아무리 손뼉을 쳐도 음악소리가 들리지 않게 되면, 춤을 춘 남자는 상대 여자의 뒤에서 시종처럼 호위하면서 모두 테이블 쪽으로 돌아옵니다. 하마다와 마짱은 기라코와 핑크색 양장을 각자의 테이블까지 바래다 의자에 앉혀주고 여자 앞에서 정중히 인사를 한 뒤, 둘이 함께 우리 쪽으로 왔습니다.

"안녕하세요? 꽤 늦으셨군요." 이렇게 말한 것은 하마다였습니다.

"무슨 일이야. 춤 안 춰?" 하고 마짱은 여느 때처럼 거친 말투로 말하고, 나오미 뒤에 우뚝 선 채 눈부신 그녀의 차림새를 위에서 지그시 내려다보며, "약속이 없으면 다음엔 나랑 출까?"

"싫어. 마짱은 너무 서툴러."

"바보 같은 소리 마. 월사금은 안 내지만, 이래봬도 격식대로 출 수 있으니까 불가사의지" 하고 그는 커다란 주먹코의 콧구멍을 벌리고 입술 양끝을 내리고 헤헤헤 웃으면서, "원래 타고난 재주가 좋아서 말이야."

"흥, 큰소리치지 마! 저 핑크색 양장하고 춤추는 꼴은 별로 좋은 그림이 아니었어."

놀랍게도 나오미는 이 남자와 마주서면 당장 이런 거친 말투를 쓰는 것이었습니다.

"야아, 이거 안 되겠는걸" 하고 마짱은 목을 움츠리고 머리를 긁적이며 먼 테이블에 앉아 있는 핑크색 양장의 아가씨를 힐끗 돌아보면서, "나도 뻔뻔스러운 면에서는 남에게 뒤지지 않는다고 자부했는데, 저 여자한테는 못 당하겠어. 저 양장을 입고 이곳에 나올 수 있었으니 말이야."

"저게 뭐야. 꼭 원숭이 같잖아."

"아하하하, 원숭이? 원숭이라니, 말 잘했어. 정말 원숭이가 분명해."

"말 잘했다니, 자기가 데려왔잖아. 정말로 보기 흉하니까 주의를 줘. 서양 사람처럼 보이려 해도 저런 얼굴로는 무리야. 얼굴 생김새가 완전히 순일본식이니까."

"요컨대 슬픈 노력이군."

"오호호, 정말 그래. 요컨대 원숭이의 슬픈 노력이야. 일본 옷을 입어도 서양 사람처럼 보이는 사람은 그렇게 보이니까."

"그러니까 너처럼 말이지?"

나오미는 "흥!" 하며 코를 치켜들고, 그녀가 장기로 삼는 코웃음을 치면서,

"그래. 오히려 내가 더 혼혈아처럼 보여."

"구마가이!" 하고 하마다는 나를 스스러워하는 듯 머뭇거리

는 태도였지만, 어쨌든 마짱을 그런 이름으로 불렀습니다. "그러고 보니 가와이 씨를 오늘 처음 만나지 않았나?"

"얼굴은 가끔 본 적이 있지만……." '구마가이'라고 불린 마짱은 여전히 나오미의 어깨 너머 의자 뒤에 우뚝 선 채 내 쪽으로 불쾌한 눈길을 힐끔 던지며, "구마가이 마사타로라고 합니다. 잘 부탁합니다."

"본명은 구마가이 마사타로, 일명 '마짱'이라고 해요" 하고 나오미는 밑에서 구마가이의 얼굴을 쳐다보며, "이봐, 마짱, 이왕 하는 김에 좀 더 자세하게 자기소개를 하는 게 어때?"

"아니, 안 돼. 너무 지껄이면 결점이 드러나니까. 자세한 건 나오미 씨한테 들으세요."

"어머나, 싫어. 자세한 거라니, 내가 뭘 알고 있는데?"

"아하하하."

이런 자들에게 둘러싸여 있는 것은 불쾌하다고 생각했지만, 나오미가 기분이 좋아 떠들어댔기 때문에 나도 할 수 없이 웃으며 말했습니다.

"자, 어떻습니까. 하마다 씨도 구마가이 씨도 여기 앉으시죠."

"조지 씨, 난 목이 마르니까 뭔가 마실 것 좀 시켜줘요. 하마상, 당신은 뭐가 좋아요? 레몬스쿼시?"

"에에, 나는 아무거나 괜찮아."

"마짱, 너는?"

"어차피 얻어먹는 거라면 위스키소다를 청하고 싶은데."

"어머나, 기가 막혀. 난 술꾼은 딱 질색이야. 입에서 구린내가 나!"

"구린내가 나도 좋아. 구린 걸 버릴 수 없다니까 말이야."
"저 원숭이가?"
"아, 안 돼. 그런 말은 사절하겠어."
"아하하하" 하고 나오미는 주위를 거리끼지 않고 몸을 앞뒤로 흔들면서, "그럼 조지 씨, 보이를 불러줘요. 위스키소다 하나에 레몬스쿼시 셋…… 아니, 잠깐만. 잠깐만요! 레몬스쿼시는 그만두겠어요. 프루츠 칵테일이 좋겠어요."
"프루츠 칵테일?" 나는 들어본 적도 없는 그런 음료를 나오미가 어떻게 알고 있는지 의아했습니다. "칵테일이라면 술이잖아?"
"아니에요. 조지 씨는 몰라요. 하마상도 마짱도 들어보세요. 이 사람은 이렇게 촌스럽다니까요" 하고 나오미는 '이 사람'이라고 말할 때 집게손가락으로 내 어깨를 가볍게 두드리며, "그래서 정말로 댄스를 하러 와도 이 사람과 둘이서는 얼이 빠져 있어서 어쩔 도리가 없어요. 멍하니 있으니까, 아까도 미끄러져 넘어질 뻔했다니까요."
"그야 바닥이 미끄러우니까 그렇지" 하고 하마다는 나를 변호하듯, "처음 얼마 동안은 누구나 얼이 빠지는 법이죠. 익숙해지면 차츰 어울리게 되지만……"
"그럼 나는 어때요? 나도 역시 여기에 어울리지 않나요?"
"아니, 너는 달라. 나오미는 배짱이 좋으니까. 사교술의 천재지."
"하마상도 천재가 아닌 편은 아니잖아요."
"아니, 내가……?"
"그래요. 하루노 기라코와 어느새 친구가 되고! 이봐요, 마짱, 그렇게 생각지 않아?"

"응, 응, 그래" 하고 구마가이는 아랫입술을 쑥 내밀고 턱을 치켜 올려 고개를 끄덕여 보였습니다.

"하마다, 네가 먼저 기라코한테 작업을 걸었어?"

"농담하지 마. 내가 그런 짓을 할 것 같아?"

"하지만 하마상은 얼굴이 새빨개져서 변명하니까 귀여워요. 어딘가 정직한 데가 있어요. 이봐요, 하마상, 기라코 씨를 이리로 불러오지 않을래요? 네, 불러와요! 나한테 소개해줘요!"

"이러쿵저러쿵 하면서 또 놀려대려는 거겠지? 너의 독설에 걸려드는 날에는 당해낼 수 없다니까."

"걱정 마요. 놀리지 않을 테니까 불러와요. 떠들썩한 게 좋잖아요."

"그럼 나도 저 원숭이를 불러올까?"

"아, 그게 좋겠어. 그게 좋아" 하고 나오미는 구마가이를 돌아보며, "마짱도 가서 원숭이를 불러와. 모두 함께 놀아요."

"응, 좋겠지. 그런데 벌써 댄스가 시작됐어. 너하고 한 번 춤을 춘 뒤에 하면 어때?"

"난 마짱이 싫지만, 어쩔 수 없지. 한번 춰줄까."

"너무 그러지 마. 자기도 배우고 있는 주제에."

"그럼 조지 씨, 춤을 추고 올 테니까 보고 있어요. 나중에 당신과도 추어줄 테니까."

나는 아마 슬픈 듯한 묘한 표정을 짓고 있었겠지만, 나오미는 벌떡 일어나 구마가이와 팔짱을 끼고 다시 움직이기 시작한 군중의 흐름 속으로 들어가버렸습니다.

"아, 이번에는 7번의 폭스트롯*인가?" 하고 하마다도 나와 단둘이 남게 되자 어쩐지 화제가 궁한 듯, 주머니에서 프로그램을 꺼내 보고 천천히 엉덩이를 들어 올렸습니다.

"저어, 잠깐 실례할게요. 이번 곡은 기라코 씨와 함께 추기로 약속이 되어 있어서……."

"그럼 어서 가보세요. 걱정하지 마시고……."

나는 세 사람이 사라져버린 뒤 보이가 가져온 위스키소다와 이른바 '프루츠 칵테일'이라는 것을 합해서 모두 네 개의 잔을 앞에 놓고 혼자 멍하니 광장의 광경을 바라보고 있지 않으면 안 되었습니다. 하지만 원래 나는 춤을 추고 싶지 않았고, 이런 곳에서 나오미가 얼마나 돋보이는지, 어떤 춤을 추는지, 그것을 보고 싶은 것이 주된 목적이었기 때문에 오히려 이렇게 된 것이 더 속편했습니다. 그래서 해방된 듯한 기분으로 사람의 물결 속에서 보였다 안 보였다 하는 나오미의 모습을 열심히 눈으로 좇고 있었습니다.

'으음, 제법 잘 추는군! 저 정도라면 꼴불견은 아니야. 저런 걸 시키면 역시 나오미는 재주가 있어.'

귀여운 댄스용 조리\*\*를 신은 하얀 버선발을 발돋움하고 빙글빙글 몸을 번드치면, 화려하고 긴 소맷자락\*\*\*이 너울너울 춤을 춥니다. 걸음을 한 번 내디딜 때마다 기모노 앞자락이 펄럭펄럭 나부낍니다. 게이샤가 북채를 쥘 때처럼 구마가이의 어깨를 잡고 있는 새하얀 손가락, 묵직하게 몸통을 졸라맨 현란한

---

\*1910년대 초기에 미국에서 시작한 사교춤. 또는 그 춤곡. 2분의 2 박자 또는 4분의 4 박자의 비교적 빠른 템포의 곡이다.
\*\*보통 조리는 폭이 너무 넓어서 춤을 추기에 불편하기 때문에 펠트천을 겹쳐서 신발 바닥 모양으로 자르고 신발끈을 단 댄스용 조리가 개발되었다.
\*\*\*겨드랑이 밑을 꿰매지 않은 긴 소매. 미혼 여성을 의미한다는 데 주의할 것.

허리띠, 한 떨기 꽃처럼 군중 속에서 유난히 눈에 띄는 목, 옆얼굴, 앞얼굴, 목덜미—이렇게 보면 과연 일본옷도 아직은 쓸 만합니다. 그뿐만 아니라 저 핑크색 양장을 비롯하여 별난 옷차림을 한 부인들이 있어서 그런지, 내가 은근히 걱정하고 있던 그녀의 야단스러운 차림새도 결코 그렇게 천해 보이지는 않습니다.

"아이, 더워! 어땠어요, 조지 씨? 나 춤추는 거 보았나요?"

춤이 끝나자 나오미는 테이블로 돌아와서 서둘러 프루츠 칵테일 잔을 앞으로 잡아당겼습니다.

"어, 보았어. 그 정도라면 도저히 처음 하는 걸로는 보이지 않겠더군."

"그래요? 그럼 다음에 원스텝을 출 때는 조지 씨와 춰드릴게요. 좋죠? 원스텝이라면 쉬우니까."

"그 친구들은 어떻게 됐어? 하마다 군과 구마가이 군은?"

"이제 곧 올 거예요. 기라코와 원숭이를 끌고……. 프루츠 칵테일을 두 잔만 더 시켜줘요."

"그리고 보니까 핑크색은 서양 사람과 추는 것 같던데."

"그랬어요. 그게 우습지 않아요?" 하고 나오미는 잔 바닥을 들여다보고 꿀꺽꿀꺽 목을 울리며 마른입을 축이고 나서, "그 서양 사람은 친구도 아무것도 아니에요. 그런데 느닷없이 원숭이한테 다가와서 한 번만 추어달라고 했대요. 그러니까 이쪽을 업신여기고 있는 거예요. 소개도 없이 그런 말을 하나니, 그건 분명히 매춘부나 그런 여자로 잘못 안 서죠."

"그럼 거절하면 좋았잖아."

"그러니까 그게 우습잖아요? 그 원숭이도 상대가 서양 사람이니까 거절하지 못하고 춤을 춘 게 말이에요! 정말 지독한 바보예요. 창피하죠!"

"하지만 그렇게 거침없이 험담을 하는 게 아니야. 옆에서 듣고 있으면 가슴이 조마조마해."

"걱정 마세요. 나는 나대로 생각이 있으니까. 아니, 저런 여자한테는 그 정도 말은 해주는 게 좋아요. 그렇지 않으면 우리까지 난처해지니까요. 마짱도 저래서는 곤란하니까 주의를 주겠다고 했어요."

"그야 남자가 말하는 건 좋겠지만……."

"봐요! 하마상이 기라코를 데리고 왔어요. 레이디가 오면 곧바로 의자에서 일어나는 거예요."

"저, 소개하겠습니다" 하고 하마다는 우리 두 사람 앞에 군인의 '차렷'과 같은 자세로 섰습니다. "이쪽은 하루노 기라코 양입니다."

이런 경우 나는 자연스럽게 '이 여자는 나오미보다 나은가, 못한가?' 하고 나오미의 아름다움을 표준으로 삼아버리지만, 지금 하마다 뒤에서 단아한 교태를 지으며 입가에 여유 있고 자신 있는 미소를 띠고 한 걸음 앞으로 내디딘 기라코는 나오미보다 한두 살 많을까, 하지만 생기가 넘치고 처녀다운 점에서는 몸집이 작은 탓도 있겠지만 나오미와 조금도 다르지 않고, 의상의 호화로움은 오히려 나오미를 압도하는 느낌이었습니다.

"처음 뵙겠습니다……" 하고 다소곳한 태도로 말하고, 영리해 보이는 작고 동그랗고 시원스러운 눈을 내리깔고 가슴을 약간 뒤로 빼듯 하며 인사하는 그 몸놀림에는 과연 여배우다운 데가 있어서 나오미처럼 거친 구석은 조금도 없었습니다.

　나오미는 모든 행동이 활발한 정도를 넘어서 지나치게 난폭합니다. 말투도 퉁명스럽고 여성으로서의 상냥함이 부족해서 자칫하면 천박해지기 쉽습니다. 요컨대 그녀는 들짐승이고, 거기에 비하면 기라코는 말씨며 눈짓, 목을 돌리는 모습, 손을 올리는 모습 등 모든 것이 세련되어 있어, 주의 깊게 신경을 써서 인공의 극치를 다해 갈고 닦은 귀중품 같은 느낌을 주었습니다. 예를 들면 그녀가 테이블 앞에 앉아 칵테일 잔을 쥐었을 때, 손바닥과 손목을 보면 참으로 섬세합니다. 손목에서 축 늘어져 있는 소맷자락의 무게도 견딜 수 없을 만큼 나긋나긋하게 가늘어 보입니다. 고운 살결과 아름다운 윤기는 나오미에 못지않아서, 나는 테이블 위에 놓인 네 개의 손바닥을 몇 번이나 번갈아 바라보았는지 모릅니다만, 두 사람의 얼굴은 분위기가 전혀 달랐습니다. 나오미가 메리 픽퍼드이고 양키 걸이라고 한다면, 기라코는 아무래도 이탈리아나 프랑스 여자이고 단아함 속에 아련한 교태를 띤 고상한 미인입니다. 같은 꽃이라도 나오미는 들에 핀 꽃, 기라코는 온실에 핀 꽃이라 하겠습니다. 그 야무지고 동근 얼굴 가운데에 있는 작은 코는 얼마나 살이 없고 투명한 코일까요! 대단한 명장(明匠)이 만든 인형이나 뭐 그런 게 아닌 한, 갓난아기의 코도 그렇게까지 섬세하지는 못할 것입니다. 그리고 마지막에 알아차린 것은, 나오미가 평소 자랑하고 있는 가지런한 치아와 똑같은 신주알이, 새빨간 멜론을 쪼갠 듯한 기라코의 사랑스러운 입 안에 그 씨앗처럼 기지런히 줄지어 있었다는 사실입니다.

　내가 열패감을 느끼는 것과 동시에 나오미도 열패감을 느낀

게 분명합니다. 기라코가 합석한 뒤부터 나오미는 좀 전의 오만함은 어디로 가버리고, 남을 놀리기는커녕 갑자기 입을 다물어버려 그 자리의 흥이 완전히 깨지고 말았습니다. 하지만 그렇지 않아도 남에게 지기 싫어하는 오기가 강한 그녀는 자기가 '기라코를 불러오라'고 말한 체면상, 이윽고 여느 때의 선머슴 기질을 되찾은 듯,

"하마상, 잠자코 있지 말고 뭐라고 말 좀 해봐요. 저, 기라코 씨는 언제부터 하마상과 친구가 되셨죠?" 하는 식으로 슬슬 말문을 열기 시작했습니다.

"저요?" 하고 기라코는 맑은 눈동자를 반짝 빛내면서, "얼마 전부터예요."

"저는……" 하고 나오미도 자신을 '저'라고 부르는 상대의 말투에 끌려들어, "방금 보고 있었는데, 아주 능숙하게 잘 추시던데요. 연습을 많이 하셨나 보죠?"

"아뇨. 댄스는 전부터 하고는 있었지만 조금도 익숙해지질 않네요. 재주가 없으니까요."

"어머나, 그렇지 않아요. 이봐요, 하마상, 당신은 어떻게 생각해요?"

"그야 잘 추는 게 당연하지. 기라코 씨는 여배우 양성소에서 정식으로 춤을 배웠으니까."

"어머나, 그런 말씀을 하시다니" 하고 기라코는 얼굴을 붉히고 부끄러워하는 듯한 몸짓을 하며 고개를 숙여버렸습니다.

"하지만 정말로 잘 추세요. 둘러보니 남자들 중에서 제일 잘

추는 사람은 하마상, 여자는 기라코 씨……."

"어머!"

"뭐야, 댄스 품평회야? 남자들 중에서 제일 잘 추는 건 뭐니 뭐니 해도 내가 아닐까?" 하며 구마가이가 핑크색 양장을 데리고 와서 우리들 사이에 끼어들었습니다.

이 핑크색은 구마가이의 소개에 따르면 아오야마* 쪽에 살고 있는 실업가의 따님으로, 이름은 이노우에 기쿠코, 나이는 혼기**가 지난 스물대여섯 살이었습니다. (나중에 들은 사실인데, 이삼 년 전에 어느 집에 시집을 갔는데 댄스를 너무나 좋아해서 최근에 이혼을 당했다는 것입니다.) 일부러 그런 야회복에 어깨와 팔을 드러낸 차림은 아마 풍만하고 농염한 육체미를 과시하려는 것이겠지만, 이렇게 마주앉은 모습은 풍만하다기보다 기름기가 도는 중년 부인의 모습이었습니다. 하기야 빈약한 체격보다는 이 정도로 살찐 편이 양장에는 어울리지만, 무엇보다 곤란한 것은 그 얼굴 생김새였습니다. 서양 인형에 교토 인형의 머리를 갖다 붙인 듯한, 양장과는 거리가 먼 이목구비—그것도 그대로 놔두면 좋았을 텐데, 그 거리를 최대한 좁히려고 애쓴 나머지 여기저기 쓸데없는 손질을 하여 모처럼의 용모를 망쳐버리고 말았습니다. 자세히 보니 과연 진짜 눈썹은 머리띠 밑에 숨겨져 있는 게 분명하고, 그 눈 위에 그어져 있는 것은 분명 가짜였습니다. 그리고 눈가의 푸른색 자국, 뺨의 연

---

*도쿄의 미나토 구 서부에서 시부야 구 동부에 걸친 지역 이름. 조금 높직한 뎅시에 있고, 메이지 시대 이후 고급 주택가가 되었다.
**1870년 무렵에는 만 열여덟 살 정도, 1920년 무렵에는 스물세 살 정도가 지나면 혼기가 지났다고 말할 수 있다.

지, 그려넣은 까만 점, 입술의 선, 콧날의 선 등 얼굴의 거의 모든 부분이 부자연스럽게 만들어져 있었습니다.

"마짱, 원숭이 좋아해?" 하고 느닷없이 나오미가 말했습니다.

"원숭이?" 하고 되묻더니 구마가이는 웃음을 터뜨리고 싶은 것을 참으면서, "뭐야, 묘한 질문을 하는군."

"우리 집에서 원숭이를 두 마리 키우고 있어. 그래서 마짱이 좋다면 한 마리 나누어줄까 하는데, 어때? 마짱은 원숭이를 좋아하지 않아?"

"어머, 원숭이를 키우세요?" 하고 진지한 얼굴로 기쿠코가 물었기 때문에, 나오미는 더욱 우쭐해져서 장난기 어린 눈을 빛내며,

"네, 키우고 있어요. 기쿠코 씨는 원숭이를 좋아하세요?"

"저는 동물이라면 뭐든지 다 좋아해요. 개도 고양이도……."

"그리고 원숭이도요?"

"네, 원숭이도."

이 문답이 너무 우스워서 구마가이는 몸을 옆으로 돌리고는 배를 움켜잡았고, 하마다는 손수건을 입에 대고 쿡쿡 웃고, 기라코도 상황을 눈치챈 듯 생글생글 웃고 있었습니다. 하지만 기쿠코는 뜻밖에 사람 좋은 여자인 듯, 자기가 조롱당하고 있는 줄도 모르고 있었습니다.

"흥, 저 여자는 정말 바보예요. 혈액 순환이 좀 나쁜 게 아닐까요?"

얼마 후 여덟 번째 원스텝이 시작되어 구마가이와 기쿠코가 춤추러 나가버리자, 나오미는 기라코가 있는 앞에서도 거리낌

없이 저속한 말투로 말하는 것이었습니다.

"기라코 씨, 당신은 그렇게 생각지 않으세요?"

"어머나, 뭔데요?"

"아니, 저분이 원숭이 같은 느낌을 주잖아요. 그래서 내가 일부러 원숭이, 원숭이 하고 말해준 거예요."

"어머나."

"모두 그렇게 웃고 있는데도 알아차리지 못하다니, 정말 바보예요."

기라코는 반쯤은 어이가 없다는 듯이, 그리고 반쯤은 경멸하는 듯한 눈으로 나오미의 얼굴을 훔쳐보면서 어디까지나 "어머나!"라는 한 마디로만 대꾸했습니다.

# 11

"자, 조지 씨, 원스텝이에요. 함께 추어드릴 테니까 가요."

나는 나오미가 그렇게 말해줘서 겨우 그녀와 함께 춤추는 영광을 얻게 되었습니다.

나도 쑥스럽기는 하지만 평소 연습한 것을 실제로 시험해보는 기회이기도 하고, 게다가 상대가 귀여운 나오미이고 보면 결코 기쁘지 않은 것은 아닙니다. 설사 웃음거리가 될 만큼 서투르다 해도, 그 서투름은 오히려 나오미를 돋보이게 해줄 테니까 차라리 내가 바라는 바입니다. 그리고 나에게는 묘한 허영심도 있었습니다. "저 사람이 저 여자 남편인가 봐" 하는 평판을 들어보고 싶은 것입니다. 바꿔 말하면, "이 여자는 내 거야. 어때, 내 보물을 좀 봐줘" 하고 한껏 자랑해주고 싶은 것이지요. 그것을 생각하면 나는 쑥스러우면서도 동시에 무척 통쾌한 기분이 들었습니다. 그녀를 위해 오늘까지 치른 희생과 고생이 단번에 보상받은 듯한 심정이었습니다.

아까부터 그녀의 태도를 보니, 아무래도 오늘 밤에는 나하고 춤을 추고 싶지 않은 것 같습니다. 내가 좀 더 능숙해질 때까지는 싫겠지요. 싫으면 어쩔 수 없으니, 나도 그때까지는 굳이 춤을 추자고 말하지 않겠다고 거의 체념하고 있었는데 "추어드릴게요" 하고 나오니까 그 한 마디가 나를 얼마나 기쁘게 해주었는지 모릅니다.

그래서 열병 환자처럼 흥분하여 나오미의 손을 잡고 첫 번째 원스텝을 추기 시작한 것까지는 기억하고 있지만, 그다음은 꿈속이었습니다. 그리고 그렇게 열중하면 할수록 음악도 아무것도 들리지 않게 되고, 발놀림은 엉망이 되고, 눈은 아물아물하고, 심장 고동은 더욱 빨라지고, 요시무라 악기점 2층에서 축음기 레코드로 하는 것과는 완전히 딴판이어서, 이 인파의 큰 바다 속으로 노를 저어 나가보니 뒤로 물러나려 해도 앞으로 나아가려 해도 전혀 어림이 잡히지 않았습니다.

"조지 씨, 뭘 그렇게 덜덜 떨고 있는 거예요? 정신을 바짝 차리지 않으면 안 되잖아요!"

게다가 나오미는 계속 내 귀에다 대고 잔소리를 합니다.

"그것 봐요, 그것 봐. 또 미끄러졌네! 그렇게 급히 도니까 그렇죠! 좀 더 천천히! 천천히 돌라니까요!"

하지만 이런 말을 들으면 나는 더욱 얼빠지고 맙니다. 게다가 그 바닥은 특별히 오늘 밤의 댄스를 위해 잘 미끄러지게 해놓았기 때문에, 교습장과 비슷한 줄 알고 방심했다가는 당장에 주르르 미끄러지고 맙니다.

"아이 참, 어깨를 들면 안 된다니까요! 좀 더 어깨를 내려요! 내리라고요!"

이렇게 말하고 나오미는 내가 열심히 쥐고 있는 손을 뿌리치고 이따금 매정하고 무자비하게 어깨를 꾹 누릅니다.

"쯧쯧! 그렇게 손을 꽉 쥐면 어떡해요! 마치 나한테 매달리듯 하면 내가 마음대로 움직일 수가 없잖아요. 아니, 저런! 또 어깨가!"

이래서는 완전히 그녀에게 야단맞기 위해 춤을 추고 있는 꼴이었지만, 그 앙알대는 목소리조차도 내 귀에는 들어오지 않을 정도였습니다.

"조지 씨, 난 이제 그만 추겠어요."

그러는 동안 나오미는 화를 내며, 남들은 한창 앙코르를 외치고 있는데 나를 남겨놓고 쿵쿵거리며 자리로 돌아가버렸습니다.

"아, 정말 놀랐어요. 아직 조지 씨와는 도저히 춤을 출 수가 없어요. 집에서 좀 더 연습하세요."

하마다와 기라코가 다가오고, 구마가이가 오고, 기쿠고가 와서 테이블 주위는 다시 시끌벅적해졌지만, 나는 완전히 환멸의 비애에 젖어 나오미의 조롱을 말없이 듣고 있을 뿐이었습니다.

"아하하하, 그런 식으로 말하면, 마음 약한 사람은 더 춤을 출 수가 없잖아. 자, 그러지 말고 함께 추어줘."

나는 구마가이의 이 말이 더 아니꼬웠습니다. '추어줘'라니, 그게 무슨 말투인가. 나를 뭘로 보는 거야? 이 풋내기가!

"아니, 나오미 씨가 말하는 만큼 서투르지는 않습니다. 더 서투른 사람도 얼마든지 있잖습니까?" 하고 하마다가 말하고는, "기라코 씨, 다음 폭스트롯은 가와이 씨하고 추어드리면 어떨까요?"

"네, 좋아요……" 하고 기라코는 역시 여배우다운 애교를 보이며 고개를 끄덕였습니다.

나는 황급히 손을 내저으면서,

"아니, 안 됩니다. 안 돼요" 하고 우스꽝스러울 만큼 당황하여 말했습니다.

"안 될 게 뭐 있습니까? 당신처럼 사양하니까 안 되는 거예요. 안 그렇습니까, 기라코 씨?"

"네…… 자, 같이 추어요."

"아니, 안 됩니다. 도저히 안 돼요. 능숙해지면 그때 부탁하겠습니다."

"추어주시겠다고 하는데 추면 되잖아요?" 하고 나오미는 그것이 나에게 분에 넘치는 명예라도 되는 것처럼 단호하게 말하고, "조지 씨는 나하고만 춤추려고 하니까 안 돼요. 자, 폭스트롯이 시작되었으니까 다녀들 오세요. 댄스는 다른 부류 사람들과 겨루어보는 게 좋아요."

"Will you dance with me?"*

그때 그런 목소리가 들리고 나오미 옆으로 성큼성큼 다가온 사람은 아까 기쿠코와 춤을 추고 있던, 키가 훤칠하고 날씬한 몸매에 여자처럼 해사한 얼굴에다 하얀 분을 바른 젊은 외국인이었습니다. 등을 둥글게 구부려 나오미 앞으로 몸을 굽히고 싱글싱글 웃으면서 무슨 간살이라도 부리고 있는 것인지, 빠른 말씨로 뭐라고 나불나불 지껄여댔습니다. 그리고 뻔뻔스러운 태도로 "플리즈, 플리즈" 하고 말하는 것만은 나도 알아들었습니다. 그러자 나오미도 난처한 표정을 지으며 얼굴이 새빨개졌

---

*"나와 함께 춤을 추시겠습니까?"

지만, 그렇다고 화를 내지도 못하고 생글생글 웃고만 있었습니다. 거절하고 싶기는 하지만, 뭐라고 하면 가장 완곡하게 표현할 수 있을지, 그녀의 영어로는 이렇게 다급할 때 한 마디도 나오지 않았습니다. 외국인은 나오미가 웃기 시작했기 때문에 호의가 있다고 받아들인 듯, "자아" 하고 재촉하는 듯한 몸짓을 하면서 강요하듯 그녀의 대답을 요구했습니다.

"Yes……" 하고 그녀가 마지못해 일어났을 때, 그 볼은 더욱 심하게 불타오르듯 빨개졌습니다.

"아하하하, 결국 그렇게 됐나. 그렇게 거만하게 굴더니 서양 사람한테는 맥을 못 추는군" 하며 구마가이가 킬킬 웃었습니다.

"서양인은 뻔뻔스러워서 곤란해요. 아까 나도 정말 난처했어요" 하고 말한 것은 기쿠코였습니다.

"그럼 한번 부탁할까요?"

나는 기라코가 기다리고 있기 때문에, 싫든 좋든 그렇게 말할 수밖에 없는 처지가 되었습니다.

원래 오늘만 그런 것은 아니지만, 엄격하게 말하면 나의 안중에는 나오미 이외에 다른 여자는 한 사람도 없습니다. 그야 물론 미인을 보면 아름답다고 느낍니다. 하지만 아름다우면 아름다울수록 그저 멀리서 손도 대지 않고 가만히 바라보고만 싶다고 생각할 뿐이었습니다. 슈렘스카야 부인의 경우는 예외였지만, 그렇더라도 그때 내가 경험한 황홀한 기분은 아마 보통 말하는 정욕은 아니었을 것입니다. '정욕'이라고 말하기에는 너무나 신비롭고 포착하기 어려운 황홀한 기분이었겠지요. 그리고 상대는 우리와 완전히 동떨어진 외국인이고 댄스 강사니까, 일본 사람에 제국극장 여배우이고 눈부시게 화려한 의상을 걸친 기라코에 비하면 마음이 편했습니다.

그런데 기라코는 뜻밖에도 춤을 추어보니 참으로 가벼웠습니다. 몸 전체가 가벼운 솜털 같고, 그 손의 부드러움은 마치 새로 돋아난 나뭇잎 같은 감촉입니다. 그리고 내 호흡을 아주 잘 알아차려서, 나처럼 서투른 사람을 상대하면서도 눈치 빠른 말처럼 호흡을 딱 맞춥니다. 이렇게 되고 보니 가볍다는 그 자체에 뭐라고 말할 수 없는 쾌감이 있습니다. 내 마음은 갑자기 들떠서 기운이 샘솟고, 내 발은 저절로 활발한 스텝을 밟으며 마치 회전목마에 타고 있는 것처럼 어디까지나 스르르 미끄러져 갑니다.

'유쾌, 유쾌! 이건 이상하군! 재미가 있어!' 나도 모르게 그런 기분이 들었습니다.

"어머나, 잘 추시는데요. 조금도 추기가 힘들지 않아요."

……빙글빙글빙글! 한창 물레방아처럼 돌고 있을 때, 기라코의 목소리가 내 귀를 스쳤습니다…… 상냥하고 아련한, 기라코답게 감미로운 목소리였습니다…….

"아니, 그렇지는 않을 겁니다. 당신이 능숙하기 때문이지요."

"아니에요. 정말로……" 하고는, 잠시 후에 그녀가 또 말했습니다. "오늘 밤의 밴드는 정말 훌륭하군요."

"네."

"음악이 안 좋으면 모처럼 춤을 춰도 왠지 신명이 나지 않아요."

정신을 차리고 보니 기라코의 입술이 바로 내 관자놀이 밑에 있었습니다. 이것이 이 여자의 버릇인 듯, 아까 하마다와 그랬던 것처럼 그 옆머리가 내 볼에 닿아 있었습니다. 부드러운 머리카락의 감촉…… 그리고 이따금 새어나오는 희미한 속삭임…… 오랫동안 한마(悍馬)* 같은 나오미의 발굽에 차이고 있던 나에게 그것은 상상해본 적도 없는 '여성다움'의 극치였습니다. 뭐랄까, 가시에 찔린 상처 자국을 친절한 손으로 어루만져주기라도 하는 듯한…….

"나야 웬만하면 거절할까 생각했지만, 서양 사람은 친구가 없으니까 동정해주지 않으면 불쌍해요."

이윽고 테이블로 돌아온 나오미가 약간 풀죽은 모습으로 변명하는 것이었습니다.

16번째 댄스인 왈츠가 끝난 것은 그럭저럭 11시 반이나 되어서였을까요. 아직도 번외 댄스가 몇 곡 남아 있었습니다. 늦어지면 택시로 돌아가자고 나오미가 말하는 것을 간신히 달래어 마지막 전차를 타려고 신바시로 걸어갔습니다. 구마가이와 하마다도 여자들과 함께 긴자 거리를 줄지어 걸으면서 우리를 역까지 배웅해주었습니다. 모두의 귀에 재즈 밴드가 아직도 울리고 있는 듯, 누군가 한 사람이 어떤 멜로디를 부르기 시작하면 남자도 여자도 당장 그 가락에 맞추어 함께 노래를 불렀지만, 노래를 모르는 나에게는 그들의 재주와 뛰어난 기억력과 그 젊고 쾌활한 목소리가 그저 부럽게 느껴질 뿐이었습니다.

"라, 라, 랄라라" 하고 나오미는 한층 더 높은 목소리로 박자를 맞추며 걷고 있었습니다. "하마상, 당신은 뭐가 좋아요? 난

---

*성질이 거칠고 난폭하게 날뛰는 말. 여기서는 방자하고 다루기 어려운 왈가닥이라는 뜻.

캐러밴\*이 제일 좋아요."

"오오, 캐러밴!" 하고 기쿠코가 느닷없이 괴상한 목소리로 말했습니다. "멋있어요! 그건."

"하지만 저는……" 하고 이번에는 기라코가 말을 이어받았습니다. "〈휘스퍼링〉\*\*도 나쁘지 않다고 생각해요. 그것은 춤을 추기가 아주 좋고……."

"〈초초상〉\*\*\*은 어때? 나는 그게 제일 좋아" 하더니 하마다는 당장 〈초초상〉을 휘파람으로 불기 시작했습니다.

개찰구에서 그들과 헤어져 겨울의 밤바람이 지나가는 플랫폼에 서서 전차를 기다리고 있는 동안, 나와 나오미는 별로 입을 열지 않았습니다. 환락을 즐긴 뒤의 쓸쓸함이라고 할 만한 기분이 내 가슴을 지배하고 있었습니다. 그러나 나오미는 그런 기분을 느끼지 않은 듯,

"오늘 밤은 재미있었어요. 조만간 또 가요" 하고 말을 걸어왔지만, 나는 흥이 깬 표정으로 "응" 하고 입 안에서 우물우물 대답했을 뿐입니다.

뭐야? 이게 댄스라는 건가? 어머니를 속이고, 부부싸움을 하고, 실컷 울고 웃고 한 끝에 내가 맛본 무도회라는 것이 이렇게 시시한 것이었던가? 놈들은 모두 허영심과 알랑거림과 자

---

\*듀크 엘링턴(미국의 피아니스트·재즈음악가)의 대표작 가운데 하나. 폭스트롯 춤곡이고, 제목 그대로 낙타를 타고 사막을 여행하는 캐러밴을 연상시키는 무드 뮤직.
\*\*폴 화이트먼(미국의 재즈음악 지휘자) 악단의 대히트곡. '속삭임(whispering)'이라는 뜻.
\*\*\*푸치니의 오페라 〈나비 부인〉 중의 아리아 〈어느 개인 날〉을 휴고 프레이(미국의 피아니스트·음악가)가 편곡한 폭스트롯 춤곡. 폴 화이트맨 악단이 1921년에 녹음한 레코드에 의해 일본에서 크게 유행했다.

만심과 아니꼬움의 집단이 아니고 무엇인가?

하지만 그렇다면 나는 무엇 때문에 갔던가? 나오미를 놈들에게 자랑하려고?

그렇다면 나도 역시 허영심의 덩어리다. 그런데 내가 그렇게까지 자랑하고 있던 보물은 어떠했던가!

'어때? 네가 이 여자를 데리고 걸었더니, 과연 세상 사람들이 네 주문대로 앗 하고 놀랐나?' 하고 나는 자조하는 기분으로 스스로에게 그렇게 말하지 않을 수 없었습니다. '이봐, 이봐, 장님이 뱀 무서운 줄 모른다는 말은 너를 두고 하는 말이야. 너한테는 이 여자가 세계에서 제일가는 보물이겠지. 하지만 그 보물을 화려한 무대에 내보낸 곳은 어땠지? 허영심과 자만심의 집단! 너는 그럴 듯한 말을 했지만, 그 집단의 대표자는 이 여자가 아니었나? 저 혼자 잘난 체하고, 함부로 남을 욕하고, 옆에서 보았을 때 가장 따돌림당한 건 도대체 누구였다고 생각해? 서양 사람에게 매춘부로 오해받고, 게다가 간단한 영어 한 마디 지껄이지 못하고 쩔쩔매면서 그 서양인의 상대가 된 건 기쿠코 양만은 아니었던 것 같더군. 그리고 이 여자의 그 거친 말투는 무슨 꼴인가. 적어도 숙녀를 자처하고 있는 주제에 그 말투라니, 참고 들을 수 없을 정도가 아닌가. 오히려 기쿠코나 기라코가 훨씬 더 조신하지 않던가?'

이렇듯 불쾌한 회한이랄까, 실망이랄까, 무어라 형용할 수 없는 언짢은 기분은 그날 밤 집에 돌아갈 때까지 내 가슴에 달라붙어 있었습니다.

전차 안에서도 나는 일부러 반대쪽에 앉아 내 앞에 있는 나오미라는 여자를 다시 한 번 찬찬히 바라보고 싶은 마음이 들었습니다. 도대체 나는 이 여자의 어디가 좋아서 이렇게까지 반해버렸을까? 저 코일까? 저 눈일까? 그런 식으로 하나하나 열거하자, 이상하게도 언제나 나한테 그렇게 매력적이었던 얼굴이 오늘 밤에는 참으로 보잘것없고 하찮게 여겨졌습니다. 그러자 내 기억의 밑바닥에는 이 여자를 처음 만났을 무렵— 그 다이아몬드 카페 시절의 나오미의 모습이 어렴풋이 떠올랐습니다. 하지만 지금에 비하면 그 시절이 훨씬 좋았어. 천진하고 귀엽고 내성적이고 우울한 데가 있고, 이렇게 거칠고 건방진 여자와는 조금도 비슷하지 않은 여자였지. 나는 그 무렵의 나오미에게 반했기 때문에, 그 타성이 오늘날까지 계속되어왔겠지만, 생각해보면 모르는 사이에 이 여자는 참을 수 없을 만큼 싫은 계집이 되어버렸어. '영리한 여자는 나랍니다' 하고 말하는 듯 새침하게 앉아 있는 저 모습은 어떤가. '천하의 미인은 나랍니다' 하고 말하는 듯한, '나만큼 하이칼라하고 서양인 냄새를 풍기는 여자는 없을 거예요' 하고 말하고 싶은 듯한 저 오만한 표정은 어떤가. 저러고도 영어의 '영'자도 지껄이지 못하고, 수동태와 능동태의 구별조차 못한다는 것을 아무도 모르지만 나만은 다 알고 있어……. 

    나는 남몰래 머릿속에서 이런 욕을 퍼부어보았습니다. 그녀는 몸을 조금 뒤로 젖히고 얼굴을 위쪽으로 향하고 있어서, 마침 내 자리에서는 그녀가 가장 서양인 냄새가 난다고 자랑하는 사지코의 콧구멍이 검게 들여다보였습니다. 그리고 그 동굴 좌우에는 두툼한 콧방울이 있었습니다. 생각해보면 나는 그 콧구멍과는 아침저녁으로 마주치는 아주 친숙한 사이입니다. 밤마다 내가 이 여자를 안아줄 때면 언제나 이런 각도에서 이 동굴을 들여다보고, 얼마 전에도 그랬듯이 콧물을 닦아주고, 콧방울 언저리를 애무해주고, 또 어떤 때는 내 코와 이 코를 쐐기처럼 엇갈리게 하기도 하기 때문에, 결국 이 코는—이 여자의 얼굴 한복판에 붙어 있는 작은 살덩어리는 마치 내 몸의 일부나 마찬가지여서, 결코 남의 것처럼은 여겨지지 않습니다. 하지만 그런 느낌으로 보면 더욱 그것이 밉살스럽고 더럽게 느껴지는 것이었습니다. 흔히 배가 고프다거나 할 때는 맛없는 음식을 정신없이 우적우적 먹어대는 경우가 있습니다. 차츰 배가 불러 오고, 그에 따라 지금까지 배 속에 채워 넣은 음식이 얼마나 맛이 없는지를 갑자기 깨닫자마자 단번에 속이 메슥거리고 토할 것처럼 되는—말하자면 그것과 비슷한 심정이겠지만, 오늘 밤에도 여전히 이 코를 상대로 얼굴을 맞대고 자야 할 것을 상상하면, '이제 이 음식은 질렸다'고 말하고 싶은, 뭔가 체한 것처럼 속이 거북하고 나른하게 맥이 빠지는 것이었습니다.

'이것도 역시 어머니가 내리는 벌이야. 어머니를 속이고 재미를 보려고 했으니, 변변한 일이 있을 리가 없지' 하고 나는 그런 식으로 생각했습니다.

하지만 독자여, 이것으로 내가 나오미에게 완전히 싫증이 났을 거라고 추측하시면 곤란합니다. 아니, 나 자신도 지금까지 이런 적은 없기 때문에 한때는 그런가 하고 생각했을 정도지만, 막상 오모리의 집으로 돌아가 단둘이 되고 보니 전차 안에서의 그 '배부른' 심정은 점점 어디론가 날아가버리고, 다시 나오미의 모든 부분이, 눈도 코도 손도 발도 모두 고혹에 가득 차게 되고, 그 하나하나가 나에게는 맛을 다 볼 수 없는 최상의 것이 되는 것이었습니다.

나는 그 후 계속 나오미와 댄스를 하러 가게 되었지만, 그때마다 그녀의 결점이 싫어지기 때문에 돌아오는 길에는 어김없이 기분이 불쾌해집니다. 하지만 언제나 그것이 오래 계속된 적은 없고, 그녀에 대한 애증은 하룻밤 사이에도 몇 번이나 고양이 눈처럼 변덕을 부렸습니다.

12

 한산했던 오모리의 집에는 하마다와 구마가이, 그들의 친구 등, 주로 무도회에서 가까워진 사내들이 차츰 빈번히 드나들게 되었습니다.
 그들이 오는 것은 대개 저녁때, 내가 회사에서 돌아올 무렵이고, 집에 오면 모두 축음기를 틀어놓고 댄스를 합니다. 나오미가 손님을 좋아하는 데다 거리낄 만한 고용인이나 노인네도 없고, 게다가 우리 집의 아틀리에는 댄스에 안성맞춤이었기 때문에 그들은 시간 가는 것도 잊고 놀다 갑니다. 처음 얼마 동안은 조금 조심하느라 식사 시간이 되면 돌아가겠다고 말했지만,
 "잠깐만! 왜 벌써 돌아가는 거야! 밥을 먹고 가!" 하고 나오미가 억지로 붙잡기 때문에, 이제는 그들이 오면 반드시 오모리정(大森亭)의 양식을 시켜서 저녁식사를 대접하는 것이 습관처럼 되어버렸습니다.
 눅눅한 장마철의 어느 날 밤의 일이었습니다. 하마다와 구마가이가 놀러 와서 11시가 지나도록 떠들어대고 있었지만, 밖

에는 비바람이 거세어지고 좍좍 쏟아지는 빗줄기가 유리창을 세차게 때리기 때문에, 둘 다 "돌아가자, 돌아가자"하면서도 한동안 주저하고 있으니까,

"어머나, 지독한 날씨네. 이래서는 도저히 돌아갈 수 없으니까 오늘 밤은 자고 가요" 하고 나오미가 느닷없이 말했습니다. "자고 가도 되잖아요. 마짱은 물론 괜찮지?"

"응, 나야 뭐 아무래도 좋지만…… 하마다가 간다면 나도 가겠어."

"하마상도 괜찮을 거야. 그렇죠, 하마상?" 하더니, 나오미는 내 안색을 살피며 말했습니다. "괜찮아요, 하마상. 조금도 거리낄 필요 없어요. 겨울이면 이불이 좀 모자라지만, 지금이라면 네 사람 정도는 어떻게든 될 거예요. 그리고 내일은 일요일이니까 조지 씨도 집에 있을 거고, 아무리 늦잠을 자도 괜찮아요."

"어떻습니까? 자고 가지 그래요. 정말 이렇게 비가 내리면 가기 힘들잖아요" 하고 나도 하는 수 없이 권했습니다.

"그렇게 해요. 그리고 내일은 또 뭔가를 하면서 놀아요. 아참, 그렇지. 저녁에는 가게쓰엔에 가도 좋아요."

결국 두 사람은 자고 가게 되었지만,

"그런데 모기장은 어떻게 하지?" 하고 내가 말하자,

"모기장은 하나밖에 없으니까 모두 함께 자면 돼요. 그게 더 재미있잖아요" 하고, 나오미는 그런 일이 무척 신기한지, 수학여행이라도 간 것처럼 들떠서 꺅꺅 즐거워히며 말하는 것이었습니다.

이것은 나에게는 뜻밖이었습니다. 모기장은 두 사람에게 제

공하고 나와 나오미는 모기향이라도 피워놓고 아틀리에의 소파에서 밤을 새워도 된다고 생각했기 때문에, 네 사람이 한 방에 모여서 뒹굴며 자게 되리라고는 짐작도 못했습니다. 하지만 나오미가 그럴 생각을 가지고 있고, 두 사람에게 싫은 얼굴을 할 수도 없고…… 해서 내가 여느 때처럼 우물쭈물하고 있는 동안 그녀는 재빨리 결정을 내려버리고는,

"자, 이불을 깔 테니까 세 사람 다 도와줘요" 하고 앞장서서 호령하면서 큰 다락방으로 올라갔습니다.

이부자리의 순서는 어떤 식으로 할까 생각해보니, 어쨌든 모기장이 작기 때문에 네 사람이 한 줄로 베개를 나란히 놓고 누울 수는 없습니다. 그래서 세 사람이 나란히 눕고 한 사람이 그와 직각으로 눕습니다.

"자, 이렇게 하면 되잖아요. 남자 셋이 거기에 나란히 누우세요. 나는 이쪽에 혼자 누울 게요" 하고 나오미가 말합니다.

"야, 이거 큰일이 되어버렸군" 하고, 모기장이 쳐지자 구마가이가 안을 들여다보면서 말했습니다. "이래서는 아무리 봐도 돼지우리야. 모두 엉망으로 뒤엉켜버리겠어."

"뒤엉켜도 좋잖아요. 사치스러운 말을 하는 게 아니에요."

"흥! 남의 집에 신세를 지면서?"

"당연하죠. 어차피 오늘 밤에는 정말로 잠을 잘 수 없을 테니까."

"나는 잘 거야. 드르렁드르렁 코를 골면서 자겠어."

구마가이는 쿵 하고 바닥을 울리며 옷을 입은 채 맨 먼저 이불 속으로 기어들어갔습니다.

"자려고 해도 재워주지 않아. 하마상, 마짱을 재우면 안 돼

요. 자려고 하면 간지럼을 태워요."

"아이고, 더워. 이래서는 도저히 잘 수 없어."

한가운데 이불에 벌렁 드러누워 무릎을 세우고 있는 구마가이의 오른쪽에 양복 차림의 하마다가 바지와 셔츠 하나만 입고 여윈 몸을 반듯이 눕혀 배를 우묵하게 우그러뜨리고 있었습니다. 그리고 조용히 문 밖의 빗소리를 귀를 기울여 듣기라도 하는 것처럼 한 손을 이마 위에 올리고 한 손으로 타닥타닥 부채질하는 소리가 더욱 숨 막힐 듯 덥게 느껴졌습니다.

"그런데 나는 왜 그런지, 여자가 있으면 아무래도 마음 놓고 잘 수 없을 것 같은 기분이 들어."

"나는 남자예요. 여자가 아니라구요. 하마상도 내가 여자 같은 기분이 들지 않는다고 했잖아요."

모기장 밖의 어두운 곳에서 재빨리 잠옷으로 갈아입을 때 나오미의 하얀 등이 보였습니다.

"그야 그렇게 말하긴 했지만……."

"역시 옆에서 자면 여자 같다는 기분이 드나요?"

"아아, 뭐 그래."

"그럼 마짱은?"

"난 아무렇지도 않아. 너 같은 건 여자 축에 들지도 못해."

"여자가 아니면 뭐야?"

"음, 너는 물범*이야."

"아하하하, 물범과 원숭이 가운데 뭐가 더 좋아?"

---

*여기서는 강치와 혼동했을까. 에도 시대에 강치는 언제나 잠을 자고 있다고 여겨졌기 때문에, 눕기만 하면 바로 잠드는 젊은 창녀를 강치라고 불렀다.

"난 둘 다 싫어" 하고 구마가이는 일부러 졸린 목소리를 냈습니다.

나는 구마가이의 왼쪽에 드러누워 세 사람이 계속 지껄여대는 것을 잠자코 듣고 있었지만, 나오미가 모기장 안으로 들어오면 하마다 쪽이나 내 쪽으로 머리를 두지 않으면 안 될 텐데 하고, 내심 거기에 신경을 쓰고 있었습니다. 그것은 나오미의 베개가 어느 쪽인지 확실치 않은 애매한 위치에 던져져 있었기 때문입니다. 아까 이부자리를 깔 때 그녀는 일부러 그런 식으로, 나중에 어떻게든 될 수 있도록 베개를 놓은 게 아닐까 생각되었습니다. 나오미는 복숭아색 지지미* 가운으로 갈아입은 뒤 모기장 안으로 들어와 우뚝 선 채,

"전기를 끌까요?" 하고 말했습니다.

"아아, 꺼줘" 하고 말하는 구마가이의 목소리가 들렸습니다.

"그럼 끌게요……."

"아, 아얏!" 하고 구마가이가 비명을 지른 순간, 나오미는 갑자기 그의 가슴 위로 뛰어올라가, 남자의 몸뚱이를 발판으로 삼아 모기장 안에서 딸깍 하고 스위치를 껐습니다.

어두워지긴 했지만, 바깥의 전신주에 있는 가로등 불빛이 유리창에 비쳐 있기 때문에 방 안은 서로의 얼굴이나 옷을 분간할 수 있을 만큼 어렴풋이 밝아서, 나오미가 구마가이의 목을 넘어 자기 이부자리로 뛰어내린 순간 잠옷 자락이 펄럭이면서 일으킨 바람이 내 코를 스쳤습니다.

---

*지리멘의 일종. 천을 짠 뒤, 뜨거운 물에 담그고 주물러서 오그라들게 하여 표면에 잔물결 모양의 요철을 낸 것. 재질은 면, 마, 견 등이다. 우리나라에서는 흔히 '쫄쫄이'라고 부른다.

"마짱, 담배 한 대 피우지 않을래?" 하고 나오미는 금방 자려고 하지 않고, 남자처럼 가랑이를 벌리고 베개 위에 털썩 주저앉더니, 위에서 구마가이를 내려다보며 말하는 것이었습니다. "이봐! 이쪽으로 돌아누워!"

"제기랄, 어떻게 해서든 나를 재우지 않을 속셈이군."

"우후후후! 자아, 이쪽을 봐요! 돌아눕지 않으면 괴롭혀줄 테야."

"아, 아파! 그만, 그만해! 그만하라니까! 살아 있는 생물이니까 좀 정중하게 다루어줘. 발판으로 삼거나 걸어차면 아무리 튼튼해도 견딜 수 없잖아."

"우후후후후."

나는 모기장 천장을 바라보고 있기 때문에 확실히는 알 수 없었지만, 나오미는 발끝으로 남자의 머리를 힘껏 꾹꾹 누른 것 같았습니다.

"할 수 없군" 하면서 마침내 구마가이는 돌아누웠습니다.

"마짱, 일어났어?" 하는 하마다의 목소리가 들렸습니다.

"아아, 일어나버렸어. 마구 구박을 받아서 말이야."

"하마상, 당신도 이쪽을 봐요. 안 그러면 당신도 구박해줄 거야."

하마다는 뒤따라 몸을 뒤쳐 배를 깔고 엎드린 것 같았습니다.

동시에 구마가이가 소맷자락 속에서 부시럭부시럭 성냥을 찾는 소리가 들렸습니다. 그리고 성냥을 켰기 때문에 내 눈꺼풀 위에 확 하고 불빛이 와 닿았습니다.

"조지 씨, 당신도 이쪽으로 돌아눕는 게 어때요? 혼자 뭐하고 있는 거예요?"

"으, 으응……"

"왜 그래요? 졸려요?"

"으, 으응…… 졸음이 쏟아지려던 참이야."

"우후후후후, 말은 그럴 듯하게 하지만, 일부러 잠든 체하고 있잖아요. 안 그래요? 마음이 조마조마하지 않아요?"

나는 급소를 찔렸기 때문에, 눈을 감고 있었지만 얼굴이 새빨개진 기분이 들었습니다.

"내 걱정은 마세요. 그냥 이렇게 떠들고 있을 뿐이니까. 그러니까 안심하고 자도 돼요. 정말로 내가 걱정돼서 조마조마하다면 잠깐 이쪽을 보지 않을래요? 태연한 척 오기 부리지 말고……."

"역시 구박을 받고 싶은 게 아닐까?" 하고 말한 것은 구마가이였습니다. 그는 담배에 불을 붙이고 입으로 뻑 소리를 내면서 연기를 빨아댔습니다.

"싫어! 이런 사람을 구박해도 별 수 없어요. 날마다 해주고 있는걸 뭐."

"좋으시겠습니다" 하고 하마다는 말했지만, 진심으로 말한 것이 아니라 나에 대한 일종의 겉치레말로밖에 받아들일 수 없었습니다.

"이봐요, 조지 씨, 구박을 받고 싶다면 해줄까요?"

"아니. 됐어."

"됐으면 내 쪽으로 돌아누우세요. 그렇게 혼자만 떨어져 있으면 이상하잖아요?"

나는 홱 몸을 돌려 베개 위에 턱을 올려놓았습니다. 그러자 무릎을 세우고 가랑이를 팔(八)자 모양으로 한껏 벌리고 있는 나오미의 한쪽 발은 하마다의 코끝에, 또 한쪽 발은 내 코끝에 놓여 있었습니다. 그리고 구마가이는 팔자로 벌어진 가랑이 사이에 고개를 들이밀고 유유히 담배를 피우고 있었습니다.

"어때요, 조지 씨, 이 광경은?"

"응……."

"응이 뭐예요?"

"어이가 없어서 그래. 정말로 물범이 분명해."

"그래요, 물범이에요. 지금 물범이 얼음 위에서 쉬고 있는 참이에요. 앞에 세 마리 누워 있는 것도 역시 수컷 물범이구요."

두꺼운 구름이 낮게 드리우듯 머리 위에 늘어져 있는 연둣빛 모기장…… 밤눈에도 검고 길게 풀어헤친 머리카락 속의 하얀 얼굴…… 단정치 못한 가운에서 군데군데 드러나 있는 가슴이며 팔이며 통통한 종아리며…… 이런 모습은 나오미가 언제나 나를 유혹하는 포즈의 하나였고, 이런 모습을 보면 나는 눈앞에 던져진 먹이를 본 짐승처럼 되어버리는 것입니다. 나는 나오미가 여느 때처럼 충동질하는 듯한 표정을 짓고 짓궂은 눈으로 미소를 지으면서 가만히 이쪽을 내려다보고 있다는 것을 희미한 어둠 속에서 분명히 느꼈습니다.

"어이가 없다는 건 거짓말이에요. 내가 가운을 입으면 참을 수 없다고 말하는 사람이, 오늘 밤은 다른 사람들이 있으니까 참고 있는 거죠. 이봐요, 조지 씨, 내 말이 맞죠?"

"바보 같은 소리 좀 하지 마!"

"우후후후후, 그렇게 허세를 부리면 항복하게 해줄까요?"

"그건 좀 지나친데. 그런 얘기는 내일 밤에 해주었으면 좋겠

어" 하고 구마가이가 말하자,

"옳소!" 하고 하마다도 구마가이의 말꼬리에 붙어서 말했습니다. "오늘 밤은 모두 공평하게 대해주었으면 좋겠어."

"그래서 공평하게 해주고 있잖아요. 서로 원망하지 않도록 하마상에게는 이쪽 발을 뻗고 있고, 조지 씨한테는 이쪽 발을 뻗고 있고……."

"그럼 나한테는 뭐야?"

"마짱은 제일 이득을 보고 있어. 나랑 제일 가까이 있으면서 이런 곳에 머리를 들이밀고 있잖아."

"참으로 대단한 영광이군."

"그래, 당신이 제일 우대받고 있는 거야."

"하지만 설마 이렇게 밤새도록 깨어 있는 건 아니겠지. 도대체 잘 때는 어떻게 될까?"

"글쎄, 어떻게 할까. 어느 쪽으로 머리를 둘까? 하마상 쪽으로 둘까, 조지 씨 쪽으로 둘까?"

"그따위 머리는 어느 쪽으로 두어도 별로 문제가 안 돼."

"아니, 그렇지 않아. 마짱은 한가운데니까 괜찮겠지만, 나한테는 문제야."

"그래요? 하마상, 그럼 당신 쪽으로 머리를 둘까요?"

"그러니까 그게 문제란 말이야. 이쪽으로 머리를 두어도 걱정이고, 그렇다고 가와이 씨 쪽으로 머리를 돌려도 역시 마음이 불편하고……."

"게다가 이 여자는 잠버릇이 나빠"* 하고 구마가이가 또 끼

---

*잠버릇을 알고 있다는 것은 육체관계가 있다는 것을 암시한다.

어들었습니다. "조심하지 않으면, 발을 둔 쪽에 있는 사람은 밤중에 힘껏 걷어차일지도 몰라."

"어떻습니까, 가와이 씨, 정말로 잠버릇이 나쁜가요?"

"네, 나쁩니다. 그것도 보통이 아니지요."

"이봐, 하마다."

"뭐야?"

"잠에 취해 발바닥을 핥았다며?" 하고는 구마가이가 킬킬 웃었습니다.

"발을 핥는 게 어때서? 조지 씨는 늘 그러는걸. 얼굴보다 발이 더 귀여울 정도래."

"그건 일종의 주물숭배*군."

"하지만 정말로 그래. 이봐요, 조지 씨, 그러지 않았어요? 당신은 사실 발을 더 좋아하죠?"

그리고 나오미는 "공평하게 하지 않으면 안 된다"면서 내 쪽으로 발을 돌렸다가 하마다 쪽으로 돌렸다가 하면서, 5분 정도의 간격으로 몇 번이나 이불 위에서 이쪽저쪽으로 돌아누웠습니다.

"자, 이번에는 하마상한테 발이 갈 차례예요!" 하고 말하면서, 누운 채로 몸을 컴퍼스처럼 빙빙 돌리거나, 몸을 돌리는 순간 두 다리를 들어 올려 모기장 천장을 걷어차거나, 저쪽 끝에서 이쪽 끝으로 베개를 던지기도 합니다. 그 물범의 활약이 격

---

*성도착의 일종. 페티시즘. 이성의 육체 가운데 일부(머리카락, 손, 발 등)나 몸에 걸치는 물건(속옷, 구두, 모피 등) 등에 보통 사람이 느끼는 것보다 훨씬 특별한 매력을 느끼고 성애의 대상으로 삼는 경향. 다니자키 준이치로는 발에 대한 페티시즘이 있었다.

미친 사랑

렬해서, 가뜩이나 이부자리의 반이 비어져 나가 있는 모기장 자락이 펄럭펄럭 젖혀져서 모기가 몇 마리나 날아듭니다. "이 거 안 되겠는걸. 지독한 모기야" 하고 구마가이가 벌떡 일어나 모기 퇴치를 시작합니다. 누군가가 모기장을 밟는 바람에 천장에 매단 끈이 끊어져 모기장이 떨어집니다. 그 떨어진 모기장 안에서 나오미가 더한층 난폭하게 날뜁니다. 끊어진 끈을 고치고 모기장을 다시 매다는 데 또 한참 시간이 걸립니다. 그런 소동 때문에, 겨우 조금이나마 마음이 차분해진 것은 동쪽이 밝아지기 시작한 무렵이었습니다.

  빗소리, 바람소리, 옆에서 자고 있는 구마가이의 코고는 소리…… 이런 소리들이 귀에서 떠나지 않아, 나는 깜박 잠이 들었다가도 곧 눈이 떠졌습니다. 원래 이 방은 두 사람이 자기에도 비좁은 데다 나오미의 피부와 옷에 배어 있는 달착지근한 향기와 땀 냄새가 발효한 것처럼 가득 차 있습니다. 거기에다 오늘 밤은 다 큰 남자가 둘이나 더 늘어났기 때문에 사람의 훈김이 더욱 견딜 수 없을 정도였고, 밀폐된 벽 안은 지진이라도 난 것처럼 숨이 막힐 듯이 무더웠습니다. 이따금 구마가이가 몸을 뒤척이면 끈적하게 땀이 밴 손이며 무릎이 서로 미끈미끈하게 닿았습니다. 나오미는 어떻게 하고 있나 하고 보았더니, 베개는 내 쪽에 있지만, 그 베개에 발 하나를 올려놓고, 한쪽 무릎을 세우고 그 발등을 내 이불 속에 밀어 넣고, 고개는 하마다 쪽으로 기울이고, 두 팔은 활짝 벌린 채, 그처럼 대단한 말괄량이도 지쳐버렸는지 기분 좋게 자고 있었습니다.

  "나오미야……" 하고 나는 모두의 조용한 숨소리를 들으면서 입 속으로 말하고, 내 이불 속에 있는 그녀의 발을 어루만져보았습니다. 아아, 이 발, 쌔근쌔근 자고 있는 이 새하얗고 아름다운 발, 이건 분명 내 거야. 나는 이 발을 그녀가 어렸을 때부터 밤마다 따뜻한 물속에 넣고 비누로 씻어주곤 했지. 그리고 이 피부의 부드러움은—열다섯 살 때부터 그녀의 몸은 무럭무럭 자랐지만, 이 발만은 조금도 발달하지 않은 것처럼 여전히 작고 귀엽다. 그렇다, 이 엄지발가락도 그때 그대로다. 새끼발가락의 모양도, 뒤꿈치의 둥그스름한 모양도, 발등의 살이 봉긋하게 부풀어 오른 것도 모두 그때 그대로가 아닌가……나는 나도 모르게 그 발등에 가만히 내 입술을 갖다 대지 않을 수 없었습니다.

날이 밝은 뒤, 나는 다시 잠이 든 모양이지만, 이윽고 왁자지껄하게 웃는 소리에 눈을 떠 보니 나오미가 내 콧구멍에 지노(紙—)\*를 밀어 넣고 있었습니다.

"어머나! 조지 씨, 깼어요?"

"아아, 지금 몇 시야?"

"벌써 10시 반이에요. 하지만 일어나도 별수 없으니까 오포(吾砲)\*\*가 울릴 때까지 푹 자요."

비가 그쳐서 일요일의 하늘은 파랗게 개어 있었지만, 방 안에는 아직도 사람의 훈김이 남아 있었습니다.

---

\*가늘게 자른 종이를 꼬아서 끈처럼 만든 것.
\*\*정오를 알리는 대포. 도쿄에서는 1871년부터 1929년까지 날마다 정오에 황궁의 대포를 쏘아서 정오를 알렸다.

13

당시 나의 이런 방종한 생활을 회사에서는 아무도 모를 터였습니다. 집에 있을 때와 회사에 있을 때로 나의 생활은 확연히 양분되어 있었습니다. 물론 사무를 보고 있을 때에도 내 머릿속에는 나오미의 모습이 계속 어른거리고 있었지만, 별로 그것이 업무에 방해가 될 정도는 아니었고, 하물며 남들이 알아차릴 리는 없었습니다. 그래서 동료들의 눈에는 내가 여전히 군자처럼 보일 거라고 그렇게 믿고 있었습니다.

그러던 어느 날, 아직 장마가 끝나지 않은 음울한 밤이었는데, 나미카와라는 동료 기사가 이번에 회사에서 해외 출장 명령을 받는 바람에, 그 송별회가 쓰키지의 세이요켄(精養軒)*에서 열린 적이 있었습니다. 나는 여느 때처럼 오로지 의리 때문에 참석했을 뿐이니까, 회식이 끝나고 디저트 코스 때의 인사말도

---

*정부 고관과 재계의 지원으로 1872년에 쓰키지(주오구에 있는 지명)에 개업한 호텔 겸 서양요리점. 대표적인 고급 레스토랑으로, 대규모 회합이나 결혼피로연 장소로 자주 이용되었다.

끝나고 모두 줄지어 식당에서 끽연실로 몰려가 식후의 음료를 마시며 왁자지껄 잡담을 나누기 시작했을 무렵, 이제는 돌아가도 될 것 같아 자리에서 일어나자,

"어이, 가와이 군, 잠깐 여기 앉지 그래" 하고 히죽히죽 웃으면서 나를 불러 세운 것은 S라는 친구였습니다. S는 거나하게 취한 모습으로 T와 K와 H 등과 함께 소파 하나를 차지하고, 그 한가운데에 나를 억지로 끌어들이려 했습니다.

"그렇게 도망치지 않아도 되잖아. 이제부터 어디로 가려는 건가? 이렇게 비가 오는데……" 하고 S는 말하고, 이도 저도 아닌 엉거주춤한 자세로 그 자리에 계속 서 있는 내 얼굴을 쳐다보면서 다시 한 번 히죽히죽 웃었습니다.

"아니, 그런 건 아니지만……."

"그럼 곧장 집으로 돌아가나?" 하고 말한 것은 H였습니다.

"아, 미안하지만 먼저 실례해야겠어. 우리 집은 오모리에 있어서 이런 날씨에는 길이 나빠. 빨리 돌아가지 않으면 인력거\*가 없어져버려."

"아하하하, 말은 잘 하는군" 하고 이번에는 T가 말했습니다.

"이봐, 가와이 군, 비밀은 다 들통 났어."

'비밀'이란 무슨 뜻일까. T의 말을 이해하지 못해, 나는 조금 당황해하면서 되물었습니다.

"뭐가?"

"정말 놀랐어. 군자인 줄만 알았는데……" 하고 이번에는 K

---

\*사람이 끌고 달리는 인력거는 1870년에 도쿄에서 사용되기 시작하여 당장 전국에 보급되었다. 다른 교통기관이 발달함에 따라 차츰 쇠퇴하여, 간토 대지진 이후 격감했지만, 제2차 세계대전 이후까지 각지의 역 앞 같은 곳에 조금 남아 있었다.

가 무척 감탄한 듯이 고개를 갸웃하더니, "가와이 군이 댄스를 하게 되다니, 어쨌든 세상은 발전했어."

"이봐, 가와이 군" 하고 S는 주위를 살피면서 내 귀에 입을 대듯이 하고 말했습니다. "자네가 데리고 다니는 여자가 굉장한 미인이라던데, 누구야? 한번 우리한테도 소개해줘."

"아니, 소개할 만한 여자는 아니야."

"하지만 제국극장의 여배우라는 말이 있던데…… 응, 그렇지 않나? 영화배우라는 소문도 있고, 혼혈아라는 말도 있더군. 그 여자의 본거지가 어딘지 말해봐. 말하지 않으면 보내주지 않겠어."

내가 분명히 불쾌한 표정으로 말을 더듬거리고 있는데도 눈치채지 못하고 S는 열심히 무릎을 내밀고 정색을 하며 묻는 것이었습니다.

"이봐, 그 여자는 댄스가 아니면 부를 수 없나?"

조금만 더 심했다면 "이 자식이!" 하고 욕했을지도 모릅니다. 아직 회사에서는 아무도 눈치채지 못하고 있을 줄 알았는데, 어찌 생각이나 했겠습니까. 벌써 냄새를 맡고 있었을 뿐만 아니라, 난봉꾼으로 알려진 S의 말투로 미루어보면, 놈들은 우리가 부부라고는 믿지 않고 나오미를 어디서나 부를 수 있는 부류의 여자로 생각하고 있는 모양이었습니다.

"바보 같은 자식, 남의 아내를 두고 '부를 수 있느냐'가 뭐야! 실례되는 말은 하지 마!"

이 참기 어려운 모욕에 대해 나는 안색을 바꾸며 이렇게 호통을 쳐야 마땅했습니다. 아니, 확실히 한순간은 안색을 싹 바꾸었습니다.

놈들은 내가 호인인 것을 계산에 넣고 있기 때문에 어디까지나 뻔뻔스러워서,

"이봐, 가와이, 가르쳐줘. 정말로!" 하고는 H가 K 쪽을 돌아보며, "이봐, K, 자네는 어디서 들었다고 했지?"

"나는 게이오 학생한테 들었어."

"흐음, 뭐랬는데?"

"내 친척 녀석이 댄스에 미쳐서 만날 댄스장에 드나드는데, 그 미인을 알고 있다는 거야."

"이름은 뭐래?" 하고 T가 옆에서 머리를 내밀었습니다.

"이름은…… 저어…… 좀 묘한 이름이었는데…… 나오미…… 나오미라고 한 것 같은데?"

"나오미? 그럼 역시 혼혈아인가?" S가 말하고는 놀리듯 내 얼굴을 들여다보며, "혼혈아라면 여배우는 아니군."

"굉장한 핫텐카(發展家)*래. 게이오 학생들을 멋대로 가지고 논다니까."

나는 경련 같은 묘한 미소를 띤 채 입가를 실룩거리고 있을 뿐이었지만, K의 이야기가 여기까지 오자 그 엷은 미소는 갑자기 얼어붙은 것처럼 볼 위에서 움직이지 않게 되고 눈알이 눈구멍 속으로 쑥 들어간 듯한 기분이 들었습니다.

"홍, 홍, 그렇다면 기대할 만한걸!" 하고 S는 완전히 기뻐 날뛰면서 말하는 것이었습니다.

"자네 친척이라는 학생도 그 여자와 뭔가가 있었나?"

"아니, 그건 어떤지 모르지만, 친구들 중에 두세 명은 있대."

---

*이성 관계에 발이 넓은 사람.

"그만, 그만해. 가와이가 걱정하니까. 저것 봐. 저런 얼굴을 하고 있잖아" 하고 T가 말하자 다들 일제히 내 얼굴을 쳐다보며 웃었습니다.

"아니, 뭐 조금쯤은 걱정시켜도 괜찮아. 우리들 몰래 그런 미인을 독차지하려는 심보가 고약하니까 말이야."

"아하하하하, 어때, 가와이 군. 군자도 때로는 멋진 걱정을 하는 것도 좋잖아?"

"아하하하하."

더 이상 나는 화를 낼 계제가 아니었습니다. 누가 뭐라고 했는지 전혀 들리지도 않았습니다. 그저 와아 하고 웃는 소리가 양쪽 귀에 시끄럽게 울렸을 뿐입니다. 그 순간 나를 당혹스럽게 한 것은 어떻게 이 자리를 빠져나가면 좋을지, 울어야 할지 웃어야 할지—하지만 섣불리 무슨 말을 했다가는 더욱 조롱을 당하지나 않을까 하는 것이었습니다.

어쨌든 나는 뭐가 뭔지 모른 채 건성으로 끽연실을 뛰쳐나왔습니다. 그리고 진창길에 서서 찬비를 맞을 때까지는 발이 땅에 닿지도 않았습니다. 아직 뒤에서 무언가가 쫓아오는 듯한 기분이 들어서 나는 급하게 긴자 쪽으로 달아났습니다.

나는 오와리초보다 하나 더 왼쪽에 있는 네거리로 나와, 신바시 쪽으로 걸어갔습니다. 아니, 걸어갔다기보다 내 발이 내 머리와는 상관없이 무의식적으로 그쪽 방향으로 움직여갔습니다. 내 눈에는 비에 젖은 포장도로 위에 가로등 불빛이 반짝반짝 빛나는 것이 비쳤습니다. 이런 날씨에도 불구하고 거리에는 꽤 많은 사람이 나와 있는 것 같았습니다. 아, 게이샤가 우산을 받쳐 들고 지나간다, 젊은 아가씨가 플란넬 옷을 입고 지나간다, 전차가 달린다, 자동차가 질주한다……

 나오미가 굉장한 핫텐카라고? 학생들을 가지고 논다고? ……그런 일이 있을 수 있을까? 있을 수도 있겠지. 분명히 있을 수 있어. 요즘 나오미의 태도를 보면 그렇게 생각지 않는 게 이상할 정도야. 실은 나도 내심 걱정하고는 있었지만, 그녀 주위에 남자친구가 너무나 많기 때문에 오히려 안심하고 있었던 것이다. 나오미는 어린애다. 그리고 활발하다. "난 남자야" 하고 그녀 자신이 말하는 대로다. 그래서 남자들을 잔뜩 모아놓고 천진하게, 떠들썩하게 야단법석을 떠는 것을 좋아할 뿐이다. 설령 그녀에게 다른 속셈이 있다 해도, 이렇게 많은 사람의 눈이 있으면 남몰래 딴 짓을 할 수는 없을 테고, 설마 나오미가…… 하고 생각한 이 '설마'가 잘못이었던 것이다.

 하지만 '설마'…… '설마' 사실은 아니지 않을까? 나오미가 건방지기는 하지만, 그래도 품성은 고상한 여자다. 나는 그것을 잘 알고 있다. 겉으로는 나를 경멸하기도 하지만, 열다섯 살 때부터 키워준 내 은혜에 감사하고 있다. 결코 그것을 배반하지는 않을 거라고, 잠자리에서 그녀가 여러 차례나 울면서 한 말을 나는 의심할 수 없다. 그 K가 한 말—어쩌면 그 말은 회사의 고약한 놈들이 나를 놀리기 위해 한 말이 아닐까? 정말로 그래 주었으면 얼마나 좋을까…… 아아, K의 친척 학생이란 누굴까? 그 학생이 알고 있는 것만으로도 두세 명은 관계가 있다고? 두세 명? ……하마다? 구마가이? ……수상하다면 이 두 사람이 가장 수상하다. 하지만 그렇다면 두 사람은 왜 싸우지 않을까. 따로따로 오지 않고 함께 와서 사이좋게 나오미와 노는 것은 어떤 마음일까? 내 눈을 속이려는 수법일까? 나오미가 교묘하게 조종하고 있어서 두 사람은 서로 모르는 것일까? 아니, 그보다 나오미가 정말 그렇게 타락해버렸을까? 두 사람과 관계가 있었다면, 요전 날 밤에 남녀가 뒤섞여 자는 그런 후안무치하고 넉살 좋은 짓을 할 수 있을까? 만약 그렇다면 나오미의 행동은 매춘부보다 더하지 않은가?

나는 어느새 신바시를 건너, 시바구치 거리를 철퍽철퍽 흙탕물을 튀기면서 가나스기 다리 쪽까지 곧장 걸어가버렸습니다. 비는 한 치의 빈틈도 없이 천지를 가두고, 내 몸을 전후좌우에서 포위하고, 우산에서 떨어진 빗방울이 레인코트의 어깨를 적십니다. 아아, 남녀가 뒤섞여 잔 그날 밤에도 이렇게 비가 내렸지. 그 다이아몬드 카페의 탁자에서 나오미에게 처음 내 마음을 털어놓았던 밤에도, 봄이기는 했지만 역시 이렇게 비가 내렸어. 나는 그런 일들을 생각했습니다. 그러면 오늘 밤도, 내가 이렇게 비에 흠뻑 젖어 이곳을 걷고 있는 동안, 오모리의 집에는 누군가가 와 있지 않을까? 또 남녀가 뒤섞여서 자고 있지 않을까? 그런 의심이 갑자기 떠오르는 것이었습니다. 나오미를 가운데 두고 하마다와 구마가이가 문란한 자세로 앉아서 이러쿵저러쿵 농담을 주고받고 있는 난잡한 아틀리에의 광경이 생생하게 보이는 것이었습니다.

'그래, 우물쭈물하고 있을 때가 아니야.' 이렇게 생각하자 나는 급히 다마치의 정류장으로 달려갔습니다. 1분, 2분, 3분…… 3분 만에 겨우 전차가 왔지만, 나는 일찍이 이렇게 긴 3분은 경험해본 적이 없었습니다.

나오미, 나오미! 나는 왜 오늘 밤 그녀를 혼자 두고 왔을까. 나오미가 옆에 없으니까 안 돼. 그게 가장 나쁜 일이야—나오미의 얼굴만 보면 이 초조한 기분이 조금은 가라앉을 것만 같았습니다. 그녀의 활달한 말소리를 듣고 순진무구한 눈동자를 보면 의심이 풀리기를 빌었습니다.

하지만 그렇다 해도 그녀가 다시 그날 밤처럼 남녀가 뒤섞여 자자고 말하면 나는 뭐라고 말해야 할까? 앞으로 나는 그녀에 대해, 그리고 그녀에게 접근하는 하마다나 구마가이, 그 밖의 어중이떠중이에 대해 어떤 태도를 취해야 할까? 그녀의 분노를 사더라도 과감하게 감독을 엄격히 해야 할까? 그래서 그녀가 얌전히 나에게 승복하면 좋지만, 반항하면 어떻게 될까? "나는 오늘 밤 회사의 못된 놈들에게 심한 모욕을 받았어. 그러니까 너도 세상 사람들한테 오해받지 않도록 행동을 좀 조심해 줘" 하고 말하면, 다른 경우와는 다르니까 그녀 자신의 명예를 위해서라도 아마 내 말을 들어줄 것이다. 만약 그 명예도 오해도 아랑곳하지 않는다면, 정말 그녀는 수상하다. K의 말이 사실인 것이다. 만약…… 아아, 그런 일이 있었다면…….

나는 애써 냉정하게, 최대한 마음을 가라앉히고 이 마지막 경우를 상상했습니다. 그녀가 나를 속이고 있었다는 게 분명해지면, 나는 그녀를 용서할 수 있을까? 솔직히 말해서 나는 이제 그녀 없이는 하루도 살아갈 수 없습니다. 그녀가 타락한 죄의 절반은 물론 나한테도 있으니까, 나오미가 순순히 잘못을 뉘우치고 사과만 해준다면, 나는 더 이상 그녀를 나무라고 싶지도 않고, 또 나무랄 자격도 없습니다. 하지만 내가 걱정하는 것은, 그렇게 고집이 세고 특히 나에 대해서는 한층 더 강경해지고 싶어 하는 그녀가 설령 증거를 들이댄다 해도 그렇게 호락호락 나에게 고개를 숙일까 하는 것이었습니다. 일단은 고개를 숙였다 해도 사실은 조금도 뉘우치지 않고, 나를 만만하게 얕보고 두 번이고 세 번이고 똑같은 잘못을 되풀이하게 되지는 않을까? 그리고 결국 두 사람이 서로 오기를 부리다가 헤어지게 되면? 그것이 내게는 무엇보다 무서운 일이었습니다. 노골적으로 말하면 그녀의 정조 자체보다 이쪽이 훨씬 골칫거리였습니다. 그녀의 잘못을 밝혀내고 또는 감독한다 해도, 그때에 대처할 내 생각을 미리 결정해두지 않으면 안 됩니다. 그녀가 "그럼 나는 나가겠어요" 하고 말했을 때, "마음대로 나가버려" 하고 말할 수 있을 만한 각오가 되어 있다면 모르지만······.

하지만 이 점에서는 나오미 쪽에도 같은 약점이 있다는 것을 나는 알고 있었습니다. 왜냐하면 나오미는 나와 함께 살고 있기 때문에 마음대로 사치를 부릴 수 있지만, 일단 집에서 쫓겨나면 그 누추한 센조쿠초의 본가 말고 몸을 둘 곳이 어디 있겠습니까. 만약 그렇게 되면, 정말로 매춘부라도 되지 않는 이상 그녀에게 알랑방귀를 뀔 사람은 아무도 없을 겁니다. 옛날에는 어쨌든, 제멋대로 자라버린 지금 그녀의 허영심으로는 그것을 도저히 참을 수 없을 게 뻔합니다. 어쩌면 하마다나 구마가이가 나오미를 맡겠다고 말할지도 모르지만, 학생의 몸으로 내가 그녀에게 시켜준 호사와 영화를 제공할 순 없다는 것은 그녀도 알고 있을 겁니다. 이렇게 생각해보면 내가 그녀에게 사치의 맛을 알게 한 것은 잘한 일이었습니다.

그래. 그러고 보니, 언젠가 영어 시간에 나오미가 공책을 찢었을 때 내가 화를 내면서 "나가!" 하고 말했더니 그녀는 항복하지 않았던가. 그때 그녀가 나가버렸다면 얼마나 곤란했을지 모르지만, 내가 곤란하기보다 그녀가 훨씬 더 곤란했을 거야.

내가 있으니까 그녀가 있는 것이고, 내 곁을 떠나면 그녀는 다시금 사회의 밑바닥으로 떨어져, 남들 밑에서 천대받는 신세가 되고 말 거야. 이것이 그녀에게는 상당히 두려운 일이겠지. 그 두려움은 지금도 그때와 다르지 않아. 이제 그녀도 벌써 열아홉 살이야. 나이를 먹고 다소라도 분별이 생긴 만큼, 그녀는 그것을 더욱 확실히 느낄 거야. 그렇다면 나를 위협하려고 "나가겠어요" 하고 말할 수는 있어도, 진정으로 실행할 수는 없을 거야. 그런 뻔한 위협에 내가 놀랄지 아닐지, 그 정도는 알고 있겠지…….

나는 오모리 역에 도착할 때까지 얼마간 용기를 되찾았습니다. 무슨 일이 있어도 나오미와 나는 헤어질 운명은 아니라는 것, 그것만은 확실하다고 생각했습니다.

집 앞까지 오자 내 불길한 상상은 완전히 빗나가, 아틀리에 안은 캄캄해져 있고 손님은 하나도 없는지 쥐죽은 듯 조용하고, 다만 4조 반짜리 다락방에 불이 켜져 있을 뿐이었습니다.

'아아, 혼자 집을 지키고 있구나……' 하고 나는 안심하여 가슴을 쓸어내렸습니다. '잘됐어. 정말 다행이야' 하는 생각이 들지 않을 수 없었습니다.

잠겨 있는 현관문을 열쇠로 열고 안으로 들어가자 나는 바로 아틀리에의 전기를 켰습니다. 방을 둘러보니 여전히 어질러져 있었지만, 역시 손님이 온 흔적은 없었습니다.

"나오미야, 나 왔어…… 이제 돌아왔어……" 하고 말해도 대답이 없기에 층계를 올라가니, 나오미는 다락방에 혼자 이부자리를 깔고 태평하게 자고 있었습니다. 이것은 그녀에게 드문 일도 아니어서, 심심하면 낮이든 밤이든 시간을 가리지 않고 이불 속에 들어가 소설을 읽다가 그대로 쌔근쌔근 잠들어버리는 것이 평소의 습관이었기 때문에, 깊이 잠들어 있는 그 천진난만한 얼굴을 대하자 나는 더욱 안심할 뿐이었습니다.

'이 여자가 나를 속이고 있다고? 그런 일이 있을까? ……지금 내 눈앞에서 평화롭게 잠자고 있는 이 여자가?'

나는 그녀의 잠을 깨우지 않도록 조용히 머리맡에 앉은 채, 잠시 숨을 죽이고 그 잠든 얼굴을 가만히 지켜보았습니다. 옛날, 여우가 아름다운 아가씨로 둔갑하여 남자를 속였지만, 자고 있는 동안 정체를 드러내어 가면이 벗겨지고 말았다―나는 문득 어릴 적에 들었던 옛날이야기가 생각났습니다. 잠버릇이 나쁜 나오미는 잠옷을 완전히 벗어버리고, 가랑이 사이에 잠옷의 옷깃을 끼우고, 젖무덤까지 드러난 가슴 위에 한쪽 팔꿈치를 세운 손끝을 마치 휜 나뭇가지처럼 올려놓고 있었습니다. 그리고 다른 팔은 앉아 있는 내 무릎 언저리까지 부드럽게 뻗고 있었습니다. 고개는 그 뻗은 손 쪽으로 돌리고, 금방이라도 베개에서 미끄러져 떨어질 것처럼 기울어져 있었습니다. 그리고 바로 코앞에는 책 한 권이 펼쳐진 채 떨어져 있었습니다. 그것은 그녀의 비평에 따르면 '지금 문단에서 가장 훌륭한 작가'라는 아리시마 다케오*의 《카인의 후예》라는 소설이었습니다. 내 눈은 그 책의 새하얀 종이와 그녀의 하얀 가슴 위를 번갈아

---

*아리시마 다케오(有島武郎, 1878~1923): 인도주의에 입각하여 본격적 사실주의를 실현시킨 작가로 당시 일본 문단에서 특이한 지위를 차지하고 있었다. 《카인의 후예》는 아리시마 다케오의 출세작으로, 제목은 구약성서 〈창세기〉에서 동생을 죽인 인류 최초의 살인자 카인에서 유래했고, 무지하고 분방하며 거친 에너지로 충만한 야성적인 소작인이 농장에서 쫓겨날 때까지의 과정을 묘사하고 있다.

오갔습니다.

 나오미는 원래 그 살결이 날에 따라 누렇게 보이기도 하고 하얗게 보이기도 했지만, 깊이 잠들어 있을 때나 막 잠에서 깨어났을 때에는 언제나 아주 맑았습니다. 자고 있는 동안 몸속의 기름기가 완전히 빠져버리기라도 한 듯이 깨끗해졌습니다. 대개의 경우 '밤'과 '암흑'은 으레 붙어 다니는 것이지만, 나는 언제나 '밤'을 생각하면 나오미의 살결의 '흰빛'을 연상하지 않을 수 없었습니다. 그것은 대낮의 구석구석까지 밝은 '흰빛'과는 달리 더럽고 지저분하고 때에 전 이불 속의 '흰빛', 말하자면 남루한 누더기에 싸인 '흰빛'인 만큼 더욱 나를 사로잡았습니다. 그래서 이렇게 찬찬히 바라보고 있으면, 램프의 등갓으로 그늘져 있는 그녀의 가슴은 마치 새파란 물속에라도 있는 것처럼 선명하게 떠오르는 것이었습니다. 깨어 있을 때는 그렇게 명랑하고 변화무쌍한 그녀의 얼굴이 지금은 우울하게 미간을 찌푸리고 쓴 약이라도 삼킨 것 같은, 또는 목을 졸린 사람 같은 신비로운 표정을 짓고 있었지만, 나는 그녀의 이렇게 잠든 얼굴을 무척 좋아했습니다. "너는 잠들면 딴 사람 같은 표정이 돼. 무서운 꿈이라도 꾸고 있는 것처럼." 나는 곧잘 이런 말을 했습니다. '그렇다면 그녀의 죽은 얼굴도 분명 아름다울 거야.' 이렇게 생각한 적도 가끔 있었습니다. 나는 설령 이 여자가 여우라 해도, 그 정체가 이렇게 요염한 것이라면 오히려 기꺼이 홀리기를 바랐을 것입니다.

 나는 약 30분쯤 그렇게 말없이 앉아 있었습니다. 등갓 그늘에서 밝은 쪽으로 밀려나와 있는 그녀의 손은 손등을 밑으로, 손바닥을 위로 향하여 막 피어나기 시작한 꽃잎처럼 부드럽게 쥐어져 있었고, 그 손목에서는 조용한 맥박이 고동치고 있는 것을 분명히 알 수 있었습니다.

"언제 돌아왔어요?"

쌔근, 쌔근, 쌔근 하고 편안하게 되풀이되고 있던 숨소리가 조금 흐트러졌나 했더니, 이윽고 그녀가 눈을 떴습니다. 그 우울한 표정을 아직 어딘가에 남긴 채…….

"방금…… 조금 전에 왔어."

"왜 깨우지 않았어요?"

"불렀지만 일어나지 않기에 그냥 놔뒀어."

"거기 앉아서 뭘 하고 있었어요? 내 잠든 얼굴을 보고 있었나요?"

"응."

"후후, 이상한 사람이야!" 이렇게 말하고 그녀는 어린애처럼 천진하게 웃으면서, 뻗고 있던 손을 내 무릎 위에 올려놓았습니다. "오늘밤에는 혼자서 심심했어요. 누군가가 올 줄 알았는데, 아무도 놀러 오지 않는 거예요. 파파, 이제 그만 자지 않을래요?"

"자는 것도 좋지만……."

"어서 자요! 그냥 뒹굴면서 잤더니 모기한테 여기저기 물렸어요. 보세요, 이렇게나 물렸네요! 여기 좀 긁어줘요!"

나는 시키는 대로 그녀의 팔이며 등을 잠시 긁어주었습니다.

"아, 고마워요. 너무 가려워서 견딜 수가 없었어요. ……미안하지만 거기 있는 잠옷 좀 집어줄래요? 그리고 좀 입혀주지 않을래요?"

나는 가운을 가져와서, 큰 대자로 누워 있는 그녀의 몸을 안아 일으켰습니다. 그리고 내가 허리띠를 풀고 옷을 갈아입히는 동안 나오미는 일부러 축 늘어져 시체처럼 팔다리를 흐느적거렸습니다.
 "모기장을 치고, 파파도 빨리 자요."

## 14

 그날 밤 우리 두 사람이 잠자리에서 나눈 이야기는 별로 장황하게 쓸 필요도 없습니다. 나오미는 나한테 세이요켄에서 있었던 이야기를 듣더니, "어머나, 그건 실례예요. 정말 세상 물정 모르는 놈들이네!" 하고 입버릇 사납게 욕을 하고는 일소에 부치고 말았습니다. 요컨대 세간에서는 아직 사교댄스라는 것의 의의를 이해하지 못하고 있다. 남자와 여자가 손을 맞잡고 춤을 추기만 하면 그들 사이에 뭔가 좋지 않은 관계가 있는 것처럼 억측하고, 당장 그런 소문을 낸다. 새로운 시대의 유행에 반감을 가진 신문들이 무책임한 기사를 써서 중상하기 때문에, 일반 사람들은 댄스라면 불건전한 것이라고 단정해버린다. 그러니까 우리는 어차피 그 정도 이야기는 들을 각오를 하지 않으면 안 된다……. 

 "그리고 나는 조지 씨 이외의 다른 남자와 단둘이 있었던 적은 한 번도 없어요. 그렇지 않나요?"
 춤추러 갈 때도 당신과 함께, 집에서 놀 때도 당신과 함께,

당신이 집을 비워도 손님이 혼자 오는 것은 아니다. 설령 혼자 와도 "오늘은 나도 혼자니까" 하고 말하면 대개는 단둘이 있는 것을 꺼려서 돌아가버린다. 자기 친구들 중에 그런 무례한 남자는 없다―나오미는 그렇게 말하고 나서,

"내가 아무리 제멋대로라 해도, 좋은 것과 나쁜 것쯤은 분간하고 있어요. 그야 물론 조지 씨를 속이려고 마음만 먹으면 얼마든지 속일 수 있지만, 나는 절대 그런 짓은 하지 않아요. 정말로 떳떳해요. 조지 씨한테 숨긴 일은 하나도 없어요."

"그건 나도 알고 있어. 다만 그런 말을 들은 게 기분이 나빴다는 것뿐이야."

"기분이 나쁘면 어쩌라는 거예요? 이젠 댄스 같은 건 그만두라는 건가요?"

"그만두지 않아도 좋지만, 될 수 있으면 오해받지 않도록 조심하는 게 좋다는 거야."

"나는 방금도 말했듯이 조심해서 교제하고 있잖아요."

"그래서 나는 오해하고 있지 않아."

"조지 씨만 오해하지 않으면 세상 사람들이 뭐라고 해도 무섭지 않아요. 어차피 나는 거칠고 입이 사납다고 다들 미워하고 있으니까요."

그리고 그녀는 그저 내가 믿어주고 사랑해주면 그만이라느니, 자기는 여자 같지 않으니까 자연히 남자 친구가 생기고, 남자가 더 산뜻해서 자기도 남자를 좋아하니까 남자들하고만 놀지만, 색정이나 연애 같은 추잡한 기분은 조금도 없다느니, 센티멘털하고 달콤한 말투로 되풀이하고 나서 마지막에는 으레 "열다섯 살 때부터 키워준 은혜를 잊은 적은 없어요"라느니,

"조지 씨를 어버이로도 생각하고 남편으로도 생각하고 있어요"라느니 하는 상투적인 대사를 늘어놓으면서 하염없이 눈물을 흘리기도 하고, 그 눈물을 나더러 닦아달라고 하기도 하고, 별안간 키스 세례를 퍼붓기도 하는 것이었습니다.

하지만 그렇게 길게 이야기를 하면서도 그녀는 하마다나 구마가이의 이름만은 고의인지 우연인지 불가사의하게도 입 밖에 내지 않았습니다. 나도 사실은 그 두 이름을 말해서 그녀의 얼굴에 나타나는 반응을 보고 싶었는데, 끝내 말을 꺼내지 못하고 말았습니다. 물론 나는 그녀의 말을 하나에서 열까지 다 믿은 것은 아니지만, 의심하면 어떤 일도 의심할 수 있고, 굳이 지난 일까지 캐고 따질 필요는 없다, 앞으로 주의해서 감독하면 된다고…… 아니, 처음에는 좀 더 강경하게 나갈 작정이었지만, 차츰 그런 애매한 태도가 되어버렸습니다. 그리고 눈물과 키스 속에서 흐느끼는 소리에 섞여 속삭이는 목소리를 듣고 있으면, 거짓말이 아닐까 망설이면서도 역시 그것이 정말처럼 여겨지는 것이었습니다.

이런 일이 있은 후 나는 넌지시 나오미의 태도에 주의를 기울였지만, 그녀는 조금씩, 너무 어색하지 않을 정도로 종래의 태도를 고쳐 나가는 것 같았습니다. 댄스를 하러 가기는 하지만 지금까지처럼 자주 가지는 않고, 가더라도 너무 오래 추지는 않고 적당한 선에서 끝내고 옵니다. 손님도 귀찮을 만큼은 찾아오지 않습니다. 내가 회사에서 돌아오면, 혼자서 얌전히 집을 지키며 소설을 읽거나 뜨개질을 하거나 조용히 축음기를 듣고 있거나 화단에 꽃을 심거나 하고 있습니다.

"오늘도 혼자 집을 지키고 있었어?"

"응, 혼자 있었어요. 아무도 놀러 오지 않았어요."

"그럼 쓸쓸하지 않았어?"

"처음부터 혼자 있게 된다고 생각하면 쓸쓸하지 않아요. 난 괜찮아요" 하고 말한 다음 덧붙이기를, "나는 떠들썩한 것도 좋아하지만 쓸쓸한 것도 싫지는 않아요. 어릴 때는 친구가 하나도 없어서 늘 혼자 놀았어요."

"아아, 그러고 보니 늘 그런 식이었어. 다이아몬드 카페에 있을 때는 동료들과도 별로 말이 없고, 좀 음울한 편이었지."

"그래요. 나는 말괄량이 같지만, 진짜 성질은 음울한 편이에요. 음울하면 안 되나요?"

"얌전한 건 좋지만, 음울해지면 곤란해."

"하지만 요전처럼 난폭하게 구는 것보다는 낫지 않아요?"

"그야 얼마나 좋은지 모르지."

"나, 착한 아이가 됐죠?"

그러고는 느닷없이 나에게 달려들어 두 팔로 목을 끌어안고는 눈앞이 아찔할 만큼 간절하고 격렬하게 입맞춤을 했습니다.

"어때? 한동안 댄스를 하러 가지 않았으니까, 오늘 밤 가볼까?" 하고 내가 먼저 권유해도,

"아무래도 좋아요. 조지 씨가 가고 싶다면……" 하고 우울한 표정으로 건성 대답을 하거나, "그보다도 우리 영화를 보러 가요. 오늘 밤에는 댄스할 마음이 내키지 않아요" 하고 말하는 일도 자주 있었습니다.

사오 년 전의 그 순수하게 즐거운 생활이 두 사람 사이에 다시 돌아왔습니다. 나와 나오미는 부부끼리만 단둘이 매일 밤처럼 아사쿠사에 나가 영화를 보고, 돌아오는 길에는 어느 요릿

집에 들러 저녁을 먹으면서 '그때는 이랬지'라든가 '저랬지'라든가, 그리운 옛일을 서로 이야기하며 추억에 잠깁니다. "너는 몸집이 작았기 때문에, 데이코쿠칸(帝國館)*의 난간에 걸터앉아서 내 어깨를 잡고 영화를 보았지" 하고 내가 말하면, 나오미는 "조지 씨가 처음 다이아몬드 카페에 왔을 무렵에는 입을 꾹 다물고 멀리서 말똥말똥 내 얼굴만 보고 있어서 기분이 나빴어요" 하고 말합니다.

"그러고 보니 파파는 요즘 나를 씻어주지 않네요. 그때는 계속 내 몸을 씻어주었잖아요."

"아아, 그래, 그랬지. 그런 일도 있었지."

"있었지가 아니라, 이젠 씻어주지 않을 거예요? 내가 이렇게 자라서 씻어주기 싫어요?"

"싫을 리가 있나. 지금도 씻어주고 싶지만, 사실은 삼가고 있었어."

"그래요? 그럼 씻어줘요. 나는 또 아기가 될 테야."

이런 대화가 있은 뒤, 마침 다행히도 목물을 할 수 있는 계절이 되었기 때문에, 나는 창고 구석에 버려져 있던 서양식 목욕통을 다시 아틀리에로 가져와서 그녀의 몸을 씻어주게 되었습니다. 과거에는 '큰 아기'라고 말했지만, 그 후 4년 세월이 흐른 지금의 나오미는 그 풍만한 몸을 목욕통 안에 눕히고 보니 훌륭하게 다 자라서 완전한 '어른'이 되어 있었습니다. 풀어헤치면 비구름처럼 목욕통에 가득 퍼지는 풍성한 머리카락, 여기저기 관절에 보조개가 생겨 있는 몽실몽실한 살집. 그리고 그

---

*아사쿠사 공원 안에 있었던 영화관. 1911년 5월에 개관했다.

어깨는 더욱 두툼해지고 가슴과 엉덩이는 더한층 탄력을 지니고 산처럼 불룩하게 파도쳤으며, 우아한 다리는 더욱 길어진 것처럼 보였습니다.

"조지 씨, 나 키가 좀 자랐나요?"

"암, 자라고말고. 요즘에는 나와 별로 차이가 나지 않는 것 같아."

"이제 곧 내가 조지 씨보다 클 거예요. 요전에 몸무게를 재봤더니 14관 2백*이었어요."

"놀랍군. 나는 겨우 16관이 될까 말까 한데."

"그럼 조지 씨가 나보다 무거워요? 꼬마인 주제에."

"그야 무겁지. 아무리 꼬마라도 남자는 뼈대가 굵으니까."

"그럼 조지 씨는 지금도 말이 돼서 나를 태워줄 용기가 있어요? 내가 갓 왔을 무렵에는 자주 그렇게 해주었잖아요? 내가 등에 올라앉아 수건을 고삐로 삼아서 이랴 이랴 쯧쯧 하며 방 안을 돌아다니고······."

"그래, 그 시절에는 가벼웠지. 12관 정도였을 거야."

"지금 그렇게 하면 조지 씨는 짜부라지겠네요."

"짜부라지기야 할라고. 거짓말인 것 같으면 올라타봐."

두 사람은 농담 한 끝에 옛날처럼 또 말타기 놀이를 하게 되었습니다.

"자, 말이 됐어" 하고는 내가 네 손발을 짚고 엎드리자, 나오미는 내 등에 털썩 올라타고 그 14관 2백의 무게로 덮쳐누르면

---

*1관(貫)은 3.75킬로그램이니까 14관 2백이면 53.25킬로그램이다. 조지는 16관, 60킬로그램. 과거의 나오미는 12관, 45킬로그램이었다.

미친 사랑 183

서 수건 고삐를 내 입에 물리고는,

"어머나, 정말 작고 비실거리는 말이네! 좀 더 힘을 내요! 이랴, 이랴, 쯧쯧!" 하고 외치면서 재미있다는 듯이 두 다리로 내 배를 단단히 조르고, 고삐를 홱홱 당깁니다. 나는 그녀에게 짓눌려 짜부라지지 않으려고 열심히 힘을 주고 땀을 뻘뻘 흘리면서 방을 돕니다. 그리고 그녀는 내가 기진맥진하여 축 늘어져버릴 때까지 장난을 멈추지 않았습니다.

"조지 씨, 올 여름에는 오랜만에 가마쿠라에 가지 않을래요?" 8월이 되자 그녀가 말했습니다. "그 후 한 번도 가지 않았으니까 꼭 가고 싶어."

"그렇군. 그러고 보니 그 후 한 번도 가지 않았나?"

"그래요. 그러니까 올해는 가마쿠라에 가요. 우리에게는 기념이 되는 곳이잖아요."

나오미의 이 말이 얼마나 나를 기쁘게 해주었는지 모릅니다. 나오미의 말대로 우리가 신혼여행?—말하자면 그것은 신혼여행이었습니다—을 갔던 곳은 가마쿠라였으니까요. 가마쿠라만큼 우리에게 기념이 되는 곳은 없을 터였습니다. 그 후에도 해마다 어딘가로 피서를 가면서도 가마쿠라는 까맣게 잊고 있었는데, 나오미가 그것을 일깨워준 것은 정말 멋진 생각이었습니다.

"가자, 꼭 가자!" 하고 나는 두말없이 찬성했습니다.

의논이 끝나자마자 회사에서 열흘 동안의 휴가를 얻고, 오모리의 집은 문단속을 해놓고, 월초에 우리 두 사람은 가마쿠라로 떠났습니다. 숙소는 하세 거리에서 황실 별장 쪽으로 가는 길에 있는 우에소라는 꽃집의 별채를 빌렸습니다.

처음에 나는 이번에도 긴파로에 갈 수는 없으니까 조금 세련된 여관에 묵을 작정이었는데, 뜻하지 않게 방을 빌리게 된 것은 "아주 편리한 방법을 스기사키 여사한테 들었어요" 하면서 나오미가 이 꽃집 별채 이야기를 꺼냈기 때문입니다. 나오미 말로는, 여관은 경제적이지도 않고 주위에 신경도 써야 하니까 셋방을 빌릴 수 있으면 그게 제일 좋다, 그런데 다행히도 여사의 친척인 도요 석유의 중역이 빌려놓기만 한 채 사용하지 않고 있는 셋방이 있는데, 그것을 이쪽에 빌려줄 수 있다니까 차라리 그게 더 좋지 않은가, 그 중역은 6, 7, 8월 석 달 동안 500엔에 빌려서 7월에는 줄곧 거기에 있었지만, 이제는 가마쿠라도 싫증이 났기 때문에 누구라도 빌리고 싶어 하는 사람이 있으면 기꺼이 빌려준다고 했다. 스기사키 여사의 소개라면 집세 같은 것은 아무래도 좋다니까…… 하고 말하는 것이었습니다.

"이렇게 좋은 이야기는 없으니까 그렇게 해요. 그러면 돈도 들지 않으니까 이달 내내 있을 수 있어요" 하고 나오미는 말했습니다.

"하지만 회사가 있으니까 그렇게 오래 놀 수는 없어."

"하지만 가마쿠라라면 날마다 기차로 통근할 수 있잖아요\*. 네, 그렇게 해요."

"하지만 그곳이 네 마음에 들지 어떨지 보고 오지 않으면……."

---

\*가마쿠라에서 요코하마까지는 기차로 약 40분, 요코하마에서 오이마치까지는 전차로 약 30분, 합해서 1시간 10분인데, 갈아탈 때 기다리는 시간을 고려하면 통근하는 데 1시간 20분쯤 걸렸다.

"좋아요. 내가 내일이라도 가서 보고 올게요. 그리고 내 마음에 들면 결정해도 되죠?"

"결정해도 좋지만, 공짜로 있는 것도 기분이 좋지 않으니까, 그 점을 어떻게든 결정짓지 않으면……."

"그건 알고 있어요. 조지 씨는 바쁠 테니까, 좋다면 스기사키 선생한테 가서 돈을 맡겨놓고 올게요. 100엔이나 150엔은 내놔야……."

이런 식으로 나오미는 혼자 일을 척척 진행시켜, 집세는 100엔으로 절충하고 돈 거래도 완전히 끝내고 왔습니다.

나는 어떨까 좀 걱정하고 있었지만, 막상 가서 보니 생각보다 좋은 집이었습니다. 셋방이라고는 하지만 안채와는 독립된 단층 독채이고, 8조와 4조 반짜리 다다미방 이외에 현관과 목욕탕과 부엌이 있고, 출입구도 따로 나 있어서 마당에서 곧장 거리로 나갈 수도 있고, 꽃집 식구들과 얼굴을 마주칠 필요도 없어서, 이 정도라면 두 사람이 여기서 새 살림을 차린 거나 마찬가지였습니다. 나는 오랜만에 순일본식 새 다다미 위에 앉아서 장화로 앞에 책상다리를 하고 느긋한 기분에 젖었습니다.

"야아, 이거 괜찮군. 아주 기분이 느긋해."

"좋은 집이죠? 오모리하고 여기하고 어디가 더 좋으세요?"

"여기가 훨씬 마음이 안정되는군. 이런 집이라면 얼마든지 살 수 있을 것 같아."

"그것 보세요. 그래서 내가 여기로 하자고 말한 거예요." 이렇게 말하고 나오미는 의기양양했습니다.

어느 날—여기 온 지 사흘쯤 지나서였을까요, 정오부터 해수욕을 하러 가서 한 시간쯤 수영을 한 뒤 둘이 모래밭에서 뒹

굴고 있는데,

"나오미 씨!" 하고 뜻밖에도 우리 얼굴 위에서 부르는 사람이 있었습니다.

고개를 들고 보니 그것은 구마가이였습니다. 방금 바다에서 나온 듯, 젖은 수영복이 가슴에 찰싹 달라붙어 있고, 털투성이의 정강이를 따라 바닷물이 줄줄 흘러내리고 있었습니다.

"어머나, 마짱. 언제 왔어?"

"오늘 왔어. 틀림없이 너일 거라고 생각했는데, 역시 그랬군." 그러고는 바다를 향해 손을 들면서 "어이!" 하고 부르자,

"어이!" 하고 바다 쪽에서도 누군가가 대답을 했습니다.

"누구지? 저기서 헤엄치고 있는 건?"

"하마다야. 하마다와 세키와 나카무라, 이렇게 넷이 오늘 왔어."

"어머나, 그럼 무척 재미있겠는데, 어느 여관에 묵고 있어?"

"헤에, 그렇게 경기가 좋지는 못해. 너무 더워서 견딜 수 없으니까 당일치기로 온 거야."

나오미와 그가 지껄이고 있는데, 이윽고 하마다가 바다에서 올라왔습니다.

"야아, 오랜만입니다! 오랫동안 격조했군요. 어떻습니까, 가와이 씨, 요즘은 영 댄스장에 나타나지 않으시던데."

"그런 건 아니지만, 나오미가 싫증이 난다고 해서."

"그러세요? 그거 괘씸한데요. 댁들은 언제 여기 왔습니까?"

"이삼 일 전에 왔어요. 하세의 꽃집 별채를 빌려서 지내고 있지요."

"정말 좋은 곳이야. 스기사키 선생의 소개로 이달 말까지 쓰

기로 하고 빌렸어."

"정말 멋지군 그래" 하고 구마가이가 말했습니다.

"그럼 당분간 여기 있겠군요?" 하고 하마다가 말했습니다. "하지만 가마쿠라에도 댄스는 있습니다. 오늘 밤에도 가이힌 호텔에서 무도회가 있는데, 상대가 있으면 가고 싶지만."

"난 싫어" 하고 나오미는 쌀쌀하게 말했습니다. "이렇게 더운 날씨에 댄스는 질색이야. 머지않아 서늘해지면 댄스하러 갈 거야."

"그것도 그래. 댄스는 여름에 할 게 아니지" 하마다가 말하고는 이도저도 아닌 태도로 머뭇머뭇하면서, "마짱, 어떡할래? 한 번 더 수영하고 올까?"

"난 싫어. 지쳤으니까 이제 그만 돌아갈래. 지금 가서 한숨 돌리고, 도쿄에 돌아가면 날이 저물 거야."

"지금 가다니, 어디 갈 건데?" 하고 나오미가 하마다에게 물었습니다. "뭐 재미있는 일이라도 있어?"

"오기가야쓰*에 세키의 숙부님 별장이 있어. 오늘은 모두 거기로 끌려왔는데, 저녁을 대접하겠다지만 거북하니까 먹지 않고 가버릴 생각이야."

"그래? 뭐가 그렇게 거북해?"

"거북해도 이만저만 거북한 게 아니야. 하녀가 나와서 격식을 차리며 절을 하니 맥이 풀려. 그래서는 대접을 받아도 밥이 목구멍으로 넘어가지 않아. 이봐, 하마다, 이제 그만 돌아가자. 돌아가서 도쿄에서 뭘 좀 먹자."

---

*가마쿠라 역에서 북쪽으로 몇백 미터 떨어진 곳의 지명.

이렇게 말하면서도 구마가이는 곧바로 일어나려고는 하지 않고, 다리를 쭉 뻗고 모래밭에 털썩 앉은 채 모래를 쥐어서 무릎 위에 끼얹고 있었습니다.

"그럼 우리하고 함께 저녁을 먹지 않을래요? 모처럼 왔으니까."

나오미도 하마다도 구마가이도 한동안 말이 없었기 때문에, 나는 아무래도 그렇게 말하지 않으면 안될 것 같은 거북한 기분이 들었습니다.

15

그날 밤에는 오랜만에 활기차게 저녁을 먹었습니다. 하마다와 구마가이, 나중에는 세키와 나카무라도 끼어서, 별채의 큰 방에 여섯 명의 주객이 앉은뱅이밥상을 둘러싸고 10시께까지 이야기를 나누었습니다. 나도 처음에는 이번 숙소마저 이들에게 짓밟히는 게 싫었지만, 이렇게 이따금 만나보면 그들의 활기차고 산뜻하고 거침없는 청년다운 기질이 유쾌하지 않은 것도 아니었습니다. 나오미의 태도도 남의 비위를 맞춰주는 애교는 있지만 경박하거나 상스럽지는 않았고, 그 자리의 흥을 돋우거나 손님을 대접하는 방식은 아주 이상적이었습니다.

"오늘 밤에는 아주 재미있었어. 그 친구들과 이따금 만나는 것도 나쁘진 않아."

나는 나오미와 마지막 열차로 돌아가는 그들을 정거장까지 배웅하고 여름의 밤길을 손잡고 걸으면서 말했습니다. 별이 아름답고 바다에서 불어오는 바람이 시원한 밤이었습니다.

"그래요. 그렇게 재미있었어요?" 나오미도 내 기분이 좋은 것을 기뻐하는 듯한 말투였습니다. 그리고 잠깐 생각한 뒤에 말했습니다. "그 친구들도 잘 사귀어보면 그렇게 나쁜 사람들이 아니에요."

"그래, 정말 나쁜 사람들은 아니야."

"하지만 조만간 또 우르르 몰려오지 않을까요? 세키 씨는 숙부님 별장이 있으니까 이제부터는 가끔 친구들을 데리고 오겠다고 말했잖아요."

"하지만 우리 숙소로 그렇게 우르르 밀어닥치지는 않겠지."

"가끔은 괜찮지만, 자주 오면 폐가 돼요. 다음에 또 오면 너무 환대하지 않는 게 좋겠어요. 식사는 대접하지 말고 대충해서 돌려보내요."

"하지만 아무리 그렇다 해도 쫓아낼 수는 없잖아."

"안 되는 게 어디 있어요. 방해가 되니까 돌아가 달라고 냉큼 쫓아내주겠어요. 그런 말을 하면 안 되나요?"

"그랬다가는 또 구마가이한테 놀림을 받을걸."

"놀림을 받아도 좋잖아요. 남들이 모처럼 가마쿠라까지 왔는데 방해하러 오는 사람이 나쁘죠."

두 사람은 어두컴컴한 소나무 그늘에 와 있었는데, 그렇게 말하면서 나오미는 살며시 멈춰 섰습니다.

"조지 씨."

달콤하고 조용하고 호소하는 듯한 그 목소리의 의미를 알자, 나는 말없이 나오미의 몸을 두 팔로 감싸 안았습니다. 바닷물을 한 모금 꿀꺽 삼켰을 때와 같은 격렬하고 강한 입술을 맛보면서……

그 후 열흘의 휴가는 눈 깜짝할 사이에 지나갔지만 우리는 여전히 행복했습니다. 그리고 처음에 계획했던 대로 나는 날마다 가마쿠라에서 회사까지 통근을 했습니다. '가끔 오겠다'고 말한 세키와 친구들도 그 후 딱 한 번, 일주일쯤 지난 뒤에 잠깐 들렀을 뿐 거의 모습을 보이지 않았습니다.

그런데 그달이 끝날 무렵 긴급히 조사할 일이 생겨서 내 퇴근 시간이 늦어지게 되었습니다. 여느 때 같으면 대개 7시까지는 돌아와서 나오미와 함께 저녁을 먹을 수 있었지만, 9시까지 회사에 남아 있다가 돌아오면 그럭저럭 11시가 넘게 됩니다. 그런 밤이 대엿새나 계속될 예정이었는데, 정확히 나흘째 되던 날이었습니다.

그날 밤 나는 9시까지 걸릴 예정이었던 일이 일찍 끝났기 때문에 8시쯤 회사를 나왔습니다. 여느 때처럼 오이마치에서 전차를 타고 요코하마로 가서, 기차로 갈아타고 가마쿠라에 내린 것은 아직 10시까지는 시간이 좀 남아 있는 때였을 겁니다. 밤마다—그렇다 해도 겨우 사흘이나 나흘이었지만—요즘 계속해서 늦게 돌아오는 날이 많았기 때문에, 나는 빨리 숙소로 돌아가 나오미의 얼굴을 보며 느긋하게 저녁을 먹고 싶은 마음이 여느 때보다 더욱 간절해져서, 정거장 앞에서 인력거를 타고 황실 별장 옆길을 달렸습니다.

한여름의 더위 속에서 온종일 회사에서 일하고 다시 기차에 흔들리며 돌아오는 몸에는 이 바닷가의 밤공기가 무어라 말할 수 없이 부드럽고 상쾌한 감촉을 느끼게 해줍니다. 그것은 오늘 밤만의 일은 아니지만, 그날 밤에는 해 질 녘에 한바탕 소나기가 쏟아진 뒤였기 때문에, 젖은 풀잎이나 이슬이 방울방울 떨어지는 소나무 가지에서 조용히 피어오르는 수증기에서도 살며시 다가오는 듯한 차분한 향기가 느껴졌습니다. 군데군데 밤눈에도 또렷이 물웅덩이가 빛나고 있었지만, 모랫길은 이제 먼지가 일지 않을 정도로 깨끗이 말라 있어, 달리고 있는 인력거꾼의 발소리가 벨벳이라도 밟는 것처럼 가볍고 사뿐하게 들렸습니다. 별장인 듯한 집의 산울타리 안에서 축음기 소리가 들리기도 하고, 이따금 한두 명씩 하얀 유카타* 차림의 그림자가 근처를 배회하기도 해서, 과연 피서지에 온 듯한 기분이 들었습니다.

출입문 앞에서 인력거를 돌려보내고 나는 마당을 지나 별채의 툇마루 쪽으로 갔습니다. 나의 구둣발 소리를 듣고 나오미가 곧 툇마루의 장지문을 열고 나올 줄 알았는데, 장지문 안에는 불이 환하게 켜져 있는데도 그녀가 있는 듯한 기척은 없이 조용하기만 했습니다.

"나오미야!" 하고 두세 번 불렀지만 대답이 없어서 툇마루로 올라가 미닫이문을 열어 보니, 방은 텅 비어 있었습니다. 수영복이며 타월이며 유카타 같은 것이 벽이나 장지나 도코노마**에 걸려 있고, 찻잔이며 재떨이며 방석 따위가 아무렇게나 널려 있는 방의 풍경은 여느 때나 마찬가지로 난잡하게 어질러져 있었지만, 뭔가 인기척이 없는 괴괴함―방을 방금 비운 것이 아닌 고요함이 거기에 있음을 나는 연인 특유의 감각으로 느꼈습니다.

---

*목욕을 한 뒤, 또는 여름철에 입는 무명 홑옷.
**장지: 방과 방 사이, 또는 방과 마루 사이에 칸을 막아 끼우는 문. 미닫이와 비슷하나 운두가 높고 문지방이 낮다. 도코노마: 일본식 다다미방의 윗목에 바닥을 한 층 높여 만든 것으로, 꽃꽂이나 족자를 걸어 장식했다.

'어디 나간 모양이군…… 아마 두세 시간 전에…….'

그래도 나는 변소를 들여다보거나 목욕탕을 살펴보기도 하고, 혹시나 해서 부엌에 내려가 설거지대의 전등을 켜보았습니다. 그러자 내 눈에 띈 것은 누군가가 실컷 먹고 마시고 간 듯한 청주 병과 서양 요리의 찌꺼기였습니다. 그래, 그러고 보니 재떨이에도 담배꽁초가 수북했어. 그 패거리가 우르르 몰려왔던 것이 분명해…….

"아주머니, 나오미가 없는 것 같은데, 어디 나갔습니까?"
하고 나는 안채로 달려가서 주인집 아주머니에게 물어보았습니다.

"아가씨 말인가요?"

아주머니는 나오미를 '아가씨'라고 불렀습니다. 부부이기는 했지만, 세상 사람들에게는 단순한 동거인이나 약혼자로 보이고 싶어 했기 때문에, 그렇게 부르지 않으면 나오미는 기분 나빠 했습니다.

"아가씨는 저녁에 잠깐 돌아와서 식사를 하고는 다시 여럿이 함께 나가셨어요."

"여럿이라니요?"

"저어……" 하고 아주머니는 잠깐 머뭇거리다가, "구마가이 도련님이랑 여럿이 함께……."

나는 주인집 아주머니가 구마가이의 이름을 알고 있을 뿐만 아니라 '구마가이 도련님'이라고 부르는 것을 이상하게 생각했지만, 지금은 그런 걸 묻고 있을 시간이 없었습니다.

"저녁에 잠깐 돌아왔다면, 낮에도 여럿이 함께 있었습니까?"

"정오가 지나서 혼자 수영하러 나갔다가, 그 후 저어, 구마가이 도련님과 함께 돌아와서……."

"구마가이 군과 단둘이서요?"

"네에……"

사실 나는 그때는 아직 그렇게 당황하지 않았지만, 아주머니가 왠지 말하기 거북한 듯한 말투였고 그 표정에 당혹해하는 빛이 점점 뚜렷이 나타나는 것이 나를 차츰 불안하게 했습니다. 이 아주머니한테 속을 보이는 것은 싫다고 생각하면서도, 말투는 다급해지지 않을 수 없었습니다.

"그럼 뭡니까? 여러 사람이 함께 있지는 않았군요?"

"네, 그때는 단둘이었고, 오늘은 호텔에서 주간(晝間) 댄스가 있다면서 나갔는데……."

"그리고요?"

"그리고 저녁때 여러분과 함께 돌아왔어요."

"저녁식사는 모두 함께 집에서 했나요?"

"네, 아주 떠들썩하게……." 이렇게 말한 뒤 아주머니는 내 눈빛을 헤아리고 쓴웃음을 짓는 것이었습니다.

"저녁을 먹고 나서 다시 나간 건 몇 시쯤이죠?"

"글쎄요, 여덟 시쯤일까요?"

"그럼 벌써 두 시간이나 지났군." 나는 나도 모르게 입 밖에 내어 말했습니다. "그럼 호텔에라도 가 있는 걸까요? 아주머니는 무슨 말을 들은 게 없습니까?"

"잘은 모르지만, 별장에 계시지 않을까 합니다만……."

과연 그 말을 듣고 보니, 세키의 숙부님 별장이 오기가야쓰에 있다는 것이 생각났습니다.

"아, 별장에 갔군요. 그럼 내가 데리러 다녀올까 하는데, 별장이 어디쯤 있는지 알고 계십니까?"

"바로 저기, 하세 해안에……."

"아니, 하세에요? 나는 분명 오기가야쓰에 있다고 들었는데…… 저어, 뭡니까. 내가 말하는 별장은, 오늘 밤에도 여기 왔었는지 모르지만 나오미의 친구인 세키라는 남자의 숙부님 별장이에요……." 내가 이렇게 말하자 아주머니의 얼굴에는 깜짝 놀라는 표정이 스치고 지나간 것 같았습니다. "그 별장이 아닌가요?"

"네…… 저어……."

"하세 해안에 있다는 별장은 도대체 누구의 별장입니까?"

"저…… 구마가이 씨의 친척……."

"구마가이 군의?"

나는 갑자기 창백해졌습니다.

정거장 쪽에서 하세 거리를 왼쪽으로 구부러져 가이힌 호텔 앞길을 곧장 가보세요. 길은 자연히 바닷가에 가닿습니다. 그 변두리 모퉁이에 있는 오쿠보 씨의 별장이 구마가이 씨의 친척 별장이에요―아주머니는 이렇게 말했지만, 나에게는 금시초문이었습니다. 그런 이야기는 나오미도 구마가이도 지금까지 입 밖에도 내지 않았습니다.

"나오미는 그 별장에 자주 갑니까?"

"글쎄요……" 하고 말했지만, 아주머니의 쭈뼛거리는 태도를 나는 놓치지 않았습니다.

"물론 오늘 밤이 처음은 아니겠지요?" 나는 저절로 호흡이 가빠지고 목소리가 떨리는 것을 어떻게 할 수도 없었습니다.

내 서슬에 겁을 먹었는지, 아주머니의 얼굴도 창백해졌습니다.
"아니, 폐는 끼치지 않을 테니 안심하고 말씀해주십시오. 어젯밤에는 어땠습니까? 어젯밤에도 나갔나요?"
"네에…… 어젯밤에도 나가신 것 같았지만……."
"그럼 그저께 밤에는?"
"네."
"역시 나갔군요?"
"네."
"그 전날 밤에는?"
"네, 그 전날 밤에도……."
"내가 퇴근이 늦어진 뒤부터 줄곧 밤마다 나갔군요?"
"네…… 확실히 기억하지는 못하지만……."
"그러면 대개 몇 시쯤 돌아옵니까?"
"대개…… 열한 시 조금 전에는……."

그렇다면 처음부터 두 사람은 나를 속이고 있었어! 그래서 나오미는 가마쿠라에 오고 싶어 했던 거야!—내 머리는 폭풍처럼 회전하기 시작하고, 내 기억은 엄청난 속도로 그동안 나오미가 했던 말과 행동을 하나도 남김없이 마음 밑바닥에 비추었습니다. 순간, 나를 둘러싼 계략의 실이 놀랄 만큼 명료하게 드러났습니다. 거기에는 나처럼 단순한 사람은 도저히 상상도 할 수 없었던 이중 삼중의 거짓말이 있었고, 빈틈없이 공들여 짠 계략이 있었고, 게다가 얼마나 많은 놈들이 그 음모에 가담하고 있는지 모를 만큼 그것은 복잡하게 생각되었습니다. 나는 갑자기 평평하고 안전한 지면에서 쿵 하고 깊은 함정으로 떨어지, 높은 곳을 깔깔 웃으며 지나가는 나오미며 구마가이며 하마다며 세키며 그밖의 수많은 모습들을 구덩이 밑바닥에서 부러운 듯 쳐다보고 있는 것이었습니다.

 "아주머니, 지금 나갔다 올텐 데, 길이 엇갈려서 나오미가 먼저 돌아와도 내가 돌아왔다는 말은 하지 말아주세요. 좀 생각할 게 있으니까요."

 이렇게 말을 내뱉고 나는 밖으로 뛰쳐나갔습니다.

 가이힌 호텔 앞으로 나와서, 아주머니가 가르쳐준 길을 되도록 어두운 그늘 쪽에서 더듬어 갔습니다. 그곳은 양쪽에 큰 별장들이 늘어서 있는 한산한 거리였고, 밤에는 사람 왕래가 거의 없는데다 다행히 그렇게 밝지 않았습니다. 어느 집 문에 달린 전등 불빛 아래에서 나는 시계를 꺼내서 보았습니다. 이제 겨우 10시가 막 지난 참이었지요. 그 오쿠보의 별장이라는 곳에 구마가이와 단둘이 있는지, 아니면 늘 함께 어울리는 패거리와 떠들어대고 있는지, 어쨌든 현장을 잡고 싶다. 가능하면 놈들이 눈치채지 못하게 몰래 증거를 잡아두었다가, 나중에 그들이 어떻게 뻔뻔스러운 거짓말을 하는지 시험해보고 싶다. 그리고 옴짝달싹도 못하게 해놓고 혼을 내주고 싶다─고 생각했기 때문에 나는 걸음을 재촉했습니다.

 목적한 집은 금방 알아냈습니다. 나는 잠시 그 앞길을 오락가락하며 집의 상황을 살폈지만, 훌륭한 돌문 안에는 울창한 나무숲이 있고 그 나무숲 사이를 지나 훨씬 안쪽에 있는 현관 쪽으로 자갈을 깐 길이 뻗어 있었는데, '오쿠보 별장'이라고 쓴 문패의 글자가 오래된 것으로 보나, 넓은 정원을 둘러싸고 있는 이끼 낀 돌담으로 보아도, 별장이라기보다는 오랜 세월이 지난 저택이라는 느낌이었고, 이런 곳에 이런 굉장한 저택을 가진 구마가이의 친척이 있다는 것은 생각하면 할수록 뜻밖이었습니다.

　나는 되도록 자갈에 발소리가 나지 않도록 조심하면서 문안으로 숨어 들어갔습니다. 어쨌든 나무가 울창해서 길거리에서는 안채의 상황을 잘은 알 수 없었지만, 가까이 가서 보니 기묘하게도 정면 현관도 뒷문도 2층도 아래층도, 어쨌든 그곳에서 바라보이는 방이라는 방은 모조리 쥐죽은 듯 조용하고, 문은 닫혀 있고, 어두워져 있었습니다.

　'혹시 뒤쪽에 구마가이의 방이 있는 게 아닐까?' 나는 이렇게 생각하고, 다시 발소리를 죽이며 안채를 따라 뒤쪽으로 돌아갔습니다. 그러자 과연 2층의 방 하나와 그 밑에 있는 부엌문에는 불이 켜져 있었습니다.

　그 2층이 구마가이의 거실이라는 것은 한눈에 충분히 알 수 있었습니다. 툇마루를 보니 그 플랫 만돌린이 난간에 기대어 세워져 있을 뿐 아니라, 방 안 기둥에는 분명히 내가 본 적이 있는 토스카나 모자\*가 걸려 있었기 때문입니다. 하지만 장지문이 열어젖혀져 있는데 말소리가 전혀 새어나오지 않으니까, 지금 그 방에는 아무도 없는 것이 분명했습니다.

　그리고 보니 부엌 쪽 장지문도 방금 누군가가 나간 것처럼 역시 열린 채였습니다. 그때 나의 시선은 부엌문에서 땅바닥을 비추고 있는 희미한 불빛을 따라 바로 두세 칸 앞에 뒷문이 있는 것을 발견했습니다. 그 문은 문짝이 달려 있지 않은 두 개의 낡은 나무기둥으로 이루어져 있었고, 기둥과 기둥 사이로 유이

---

\*이탈리아의 토스카나 지방에서 나는 누런 밀짚을 엮어 만드는 고급 밀짚모자.

미친 사랑　199

가하마에 부서지는 파도가 어둠 속에 또렷한 흰 선으로 보였으며, 강한 바다 냄새가 밀려오고 있었습니다.

'여기로 나간 게 분명해.'

그리고 내가 뒷문에서 해안으로 나가는 것과 거의 동시에 의심할 여지가 없는 나오미의 목소리가 바로 가까운 곳에서 들렸습니다. 그 목소리가 지금까지 들리지 않았던 것은 아마 바람 탓이었을 겁니다.

"잠깐! 구두 속에 모래가 들어가서 걷지 못하겠어. 누군가 이 모래를 털어주지 않을래? 마짱, 구두를 벗겨줘."

"싫어. 나는 네 노예가 아니야."

"그런 말을 하면 이제부턴 귀여워해주지 않겠어. 그럼 하마상은 친절도 하지. ……고마워, 고마워, 하마상이 최고야…… 난 하마상이 제일 좋아."

"제기랄! 사람 좋다고 깔보지 마."

"아, 아하하하! 싫어, 하마상! 그렇게 발바닥을 간질이지 마!"

"간지럽히는 게 아니야. 이렇게 모래가 붙어 있어서 털어주고 있는 거잖아."

"이왕 하는 김에 그걸 핥아주면 파파가 될 수 있어!" 이렇게 말한 것은 세키였습니다.

이어서 남자 네댓 명이 와아 하고 웃는 소리가 났습니다.

마침 내가 서 있는 곳에서부터 모래언덕이 완만한 내리막을 이룬 곳에 갈대발을 친 찻집이 있는데, 목소리는 그 작은 찻집에서 들려오고 있었습니다. 나와 찻집의 간격은 10미터도 떨어져 있지 않았습니다. 회사에서 돌아온 차림 그대로 밤색 알파

카* 양복을 입고 있던 나는 저고리의 옷깃을 세우고 앞단추를 모두 채워서 와이셔츠가 눈에 띄지 않게 하고 맥고모자를 겨드랑이에 감추었습니다. 그리고 몸을 낮게 숙여 기어가는 듯이 하면서 찻집 뒤의 우물가 그늘로 재빨리 달려갔는데, 바로 그때 그들은,

"자, 이제 됐어. 이번에는 저쪽으로 가봐요" 하고 나오미가 앞장을 서자, 그 뒤를 따라 줄줄이 찻집에서 나왔습니다.

그들은 나를 알아차리지 못하고 찻집 앞에서 물가로 내려갔습니다. 하마다와 구마가이와 세키와 나카무라―네 남자는 유카타 바람이었고, 그 한가운데에 끼여 있는 나오미는 검은 망토를 걸치고 굽 높은 구두를 신고 있다는 것만은 알 수 있었습니다. 그녀는 가마쿠라의 숙소에 망토나 구두를 가져오지 않았으니까, 그것은 누군가에게 빌렸을 게 분명합니다. 바람이 불어서 망토 자락이 펄럭펄럭 젖혀지려고 하자, 그것을 안쪽에서 두 손으로 단단히 몸에 감고 있는 듯, 걸을 때마다 망토 안에서 풍만한 엉덩이가 둥그렇게 뭉실뭉실 움직였습니다. 그리고 그녀는 술에 취한 사람 같은 걸음걸이로 두 어깨를 좌우의 남자에게 부딪치면서 일부러 비틀거리며 걸어가고 있었습니다.

그때까지 조용히 웅크리고 숨을 죽이고 있던 나는 그들과의 거리가 50미터쯤 벌어지고 하얀 유카타가 멀리서 희미하게 보일 무렵, 비로소 일어나 살며시 그들을 따라갔습니다. 처음엔 그들이 해안을 따라 곧장 자이모쿠자** 쪽으로 가려나 싶었지

---

*남미의 알프스 산맥에서 사육되는 낙타과의 가축. 털은 보온성, 광택, 감촉 등이 뛰어나 고대부터 고급 직물을 만드는 데 쓰였다.
**가마쿠라 해안의 서쪽 절반을 유이가하마, 동쪽 절반은 자이모쿠자라고 부른다.

만, 도중에 점점 왼쪽으로 돌아서 시내 쪽으로 나가는 모래언덕을 넘어간 것 같았습니다. 그들의 모습이 그 모래언덕 너머로 완전히 사라져버리자 나는 급히 전속력을 내어 모래언덕을 뛰어오르기 시작했습니다. 마침 그들이 가는 길이 솔숲이 많아 몸을 숨기기에 알맞은 그늘이 있는 어두운 별장 거리라는 것을 알고 있었으므로, 거기라면 좀 더 가까이 접근해도 그들에게 들킬 염려는 없을 거라고 생각했기 때문입니다.

모래언덕을 내려가자 당장 그들의 쾌활한 노랫소리가 내 귓전을 때렸습니다. 그도 그럴 것이, 그들은 대여섯 걸음도 채 떨어지지 않은 곳에서 노래를 합창하며 박자를 맞추어 걸어가고 있었으니까요.

Just before the battle, mother,[*]
I am thinking most of you……

그것은 나오미가 입버릇처럼 부르는 노래였습니다. 구마가이가 앞장서서 지휘봉을 휘두르는 듯한 손짓을 하고 있습니다. 나오미는 여전히 저쪽으로 비틀, 이쪽으로 비틀, 어깨를 부딪치며 걸어가고 있습니다. 그러면 나오미와 어깨가 부딪친 사내들도 마치 보트라도 젓고 있는 것처럼 한 덩어리가 되어 이쪽에서 저쪽으로 비틀거리며 걸어갑니다.

"어기여차! 어기여차! ……어기여차! 어기어차!"

---

[*]조지 루트(1820~18)가 지은 노래 〈Just Before the Battle, Mother〉의 첫 부분. 미국 남북전쟁 때 전쟁터에서 적과 맞선 병사가 죽음을 각오하고 사랑하는 어머니를 생각한다는 내용으로, 제1차 세계대전 당시 큰 인기를 얻었다.

"어머나, 뭐야! 그렇게 밀어대면 담벼락에 부딪치잖아!"

딱딱딱 하고 누군가가 지팡이로 담장을 때린 것 같았습니다. 나오미가 깔깔대고 웃었습니다.

"자, 이번에는 호니카, 우와, 위키, 위키!*야"

"좋아. 이건 하와이의 엉덩이춤이야. 모두 노래하면서 엉덩이를 흔들어!"

호니카, 우와, 위키, 위키! 스위트, 브라운, 메이든, 새드, 투, 미…… 그리고 그들은 일제히 엉덩이를 흔들기 시작했습니다.

"아하하하하, 엉덩이를 흔드는 건 세키가 제일 잘하네."

"그야 그렇지. 난 이래봬도 상당히 연구했으니까."

"어디서?"

"우에노의 평화박람회**에서. 만국관에서 토인들이 춤을 추잖아. 나는 그곳을 열흘이나 다녔다고."

"넌 바보야."

"너도 차라리 만국관에 출연할 걸 그랬어. 네 얼굴이라면 분명 토인으로 착각했을 거야."

"어이, 마짱, 지금 몇 시지?" 이렇게 말한 것은 하마다였습니다. 하마다는 술을 마시지 않기 때문에 제일 착실한 것 같았

---

*조니 노블(1892~1944)이 지은 노래 〈와이키키 해변〉(1915)의 첫 부분. '호니카, 우와'는 '호니, 카우아'라고 해야 맞다. 인용 부분의 원문은 'Honi kaua, wiki wiki/ Sweet brown maiden said to me'이고, 뜻은 '호니 카우아 위키위키(하와이어로 '빨리 키스해'라는 뜻) 하고 갈색 피부를 가진 귀여운 아가씨가 나에게 말했다'. 또한 '엉덩이춤'은 훌라춤을 말한다.
**제1차 세계대전이 끝난 것을 축하하여 1922년 3월 10일부터 7월 31일까지 우에노에서 개최된 평화기념 도쿄 박람회를 말한다.

습니다.

"글쎄, 몇 시나 됐을까? 누구 시계 갖고 있지 않나?"

"응, 내가 갖고 있어" 하고 나카무라가 말하면서 성냥을 켰습니다. "아아, 벌써 열 시 20분이야."

"괜찮아. 파파는 열한 시 반이나 되어야 돌아와. 지금부터 하세 거리를 한 바퀴 빙 돌고 돌아가자. 나는 이런 차림으로 번화한 곳을 걸어보고 싶어."

"좋아, 좋아!" 하고 세키가 큰 소리로 외쳤습니다.

"하지만 이런 모습으로 걸어가면 도대체 뭘로 보일까?"

"어떻게 봐도 여두목이지."

"내가 여두목이면 다들 내 부하야."

"그럼 우린 4인의 시라나미(白浪四人男)\*가 아닐까."

"그럼 나는 벤텐코조(弁天小僧)\*\*야."

"에에, 여두목 가와이 나오미는……" 하고 구마가이가 변사\*\*\*의 어조로 말했습니다. "야음을 틈타 검은 망토로 몸을 감싸고……."

"우후후후, 그런 천한 목소리를 내는 건 그만둬!"

"……네 명의 악당을 이끌고 유이가하마 해안에서……."

\*가부키의 각본 가운데 하나인 〈5인의 도둑〉을 흉내낸 것. 5명의 남자가 도적단을 만들어 강도짓을 하지만 실패한다는 줄거리인데, 가마쿠라의 하세 부근이 무대가 되어 있어서 이 장면에 어울린다.
\*\*5인의 도둑 가운데 하나. 아름다운 무가(武家)의 딸로 변장하여 포목점인 하마마쓰야를 찾아가 남자로서의 정체를 드러내고 자기 신분을 밝히는 장면은 남녀양성을 갖춘 도착적인 아름다움으로 유명하며, 나오미에게 잘 어울린다.
\*\*\*1927년까지는 무성영화 시대였기 때문에, 영화를 상영할 때는 반드시 변사가 붙어서, 악단의 반주음악을 배경으로 영화 내용을 설명하고 등장인물의 대사를 읊었다.

"그만둬, 마쌍! 그만두라니까!" 하더니 나오미가 손바닥으로 구마가이의 뺨을 찰싹 때렸습니다.

"아야…… 천한 목소리는 내가 타고난 목소리야. 나는 나니와부시(浪花節)* 이야기꾼이 되지 않은 게 천추의 한이야."

"하지만 메리 픽퍼드는 여두목이 될 수 없어."

"그럼 누구야? 프리실라 딘**인가?"

"응, 그래. 프리실라 딘이야."

"라, 라, 라, 라" 하고 하마다가 다시 댄스곡을 노래하면서 춤을 추기 시작한 때였습니다. 나는 그가 스텝을 밟으면서 뒤로 휙 돌 것 같았기 때문에 재빨리 나무그늘에 숨었지만, 동시에 "아니!" 하는 하마다의 목소리가 들렸습니다.

"누구요? 가와이 씨 아니세요?"

모두 갑자기 입을 다물고 우뚝 멈춰 서서 어둠 속을 뚫고 내 쪽을 돌아보았습니다. '아뿔싸!' 하고 생각했지만 이미 틀렸습니다.

"파파? 파파 아니에요? 그런 데서 뭐 하고 있어요? 이리 와서 한데 어울려요."

나오미는 갑자기 내 앞으로 성큼성큼 다가오더니, 망토 앞자락을 휙 열자마자 팔을 내밀어 내 어깨에 올려놓았습니다. 자세히 보니 그녀는 망토 안에 실오라기 하나도 걸치고 있지 않았습니다.

---

*에도 시대 후기에 형성되고 메이지 시대에 크게 발전한 이야기. 샤미센 반주에 맞추어 혼자 연기하고, 의리와 인정을 주제로 한 것이 많다.
**프리실라 딘(Priscilla Dean, 1896~1987): 미국 할리우드의 여배우. 눈꼬리가 치켜 올라간 특이한 용모로 악녀 역이나 액션 영화에서 활약했다.

"뭐야, 넌! 나를 망신시켰어! 이 갈보! 매춘부! 화냥년!"
"오호호호."

그 웃음소리에서는 술 냄새가 물씬 풍겼습니다. 나는 지금까지 그녀가 술을 마신 것을 한 번도 본 적이 없었습니다.

# 16

 나오미가 나를 속이고 있었던 계략의 일단은 그날 밤부터 그 이튿날까지 이틀에 걸쳐 고집 센 그녀의 입에서 겨우 들을 수 있었습니다.

 내가 추측했던 대로 그녀가 가마쿠라에 오고 싶어 한 것은 역시 구마가이와 놀고 싶었기 때문이었습니다. 오기가야쓰에 세키의 친척이 있다는 것은 새빨간 거짓말이고, 하세의 오쿠보 별장이야말로 구마가이의 숙부 집이었습니다. 그뿐만 아니라 내가 지금 빌려 쓰고 있는 별채도 사실은 구마가이가 소개해준 것이었습니다. 이 꽃집은 오쿠보 저택의 단골집이었기 때문에 구마가이가 먼저 제의하여 어떻게 담판을 지었는지, 전에 살던 사람을 내보내고 거기에 우리를 들이기로 한 것입니다. 말할 나위도 없이 그것은 나오미와 구마가이가 의논해서 한 일이고, 스기사키 여사가 소개했다느니 도요석유의 중역 운운하는 이야기는 모두 나오미의 거짓말에 불과했습니다. 그러고 보니 역시 그녀는 혼자서 일을 척척 추진했던 것입니다. 꽃집 아주머니의 이야기에 따르면, 그녀가 처음 예비 조사를 하러 왔을 때는 구마가이 '도련님'과 함께 와서 마치 '도련님'과 한집안 사람인 것처럼 행동했을 뿐만 아니라, 전부터 그렇게 말했기 때문에 어쩔 수 없이 먼저 있던 손님을 내보내고 방을 우리 쪽에 내주었다는 것입니다.

"아주머니, 정말 터무니없는 일로 폐를 끼쳐서 죄송하지만, 아주머니가 알고 계신 것은 모두 말씀해주세요. 어떤 경우에도 아주머니 이름이 드러나게는 하지 않을 테니까요. 나는 절대로 이 일에 대해서 구마가이와 담판할 생각은 없습니다. 다만 사실을 알고 싶을 뿐이에요."

나는 이튿날, 지금까지 한 번도 결근한 적이 없는 회사를 쉬고 말았습니다. 그리고 엄중하게 나오미를 감시하면서 "방에서 한 발짝도 나가면 안 된다"고 단단히 이르고는, 그녀의 의복과 신발과 지갑을 모두 꾸려서 안채로 가져가, 그곳 방에서 아주머니를 심문했습니다.

"그럼 벌써 오래전부터 두 사람은 내가 없는 동안 왕래하고 있었습니까?"

"네, 계속 왕래했어요. 도련님이 오시기도 하고, 아가씨가 나가기도 하고……."

"오쿠보 별장에는 도대체 누가 있습니까?"

"올해는 모두 본댁으로 돌아가셨기 때문에, 이따금 오시긴 하지만 평소에는 대개 구마가이 도련님 혼자 계세요."

"그럼 구마가이 군의 친구들은 어떻습니까? 그들도 가끔 찾아왔나요?"

"네, 이따금 찾아오셨어요."

"구마가이 군이 데려옵니까? 아니면 각자 마음대로 옵니까?"

"글쎄요" 하고—이것은 나중에 깨달은 일이지만—그때 아주머니는 몹시 난처한 기색을 보였습니다. "각자 따로 오시기도 하고, 도련님과 함께 오시기도 하고, 여러 가지였던 것 같지만……."

"구마가이 군 말고도 혼자 찾아온 사람이 있습니까?"

"저, 하마다라는 분과 그리고 다른 분들도 혼자 오신 적이 있었던 것 같은데……."

"그럼 그럴 때는 어딘가 밖으로 데리고 나갑니까?"

"아니요. 대개 안에서 이야기를 나누었어요."

내가 가장 이해할 수 없었던 것은 이것이었습니다. 나오미와 구마가이가 수상한 사이라면, 왜 방해가 되는 패거리를 끌고 오는 것일까? 그들 가운데 한 사람이 찾아오고, 나오미가 그 사람과 이야기를 나누는 것은 어찌 된 일일까? 그들이 모두 나오미를 노리고 있다면 왜 싸움이 일어나지 않을까? 어젯밤에도 네 사내가 그처럼 사이좋게 시시덕거리고 있었지 않은가? 이렇게 생각하면 또 나는 뭐가 뭔지 알 수 없게 되고, 과연 나오미와 구마가이가 수상한 사이인지 어떤지도 의문이 되어버리는 것이었습니다.

하지만 나오미는 이 점에 대해서는 쉽게 입을 열지 않았습니다. 자기는 별로 깊은 계획이 있었던 것은 아니다, 그저 많은 친구들과 떠들썩하게 놀고 싶었을 뿐이라고, 어디까지나 그렇게 주장하는 것이었습니다. 그럼 무엇 때문에 그렇게까지 엉큼하게 나를 속였느냐고 물었더니,

"파파가 그 사람들을 의심해서 쓸데없는 걱정을 하니까 그렇죠" 하고 대답하는 것이었습니다.

"그럼 세키의 친척 별장이 있다고 말한 건 무엇 때문이지? 세키와 구마가이는 어떻게 다르지?" 하고 물었더니, 나오미는 대답이 궁해서 말문이 딱 막혀버린 것 같았습니다. 그녀는 얼른 고개를 숙이고 말없이 입술을 깨물면서 눈을 치뜨고 구멍이 뚫릴 만큼 내 얼굴을 노려보고 있었습니다.

"하지만 마짱이 제일 의심받고 있잖아요. 그래서 세키 씨로 해두는 게 조금은 나을 거라고 생각했어요."

"마짱이라고 부르는 건 그만둬! 구마가이라는 이름이 있잖아."

꾹 참고 있던 나는 거기서 드디어 폭발하고 말았습니다. 나는 그녀가 '마짱'이라고 부르는 것을 들으면 구역질이 날 만큼 싫었습니다.

"이것 봐! 구마가이와 관계가 있었지? 솔직하게 말해봐!"

"관계 같은 건 없어요. 그렇게 나를 의심한다면 무슨 증거라도 있나요?"

"증거가 없어도 나는 다 알고 있어."

"어떻게요? 어떻게 안다는 거예요?"

나오미의 태도는 무서울 만큼 침착했습니다. 그녀의 입가에는 얄미운 미소까지 엷게 떠올라 있었습니다.

"어젯밤의 그 꼴은…… 그게 뭐야? 너는 그런 꼴을 하고도 결백하다고 말할 셈이야?"

"그건 모두들 나를 억지로 취하게 해서 그런 차림을 하게 만든 거예요. 그냥 그렇게 밖을 돌아다녔을 뿐이잖아요."

"좋아! 그럼 끝까지 결백하다는 거야?"

"그래요, 결백해요."

"결백하다고 맹세하는 거지?"

"그래요, 맹세해요."

"좋아! 그 말 잊지 마! 나는 네 말 따위는 이제 한 마디도 믿지 않을 테니까."

이 말을 마지막으로 나는 그녀에게 한 마디 말도 하지 않았습니다.

나는 그녀가 구마가이에게 편지라도 써서 알릴 것을 우려하여 편지지와 봉투, 잉크, 연필, 만년필, 우표 같은 것을 모조리 빼앗아, 그것을 그녀의 짐과 함께 꽃집 아주머니에게 맡겼습니다. 그리고 내가 집을 비운 동안에도 절대 외출할 수 없도록 빨간 쫄쫄이 가운 한 벌만 입혀두었습니다. 그런 다음 나는 사흘째 되는 날 아침 회사에 가는 척하고 가마쿠라를 떠났지만, 어떻게 하면 증거를 잡을 수 있을까 하고 기차 안에서 궁리를 거듭한 끝에, 어쨌든 벌써 한 달이나 비워둔 오모리의 집에 가보기로 결심했습니다. 구마가이와 관계가 있었다면, 이번 여름에 시작된 것은 아닐 것이다. 오모리에 가서 나오미의 물건들을 뒤져보면 편지 같은 게 나오지 않을까 하는 생각이 들었기 때문입니다.

그날은 여느 때 타는 기차보다 하나 늦은 기차를 탔기 때문에, 오모리의 집 앞까지 왔을 때는 그럭저럭 10시 무렵이었습니다. 나는 정면 현관으로 올라가 열쇠로 문을 열고 아틀리에를 지나 그녀의 방을 조사하기 위해 다락방으로 올라갔습니다. 그리고 그 방문을 열고 한 걸음 안으로 들어선 순간, 나도 모르게 "앗!" 하는 외마디소리를 지르고는 뒷말을 잇지 못한 채 그 자리에 우뚝 멈춰 서고 말았습니다. 그곳에는 하마다가 혼자 멍하니 누워 있는 게 아니겠습니까!

하마다는 내가 들어가자 갑자기 얼굴을 빨갛게 붉히고는 "아니……" 하면서 일어났습니다.

"아니." 이렇게 말한 채 우리 두 사람은 한동안 상대의 속마음을 읽으려는 눈빛으로 눈싸움을 하고 있었습니다.

"하마다 군, 자네가 어떻게 해서 이곳에……."

하마다는 입을 우물거리면서 무언가 말을 할 것 같았지만 여전히 아무 말도 하지 않고, 동정을 구걸하듯 내 앞에 고개를 숙여버렸습니다.

"응? 하마다 군…… 언제부터 여기 있었나?"

"나는 방금…… 이제 막 온 참입니다" 하고, 이제는 도저히 발뺌할 수 없다고 체념한 듯, 이번에는 분명하게 말했습니다.

"하지만 이 집은 문단속이 되어 있었을 텐데, 어디로 들어왔지?"

"뒷문으로."

"뒷문도 자물쇠를 채워놓았을 텐데……."

"네, 나는 열쇠를 갖고 있습니다" 하고 말하는 하마다의 목소리는 들리지 않을 만큼 희미했습니다.

"열쇠를? 자네가 어떻게 그걸?"

"나오미 씨한테 받았습니다. 이렇게 말하면 내가 왜 여기 와 있는지, 대충 눈치채셨겠지요……."

하마다는 조용히 얼굴을 들고, 아연실색한 내 얼굴을 정면으로, 그리고 눈부신 듯 가만히 바라보았습니다. 그 표정에는 막상 중대한 국면이 되면 정직한 도련님다운 기품이 드러나 있어서, 여느 때의 불량소년 하마다는 아니었습니다.

"가와이 씨, 나는 당신이 오늘 느닷없이 여기 오신 이유도 짐작이 안 가는 것은 아닙니다. 나는 당신을 속이고 있었습니다. 거기에 대해서는 어떤 제재도 달게 받을 작정입니다. 이제 와서 이런 말을 하는 것은 이상하지만, 나는 진작부터…… 당신한테 이런 장면을 들키지 않더라도 내 죄를 털어놓을 생각이었습니다……."

이렇게 말하고 있는 동안 하마다의 눈에는 눈물이 가득 고였다가 그것이 뺨을 타고 주르륵 흘러내렸습니다. 모든 것이 예상 밖이었습니다. 나는 말없이 눈을 껌벅거리면서 그 모습을 바라보고 있었지만, 어쨌든 그의 자백을 일단 믿는다 해도 아직 내게는 납득이 가지 않는 일뿐이었습니다.

"가와이 씨, 제발 나를 용서한다고 말해주시지 않겠습니까……."

"하지만 하마다 군, 나는 아직 잘 모르겠어. 자네는 나오미한테 열쇠를 받아서 여기에 뭐 하러 와 있었나?"

"여기서…… 여기서 오늘…… 나오미 씨와 만나기로 약속되어 있었습니다."

"뭐? 나오미와 여기서 만나기로 약속했다고?"

"그렇습니다. 그것도 오늘만이 아닙니다. 지금껏 몇 차례나 그렇게 했습니다……."

차차 이야기를 들어보니, 우리가 가마쿠라로 옮긴 뒤 그와 나오미는 여기서 세 번이나 밀회를 했다는 것입니다. 그러니까 나오미는 내가 회사에 출근한 뒤, 다음이나 그다음 기차를 타고 오모리에 온다는 것입니다. 대개 아침 10시 전후에 와서 11시 반에는 돌아간다. 그래서 가마쿠라에 돌아가는 것은 늦어도 오후 1시경이니까, 그녀가 설마 그사이에 오모리까지 갔다 왔으리라고는 안채 사람들도 눈치채지 못하도록 하고 있다. 오늘 아침에도 10시에 만날 예정이었기 때문에, 아까 내가 올라오는 소리를 듣고도 나오미가 온 줄만 알고 있었다고 하마다는 말하는 것이었습니다.

　이 놀라운 자백에 대해 맨 먼저 내 가슴을 가득 채운 것은 그저 어안이 벙벙한 느낌뿐이었습니다. 벌어졌던 입이 다물어지지 않는—도대체 말이 안 되는—바로 그런 기분 말입니다. 미리 말해두지만, 나는 그때 서른두 살이고 나오미는 열아홉 살이었습니다. 열아홉 살 난 계집애가 그렇게도 대담하게, 그렇게도 간교하게 나를 속이고 있을 줄이야! 나오미가 그렇게 무서운 계집애라고는 지금까지, 아니 이제 와서도 도저히 생각할 수 없을 정도입니다.

　"자네와 나오미는 도대체 언제부터 그런 관계가 되었나?"

　하마다를 용서하고 말고는 둘째 문제고, 나는 사실의 진상을 속속들이 알고 싶은 욕망에 불타고 있었습니다.

　"그건 꽤 오래전부터입니다. 아마 당신이 나를 알기 전……."

　"언젠가 자네를 처음 만난 적이 있었지. 아마 작년 가을이었을 거야. 내가 회사에서 돌아오니까, 화단 옆에서 자네가 나오미하고 이야기를 나누고 있었던 게?"

　"네, 그렇습니다. 그럭저럭 1년이 되는군요."

　"그러면 벌써 그때부터?"

"아니, 그보다 훨씬 전부터였습니다. 나는 작년 3월부터 피아노를 배우러 스기사키 여사 댁에 다니기 시작했는데, 거기서 나오미 씨를 알게 되었습니다. 그리고 얼마 후에, 아마 석 달쯤 지난 뒤에……."

"그 무렵엔 어디서 만났나?"

"역시 여기, 오모리의 댁에서 만났습니다. 나오미 씨가 오전 중에는 어디에도 뭘 배우러 가지 않아 혼자 심심해서 견딜 수 없으니까 놀러 와달라고 해서, 처음에는 그럴 작정으로 찾아왔습니다."

"흠, 그럼 나오미가 먼저 놀러 오라고 말했군?"

"네, 그렇습니다. 그리고 나는 당신이라는 분이 있는 줄 전혀 몰랐습니다. 나오미 씨도 그랬거든요. 자기 고향은 시골이어서 오모리의 친척 집에 와 있고, 당신과는 사촌 남매간이라고. 그게 그렇지 않다는 것은 당신이 엘도라도의 댄스에 처음 나오셨을 때 알았습니다. 하지만 나는…… 그때는 이미 어떻게 할 수도 없는 상태가 되어 있었지요."

"나오미가 이번 여름에 가마쿠라에 가고 싶어 한 건 자네와 의논한 결과가 아닌가?"

"아니, 그건 내가 아닙니다. 나오미 씨한테 가마쿠라에 가자고 권한 건 구마가이입니다" 하고 말하더니, 하마다는 갑자기 더욱 강한 말투로 덧붙였습니다. "가와이 씨, 속은 건 당신만이 아닙니다! 나도 역시 속고 있있습니다!"

"그럼 나오미는 구마가이 고과도?"

"그렇습니다. 현재 나오미 씨를 가장 마음대로 움직이고 있는 남자는 구마가이입니다. 나는 나오미 씨가 구마가이를 좋아

미친 사랑 215

하고 있다는 것을 진작부터 눈치채고 있었어요. 하지만 나하고 관계를 맺고 있으면서 설마 구마가이하고도 그런 관계가 되어 있을 줄은 꿈에도 생각지 못했지요. 그리고 나오미 씨도 자기는 그냥 남자 친구들과 순진하게 떠들고 놀기를 좋아할 뿐, 그 이상은 아무 일도 없다고 늘 말했기 때문에 그런가 보다 생각하고……."

"아아." 나는 한숨을 쉬면서 말했습니다. "그게 나오미의 수법이야. 나도 그렇게 들었기 때문에 그 말을 믿고 있었지. 그런데 자네는 나오미가 구마가이와 그런 사이라는 것을 언제 알았나?"

"그건, 그 비오는 밤에 여기서 여럿이 뒤섞여 잔 적이 있었지요. 그날 밤에 눈치챘습니다. 그날 밤 나는 정말 당신을 동정했습니다. 그때 두 사람의 뻔뻔스러운 태도는 아무리 봐도 보통 사이는 아니라고 여겨졌으니까요. 나는 질투를 느끼면 느낄수록 당신의 심정을 헤아릴 수 있었습니다."

"그럼 그날 밤 자네가 눈치챘다는 건 두 사람의 태도를 보고 그렇게 추측하고 상상했다는……."

"아니, 그렇지 않습니다. 그런 상상을 확인해주는 사실이 있었어요. 새벽에 당신은 잠들어 있어서 모르셨던 모양이지만, 나는 잠을 잘 수 없었기 때문에 두 사람이 키스하는 것을 잠결에 보고 있었습니다."

"나오미는 자네한테 들켰다는 걸 알고 있나?"

"네, 알고 있습니다. 나는 그 후 나오미 씨한테 말했습니다. 그리고 제발 구마가이와 관계를 끊어달라고 했지요. 나는 장난감이 되기는 싫다, 이렇게 된 이상 나오미 씨와 결혼하지 않으면……."

"나오미와 결혼?"

"네, 그렇습니다. 나는 당신에게 우리 두 사람의 사랑을 털어놓고 나오미 씨를 내 아내로 데려갈 작정이었습니다. 나오미 씨가 그러더군요. 당신은 사리를 분별하는 분이니까 우리의 괴로운 심정을 말씀드리면 분명히 승낙해주실 거라고. 사실은 어떤지 모르지만, 나오미 씨의 말에 따르면 당신은 나오미 씨한테 공부를 시킬 작정으로 키우셨을 뿐이기 때문에, 동거는 하고 있지만 꼭 부부가 되어야 한다는 약속이 있는 것도 아니다, 그리고 당신과 나오미 씨는 나이 차이도 많으니까 결혼을 해도 행복하게 살 수 있을지 어떨지 알 수 없다고……."

"그런 말을…… 그런 말을 나오미가 했단 말인가?"

"네, 했습니다. 조만간 당신에게 말해서 나와 부부가 될 수 있도록 할 테니까 조금만 더 기다려달라고 몇 번이나 나에게 굳게 약속했습니다. 그리고 구마가이와도 관계를 끊겠다고 했습니다. 하지만 모두 거짓말이었어요. 나오미 씨는 처음부터 나와 부부가 될 생각 따위는 조금도 없었습니다."

"그럼 나오미는 구마가이 군과도 그런 약속을 했을까?"

"글쎄요. 그건 잘 모르지만, 아마 그렇지는 않을 겁니다. 나오미 씨는 싫증을 잘 내는 성질이고, 구마가이 쪽도 어차피 진지하지는 않습니다. 놈은 나보다 훨씬 교활하니까……."

이상하게도 나는 처음부터 하마다를 미워하는 마음이 없었지만, 이런 이야기를 듣고 보니 오히려 동병상련이라고 할 만한 기분이 들었습니다. 그리고 그럴수록 구마가이가 더욱 미워졌습니다. 나는 구마가이야말로 우리 두 사람에게 공동의 적이라는 느낌을 강하게 품었습니다.

"하마다 군, 아무튼 이런 데서 이야기를 나눌 수도 없으니까 어디 가서 밥이라도 먹으면서 천천히 이야기하지 않겠나? 아직도 듣고 싶은 이야기가 많으니까."

이리하여 나는 그를 데리고 나와서, 양식당은 곤란하기 때문에* 오모리 해안에 있는 '마쓰아사'라는 요릿집으로 데려갔습니다.

"그럼 가와이 씨도 오늘은 회사를 쉬었습니까?" 하고 하마다는 가는 도중에 좀 전의 흥분한 어조가 아니라 무거운 짐을 조금은 내려놓은 듯한 허물없는 말투로 말을 걸어왔습니다.

"아아, 어제도 쉬었네. 회사도 요즘에는 또 심술을 부리는 것처럼 바빠서 나가지 않으면 곤란하지만, 그저께부터 머리가 혼란스러워서 도저히 일할 기분이 아니니까……."

"나오미 씨는 당신이 오늘 오모리에 오신 것을 알고 있을까요?"

"어제는 나도 온종일 집에 있었지만, 오늘은 회사에 간다고 말하고 나왔네. 나오미는 그런 여자니까 어쩌면 눈치를 챘을지도 모르지만, 설마 오모리에 오리라고는 생각지 않을 걸세. 나는 혹시 그년 방을 뒤져보면 연애편지라도 나오지 않을까 싶어서 갑자기 집에 들러볼 마음이 났던 거지."

"아, 그렇군요. 나는 그게 아니라 당신이 나를 잡으러 온 줄 알았어요. 하지만 그렇다면 나중에 나오미 씨도 오지 않을까

---

*양식당은 넓은 방에 탁자가 여러 개 놓여 있어서 주위의 손님들에게 이야기가 들릴 우려가 있지만, 고급 일본 요릿집에 가면 단둘이 이야기를 나눌 수 있다.

요?"

 "아니, 그건 걱정 말게. 내가 옷도 지갑도 빼앗아, 내가 집에 없는 동안 한 발짝도 외출할 수 없게 해놓고 왔으니까. 그런 차림으로는 문간에도 나올 수 없을 거네."

 "어떤 차림을 하고 있는데요?"

 "왜 자네도 알고 있는 그 복숭아색 쫄쫄이 가운이 있잖나?"

 "아, 그거요?"

 "그거 하나만 입히고, 허리끈도 하나 남겨놓지 않았으니까 걱정 없네. 맹수가 우리에 갇힌 거나 마찬가지야."

 "하지만 아까 그곳에 나오미 씨가 들어왔다면 어떻게 되었을까요? 그랬다면 정말 어떤 소동이 일어났을지 모릅니다."

 "그런데 나오미가 자네하고 오늘 만나기로 약속한 건 도대체 언제인가?"

 "그건 그저께…… 당신에게 들킨 그날 밤이었어요. 나오미 씨는 내가 그날 밤 토라져 있으니까 비위를 맞출 작정이었는지 모레 오모리로 와달라고 말했지만, 물론 나도 나쁩니다. 나오미 씨와 절교를 하든가 아니면 구마가이와 결투를 하는 것이 당연한데, 나는 그럴 수가 없습니다. 스스로도 비굴하다고 생각하지만, 마음이 약해서 그만 우물쭈물 놈들과 어울리고 있었지요. 그러니까 나오미 씨한테 속았다고는 하지만, 결국 내가 바보였어요."

 나는 왠지 하마다가 나 자신의 이야기를 하고 있는 듯한 기분이 들었습니다. 그리고 '마쓰아사'의 객실에 들어가 하마다와 마주앉고 보니, 웬일인지 그가 귀여워 보이기까지 했습니다.

# 17

"하마다 군, 솔직하게 말해주어서 나는 아주 기분이 좋네. 어쨌든 한잔하지 않겠나?" 이렇게 말하고 나는 잔을 내밀었습니다.

"그럼 가와이 씨는 나를 용서해주시는 겁니까?"

"용서하고 말고 할 것도 없어. 자네는 나오미한테 속아서 나와 나오미의 관계를 몰랐다니까, 죄가 될 것도 없는 셈이지. 난 이제 아무렇게도 생각지 않네."

"아, 고맙습니다. 그렇게 말씀해주시니 나도 안심이 됩니다."

하지만 하마다는 역시 거북한 듯, 술을 권해도 마시려 하지 않고 고개를 숙인 채 조심스럽게 띄엄띄엄 입을 여는 것이었습니다.

"그럼 저, 실례지만 가와이 씨와 나오미 씨는 친척이 아닙니까?"

잠시 후 하마다는 뭔가 골똘히 생각하고 있었던 것처럼 말하고 가느다란 한숨을 내쉬었습니다.

"친척도 아무것도 아닐세. 나는 우쓰노미야 태생이지만, 나오미는 순수한 도쿄 토박이고, 지금도 친정이 도쿄에 있다네. 본인은 학교에 가고 싶어 했지만 가정 형편 때문에 갈 수가 없었어. 그래서 내가 불쌍히 여겨 열다섯 살 적에 맡아주었지."

"그러면 지금은 결혼한 사이군요?"

"그렇다네. 양가 부모의 허락을 얻어 어엿하게 절차를 밟았지. 물론 그건 나오미가 열여섯 살 때였으니까 너무 어린 나이에 '마누라' 취급을 하는 것도 어색하고 본인도 싫어할 것 같아서 얼마 동안은 친구처럼 살자고 약속하긴 했지만……."

"아, 그렇습니까? 그게 오해의 원인이었군요. 나오미 씨의 태도를 보면 유부녀처럼 여겨지지는 않았고, 자기도 그렇게 말하지 않았기 때문에 우리도 그만 속아버렸지요."

"나오미도 나쁘지만 나한테도 책임이 있어. 나는 세상에서 말하는 이른바 '부부'라는 것이 재미없어서, 되도록이면 부부답지 않게 살자는 주의였거든. 그게 정말 터무니없는 잘못이 되었으니까 앞으로는 개선하겠네. 아니, 이젠 정말 넌더리가 나는군."

"그렇게 하시는 편이 좋겠습니다. 그리고 가와이 씨, 내 잘못은 모른 체 제쳐놓고 이런 말을 하는 것도 가소롭습니다만, 구마가이는 나쁜 놈이니까 조심하셔야 합니다. 나는 결코 원한이 있는 건 아니지만, 구마가이도 세키도 나카무라도 모두 좋지 않은 놈들입니다. 나오미 씨도 그렇게 나쁜 사람은 아닙니다. 모두 그놈들이 나쁘게 만들어버린 거죠."

하마다가 감동이 담긴 목소리로 이렇게 말하자, 그와 동시에 그의 두 눈에는 다시 눈물이 빛나고 있었습니다. 그렇다면 이 젊은이는 그만큼 진지하게 나오미를 사랑하고 있었나. 이렇게 생각하자 나는 고맙기도 하고 미안하기도 했습니다. 나와 나오미가 이미 결혼한 사이라는 말을 듣지 않았다면, 하마다는

미친 사랑 221

그녀를 양보해달라고 말할 작정이었겠지요. 아니, 그 정도가 아니라 지금도 내가 그녀를 포기만 해준다면 그는 당장 그녀를 데려가겠다고 말할 겁니다. 이 젊은이의 미간에 넘쳐흐르는 애처로울 정도의 열정을 보면 그럴 결심을 품고 있다는 것은 의심할 여지가 없었습니다.

"하마다 군, 나는 자네의 충고에 따라 이삼 일 안으로 어떻게든 조치를 취하겠네. 그렇게 해서 나오미가 구마가이와 정말로 손을 끊어주면 좋고, 그렇지 않으면 더 이상 하루도 함께 지내는 건 불쾌하니까……."

"하지만, 그렇더라도 제발 나오미 씨를 버리진 말아주세요" 하고 하마다는 황급히 내 말을 가로막았습니다. "당신한테 버림을 받으면 나오미 씨는 틀림없이 타락하고 말 겁니다. 나오미 씨에겐 죄가 없으니까……."

"고맙네, 정말 고마워! 나는 자네의 호의를 얼마나 기쁘게 생각하는지 몰라. 그야 물론 나로서도 열다섯 살 때부터 돌봐주고 있으니까, 설령 세상 사람들이 비웃는다 해도 결코 나오미를 버릴 생각은 없어. 다만 그 애는 고집이 세니까, 나쁜 친구들과 어떻게든 손을 끊도록, 그것을 궁리하고 있을 뿐이네."

"나오미 씨는 꽤 고집이 세니까요. 하찮은 일로 어쩌다 싸우게 되면 돌이킬 수 없으니까, 그 점을 잘 처리해주십시오. 건방진 말을 하는 것 같습니다만……."

나는 하마다에게 몇 번이나 고맙다는 말을 되풀이했습니다. 우리 두 사람 사이에 나이 차이와 지위의 차이 같은 것이 없었다면, 그리고 우리가 전부터 좀 더 친밀한 사이였다면, 나는 아마 그의 손을 잡고 서로 얼싸안고 울었을지도 모릅니다. 내 기분은 적어도 그 정도까지 가 있었습니다.

"하마다 군, 앞으로도 자네만은 종종 놀러 와주게. 아무것도 거리낄 필요가 없으니까" 하고 나는 헤어질 때 말했습니다.

"네, 하지만 당분간은 뵙지 못할지도 모르겠군요" 하고 하마다는 조금 머뭇머뭇하며 얼굴을 보이기 싫은 것처럼 고개를 숙이고 말했습니다.

"왜?"

"당분간…… 나오미 씨를 잊을 수 있을 때까지는…….'" 이렇게 말하고 그는 눈물을 감추면서 모자를 쓰고 "안녕히 가십시오" 하고는 '마쓰아사' 앞에서 시나가와 쪽으로 전차도 타지 않고 터벅터벅 걸어갔습니다.

그 후 나는 회사에 출근하긴 했지만, 물론 일이 손에 잡힐 리가 없었습니다. 나오미 년이 지금쯤 어떻게 하고 있을까? 잠옷 한 벌만 입힌 채 내버려두고 왔으니까, 설마 어디에도 나가지 못하겠지. 이렇게 생각하면서도 역시 그게 마음에 걸리지 않을 수 없었습니다. 어쨌든 참으로 뜻밖의 일들이 꼬리를 물고 일어나 속고 또 속은 것을 알게 되면서, 내 신경은 이상하게 병적으로 예민해져 이런저런 경우를 상상하거나 억측하기 시작하고, 그러면 나오미라는 여자가 내 지혜로는 도저히 당해낼 수 없는 신기하고 불가사의한 신통력을 지니고 있어서, 또 언제 무슨 일을 저지를지 조금도 안심할 수 없을 것 같은 생각이 드는 것이었습니다. 지금 여기서 이러고 있을 때가 아니야. 내가 없는 동안 어떤 사건이 벌어지고 있을지도 몰라…… 나는 회사 일을 하는 둥 마는 둥 하고 서둘러 가마쿠라로 돌아갔습니다.

"아. 지금 퇴근했습니다." 문간에 서 있는 주인아주머니의 얼굴을 보자마자 나는 말했습니다. "안에 있습니까?"

"네, 계시는 것 같아요."

그래서 나는 안심하고,

"누구 찾아온 사람은 없었나요?"

"아뇨. 아무도 안 왔어요."

"어떻습니까? 어떻게 하고 있습니까?"

나는 턱으로 별채 쪽을 가리키면서 아주머니에게 눈짓을 했습니다. 그리고 그때 알아차렸지만, 나오미가 있어야 할 별채는 미닫이가 닫혀 있고 유리창 안은 어두컴컴하고 조용해서 인기척이 없는 것처럼 보였습니다.

"글쎄요, 어떻게 하고 있는지…… 오늘은 온종일 방에 틀어박혀 있던데……."

흥, 결국 온종일 방에 틀어박혀 있었나. 하지만 방에 있다고 하기에는 지나치게 조용한 것은 어찌 된 일일까. 어떤 표정을 짓고 있을까. 아직도 조금은 불길한 예감으로 가슴이 두근거리는 것을 느끼면서 살며시 툇마루로 올라가 별채의 미닫이문을 열었습니다. 벌써 저녁 6시가 조금 지난 시각이어서, 햇빛도 닿지 않는 방 안쪽 구석에 나오미가 단정하지 못한 모습으로 벌렁 드러누워 쿨쿨 자고 있었습니다. 모기에 물려 몸을 이쪽저쪽으로 뒹굴었겠지요. 내 방수외투를 꺼내 허리 주위를 감싸고는 있었지만, 그것으로 교묘하게 가려진 부분은 아랫배 언저리뿐이고, 빨간 쫄쫄이 가운 밑으로 하얀 팔다리가 갓 데친 양배추 줄기처럼 드러나 있는 것이 공교롭게도 고혹적으로 내 마음을 흔들었습니다. 나는 말없이 전등을 켜고, 혼자 얼른 옷을 갈아입고, 벽장문을 일부러 덜컹거렸지만, 들었는지 못 들었는지 나오미의 숨소리는 여전히 쌔근쌔근 들렸습니다.

한 30분 동안 별일도 없으면서 책상에 기대 편지를 쓰는 척하고 있다가, 나는 더 이상 참을 수가 없어서 소리를 질렀습니다.

"이봐, 안 일어날 거야? 밤이 되었잖아!"

"으음" 하고 마지못해 졸린 듯한 목소리로 대답한 것은 내가 두세 번 호통을 친 뒤였습니다.

"이봐, 안 일어날 거야!"

"으음……" 하고 소리를 냈을 뿐, 아직도 일어나려고 하지 않았습니다.

"이봐! 뭘 하고 있는 거야? 일어나라니까!" 나는 일어나서 발로 그녀의 허리께를 난폭하게 흔들었습니다.

"아, 아" 하면서 먼저 그 나긋나긋한 두 팔을 곧게 쭉 뻗더니, 작고 발그스름한 주먹을 꽉 움켜쥔 채 앞으로 쑥 내밀고는, 선하품을 참으면서 천천히 몸을 일으킨 나오미는 내 얼굴을 힐끔 훔쳐보더니 곧 고개를 돌리고는, 발등이며 정강이며 등줄기의 모기에 물린 자리를 긁적긁적 긁어대기 시작했습니다. 너무 오래 잔 탓인지, 아니면 몰래 울고 있었는지, 눈은 핏발이 서 있고, 머리칼은 귀신처럼 풀어헤쳐진 채 두 어깨에 늘어져 있었습니다.

"자, 옷 갈아입어. 그러고 있지 말고."

안채에 가서 옷꾸러미를 가져와 그녀 앞에 던져주자, 그녀는 한 마디도 하지 않고 새침하게 옷을 갈아입었습니다. 그 후 저녁 밥상이 들어와서 식사를 하는 동안 두 사람은 끝내 어느 쪽도 먼저 말을 걸지 않았습니다.

이 길고 씨무룩한 대립이 계속되는 동안, 나는 그녀에게 어떤 방법으로 자백을 받아내면 좋을지, 이 고집불통인 여자한테 순순히 사과를 받아낼 방법은 없는지, 그저 그것만 생각하고 있었습니다. 하마다의 충고—나오미는 고집이 세니까 어쩌다 싸우게 되면 돌이킬 수 없게 된다는 말도 물론 내 염두에 있었습니다. 하마다가 그런 충고를 한 것은 아마 그의 실제 경험 때문이겠지만, 나도 그런 일을 겪은 적이 종종 있었습니다. 무엇보다도 그녀를 화나게 해서는 안 된다. 그녀가 일부러 어깃장을 놓으며 심술을 부리지 않도록, 절대 싸움이 일어나지 않도록, 그러면서도 이쪽이 만만해 보이지 않도록 교묘히 말을 꺼내지 않으면 안 된다. 그러려면 내가 재판관 같은 태도로 추궁하는 것이 가장 위험하다. "너는 구마가이하고 이러이러한 사이지?" "그리고 하마다와도 이러이러한 사이지?" 하고 정면으로 육박하면, "네, 그렇습니다" 하고 송구스러워 할 여자는 아니다. 분명 그녀는 반항할 것이다. 끝까지 모른다고 잡아뗄 것이고, 그러면 나도 참다못해 울화통이 터질 것이다. 그렇게 되면 끝장을 보게 되니까, 우격다짐을 하는 것은 어쨌든 좋지 않다. 이럴 때는 그녀에게 자백을 받아낼 생각은 버리고, 차라리 내가 오늘 있었던 일을 말해버리는 편이 낫다. 그러면 아무리 고집 센 여자라도 그걸 모른다고 잡아떼지는 못할 것이다. 좋아, 그렇게 하자. 나는 그렇게 생각했기 때문에,

"실은 오늘 아침 열 시쯤 오모리에 들렀다가 하마다를 만났어" 하고 먼저 말을 꺼내보았습니다.

"흥" 하고 나오미는 역시 깜짝 놀란 듯 내 시선을 피하면서 코끝으로 대꾸했습니다.

"그 후 이럭저럭하는 사이에 점심때가 되었기 때문에, 하마

다를 데리고 '마쓰아사'에 가서 함께 밥을 먹었어……."

그다음부터 나오미는 일절 대답하지 않았습니다. 나는 그녀의 안색에 줄곧 주의를 기울이면서 너무 빈정거리지 않도록 차근차근 이야기를 해나갔지만, 내 말이 다 끝날 때까지 나오미는 고개를 숙인 채 가만히 듣고만 있었습니다. 그런데 기죽은 기색은 없고, 그저 안색이 조금 창백해졌을 뿐이었습니다.

"하마다가 말해주었기 때문에 나는 너한테 들을 필요도 없이 다 알게 돼버렸어. 그러니까 너는 쓸데없이 억지를 부릴 필요가 없어. 잘못했으면 잘못했다고 솔직하게 말해주기만 하면 돼. 어때, 잘못했지? 잘못했다는 건 인정하겠지?"

나오미가 좀처럼 대답을 하지 않았기 때문에 여기서 내가 걱정하고 있던 우격다짐의 형세가 생겨날 것 같았지만, 나는 되도록 상냥한 말투로,

"어때, 나오미야? 잘못했다는 것만 인정하면 나는 절대 지난 일을 나무라지 않을 거야. 너한테 무릎 꿇고 사죄하라는 것도 아니야. 앞으로는 그런 잘못을 저지르지 않겠다고, 그걸 맹세해주면 돼. 응? 알았지? 잘못했다고 말할 거지?"

그러자 나오미는 다행히 "응" 하면서 턱을 끄덕였습니다.

"그럼 알았지? 앞으로는 절대 구마가이 같은 놈과는 안 놀 거지?"

"응."

"틀림없지? 약속하는 거야?"

"응."

이 '응'이라는 소리 하나로 피차 체면이 서도록 타협이 이루어졌습니다.

## 18

 그날 밤 나와 나오미는 벌써 아무 일도 없었던 것처럼 잠자리 이야기를 나누었지만, 솔직한 기분을 말하면 나는 결코 마음속까지 개운하지는 않았습니다. 이 여자는 이미 깨끗하고 결백한 몸이 아니다―이런 생각은 내 마음을 어둡게 가두었을 뿐만 아니라 나의 보물이었던 나오미의 가치를 절반 이하로 깎아버리고 말았습니다. 그녀의 가치라는 것은 내가 손수 키워주고, 내가 손수 이만한 여자로 만들어주고, 오직 나 혼자만이 그 육체의 구석구석을 알고 있다는 데 그 태반이 있었기 때문으로, 다시 말하면 나오미라는 존재는 나에게는 내가 가꾸어온 한 개의 과일과도 같은 것입니다. 나는 그 과일이 오늘처럼 훌륭하게 무르익을 때까지 온갖 정성을 다해 노력해왔습니다. 따라서 그 과일을 맛보는 것은 그것을 가꾸어온 내가 당연히 받아야 할 보수였고, 다른 어느 누구에게도 그럴 권리는 없을 터인데도, 어느 사이에 생판 딴 놈이 그 껍질을 벗기고 이빨을 들이대고 있었던 것입니다. 그리고 그것은 일단 더럽혀진 이상,

아무리 그녀가 사죄한다 하더라도 이미 돌이킬 수 없는 일입니다. '그녀의 살'이라는 귀중한 성지에는 두 도둑놈의 진흙투성이 발자국이 영원히 찍히고 말았습니다. 이것을 생각하면 생각할수록 분하기 이를 데 없었습니다. 나오미가 미운 게 아니라 그 사건 자체가 미워서 견딜 수 없었습니다.

"조지 씨, 용서하세요……." 나오미는 내가 말없이 울고 있는 것을 보고, 낮의 태도와는 딴판으로 그렇게 말했지만, 나는 여전히 울면서 고개만 끄덕였습니다. "그래, 용서할게" 하고 입으로는 말했지만, 돌이킬 수 없다는 원통함은 지울 수 없었습니다.

가마쿠라에서의 한 여름은 이렇게 엉망으로 끝나고, 이윽고 우리는 오모리의 집으로 돌아왔지만, 지금도 말했듯이 내 가슴속은 멍이 들었기 때문에 어떤 경우에는 그것이 저절로 나타나는 듯, 그 후 우리 두 사람 사이는 서먹서먹할 때가 많았습니다. 겉으로는 화해가 된 듯했지만, 아직도 나는 나오미를 진심으로 믿고 있는 것은 결코 아니었습니다. 회사에 가도 여전히 구마가이의 존재가 마음에 걸렸습니다. 내가 없는 동안의 그녀의 행동이 걱정된 나머지, 아침마다 집을 나서는 척하고 살짝 뒷문으로 돌아가보기도 하고, 그녀가 영어나 음악을 배우러 가는 날은 몰래 뒤를 밟아보기도 하고, 이따금 그녀 몰래 그녀 앞으로 온 편지의 내용을 살펴보기도 했습니다. 내가 이렇게까지 비밀 탐정 같은 기분이 될수록 나오미는 또 나오미대로 속으로는 나의 이처럼 집요한 방식을 비웃고 있는 듯, 입 밖에 내어 말다툼을 하지는 않더라도 묘하게 심술궂은 태도를 보이게 되었습니다.

"이봐, 나오미!" 하고 하루는 유달리 쌀쌀한 표정으로 자는 척하고 있는 그녀의 몸을 흔들면서 말했습니다. (미리 말해두지만, 이 무렵에는 그녀를 아이 부르듯 하지 않고 그저 '나오미'라고 부르고 있었습니다.) "뭣 때문에 그렇게…… 자는 척하고 있는 거야? 그렇게도 내가 싫어졌어?"

"자는 척하고 있는 거 아니에요. 자려고 눈을 감고 있을 뿐이죠."

"그럼 눈을 떠. 남이 이야기하려고 하는데 눈을 감고 있는 법이 어디 있어?"

그러자 나오미는 할 수 없이 눈꺼풀을 살짝 열었지만, 속눈썹 사이로 이쪽을 엿보고 있는 가느다란 눈초리는 그 표정을 한층 더 냉혹해 보이게 했습니다.

"응? 내가 싫어? 싫으면 싫다고 말해."

"왜 그런 걸 물으세요?"

"나는 네 태도를 보고 대충 알고 있어. 요즘 우리는 비록 싸움은 하지 않지만 마음속으로는 서로 맹렬히 싸우고 있어. 이러고도 우리가 부부야?"

"나는 맹렬히 싸우지 않아요. 당신이 혼자 맹렬히 싸우고 있는 거죠."

"그건 피차 마찬가지라고 생각해. 너의 태도가 나에게 안도감을 주지 못하니까, 나도 그만 의심하는 눈으로……"

"흥" 하고 나오미는 코끝으로 비웃으면서 내 말을 도중에 끊어버리고 나서, "그럼 묻겠는데, 내 태도에 뭔가 수상쩍은 데가 있나요? 있으면 증거를 대봐요."

"그야 증거랄 건 없지만……"

"증거도 없는데 의심하다니, 그건 당신이 너무 한 거 아녜요? 당신이 나를 믿지도 않고, 아내로서의 자유도 권리도 주지 않으면서 부부답게 살자고 해봤자 소용없어요. 이봐요, 조지 씨, 당신은 내가 아무것도 모르고 있는 줄 아시죠? 남의 편지를 몰래 훔쳐보고, 탐정처럼 뒤를 밟고…… 나는 다 알고 있다고요."

"그건 나도 잘못했어. 하지만 전에 그런 일이 있었기 때문에 나도 신경과민이 되어 있단 말이야. 그걸 이해해주지 않으면 곤란해."

"그럼 도대체 어떡하면 돼요? 지난 일은 더 이상 말하지 않기로 약속했잖아요?"

"내 신경이 진정으로 편안해지도록 네가 진심으로 마음을 터놔주고 나를 사랑해주면 돼."

"하지만 그렇게 하려면 당신도 나를 믿어줘야죠."

"아, 믿을게. 앞으로는 절대적으로 믿겠어."

나는 여기서 남자의 한심함을 고백하지 않으면 안 됩니다. 낮에는 어쨌든 밤이 되면 나는 언제나 그녀에게 지고 맙니다. 내가 졌다기보다 내 안에 있는 동물성이 그녀에게 정복당하고 마는 것입니다. 솔직히 말하면 나는 아직 그녀를 믿고 싶은 마음이 나지 않지만, 그럼에도 불구하고 나의 동물성은 맹목적으로 그녀에게 항복할 것을 강요하며, 모든 것을 버리고 타협하도록 만들어버립니다. 요컨내 나오미는 나에게 이미 귀중한 보물도 아니고 진기한 우상도 아닌 존재가 되어버린 대신, 한낱 창녀가 된 셈입니다. 거기에는 애인으로서의 깨끗함도, 부부로서의 애정도 없습니다. 그런 것은 이미 오래된 꿈으로 사라져버렸습니다! 그렇다면 왜 이런 부정하고 더럽혀진 여자에게 아직 미련이 남아 있는가 하면, 그녀가 가진 육체의 매력, 오직 거기에만 질질 끌려가고 있었을 뿐입니다. 이것은 나오미의 타락인 동시에 나의 타락이기도 했습니다. 왜냐하면 나는 남자로서의 절조와 결벽과 순정을 버리고, 지난날의 자존심도 내팽개쳐버린 채, 창녀 앞에 머리를 조아리고 굴복하면서도 그것을 수치라고도 생각지 않게 되었기 때문입니다. 아니, 때로는 마땅히 경멸해야 할 그 창녀의 모습을 마치 여신이라도 우러러보듯 숭배하기까지 했으니까요.

    나오미는 나의 이런 약점을 얄미울 정도로 잘 알고 있었습니다. 자신의 육체가 남자에게는 저항하기 어려울 만큼 매혹적이라는 것, 밤이 되기만 하면 남자를 완전히 굴복시킬 수 있다는 것―이런 의식을 갖게 되면서 그녀는 낮에는 이상하리만큼 쌀쌀한 태도를 보였습니다. 자기는 여기 있는 남자에게 자신의 '여성'을 팔고 있다, 그것 말고는 이 남자한테 아무런 흥미도 없고 인연도 없다는 태도를 뚜렷이 보이고, 마치 자기와 아무 관계도 없는 사람처럼 쌀쌀맞고 새침해서, 어쩌다 내가 말을 걸어도 제대로 대답도 하지 않았습니다. 꼭 필요한 경우에만 '네'라든가 '아니요'라고 대답할 뿐입니다. 이와 같은 그녀의 방식은 나에게 소극적으로 반항하고 있다는 마음을 나타내고, 나를 극도로 멸시한다는 뜻을 보이려는 것으로밖에 여겨지지 않았습니다. "조지 씨, 내가 아무리 냉담하게 굴어도 당신은 화낼 권리가 없어요. 당신은 나한테서 얻을 수 있는 건 전부 다 얻고 있잖아요. 그걸로 당신은 만족하고 있을 거예요"―그녀 앞에 있으면 나는 그녀가 그런 눈초리로 나를 노려보고 있는 듯한 느낌이 들었습니다. 그리고 그 눈은 자칫하면, "흥, 정말 싫은 놈이야. 개처럼 야비한 놈이야. 어쩔 수 없으니까 참아주고는 있지만……" 하는 표정을 노골적으로 드러내 보이는 것이었습니다.

하지만 이런 상태가 오래 계속될 리 없습니다. 두 사람은 서로 상대의 속셈을 떠보고 음험한 암투를 계속하면서, 언젠가 한번은 그것이 폭발할 거라고 속으로 각오하고 있었는데, 어느 날 밤에 나는 "저기, 나오미야" 하고 여느 때보다 유난히 상냥한 어조로 불렀습니다.

"저기, 나오미야, 이제 피차 쓸데없는 고집은 부리지 말자. 너는 어떤지 모르지만, 나는 도저히 견딜 수 없어. 요즘 같은 냉랭한 생활은……."

"그럼 어떻게 하자는 말씀이세요?"

"어떻게든 다시 한 번 진정한 부부가 되어보지 않겠어? 너도 나도 반쯤 자포자기하고 있는 게 문제야. 진지하게 옛날의 행복을 되찾으려고 노력하지 않는 게 잘못이야."

"노력을 한다 해도 기분이라는 건 좀처럼 회복되지 않을 거예요."

"그건 그럴지도 모르지만, 나는 우리 두 사람이 행복해질 방법이 있다고 생각해. 네가 승낙해주기만 하면 되는데……."

"어떤 방법인데요?"

"아이를 낳아주지 않을래? 엄마가 되고 싶지 않아? 하나라도 좋으니까, 아기가 생기면 우리는 틀림없이 진정한 의미에서 부부가 될 수 있어. 행복해질 수 있어. 제발 내 부탁을 들어주지 않을래?"

"난 싫어요" 하고 나오미는 즉석에서 딱 잘라 말했습니다. "당신은 나한테 아이를 낳지 않도록 해달라고, 언제까지나 젊고 처녀처럼 있어달라고, 부부 사이에 아이가 생기는 게 무엇보다 두렵다고 말하지 않았어요?"

"그야 물론 그런 식으로 생각한 때도 있었지만······."

"그러면 당신은 옛날처럼 나를 사랑하려고 하지 않는 거 아니에요? 내가 아무리 나이를 먹고 추레해져도 상관없다고 말할 생각 아닌가요? 아니, 그래요, 당신이야말로 이제 나를 사랑하지 않아요."

"너는 오해하고 있어. 나는 너를 친구처럼 사랑하고 있었어. 하지만 앞으로는 진정한 아내로서 사랑할 거야."

"그렇게 하면 옛날 같은 행복이 돌아올 거라고 생각하세요?"

"옛날 같지는 않을지도 모르지만, 참된 행복이······."

"아니, 아니, 그거라면 난 필요 없어요" 하고 그녀는 내 말이 끝나기도 전에 격렬하게 고개를 저었습니다. "나는 옛날 같은 행복을 원해요. 그게 아니면 아무것도 바라지 않아요. 나는 그런 약속을 받고 당신한테 왔으니까."

# 19

나오미가 끝내 아이를 낳기 싫다고 고집을 부린다면, 나한테는 또 한 가지 수단이 있었습니다. 그것은 오모리의 '동화 속의 집'을 정리하고, 좀 더 진지하고 상식적인 가정을 갖는 방법입니다. 원래 나는 '심플 라이프'라는 그럴 듯한 명목을 동경하여 이렇게 기묘하고 전혀 실용적이 못 되는 화가의 아틀리에에서 살았지만, 우리의 생활을 타락시킨 것은 확실히 이 집 탓도 있었습니다. 이런 집에 젊은 부부가 가정부도 두지 않고 살고 있으면, 오히려 서로 제멋대로 굴게 되고, 심플 라이프가 심플하지 않게 되고 방종해지는 것은 어쩔 수 없는 일이지요. 그래서 나는 내가 집에 없는 동안 나오미를 감시하기 위해서라도 잔심부름을 하는 여자 하나와 밥 짓는 식모 하나를 두기로 했습니다. 그리고 주인 부부와 가정부 둘이 살 수 있을 만한, 이른바 '문화주택'이 아닌 순일본식 주택, 중류층 신사에게 어울리는 집으로 이사를 갑니다. 지금까지 쓰고 있던 서양식 가구를 팔아버리고, 모든 것을 일본풍 가구로 바꾸고, 나오미를 위해 특별히 피아노를 한 대 사줍니다. 이렇게 하면 그녀의 음악 공부도 스기사키 여사에게 출장 교습을 부탁하면 되고, 영어 공부도 해리슨 양을 집으로 오게 하면 자연히 나오미가 외출할 기회도 적어집니다. 이런 계획을 실행하려면 목돈이 필요했지만 그것은 고향집에 부탁해두고, 준비가 완전히 갖춰질 때까지는 나오미에게 알리지 않기로 결심하고는, 나 혼자 셋집을 찾고 가재도구를 고르느라 고심하고 있었습니다.

고향집에서는 우선 이 정도만 보낸다면서 1천5백 엔을 송금환으로 보내왔습니다. 그리고 나는 가정부도 소개해달라고 부탁했는데, '잔심부름꾼으로는 딱 알맞은 아이가 있다. 우리 집에서 고용살이를 하던 센타로의 딸애가 오하나라고 하는데, 올해 열다섯 살이 되었단다. 그 아이라면 너도 마음씨를 아니까 안심하고 데리고 있을 수 있을 것이다. 식모도 알 만한 데를 찾아보고 있으니까, 이사 갈 집이 정해질 때까지는 상경시키겠다'고 어머니가 손수 편지를 써서 송금환과 같이 보내왔습니다.

나오미는 내가 은밀히 무언가를 꾸미고 있다는 것을 어렴풋이 눈치채고 있었겠지만, '무슨 짓을 하는지 두고 보자'는 태도로 처음 얼마 동안 놀라울 만큼 침착했습니다. 하지만 어머니한테 편지가 오고 이삼 일이 지난 어느 날 밤에,

"이봐요, 조지 씨, 나 양장이 한 벌 필요한데 맞춰주지 않을래요?" 하면서 뜻밖에도 어리광을 부리는 듯한, 그러면서도 이상하게 놀리는 듯한 부드러운 목소리로 말했습니다.

"양장?" 나는 잠시 어안이 벙벙하여 그녀의 얼굴을 구멍이 날 만큼 뚫어지게 바라보면서, '아하, 요것이 돈이 온 걸 알았구나. 그래서 속마음을 떠보려는 거야' 하고 알아차렸습니다.

"봐요, 그렇게 해주지 않을래요? 양장이 아니면 기모노라도 괜찮아요. 겨울철 외출용으로 한 벌 지어줘요."

"나는 당분간 그런 걸 사줄 수 없어."

"왜요?"

"옷은 썩어날 만큼 있잖아."

"썩어날 만큼 있어도 싫증이 나버려서 또 필요해요."

"그런 사치는 이제 절대로 용납하지 않겠어."

"네에? 그럼 그 돈은 어디다 쓸 거예요?"

드디어 왔군! 나는 그렇게 생각하고 시치미를 떼면서,

"돈? 그런 게 어디 있어?"

"조지 씨, 저 책장 밑에 있던 등기우편을 보았어요. 조지 씨도 남의 편지를 함부로 훔쳐보니까, 그 정도는 내가 해도 괜찮을 것 같아서……."

나로서는 뜻밖이었습니다. 나오미가 돈 이야기를 꺼낸 것은 등기우편이 왔으니까 거기에 송금환이 들어 있었을 거라고 짐작하고 있을 뿐이고, 설마 내가 책장 밑에 숨겨둔 편지의 알맹이까지 보았으리라고는 전혀 예상치 못했습니다. 하지만 나오미는 어떻게든 내 비밀을 알아내려고 편지가 있는 곳을 찾아다닌 게 분명하고, 그 편지를 읽었다면 송금환의 액수는 물론 이사와 가정부에 대해서도 모두 알아버린 것입니다.

"그만큼 돈이 많은데, 나한테 옷 한 벌쯤은 해줘도 되잖아요. 인젠가 당신이 뭐라고 했죠? 너를 위해서라면 아무리 비좁은 집에 살아도, 어떤 부자유도 달게 참겠다. 그리고 그 돈으로 너한테 최대한 호사를 시켜주겠다고 말한 걸 잊어버렸나요? 당신은 그때와는 완전히 달라졌어요."

"내가 너를 사랑하는 마음에는 변함이 없어. 다만 사랑하는 방식이 달라졌을 뿐이야."

"그럼 이사한다는 건 왜 나한테 숨기고 있었어요? 나한테 아무 의논도 하지 않고, 명령하듯 해나갈 작정이에요?"

"그건, 적당한 집이 나오면 물론 너하고도 의논할 작정이었지……." 이렇게 말하다 말고 나는 말투를 누그러뜨려 달래듯이 말했습니다. "이봐, 나오미, 내 진짜 기분을 말하면 지금도 역시 너한테 호사를 시켜주고 싶어. 옷만이 아니라 집도 근사한 집에 살고, 네 생활 전체를 좀 더 훌륭한 가정주부답게 향상시켜주고 싶단 말이야. 그러니까 결코 불평할 일은 아니잖아."

"그래요. 그건 정말 고맙군요."

"괜찮으면 내일 나하고 함께 셋집을 찾아보러 가지 않겠어? 여기보다 훨씬 넓고 네 마음에 드는 집만 있으면 어디라도 좋아."

"그렇다면 양옥집으로 해주세요. 일본식 집은 질색이에요."

내가 대답이 궁해서 머뭇거리는 동안, '그것 봐' 하는 표정으로 나오미는 씹어뱉듯이 말하는 것이었습니다.

"가정부도 내가 아사쿠사의 집에 부탁할 테니, 그런 시골뜨기는 거절해줘요. 내가 부릴 가정부니까."

이런 말다툼이 거듭됨에 따라 두 사람 사이의 저기압은 점점 심해져갔습니다. 그리고 온종일 말을 하지 않을 때도 종종 있었지만, 그것이 마지막으로 폭발한 것은 가마쿠라를 떠난 지 두 달 뒤인 지난 11월 초순으로, 나오미가 아직도 구마가이와의 관계를 끊지 않고 있다는 확실한 증거를 내가 발견한 때였습니다.

이 증거를 발견할 때까지의 경위에 대해서는 여기에 그렇게 자세히 쓸 필요가 없습니다. 나는 진작부터 이사 준비에 신경을 쓰는 한편, 직감적으로 나오미를 의심하고 있었기 때문에 과거의 탐정 같은 행동을 조금도 늦추지 않고 계속한 결과, 어느 날 그녀가 구마가이와 대담하게도 오모리의 집 근처에 있는 '아케보노로(曙樓)'*에서 밀회를 하고 돌아오는 것을 드디어 붙잡았습니다.

그날 아침, 나는 나오미의 화장이 여느 때보다 화려한 것에 의심을 품고, 집을 나오자마자 바로 되돌아가서 뒷문 옆에 있는 창고 속의 숯가마니 뒤에 숨어 있었습니다. (그래서 나는 그 무렵 계속해서 회사를 결근했습니다.) 그러자 아니나 다를까 9시쯤 되었을 때, 나오미가 오늘은 교습을 받으러 가는 날도 아닌데 한껏 모양을 내고 나오더니, 정거장 쪽으로는 가지 않고 반대쪽으로 걸음을 빨리하여 성큼성큼 걸어가는 것이었습니다. 나는 그녀를 10여 미터 보낸 뒤, 서둘러 집으로 뛰어가 학생 시절에 쓰던 망토와 모자를 꺼내 양복 위에 걸치고 맨발에 게다를 신고 밖으로 달려 나와, 나오미의 뒤를 멀리서 따라갔습니다. 그리고 그녀가 아케보노로로 들어간 뒤 10분쯤 늦게 구마가이가 그곳에 찾아온 것을 확인한 다음, 이윽고 그들이 나오기를 기다리고 있었습니다.

그들은 돌아갈 때도 역시 따로따로였지만, 이번에는 구마가이가 뒤에 남은 듯 나오미의 모습이 한 발 먼저 거리에 나타난

---

*이케가미 혼몬지에 접해 있는 구릉의 경사를 이용한 경승지에 메이지 시대에 세워진 유명한 요정. 숙박도 할 수 있었다. 1929년에 폐업했다.

것은 그럭저럭 11시경이었습니다. 나는 거의 한 시간 반 동안이나 아케보노로 근처를 어슬렁거리고 있었던 셈입니다. 그녀는 왔을 때와 마찬가지로 거기서 1킬로미터 남짓 떨어진 집까지 곁눈질 한 번 하지 않고 걸어갔습니다. 나도 점점 걸음을 빨리해서 따라갔기 때문에, 그녀가 뒷문을 열고 안으로 들어간 뒤 5분도 지나기 전에 나도 바로 그 뒤를 따라서 집으로 들어간 것입니다.

들어서자마자 내가 본 것은 눈동자가 움직이지 않는, 일종의 처참한 느낌이 담긴 나오미의 눈이었습니다. 그녀는 그 자리에 막대기처럼 뻣뻣이 선 채 나를 날카롭게 노려보고 있었지만, 그녀의 발밑에는 내가 아까 벗어놓고 간 모자와 외투, 구두와 양말이 그대로 흩어져 있었습니다. 그녀는 그것을 보고 모든 것을 깨달았겠지요. 화창하게 갠 가을 아침, 아틀리에의 환한 빛을 반사하고 있는 그녀의 얼굴은 점점 창백해지면서 모든 것을 체념해버린 듯한 깊은 조용함이 흐르고 있었습니다.

"나가!"

단 한 마디, 내 귀가 쩡 하고 울릴 만큼 호통을 친 뒤, 나도 뒷말을 잇지 못했고 나오미도 아무런 대꾸를 하지 못했습니다. 두 사람은 마치 시퍼런 칼을 빼들고 마주서서 칼끝으로 상대의 눈을 겨눈 것처럼, 서로 상대의 빈틈을 노리고 있었습니다. 그 순간 나는 나오미의 얼굴이 참으로 아름답다고 느꼈습니다. 여자의 얼굴은 남자의 증오를 받으면 받을수록 아름다워진다는 것을 알았습니다. 카르멘을 죽인 돈 호세*는 미워하면 미워할수록 더욱 그녀가 아름다워지기 때문에 죽였다고 합니다. 나는 그 심정을 분명히 깨달을 수 있었습니다. 눈도 깜박이지 않고,

얼굴 근육은 미동도 하지 않고, 핏기를 잃은 입술을 꽉 다문 채 서 있는 사악의 화신 같은 나오미의 모습—아아, 그것이야말로 음탕한 여자의 기백을 유감없이 드러낸 형상이었습니다.

"나가!" 나는 다시 한 번 외치자마자, 뭐라고 말할 수 없는 증오와 두려움과 아름다움에 사로잡혀 정신없이 그녀의 어깨를 움켜잡고 출구 쪽으로 떠밀었습니다. "나가! 어서 나가지 못해!"

"용서해주세요…… 조지 씨! 이제 다시는……." 나오미의 표정이 갑자기 변하고, 애절하게 호소하듯 떨리는 목소리로 말하더니, 눈시울에 눈물을 글썽거리면서 그 자리에 털썩 무릎을 꿇고 애원하듯 내 얼굴을 쳐다보는 것이었습니다. "조지 씨, 잘못했으니까 용서해주세요! 한 번만 용서해주세요……."

이렇게 맥없이 그녀가 용서를 빌 줄은 미처 예상치 못했기 때문에 허를 찔린 나는 그 때문에 더욱 거칠어졌습니다. 나는 두 주먹을 움켜쥐고 정신없이 그녀를 때렸습니다.

"짐승만도 못한 것! 개 같은 년! 넌 인간도 아니야! 이제 너한테는 볼일이 없어! 나가라면 나가!"

그러자 나오미는 갑자기 '이거 실수했구나' 하고 깨달은 듯, 당장 태도를 바꾸어 벌떡 일어나더니,

"그럼 나갈게요" 하고 여느 때의 말투로 말했습니다.

"그래, 당장 나가!"

---

*프랑스의 작가 프로스페르 메리메(1803~1870)의 중편소설 〈카르멘〉에 나오는 등장인물. 스페인 기병대 하사관인 돈 호세는 자유분방한 집시 여자 카르멘에게 매혹되어 밀수업자로 타락하고 카르멘의 정부를 죽이면서까지 그녀를 독점하려고 한다. 하지만 속박을 싫어하는 카르멘이 투우사인 루카스를 사랑하게 되자, 질투한 나머지 카르멘을 죽여버린다.

"네, 당장 나갈게요. 2층에 가서 갈아입을 옷을 가져가면 안 돼요?"

"너는 지금 당장 친정으로 돌아가고, 사람을 보내! 짐은 모두 보내줄 테니까!"

"하지만 그건 곤란해요. 지금 당장 여러 가지로 필요한 게 있으니까."

"그럼 마음대로 해. 꾸물대면 가만두지 않겠어!"

나는 나오미가 지금 당장 짐을 가져가겠다고 말한 것을 일종의 협박으로 받아들였기 때문에, 나도 지지 않으려고 그렇게 강경하게 말해주었습니다. 그러자 그녀는 2층으로 올라가서 덜컹거리며 방을 휘젓더니 바구니와 보자기에 다 짊어질 수도 없을 만큼 많은 짐을 꾸린 다음, 자기가 직접 인력거를 불러 짐을 실었습니다.

"그럼 안녕히 계세요. 오랫동안 신세 많이 졌습니다."

떠날 때 그녀의 입에서 나온 인사는 지극히 담담한 것이었습니다.

20

 그녀를 태운 인력거가 떠나버리자 나는 무슨 생각에서였는지 곧바로 회중시계를 꺼내 시간을 보았습니다. 정확히 낮 12시 36분⋯⋯ 아아, 그런가. 아까 그녀가 아케보노로에서 나온 게 11시, 그 후 대판 싸움을 하고 눈 깜짝할 사이에 형세가 바뀌어, 지금까지 여기 있던 그녀가 없어져버렸다. 그 사이가 겨우 한 시간하고 36분⋯⋯. 사람은 이따금 자기가 간호하고 있던 환자가 마지막 숨을 거둘 때라든가 혹은 대지진을 만났을 때 자신도 모르게 시계를 보는 버릇이 있는 법이지만, 내가 그때 문득 시계를 꺼내 본 것도 아마 그것과 비슷한 심리였을 겁니다. 다이쇼 몇년 11월 며칠 낮 12시 36분—이날 이 시각에 나는 마침내 나오미와 헤어져버렸다. 나와 그녀의 관계는 어쩌면 이 시각으로 종말을 고하게 될지도 모른다⋯⋯.
 '우선은 한숨 돌렸어! 무거운 짐을 덜었어!' 어쨌든 나는 그동안 계속된 암투로 지쳐 있었기 때문에, 이렇게 생각하는 동시에 의자에 털썩 주저앉아 멍해지고 말았습니다. 그 순간의 느낌은 '아아, 잘됐어. 겨우 해방됐군' 하는 후련한 기분이었습니다. 나는 단순히 정신적으로만 지쳐 있었던 게 아니라 생리적으로도 지쳐 있었기 때문에, 한 번쯤 느긋하게 쉬고 싶다는 것은 오히려 내 육체가 더 간절하게 요구하고 있었습니다. 나오미는 이를테면 아주 독한 술과 같아서, 그 술을 지나치게 마시면 몸에 해롭다는 것을 뻔히 알면서도 날마다 그 향기를 맡게 되고, 찰랑찰랑 넘칠 만큼 가득 담긴 술잔을 보면 역시 마시지 않을 수 없습니다. 마시면 마실수록 주독이 차츰 몸의 마디마디에 배어들어, 허기가 지고 몸이 나른해지고 뒤통수가 납덩이처럼 무거워지고 벌떡 일어나면 현기증이 날 것 같고 뒤로 벌렁 나동그라질 것만 같습니다. 그리고 언제나 숙취에 시달리는 듯한 기분이 들고, 소화가 잘 안 되고, 기억력이 희미해지고, 매사에 흥미가 없어지고, 환자처럼 기운이 빠집니다. 머릿속에는 기묘한 나오미의 환상만 떠오르고, 그게 이따금 트림처럼 속을 메슥거리게 하고, 그녀의 체취나 땀내가 언제나 물씬 코를 찌릅니다. 그래서 '보면 눈에 해로운' 나오미가 사라진 것은 장마철에 하늘이 한꺼번에 확 개인 듯한 상태였습니다.

하지만 방금도 말했듯이 그것은 완전히 순간적인 느낌이었고, 솔직히 그 후련한 기분이 계속된 것은 기껏해야 한 시간 정도였을 겁니다. 내 몸이 아무리 건강하다 해도, 설마 한 시간 사이에 피로가 완전히 회복되었을 리도 없지만, 의자에 앉아서 한숨 돌렸나 했더니 곧 머리에 떠오른 것은 아까 싸울 때 나오미가 보여준 이상하리만큼 매서운 용모였습니다. '남자의 증오가 가해지면 가해질수록 아름다워진다'고 하는, 그 한순간의 얼굴이었습니다. 그것은 내가 칼로 찔러 죽여도 시원치 않을 만큼 밉살스러운 음녀의 형상이고, 머릿속에 영원히 아로새겨진 채 아무리 지우려 해도 지워지지 않았지만, 어찌 된 셈인지 시간이 지날수록 점점 또렷이 눈앞에 나타나 아직도 눈동자를 고정시킨 채 나를 노려보고 있는 것처럼 느껴지고, 게다가 그 밉살스러움이 점점 바닥모를 아름다움으로 변해가는 것이었습니다. 생각해보면 그녀의 얼굴에 그런 요염한 표정이 넘쳐흐른 것을 나는 오늘날까지 한 번도 본 적이 없었습니다. 분명 그것은 '사악의 화신'이고, 그와 동시에 그녀의 육체와 영혼이 지니고 있는 모든 아름다움이 최고조의 형태로 발현된 모습이었습니다. 나는 아까도 한창 싸우고 있을 때 나도 모르게 그 아름다움에 사로잡혔을 뿐만 아니라 '아아, 아름답다'고 속으로 외쳤으면서, 왜 그때 그녀의 발밑에 무릎을 꿇어버리지 않았던가. 언제나 우유부단하고 오기도 없는 내가 아무리 격분해 있었다고는 하지만, 그 무서운 여신을 향해 어떻게 그런 욕설을 퍼붓고 주먹을 휘두를 수 있었을까. 나의 어떤 구석에서 그런 무모한 용기가 나왔을까—그것이 나에게는 지금도 불가사의하게 여겨지고, 그 무모함과 용기를 원망하는 마음까지 차츰 솟아나는 것이었습니다.

"넌 바보야. 큰일을 저질러버렸어. 다소 괘씸한 점이 있다 해도, 그것과 '그 얼굴'을 바꿀 생각이야? 그만한 아름다움은 앞으로 이 세상에 두 번 다시 생겨나지 않을 거야."

나는 누군가로부터 이런 말을 듣고 있는 듯한 기분이 들기 시작했고, 아아, 그렇군, 나는 정말 쓸데없는 짓을 하고 말았어, 그녀를 화나게 하지 않으려고 평소에 그렇게 조심하고 있었는데 이런 결과가 되었다는 것은 마가 씐 게 분명해—이런 생각이 어디선지 모르게 고개를 드는 것이었습니다.

　불과 한 시간 전만 하더라도 그녀를 그렇게 귀찮게 여기고 그녀의 존재를 저주했던 내가 지금은 반대로 나 자신을 저주하고 그 경솔함을 후회하게 되다니? 그렇게 미웠던 여자가 이렇게 그리워지다니? 이 급격한 마음의 변화는 나 자신도 설명할 수 없고, 아마 사랑의 신만이 알고 있는 수수께끼일 것입니다. 나는 어느새 일어나서 방 안을 오락가락하면서, 어떻게 하면 이 연모의 정을 달랠 수 있을까 하고 오랫동안 생각해보았습니다. 하지만 아무리 생각해봐도 그것을 달랠 길은 보이지 않고, 그저 그녀가 아름다웠던 일만 생각나는 것이었습니다. 지난 5년 동안 계속된 동거 생활의 장면들이 되살아나, 아, 그때는 이런 얘기를 했지, 그런 표정을 지었지, 그런 눈을 했지 하는 식으로 계속 꼬리를 물고 떠오르는데, 그 가운데 미련의 씨가 아닌 것은 하나도 없었습니다. 특히 내가 잊을 수 없는 것은 그녀가 열대여섯 살이던 소녀 시절, 밤마다 내가 서양식 목욕통에 그녀를 넣고 몸을 씻어준 일이었습니다. 그리고 내가 말이 되어 그녀를 등에 태우고 "이랴 이랴 쯧쯧" 하며 방 안을 기어 다니며 놀던 일―왜 그런 시시한 일들이 이렇게까지 그리운지, 참으로 어처구니가 없었지만, 만약 그녀가 앞으로 다시 한 번 내게 돌아와준다면, 무엇보다 먼저 그때의 장난을 해보리라. 다시 그녀를 내 등에 태우고 이 방을 기어 다녀보리라. 그럴 수만 있다면 나는 얼마나 기쁠지 모르겠다고, 마치 그런 일을 더없는 행복처럼 공상하는 것이었습니다. 아니, 단순히 공상만 한 게 아니라 그녀가 그리운 나머지 나도 모르게 바닥에 네 손발로 엎드려, 지금도 그녀의 몸뚱이가 내 등을 묵직하게 누르고 있기라도 한 것처럼 방 안을 빙빙 돌아다녀보았습니다. 그리고 나는―여기에 쓰기에는 부끄럽기 짝이 없는 일이지만―2층에 올라가서 그녀의 헌 옷을 꺼내 그것을 몇 벌이나 내 등에 올려놓고, 그녀의 버선을 두 손에 끼고, 또다시 그 방을 네 손발로 엎드려 기어 다녔습니다.

이 이야기를 처음부터 읽고 계시는 독자는 아마 기억하고 계시겠지만, 나는 〈나오미의 성장〉이라는 제목을 붙인 기념 노트를 한 권 가지고 있었습니다. 그것은 내가 그녀를 목욕통에 넣고 몸을 씻어주던 무렵 그녀의 팔다리가 나날이 발달하는 모양을 자세히 기록해둔 것으로, 요컨대 소녀 나오미가 점점 어른이 되어가는 과정을―오직 그것만 전문인 것처럼 적어둔 일종의 일기장이었습니다. 나는 그 일기장 군데군데에 당시 나오미의 다양한 표정, 온갖 자태의 변화를 사진으로 찍어서 붙여둔 것을 생각해내고는, 하다못해 그거라도 실마리 삼아 그녀를 추억해보려고 오랫동안 먼지투성이가 된 채로 처박혀 있던 그 일기장을 책장 밑에서 꺼내어, 처음부터 한 장 한 장 펼쳐보았습니다. 그 사진들은 나 이외의 사람에게는 절대로 보여줄 수 없는 것이었기 때문에 현상과 인화도 내가 직접 했는데, 아마 물로 완전히 씻어내지 않은 탓이겠지요, 지금은 주근깨 같은 반점이 여기저기 생기고, 어떤 것은 완전히 낡아버려서 마치 고풍스러운 초상화처럼 흐릿해진 것도 있었지만, 그것 때문에 오히려 그리움은 더해갈 뿐이어서, 벌써 10년이나 20년 전의 옛일…… 어린 시절의 아득한 꿈이라도 더듬는 듯한 기분이 드는 것이었습니다. 그리고 거기에는 그녀가 그 무렵 즐겨 입었던 온갖 옷과 차림새가, 기발한 것도, 경쾌한 것도, 사치스러운 것도, 우스꽝스러운 것도 거의 빠짐없이 찍혀 있었습니다. 어느 페이지에는 벨벳 신사복으로 남장한 사진이 있습니다. 페이지를 넘기면 얇은 코튼 보일을 몸에 걸치고 조각상처럼 뻣뻣이 서 있는 모습이 있습니다. 또 그 다음 페이지에는 반짝반짝 빛나는 공단 하오리에 공단 기모노, 폭이 좁은 띠를 가슴 높이에 매고 리본 반깃을 단 모습이 나타납니다. 그리고 온갖 잡다한 표정과 동작, 영화배우 흉내를 낸 사진들―메리 픽퍼드의 웃는 얼굴이며 글로리아 스완슨의 눈매, 폴라 네그리의 흥분한 장면, 베베 대니얼스\*의 별나게 거드름을 피우는 장면, 화내는 장면, 매력적으로 생긋 웃는 모습, 두려워서 몸을 옹송그리는 장면, 황홀한 표정, 이런 것들을 차례로 보아갈수록 그녀의 얼굴이나 몸놀림은 다양하게 변화하여, 그녀가 얼마나 그런 것에 민감하고 재주가 있고 영리했는가를 말해주지 않는 것은 하나도 없었습니다.

'아아, 정말 큰일을 저지르고 말았어! 나는 정말 대단한 여자를 놓쳐버렸어!' 나는 미칠 것 같은 심정으로 홧김에 발을 구르면서 일기장을 펼쳐보니, 아직도 사진이 수없이 나왔습니다. 그 촬영 방법은 점점 섬세해지고 부분부분을 크게 확대하여 코의 모양, 눈의 모양, 입술의 모양, 손가락의 모양, 팔의 곡선,

---

\*글로리아 스완슨(Gloria Swanson, 1899~1983): 무성영화 시대의 대스타. 〈벌새〉(1924)에서는 파리 암흑가의 여자 소매치기 두목을 남장으로 연기했다. 폴라 네그리(Pola Negri, 1894~1987): 폴란드 출신의 영화배우. 처음에는 독일에서 활약했고, 나중에 할리우드의 스타가 되었다. 루비치 감독의 〈카르멘〉(1919)에서도 주연을 맡았다. 베베 대니얼스(Bebe Daniels, 1901~1971): 무성영화 시대에 아역배우로 출발했으며, 유성영화 시대가 열리자 가창력을 살려 뮤지컬 영화 〈42번가〉(1933) 등에서 활약했다.

어깨의 곡선, 등허리의 곡선, 다리의 곡선, 손목, 발목, 팔꿈치, 무릎, 발바닥까지 찍혀 있어서, 마치 그리스의 조각이나 나라(奈良)의 불상을 다루듯 해놓고 있었습니다. 이쯤 되면 나오미의 육체는 완전히 예술품이 되고, 내 눈에는 실제로 나라의 불상보다 더욱 완벽하게 여겨져, 그것을 찬찬히 바라보고 있으면 종교적인 감격마저 솟아오르는 것이었습니다. 아아, 나는 도대체 어쩔 셈으로 이런 정밀한 사진을 찍어두었을까요? 이것이 언젠가는 슬픈 추억이 된다는 것을 예감이라도 하고 있었던 것일까요?

나오미를 그리워하는 마음은 가속도로 더해졌습니다. 벌써 해가 저물어 창밖에서는 저녁별이 깜박거리기 시작했고 오슬오슬 추위지기까지 했지만, 나는 아침 11시부터 밥도 먹지 않고 불도 피우지 않고 전기를 켤 기력도 없이, 어두워지는 집 안을 2층으로 올라갔다 아래층으로 내려갔다 하기도 하고, "바보!" 하면서 내 머리를 때리기도 하고, 빈집처럼 쓸쓸해진 아틀리에의 벽을 향해 "나오미, 나오미!" 하고 외쳐보기도 하고, 그러다가 끝내는 그녀의 이름을 부르면서 방바닥에 이마를 짓찧기도 했습니다. 이제는 어떻게 해서라도 그녀를 다시 데려오지 않으면 안 된다. 나는 절대 무조건으로 그녀 앞에 항복한다. 그녀가 말하는 것, 요구하는 것에 나는 무조건 복종한다……. 그런데 지금쯤 그녀는 무엇을 하고 있을까? 그렇게 많은 짐을 가져갔으니까 도쿄 역에서 택시를 타고 갔을 거야. 그렇다면 아사쿠사의 집에 도착한 뒤 벌써 대여섯 시간은 지났을 기야. 그녀는 쫓겨나게 된 이유를 친정 식구들한테 정직하게 말할까? 아니면 지기 싫어하는 성질대로 임시변통의 거짓말을 해서 언니와 오빠를 속이고 있을까? 센조쿠초에서 천한 일을 하고 있는 친정집, 그 집 딸이라는 게 알려지는 것을 싫어하고 부모 형제를 무지한 인종처럼 대하고 별로 집에 돌아간 적도 없는 나오미―이 부조화한 가족이 지금쯤 어떤 선후책을 강구하고 있을까? 언니나 오빠는 보나마나 돌아가서 사과하라고 타이를 것이고, "난 절대로 사과하러 가지 않겠어. 누가 가서 짐을 갖고 와줘" 하고 나오미는 끝까지 고집을 세울 것이다. 그리고 걱정 따위는 하지 않는 것처럼 태연한 얼굴로 농담을 하거나 큰소리를 치거나 영어를 섞어가며 지껄여대거나 하이칼라한 옷이나 소지품 따위를 자랑하면서 마치 귀족의 따님이 빈민굴에라도 찾아간 것처럼 으스대고 있지 않을까.

하지만 나오미가 뭐라고 하건, 어쨌든 사건이 사건인 만큼 당장 누군가가 달려오지 않으면 안 될 터인데…… 만약 본인이 '사과하러 가지 않겠다'고 고집을 부린다면, 언니나 오빠가 대신 올 텐데…… 아니면 나오미의 부모나 형제는 아무도 나오미를 진심으로 걱정하지 않는 것일까? 나오미가 그들에게 냉담하듯, 그들도 옛날부터 나오미에 대해서는 아무 책임도 지지 않았어. "그 애와 관련된 일은 전부 다 맡기겠습니다" 하면서 열다섯 살 난 딸을 나한테 떠맡기고, 어떻게 하든 마음대로 해달라는 태도였지. 그러니까 이번에도 나오미가 하고 싶은 대로 하게 내버려두고 내팽개쳐둘까? 그렇다면 그래도 좋지만, 짐만이라도 가지러 오지 않을까? "친정에 돌아가면 바로 사람을 보내. 짐은 모두 보내줄 테니까" 하고 말해주었는데 아직 아무도 오지 않는 것은 어찌된 일일까? 갈아입을 옷이나 우선 필요한 소지품은 가져갔지만, 그녀의 '목숨 다음으로 중요한' 호사스러운 나들이옷은 아직 몇 벌이나 남아 있어. 어차피 그녀가 그 지저분한 센조쿠초에 온종일 죽치고 있을 리는 없으니까, 날마다 이웃 사람들이 깜짝 놀랄 만큼 화려한 차림으로 나돌아다니겠지. 그렇다면 더욱 옷이 필요할 테고, 그게 없으면 도저히 견딜 수 없을 텐데……

하지만 그날 밤 아무리 기다려도 나오미의 심부름꾼은 오지 않았습니다. 나는 주위가 캄캄해질 때까지 전등을 켜지 않고 두었기 때문에, 집이 비어 있는 줄로 잘못 알게 되면 큰일이다 싶어서 황급히 온 집 안의 방이라는 방에는 모두 불을 켜고, 문패가 떨어져 있지 않은지를 다시 확인하고, 문간에 의자를 갖다놓고 앉아서 몇 시간이고 문 밖의 발소리를 듣고 있었지만, 8시가 9시가 되고 10시가 되고 11시가 되어도…… 결국 아침부터 꼬박 하루가 지나가도 아무 소식이 없었습니다. 그래서 비관의 구렁텅이에 빠져버린 나의 가슴에는 또다시 종잡을 수 없는 온갖 억측이 생겨나는 것이었습니다. 나오미가 사람을 보내지 않는 것은 어쩌면 사건을 가볍게 보고 있다는 증거이고, 이삼 일만 지나면 해결될 거라고 우습게 생각하는 게 아닐까. '아니, 뭐 괜찮아. 그 사람은 나한테 홀딱 반해 있어. 나 없이는 하루도 살 수 없으니까 나를 데리러 올 게 뻔해' 하고 제멋대로 생각하고 있는 게 아닐까. 그녀도 지금까지 사치에 익숙해진 자기가 그런 사회의 사람들 속에서 살 수 없다는 것은 알고 있어. 그렇다고 다른 남자한테 가봤자, 나만큼 그녀를 소중히 여겨주고 그녀가 제멋대로 하게 내버려둘 사람은 없어. 나오미란 계집애는 그런 사실을 뻔히 알고 있기 때문에, 입으로는 강한 척 허세를 부리지만 내가 데리러 오기를 은근히 기다리고 있는 게 아닐까. 아니면 내일 아침에라도 언니나 오빠가 결국 중재를 하러 오지 않을까. 밤이 더 바쁜 장사니까, 아침이 아니면 나올 수 없는 사정이 있을지도 몰라. 어쨌든 심부름꾼이 오지 않는다는 것은 오히려 한 가닥 희망이 있다는 뜻이야. 내일이 되어도 소식이 없으면 내가 데리러 가주자. 이렇게 된 바에는 오기도 체면도 필요 없어. 원래 나는 그 오기 때문에 실수했어. 처가 사람들한테 비웃음을 당해도, 그녀에게 내 약점을 간파당해도, 찾아가서 백배 사죄하고, 언니나 오빠한테도 한마디 거들어달라고 부탁하고, "내 평생에 딱 한 번의 소원이니까 제발 돌아와다오" 하고 백만 번이라도 되풀이하자. 그렇게 하면 그녀도 체면이 서고, 떳떳하게 활개를 치며 돌아올 수 있겠지.

나는 거의 뜬눈으로 밤을 새우고 이튿날 오후 6시경까지 기다려보았지만, 그래도 아무 소식이 없었기 때문에 더 이상 견디지 못하고 집을 뛰쳐나와 곧장 아사쿠사로 달려갔습니다. 한시라도 빨리 그녀를 만나고 싶다, 얼굴만 보면 마음이 놓이겠다! 그리워 애를 태운다는 말은 그때의 나를 두고 하는 말일 겁니다. 내 가슴에는 '만나고 싶다, 보고 싶다'는 소원 말고는 아무것도 없었습니다.

화원 뒤쪽의 복잡한 골목 안에 있는 센조쿠초의 처가에 도착한 것은 7시경이었습니다. 아무리 그래도 쑥스러워서 나는 살짝 격자문을 열고,

"저어, 오모리에서 왔는데요, 나오미가 여기 와 있지 않습니까?" 하고 봉당에 선 채 작은 소리로 말했습니다.

"어머, 가와이 씨" 하고 언니가 내 목소리를 듣고 옆방에서

얼굴을 내밀었지만, 의아한 표정을 지으며 말하는 것이었습니다. "네에, 나오미가요? 아뇨, 안 왔는데요."

"그거 이상하군요. 오지 않았을 리가 없는데…… 어젯밤에 여기 온다고 말하고 나갔으니까요."

21

처음에 나는 언니가 나오미의 뜻에 따라 그녀를 숨겨두고 있는 게 아닐까 의심했기 때문에 이런저런 말로 부탁해보았지만, 차차 이야기를 듣고 보니 실제로 나오미는 이곳에 와 있지 않은 모양이었습니다.
"정말 이상하군요. 짐도 많이 가지고 있었으니까, 그대로는 어디에도 갈 수 없었을 텐데……."
"네에? 짐을 갖고요?"
"바구니며 가방이며 보따리며…… 잔뜩 가지고 나갔습니다. 실은 어제 사소한 일로 좀 다퉜거든요."
"그래서 그 애가 여기 온다고 하면서 나갔나요?"
"나오미가 그런 게 아니라 내가 그렇게 말했어요. 지금 당장 아사쿠사로 돌아가서 사람을 보내라고. 누군가 이쪽에서 와주면 말이 통할 거라고 생각했거든요."
"네에, 그렇군요. 하지만 어쨌든 여기는 오지 않았어요. 그런 사정이라면 나중에 올지도 모르지만……."

"하지만 어젯밤부터라면 알 수 없잖아." 언니와 이야기를 주고받는 동안 오빠도 나와서 끼어들었습니다. "그러니까 어딘가 짐작이 가는 데가 있으면 딴 데를 찾아보슈. 지금까지 오지 않았다면 이리로는 오지 않을 테니."

"게다가 나오미는 좀처럼 집에 들르지 않아요. 그게 언제였더라? 벌써 두 달이나 얼굴을 보인 적이 없어요."

"그럼 미안하지만, 만약 나오미가 여기 오거든, 본인이 뭐라고 하든 당장 나한테 알려주셨으면 하는데요."

"그야 뭐, 우리 쪽에서는 이제 와서 새삼스럽게 그 애를 어떻게 할 생각은 없으니까, 오기만 하면야 당장이라도 알려드리겠지만……."

툇마루에 걸터앉아 언니가 내놓은 떫은 차를 홀짝거리면서 나는 잠시 어쩌면 좋을지 몰라 망설이고 있었지만, 동생이 가출했다는 말을 듣고도 별로 걱정하는 기색조차 없는 언니와 오빠를 상대로 내 진심을 호소해봤자 아무 소용도 없을 것 같았습니다. 그래서 나는 나오미가 오면 때를 놓치지 말고 곧바로, 낮이면 회사 쪽으로 전화를 걸어달라, 하기야 요즘에는 회사를 종종 결근하고 있으니까 만약 내가 회사에 없는 경우에는 곧장 오모리로 전보를 쳐달라,\* 그러면 내가 데리러 올 테니 그때까지는 어디에도 나가지 못하게 해달라고 몇 번이고 당부하고, 그래도 왠지 이 사람들의 흐리터분한 태도가 미덥지 않아서, 만약을 위해 회사의 전화번호를 가르쳐주고, 이런 형편이면 오

---

\*회사에는 전화가 있지만 자택에는 전화가 없기 때문이다. 이 무렵 자택에 전화가 있는 것은 일부 부유층뿐이었다.

모리의 집 주소도 모를 것 같아 그것도 자세히 적어주고 그 집을 나왔습니다.

'자, 이제 어떡하면 좋을까? 대체 어디로 가버렸단 말인가?' 나는 금세라도 울음이 터져 나올 것 같은 기분으로─아니, 정말 울고 있었는지도 모릅니다─센조쿠초의 골목을 나오자, 아무런 목적도 없이 공원 안을 이리저리 거닐면서 생각했습니다. 친정에 돌아오지 않은 것을 보면, 사태는 분명 예상했던 것보다 심각했습니다.

'구마가이한테 가 있는 게 분명해. 그놈한테 도망갔어.' 이런 생각이 들자, 나오미가 어제 나갈 때 "하지만 그건 곤란해요. 지금 당장 여러 가지로 필요한 게 있으니까" 하고 말한 것도 과연 짚이는 데가 있었습니다. 그래, 역시 그랬어. 구마가이한테 갈 속셈이었으니까 그렇게 짐을 많이 가져간 거야. 어쩌면 진작부터 이럴 때는 이렇게 하자고 둘 사이에 이미 짬짜미가 있었는지도 몰라. 그렇다면 일이 꽤 까다로울지도 모르겠군. 우선 나는 구마가이의 집이 어디 있는지도 모른다. 그건 조사하면 알 수 있다 해도, 설마 그놈이 부모 집에 나오미를 숨겨둘 수는 없겠지. 그놈은 불량소년이지만, 부모는 상당한 사람인 모양이니까, 자기 아들이 그런 못된 짓을 저지르게 내버려두진 않을 것이다. 그놈도 집에서 나와 둘이 함께 어딘가에 숨어 있지 않을까? 부모의 돈이라도 우려내어 놀러 다니고 있는 게 아닐까? 하지만 그러면 그렇다고 확실히 알아두면 돼. 그렇게 되면 나는 구마가이의 부모와 담판해서 아들을 엄격하게 간섭해 달라고 부탁하면 돼. 설령 그놈이 부모의 말을 듣지 않는다 하더라도, 돈이 떨어지면 둘이 살 수 없을 테니까 결국 그놈은 집으로 돌아갈 테고 나오미는 나한테 돌아오겠지. 결국에는 그렇게 되겠지만, 그동안 내가 겪을 고생은? 그게 한 달로 끝날지, 아니면 두 달, 석 달, 또는 반년이 걸릴지?—아니, 그렇게 되면 큰일이다. 그러고 있는 동안 점점 돌아올 기회를 놓쳐버리고, 어쩌면 제2의, 제3의 남자가 생길지도 모른다. 그렇다면 이건 우물쭈물하고 있을 일이 아니다. 이렇게 떨어져 있으면 있을수록 그녀와의 관계도 희미해진다. 시시각각 그녀는 내게서 멀어져가고 있다. 좋다, 해보자! 달아나려 한다고 놓칠쏘냐! 어떻게 해서든 다시 데려오고야 말 테다!

괴로울 때 신에게 가호를 빌기—나는 아직까지 신앙심을 가져본 적이 없었지만, 그때 문득 생각이 나서 관음보살님에게 참배하러 갔습니다. 그리고 '나오미가 있는 곳을 한시라도 빨리 알 수 있게 해달라고, 내일이라도 나오미가 돌아오게 해달라고' 진심으로 빌었습니다. 그 후 어디를 어떻게 걸었는지, 술집을 두세 군데 들러서 곤드레만드레 취해 오모리의 집에 돌아온 것은 밤 12시가 지나서였습니다. 하지만 취하기는 했어도 나오미 생각이 한시도 머리를 떠나지 않아, 잠을 자려 해도 쉽게 잠들지 못하고, 그러는 동안 술이 깨버리면 또다시 그 한 가지 일을 걱정하며 끙끙 앓습니다. 어떻게 하면 나오미가 있는 곳을 알아낼 수 있을까. 정말로 구마가이와 도망쳤는지 어떤지, 그놈 집에 담판하러 가려 해도 그걸 미리 확인하지 않으면 너무 경솔한 짓이 될 것이고, 비밀 탐정이라도 고용하지 않으면 좀처럼 확인할 방법이 없고…… 이렇게 곰곰 생각한 끝에 문득 생각난 것이 하마다였습니다. 그래, 하마다라는 자가 있었지. 나는 깜박 잊고 있었지만, 그자라면 내 편이 되어줄 거야. 마쓰아사에서 헤어질 때 그의 주소를 적어두었으니까, 내일이라도 당장 편지를 보낼까? 편지는 감질나니까 전보를 칠까? 그것도 좀 야단스러운 것 같은데, 아마 전화가 있을 테니까 전화를 걸어서 와달라고 할까? 아니, 와달라고 할 것까진 없어. 그럴 시간이 있으면 구마가이를 찾아보는 게 나아. 지금 무엇보다도 중요한 건 구마가이의 동태를 알아내는 거야. 하마다라면 연줄이 있으니까 곧바로 나한테 알려줄 수 있을 거야. 지금 내 고통을 헤아려주고 나를 구해줄 사람은 그밖에 없어. 이것 역시 '괴로울 때 신에게 가호를 빌기'인지도 모르지만…….

이튿날 아침, 나는 7시에 일어나 가까운 공중전화로 달려가서 전화번호부를 뒤적거려보니, 재수 좋게도 하마다의 집 전화번호가 보였습니다.

"아, 도련님 말씀입니까? 아직 주무시고 계신데요……" 하고 가정부가 전화를 받아서 대답하는 것을,

"정말 죄송하지만, 급한 일이니까 제발 바꿔주세요……" 하고 억지로 부탁하자, 잠시 후 전화를 받은 하마다는,

"가와이 씨이세요, 오모리에 사시는?" 하고 잠이 덜 깬 목소리로 말하는 것이었습니다.

"아, 그래. 오모리의 가와이인데, 저번에는 폐가 많았네. 그리고 이런 시간에 갑자기 전화를 걸어서 미안하지만, 실은 저…… 나오미가 도망가버렸어……."

이 '도망가버렸어'라고 말할 때, 나는 자신도 모르게 우는 소리가 되었습니다. 벌써 겨울같이 추운 아침인데 잠옷 위에 도테라\* 하나만 걸친 채 급히 나왔기 때문에, 수화기를 들고 있는

데도 온몸이 덜덜 떨리는 게 멈추지 않았습니다.

"아, 나오미 씨가…… 역시 그랬군요?"

"그럼 자네는 벌써 알고 있었나?"

"어젯밤에 만났습니다."

"뭐? 나오미를? 나오미를 어젯밤에 만났다고?"

이번에는 아까와는 다른 이유로 온몸이 덜덜 떨렸습니다. 너무 격렬하게 떨었기 때문에 앞니가 송화구에 부딪쳤습니다.

"어젯밤에 엘도라도에 댄스를 하러 갔더니 나오미 씨가 와 있더군요. 사정을 들은 건 아니지만, 아무래도 태도가 이상해서 어쩌면 그럴 거라고 생각했지요."

"누구하고 같이 왔던가? 구마가이하고 같이 오지 않았나?"

"구마가이만이 아닙니다. 다른 사내가 대여섯 명이나 함께 있었고, 그중에는 서양 사람도 있었습니다."

"서양 사람이?"

"네, 그랬어요. 그리고 나오미 씨는 아주 멋진 양장을 입고 있더군요."

"집을 나갈 때 양장 같은 건 가져가지 않았는데…… ."

"어쨌든 양장이었어요. 그것도 아주 화려한 야회복을 입고 있었어요."

나는 여우에 홀린 것처럼 멍해져서, 무엇을 물어야 좋을지 전혀 갈피를 잡을 수 없었습니다.

---

*솜을 두둠하게 넣은 방한용 실내복.

## 22

"아, 여보세요. 왜 그러십니까, 가와이 씨…… 여보세요……."
내가 너무 오랫동안 전화기 앞에서 잠자코 있으니까 하마다가 말을 재촉했습니다. "아아, 여보세요……."

"아아……."

"가와이 씨이세요?"

"아아……."

"왜 그러세요?"

"아아…… 어떻게 하면 좋을지 모르겠네."

"하지만 전화기 앞에서 궁리해봤자 별수 없잖습니까?"

"그렇다는 건 알고 있지만…… 그러나 하마다 군, 나는 정말 어쩌면 좋을지 모르겠네. 그 애가 없어진 뒤로는 밤잠도 제대로 못 잘 만큼 괴로워하고 있다네." 여기서 나는 하마다의 동정을 사기 위해 한껏 처량한 어조로 말을 이었습니다. "하마다 군, 나는 지금 자네밖에는 의지할 사람이 없어서 뜻밖의 폐를 끼치게 되었지만, 나는, 나는…… 어떻게 해서라도 나오미가 있는 곳을 알고 싶네. 구마가이한테 가 있는지, 아니면 누군가 다른 사내한테 가 있는지, 그걸 확실히 알고 싶어. 정말 염치없는 부탁이지만 자네가 애를 써서 그걸 알아봐줄 수는 없을까…… 내가 직접 알아보는 것보다 자네가 알아보는 편이 여러 가지 연줄도 있지 않을까 싶어서…….”

"네, 그거야 뭐 내가 알아보면 금방 알 수 있을지도 모르겠지만……" 하고 하마다는 문제없다는 듯이 말하더니, "하지만 가와이 씨, 당신도 대충 짐작 가는 데가 없습니까?"

"나는 틀림없이 구마가이한테 가 있을 거라고 생각했네. 실은 자네니까 하는 얘기지만, 나오미는 아직도 나 몰래 구마가이하고 관계를 갖고 있었다네. 그게 요전에 들통 났기 때문에, 결국 나와 싸우고 집을 뛰쳐나가버렸지."

"으흠……."

"그런데 자네 이야기로는 서양 사람이랑 여러 사내들이 함께 있었다고 하고, 양장 같은 걸 입고 있었다고 하니, 나로서는 전혀 갈피를 잡을 수 없게 되어버렸다네. 하지만 구마가이를 만나면 대충 상황은 알 수 있을 것 같은데……."

"아, 좋습니다. 좋아요" 하고 하마다는 내 푸념을 자르듯이 말하는 것이었습니다. "그럼 어쨌든 알아보도록 하겠습니다."

"그것도 되도록 빨리 해달라고 부탁하고 싶은데…… 가능하면 오늘 중으로 결과를 알려주면 큰 도움이 되겠는데……."

"아, 그렇습니까. 아마 오늘 중으로는 알 수 있겠지요. 그런데 알게 되면 어디로 알려드릴까요? 요즘도 여전히 오노리의 회사에 다니십니까?"

"아니, 이 사건이 일어난 뒤로 회사는 계속 쉬고 있네. 나오미가 돌아올지 모른다는 생각에서 되도록 집을 비우지 않고 있다네. 그래서 정말 염치없는 말이지만, 전화는 좀 불편하니까 직접 만나면 좋겠는데…… 어떤가? 상황을 알게 되면 오모리 쪽으로 와줄 수 없겠나?"

"네, 괜찮습니다. 어차피 놀고 있으니까요."

"아아, 고맙네. 그렇게 해준다면 나야 정말로 고맙지!" 그런데 이렇게 되자 하마다가 오는 것이 일각천추(一刻千秋)*로 느껴지기 때문에 나는 더욱 초조해져서, "그럼 오모리에 오는 건 대개 몇 시쯤이 될까? 늦어도 두 시나 세 시에는 알 수 있을까?"

"글쎄요. 아마 알 수 있을 거라고는 생각하지만, 일단 가서 물어보지 않으면 확실한 것은 말할 수 없습니다. 최선의 방법을 취해보긴 하겠지만, 경우에 따라서는 이삼 일이 걸릴지도 모르니까……."

"그, 그거야 어쩔 수 없겠지. 내일이든 모레든 자네가 와줄 때까지 나는 집에서 꼼짝 않고 기다리고 있겠네."

"알았습니다. 자세한 건 나중에 만나 뵙고 말씀드리죠. 그럼 끊습니다."

"아, 여보세요." 전화가 끊기려는 순간에 나는 황급히 하마다를 또 한 번 불러냈습니다. "여보세요…… 저, 그리고…… 이건 그때의 사정에 따라 아무래도 좋은 일이지만, 자네가 직접 나오미를 만나게 되면, 그리고 이야기할 기회가 있다면 이렇게 전해주게…… 나는 절대로 나오미의 잘못을 책망하려 하

---

*1각은 하루의 100분의 1, 약 15분. 천추는 천 년. 짧은 시간이 아주 길게 느껴지는 것을 말한다.

지 않는다, 나오미가 타락한 것에 대해서는 나한테도 죄가 있다는 걸 잘 알고 있다. 그래서 내가 잘못한 건 몇 번이라도 사과할 것이고, 어떤 조건이라도 다 들어줄 테니까 지난 일은 모두 잊어버리고 다시 돌아와달라고, 그것도 싫다면 하다못해 한 번만이라도 나를 꼭 만나달라고……."

어떤 조건도 다 들어주겠다는 말 다음에, 좀 더 솔직한 기분을 말하면, "나오미가 무릎을 꿇으라면 나는 기꺼이 그렇게 하겠네. 이마를 조아리라고 하면 이마를 조아리겠네. 어떻게라도 해서 사죄하겠네" 하고 말하고 싶을 정도였지만, 역시 그렇게까지는 말하지 못했습니다.

"내가 그만큼 나오미를 생각하고 있다는 걸 가능하면 전해주었으면 좋겠는데……."

"아, 그렇습니까? 기회가 있다면 충분히 그렇게 말해보겠습니다."

"그리고 저…… 원래 그런 성미니까, 돌아오고 싶기는 하지만 오기를 부리고 있는 게 아닐까 싶네. 그런 것 같거든 내가 몹시 풀이 죽어 있다고 말하고, 억지로라도 데리고 와주면 더욱 좋겠는데……."

"알았습니다, 알았어요. 아무래도 거기까지는 자신할 수 없지만, 할 수 있는 데까지는 해보겠습니다."

내가 너무 집요하게 구니까 하마다도 좀 넌더리가 난 듯한 말투였지만, 나는 그 공중전화에서 지갑 속의 5전짜리 동전이 다 떨어질 때까지 세 통화쯤* 계속 지껄였습니다. 아마 내가 우

---

*1924년 3월까지 공중전화는 1통화당 5분 이내에 5전이었다. 1전은 100분의 1엔.

는 소리를 내거나 떨리는 목소리를 내거나 하면서 이렇게 웅변으로, 이렇게 넉살좋게 지껄인 것은 난생처음이었을 겁니다. 하지만 전화가 끝나자 나는 마음이 놓이기는커녕 이번에는 하마다가 오기를 이제나저제나 하고 기다렸습니다. 아마 오늘 중으로 알 수 있을 거라고 말했지만, 만약 오늘 중으로 오지 않으면 어떻게 해야 좋을까? 아니, 어떻게 '한다'기보다 나는 어떻게 '되어'버릴까? 나는 지금 나오미를 열심히 그리워하는 것 말고는 할 일이 아무것도 없다. 어떻게 하지도 못하고 있다. 잠을 잘 수도 없고 밥을 먹을 수도 없고 밖에 나갈 수도 없어서 집 안에 틀어박힌 채 생판 남이 나를 위해 바쁘게 뛰어다녀주고 어떤 소식을 가져다주기를 두 손 놓고 기다릴 수밖에 없다. 사실 사람이 아무 일도 하지 않고 있는 것만큼 고통스러운 일은 없지만, 나는 거기에다 나오미를 죽도록 그리워하고 있습니다. 이 그리움에 애를 태우면서 내 운명을 남에게 맡기고 시계 바늘을 바라보고 있는 것은 생각만 해도 견딜 수 없는 일입니다. 겨우 1분이 지나는 동안에도 '시간'의 흐름은 놀랄 만큼 느려서 한없이 길게만 느껴집니다. 그 1분이 60번 지나야 겨우 한 시간, 120번 지나야 겨우 두 시간입니다. 세 시간을 기다려야 한다면 이렇게 지루하고 어떻게도 할 수 없는 '1분', 즉 초침이 째깍거리며 원을 한 바퀴 도는 시간을 무려 180번이나 참고 견뎌야 합니다. 그게 세 시간은커녕 네 시간이 되고 다섯 시간이 되고, 또는 한 나절이나 하루가 되고, 또는 이틀이나 사흘이 된다면, 나는 오랜 기다림과 그리움에 지친 나머지 미쳐버릴 게 분명하다는 생각이 들었습니다.

하지만 아무리 빨라도 하마다는 저녁때나 되어야 올 거라고 각오를 굳히고 있었는데, 전화를 건 지 네 시간 뒤인 12시께에 바깥 초인종이 요란하게 울리고 곧이어 하마다의 "계십니까?" 하는 뜻밖의 목소리가 들렸을 때는 나도 모르게 기쁜 나머지 벌떡 일어나 급히 문으로 달려갔습니다. 그러고는 들뜬 어조로,

"아아, 왔나? 지금 문을 열겠네. 자물쇠가 채워져 있어서" 하고 말하면서도, 문득 '이렇게 빨리 와주리라고는 생각지 않았지만, 어쩌면 나오미를 쉽게 만날 수 있었던 게 아닐까. 만났더니 당장 말이 통해서 그녀를 함께 데리고 온 것은 아닐까?' 하는 생각이 들자, 더욱 기쁨이 치밀어 올라 가슴이 두근거렸습니다.

문을 열자 나는 하마다의 등 뒤에 나오미가 바싹 달라붙어 있지나 않은가 하고 주위를 두리번거리며 둘러보았지만 아무도 없었습니다. 하마다가 혼자 현관 밖에 서 있을 뿐이었습니다.

"아까는 실례했네. 어떻게 됐나? 알아냈나?" 내가 다짜고짜 덤벼드는 듯한 어조로 묻자, 하마다는 아주 침착하게 내 얼굴을 불쌍히 여기듯 바라보면서,

"네, 알기는 알았는데…… 하지만 가와이 씨, 이제 그 여자는 글렀습니다. 단념하는 편이 좋겠어요" 하고 잘라 말하면서 고개를 젓는 것이었습니다.

"아니, 그건 무슨 이유로?"

"무슨 이유라뇨? 그건 도리를 벗어난 일이니까요…… 당신을 위해서 하는 말인데, 이젠 나오미 씨를 깨끗이 잊어버리는 게 어떻습니까?"

"그럼 자네는 나오미를 만나봤나? 만나서 이야기는 해보았지만 도저히 절망이라는 건가?"

"아니, 나오미 씨는 만나지 않았습니다. 구마가이한테 가서 사정을 다 듣고 왔는데, 너무 지독해서 정말로 놀라버렸습니다."

"하지만 하마다 군, 나오미는 지금 어디 있나? 나는 무엇보다 그걸 알고 싶네."

"그게 어디라고 딱 정해진 곳이 있는 건 아니고, 여기저기 돌아다니면서 묵고 있습니다."

"묵을 수 있는 집이 그렇게 여기저기 있지는 않을 텐데."

"나오미 씨한테는 당신이 모르는 남자 친구가 몇 명이나 있는지 모릅니다. 하기야 처음 당신과 싸운 날은 구마가이의 집으로 갔답니다. 그것도 미리 전화라도 걸고 몰래 조용히 찾아왔으면 좋았을 텐데, 짐을 잔뜩 갖고 자동차를 타고 와서 느닷없이 현관에다 차를 댔기 때문에, 온 집안 식구들이 도대체 저게 누구냐고 소동이 벌어져, 들어오라고 말할 수도 없고, 그 대단한 구마가이도 참으로 난처했다고 하더군요."

"흐음, 그래서?"

"그래서 어쩔 수 없이 짐만 구마가이의 방에 숨겨두고, 둘이서 어쨌든 밖으로 나와 수상쩍은 여관으로 갔다는데, 게다가 그 여관이 이 오모리의 댁 근처에 있는 무슨 '로(樓)'인가 하는 집으로, 그날 아침에도 거기서 둘이 만나다가 당신한테 들킨 곳이라니, 정말로 대담하지 않습니까?"

"그럼 그날 또 거길 갔단 말인가?"

"네, 그랬답니다. 그걸 구마가이가 자랑거리라도 되는 듯 음담패설을 섞어가면서 지껄이니까 나는 들으면서도 불쾌했습니다."

"그날 밤에는 둘이 거기서 잤겠군?"

"그런데 그렇지가 않아요. 저녁때까지는 거기에 있었지만, 그 후 함께 긴자를 산책한 다음 오와리초 네거리에서 헤어졌답니다."

"그건 이상한데. 구마가이란 놈이 거짓말을 하고 있는 건 아닐까?"

"아니, 들어보세요. 헤어질 때 구마가이가 조금 가엾은 생각이 들어서 '오늘 밤에는 어디서 잘 거냐?'고 물어봤더니, '잘 곳은 얼마든지 있어. 나는 지금 요코하마에 갈 거야' 하면서 조금도 기죽은 기색이 없이 그대로 신바시 쪽으로 성큼성큼 걸어갔답니다."

"요코하마라면 누구한테 갔을까?"

"그게 이상하다는 거죠. 아무리 나오미 씨가 얼굴이 넓다 해도 요코하마에는 잘 만한 곳이 없을 테니까, 말은 그렇게 했지만 아마 오모리로 돌아갔을 거라고 구마가이는 그렇게 생각하고 있었는데, 이튿날 저녁때 전화를 걸어서 '엘도라도에서 기다리고 있으니까 지금 빨리 오지 않겠어?' 했답니다. 그래서 가보았더니 나오미 씨가 눈부신 야회복 차림에 공작 깃털로 만든 부채를 들고 목걸이며 팔찌를 번쩍거리면서 서양 사람과 여러 사내들에게 둘러싸여 신나게 떠들고 있더랍니다."

하마다의 이야기를 듣고 있자니 마치 요술 상자 같아서, 놀랄 만한 사실이 불쑥불쑥 튀어나오는 것입니다. 그러니까 나오미가 첫날 밤은 서양 사람의 집에서 잔 모양인데, 그 서양 사람은 윌리엄 매커널인가 하는 이름이고, 언젠가 내가 처음으로 나오미와 함께 엘도라도에 댄스를 하러 갔을 때 소개도 없이 옆에 다가와 억지로 나오미와 함께 춤을 춘 그 뻔뻔스러운 사내, 얼굴에 분을 바르고 여자처럼 모양을 낸 바로 그 녀석이었습니다. 그런데 더욱 놀라운 일은—이것은 구마가이의 관찰이지만—나오미는 그날 밤 잠자러 갈 때까지 그 매커널이라는 사내와는 그다지 친한 사이도 아니었다는 겁니다. 하기는 나오미도 전부터 그 사내한테 은근히 마음이 있었던 모양입니다. 어쨌든 여자들이 좋아하게 생긴 얼굴이고 차림도 말쑥하고 배우 같은 데가 있어서 댄스하는 사람들 사이에서는 '바람둥이 서양인'이라는 소문이 나 있었을 뿐만 아니라, 나오미 자신도 "저 서양인은 옆얼굴이 좋아요. 어딘가 존 배리를 닮지 않았어요?"—여기서 존 배리란 미국 영화배우로 낯익은 존 배리모어\*를 말합니다—하고 말했을 정도니까 확실히 그 사내를 눈여겨보고 있었던 게 분명합니다. 어쩌면 가끔 추파 정도는 던졌을지도 모르지요. 그래서 매커널 쪽에서도 '요게 나한테 마음이 있구나' 하고 희롱한 적이 있겠지요. 그러니까 친구라고 할 수도 없는 겨우 그만한 연고를 가지고 무작정 찾아간 게 분명합니다. 그래서 찾아가보니, 매커널 쪽에서는 재미난 새가 날아들었구나 하고 "오늘 밤에는 내 집에서 자고 가지 않겠소?" "네, 그래도 좋아요" 하게 되었을 겁니다.

"아무리 그렇다 해도 그건 좀 믿기 어렵군. 처음 만난 남자 집에 가서 그날 밤 당장 거기서 자다니……."

"하지만 가와이 씨, 나오미 씨는 그런 일쯤 태연히 할 겁니

---

\*존 배리모어(John Barrymore, 1882~1942): 미남이고 연기력 있는 성격배우로서 할리우드의 인기 스타로 활약했다.

다. 매커널도 좀 이상하게 느꼈는지, '이 아가씨는 도대체 어디 사는 누구요?' 하고 어젯밤 구마가이한테 묻더랍니다."

"어디 사는 누군지도 모르는 여자를 재워주는 쪽도 피장파장이군."

"재워준 정도가 아니라 양장을 입혀주고 팔찌며 목걸이까지 채워주었으니까 더 엉뚱하지 않습니까? 그리고 단 하룻밤 사이에 완전히 친해져서 나오미 씨는 그 녀석을 '윌리, 윌리' 하고 부른다는 거예요."

"그럼 양장이나 목걸이도 그 녀석이 사준 건가?"

"사준 것도 있는 모양이고, 서양 사람이니까 친구 여자의 옷이나 장신구를 빌려와서 잠시 몸에 걸치게 한 것도 있는 모양이라고 하더군요. 나오미 씨가 '나 양장을 입어보고 싶어요' 하고 응석을 부린 게 발단이었고, 결국 녀석이 비위를 맞춰주게 된 거 아닐까요? 그 양장도 기성복 같은 게 아니라 몸에 딱 맞고, 구두도 프렌치힐\*의 굽 높은 에나멜 구두인데, 앞부리 쪽에 인조 다이아인지 뭔지 자잘한 보석이 반짝거리고 있더군요. 어젯밤의 나오미 씨는 마치 동화에 나오는 신데렐라 같았어요."

나는 하마다의 말을 듣고 그 신데렐라 같았다는 나오미의 모습이 얼마나 아름다웠을까 생각하자 나도 모르게 가슴이 두근거렸지만, 또 다음 순간에는 너무 몸가짐이 나쁜 데 어이가 없어져서 한심하기도 하고 정나미가 떨어지기도 하고 분하기도 하고, 뭐라고 말할 수 없는 불쾌한 기분이 되었습니다. 구마

---

\*하이힐의 뒷굽 형태의 하나. 굽 높이는 6센티미터가 넘고, 옆에서 보면 장심 쪽과 뒷면이 각각 커브를 그리며 안쪽으로 도려내진 형태로 되어 있다.

가이라면 또 모르지만, 근본도 모르는 서양 놈한테 가서 어름어름하다 그 집에서 자고 옷을 얻어 입다니, 그게 어제까지 그래도 남편을 두고 있던 여자가 할 수 있는 짓인가? 내가 오랫동안 함께 산 그 나오미라는 계집은 그처럼 더러운 매춘부 같은 계집이었던가? 나는 지금까지 그녀의 정체도 모르고 어리석은 꿈을 꾸고 있었단 말인가? 정말 하마다의 말마따나 나는 아무리 그리워도 이젠 그 여자를 단념하지 않으면 안 돼. 나는 보기 좋게 망신을 당했어. 사내 얼굴에 먹칠을 했어…….

"하마다 군, 성가시게 구는 것 같지만 다시 한 번 확인하겠는데, 여태까지 한 이야기는 모두 사실인가? 구마가이가 증명할 뿐만 아니라 자네도 증명할 수 있겠지?"

하마다는 내 눈에 눈물이 솟아난 것을 보고 딱하다는 듯이 고개를 끄덕이며,

"그렇게 물으시면 당신의 심정을 헤아려서 말하기가 괴로워지지만, 어젯밤에는 나도 그 자리에 함께 있었고, 구마가이의 말은 대개 사실일 것으로 생각됩니다. 계속 말씀드리면 아직 그밖에도 여러 가지 이야기가 나오니까 그렇구나 하고 생각하시겠지만, 거기까지는 듣지 마시고 나를 믿어주세요. 내가 재미 삼아 사실을 과장하고 있는 건 아니라는 것을 말입니다."

"아, 고맙네. 거기까지 들었으면 이제 됐네. 더 이상 들을 필요는……."

어찌된 셈인지, 이렇게 말한 순간 내 말은 목에 걸리고, 갑자기 굵은 눈물방울이 뚝뚝 떨어졌기 때문에 '이건 안 되겠다'고 생각한 나는 느닷없이 하마다를 꽉 끌어안고 그 어깨 위에 얼굴을 묻어버렸습니다. 그리고 울음을 터뜨리면서 터무니없

이 큰 소리로 외쳤습니다.

"하마다 군! 난, 난…… 이제 그 여자를 깨끗이 단념했네!"

"당연합니다! 그렇게 말씀하시는 게 당연합니다!" 하고 하마다도 나에게 이끌렸는지 역시 울먹이는 목소리로 말하는 것이었습니다. "솔직히 말씀드리면, 나오미 씨에게는 희망이 없다는 것을 오늘 당신한테 선고할 생각으로 왔어요. 그야 물론 나오미 씨는 그런 여자니까 또 언제 당신 앞에 태연한 낯으로 나타날지 모르지만, 현재는 아무도 나오미 씨를 진지하게 상대하는 사람이 없습니다. 구마가이의 말에 따르면 마치 모든 사내가 노리개로 삼고 있는 것 같고, 차마 입에 담을 수 없는 지독한 별명까지 붙어 있답니다. 당신은 모르는 사이에 지금까지 얼마나 망신을 당했는지 모릅니다……."

한때는 나처럼 나오미를 열렬히 사랑했던 하마다, 그리고 나와 마찬가지로 그녀에게 배신당한 하마다—이 소년의 비분에 찬 말, 진심으로 나를 생각해주는 한 마디 한 마디는 날카로운 메스로 썩은 살을 도려내는 듯한 효과가 있었습니다. 모든 사내가 노리개로 삼고 있다, 입에 담을 수 없는 지독한 별명이 붙어 있다—이 무서운 폭로는 오히려 기분을 후련하게 해주어, 나는 학질*이 떨어진 것처럼 단번에 어깨가 가벼워지고 눈물까지 멎어버렸습니다.

---

*12일 동안 주기적으로 오한과 발열을 되풀이하는 말라리아의 옛 이름. '학질이 떨어진다'는 말은 한때 열병에 걸린 것처럼 무언가에 열중했던 사람이 제정신으로 돌아와 냉정해지는 것을 말한다.

## 23

"어떻습니까, 가와이 씨, 그렇게 집 안에만 틀어박혀 있지 말고 기분전환 삼아 산책이나 하지 않겠습니까?" 하고 하마다가 기운을 북돋워주었기 때문에,

"그럼 잠깐 기다려주게" 하고, 지난 이틀 동안 양치질도 하지 않고 수염도 깎지 않고 있던 내가 면도와 세수를 하고 상쾌한 기분이 되어 하마다와 함께 밖으로 나온 것은 그럭저럭 2시 반경이었습니다.

"이럴 때는 차라리 교외로 나갑시다" 하고 하마다가 말하기에 나도 거기에 찬성했지만, "그럼 이쪽으로 가볼까요?" 하며 이케가미 쪽으로 걷기 시작했기 때문에, 나는 문득 불쾌한 느낌이 들어서 멈춰 섰습니다.

"아, 그쪽은 안 돼. 그쪽은 피해야 돼."

"아니, 왜요?"

"아까 말한 아케보노로라는 여관이 그쪽에 있거든."

"아, 그럼 안 되죠. 그러면 어떻게 할까요? 여기서 곧장 바

닷가로 나가서 가와사키 쪽으로 가볼까요?"

"그래, 그게 좋겠어. 그러면 제일 안전해."

그러자 하마다가 이번에는 반대쪽으로 발길을 돌려 정거장 쪽으로 걸어가기 시작했지만, 생각해보면 그쪽도 전혀 위험하지 않은 것은 아닙니다. 나오미가 아직도 아케보노로에 다니고 있다면 지금쯤 구마가이를 데리고 나올지도 모르고, 그 양코배기와 함께 도쿄와 요코하마 사이를 오갈지도 모르니까, 어쨌든 쇼센 전차가 서는 곳은 불길하다고 생각해서,

"오늘은 자네한테 뜻하지 않은 수고를 끼쳤네" 하고 아무렇지도 않게 말하면서 앞장서서 옆 골목으로 접어들어 논길에 있는 건널목을 건너도록 했습니다.

"아니, 괜찮습니다. 어차피 한 번은 이런 일이 있지 않을까 생각하고 있었지요."

"으흠, 자네가 보기에는 내가 아주 우스꽝스럽게 보였을 거야."

"하지만 나도 한때는 우스꽝스러웠으니까, 당신을 비웃을 자격은 없지요. 나는 그저 열정이 식고 보니 당신이 아주 딱하게 여겨졌을 뿐입니다."

"하지만 자네는 젊으니까 그래도 낫지. 나처럼 서른이 넘어 가지고 이런 어처구니없는 꼴을 당하다니, 말이 안 돼. 그것도 자네가 말해주지 않았다면 언제까지 바보짓을 계속하고 있었을지 모르는 일이고……."

들판으로 나오자 늦가을의 하늘은 나를 위로해주듯 높고 상쾌하게 맑았지만, 바람이 휙휙 강하게 불어서 울고 난 뒤 퉁퉁 부은 눈 가장자리가 얼얼했습니다. 그리고 먼 선로 쪽에서는

불길한 쇼센 전차가 요란한 소리를 내면서 밭 사이를 달리고 있었습니다.

"하마다 군, 점심은 먹었나?" 한동안 말없이 걷다가 내가 물었습니다.

"실은 아직 안 먹었는데요. 가와이 씨는요?"

"나는 그저께부터 술은 마셨지만 밥은 통 먹지 않아서 지금은 배가 몹시 고프군."

"그렇겠지요. 그렇게 무리한 짓은 안 하시는 게 좋습니다. 몸이 상하면 손해니까요."

"이젠 괜찮네. 자네 덕분에 깨달음을 얻었으니까, 더 이상 무리한 짓은 하지 않을 거야. 나는 내일부터 새사람이 될걸세. 그리고 회사에도 나갈 작정이야."

"그럼요. 그래야 시름도 잊어버릴 수 있지요. 나도 실연을 당했을 때, 어떻게든 잊으려고 열심히 음악을 했었지요."

"음악을 할 줄 알면 그럴 때는 좋겠군. 나는 그런 재주도 없으니까 회사일이나 열심히 할 수밖에 없지만……. 어쨌든 배가 고프지 않나? 어디 가서 식사라도 하세."

두 사람은 이런 식으로 대화를 나누면서 로쿠고\*까지 어슬렁어슬렁 걸어갔지만, 그 후 곧 가와사키 시내의 어느 식당에 들어가 보글보글 끓는 냄비를 사이에 두고 마주앉아 마쓰아사에서 그랬듯이 또 술잔을 주고받기 시작했습니다.

"자, 한잔하게."

"이렇게 마시면 빈속이라 금방 취할 텐데요."

---

\*다마가와 북쪽 둔덕의 지명. 강을 건너면 가와사키 시가 된다.

"아니, 괜찮아. 오늘 저녁은 내가 액땜을 했으니까 축배를 들어주게. 나도 내일부터는 술을 끊겠어. 그 대신 오늘 저녁은 흠뻑 취해서 이야기를 나누어보세."

"아, 그렇습니까? 그럼 당신의 건강을 위하여!"

하마다의 얼굴이 새빨갛게 달아오르고 얼굴 가득 돋아난 여드름 꽃이 울긋불긋 반들거리기 시작할 무렵에는 나도 얼큰히 취해서 슬픈지 기쁜지 아무것도 분간할 수 없게 되어버렸습니다.

"그런데 하마다 군, 묻고 싶은 게 있는데……" 하고 나는 적당한 때를 보아 무릎걸음으로 다가앉으면서, "나오미한테 지독한 별명이 붙었다고 했는데, 도대체 어떤 별명인가?"

"아, 그건 말할 수 없습니다. 너무나 지독해서요."

"지독해도 상관없잖나. 그 계집은 이제 나하고는 남남이니까 거리낄 것도 없지. 응? 뭐라고들 하는지 가르쳐주게. 그걸 들으면 오히려 기분이 후련해질 거야."

"당신은 그럴지도 모르지만, 나는 도저히 말할 수 없으니까 봐주세요. 어쨌든 지독한 별명이라고 생각하고, 상상해보시면 알 수 있을 겁니다. 하기는 그런 별명이 붙은 유래만은 말씀드릴 수 있습니다만……."

"그럼 그 유래만이라도 말해주게."

"하지만 가와이 씨…… 이거 참 곤란한데요" 하고 하마다는 머리를 긁으면서, "그것도 아주 지독합니다. 아무리 사정이 그렇더라도, 이야기를 들으시면 분명 기분이 나빠질 겁니다."

"괜찮네. 괜찮아. 상관없으니까 말해보게! 지금은 단순한 호기심에서 그 계집의 비밀을 알고 싶을 뿐이야."

"그럼 그 비밀을 조금만 말해드릴까요…… 이번 여름에 가마쿠라에 계실 때 나오미 씨한테 사내가 몇 명이나 있었을 거라고 생각하세요?"

"글쎄, 내가 알고 있는 건 자네와 구마가이뿐이지만, 그밖에도 남자가 있었나?"

"가와이 씨, 놀라시면 안 됩니다. 세키와 나카무라도 그랬답니다."

나는 취하기는 했지만, 몸에 찌르르 하고 전기가 통한 듯한 느낌이 들었습니다. 그리고 나도 모르게 눈앞에 있던 술잔을 벌컥벌컥 대여섯 잔이나 들이켠 뒤에야 비로소 입을 열었습니다.

"그러면 그때 어울린 패거리는 한 사람도 빠짐없이?"

"네, 그렇습니다. 그리고 어디서 만났는지 아십니까?"

"그 오쿠보의 별장인가?"

"바로 당신이 세 들어 지낸 꽃집 별채입니다."

"으음……." 숨이라도 막혀버린 것처럼 멍하니 있던 나는 "그런가? 정말 놀라운 일이로군" 하고 겨우 신음을 내뱉듯이 목소리를 냈습니다.

"그러니까 그 무렵 입장이 제일 난처했던 건 꽃집 아주머니였을 겁니다. 구마가이에 대한 의리가 있으니까 나가달라고 말할 수도 없고, 자기 집이 일종의 매춘굴로 변해 온갖 잡놈이 쉴 새 없이 드나드니까 이웃 사람들 보기에도 흉하고, 게다가 만에 하나 당신이 알게 되면 큰일이라고 생각해서 항상 조마조마했던 모양입니다."

"아하, 그렇군. 그러고 보니 언젠가 내가 나오미에 대해 물었을 때 아주머니가 몹시 당황해서 안절부절못하는 것 같았는데, 그런 사정이 있었군. 오모리의 집은 자네와 밀회하는 곳이 되고 꽃집 별채는 매춘굴이 되었는데도 그걸 모르고 있었다니, 정말 우스운 꼴을 당하고 있었군."

"아, 가와이 씨, 오모리 이야기는 빼주세요! 그 이야기를 하시면 사죄하겠습니다."

"아하하하, 뭐 괜찮아. 이젠 다 지난 일이니까 말해도 상관없지 않나? 하지만 그렇게까지 나오미란 년에게 교묘하게 속고 있었다는 걸 생각하면, 속았어도 오히려 통쾌하군. 너무 솜씨가 훌륭해서, 그저 앗 하고 감탄할 뿐이야."

"마치 씨름판에서 깨끗이 업어치기를 당한 것 같으니까요."

"동감일세. 동감이야. 정말 자네 말대로야…… 그런데 그 패거리는 모두 나오미한테 희롱을 당하고도 서로 모르고 있었나?"

"아니, 다 알고 있었습니다. 이따금 두 남자가 마주칠 때도 있었을 정도지요."

"그런데도 싸움이 일어나지 않았나?"

"놈들은 암묵리에 서로 동맹을 맺고 나오미 씨를 공유하고 있었어요. 그러니까 거기에서 지독한 별명이 붙었고, 뒤에서는 모두 그 별명으로만 불렀지요. 당신은 그걸 모르니까 오히려 행복했겠지만, 나는 정말 딱하다는 생각이 들어서 어떻게든 나오미 씨를 구해내려고 했지요. 하지만, 내가 타이르면 화를 내고 토라져서 거꾸로 나를 업신여기니까 어떻게 해볼 도리가 없었습니다." 하마다도 그 시절의 일이 생각났는지 감상적인 말투가 되어 덧붙였다. "가와이 씨, 언젠가 마쓰아사에서 만났을 때 이런 것까지는 말씀드리지 않았지요?"

"그때 자네 이야기로는 나오미를 마음대로 다루고 있는 건 구마가이라고…….."

"네, 그랬지요. 나는 그때 그렇게 말했습니다. 물론 그것도 거짓말은 아니에요. 나오미 씨와 구마가이는 피차 덜렁거리는 점이 성미에 맞았는지, 제일 사이가 좋았지요. 그래서 누구보다 구마가이가 두목이다, 나쁜 짓은 모두 그놈이 가르친다고 생각했기 때문에 그런 식으로 말했지만, 차마 그 이상은 말할 수 없었습니다. 그때는 그저 당신이 나오미 씨를 버리지 않기를, 그리고 선량한 쪽으로 이끌어주기를 빌고 있었으니까요."

"그런데 이끌기는커녕 오히려 내가 질질 끌려가고 말았으니……."

"나오미 씨한테 걸려들면 어떤 남자라도 그렇게 되게 마련입니다."

"그 계집한테는 불가사의한 매력이 있어."

"확실히 그건 마력입니다! 나도 그걸 느꼈기 때문에, 더 이상 그 여자한테 가까이 가면 안 된다고, 가까이 가면 내가 위험하다고 깨달은 겁니다."

나오미, 나오미…… 우리 두 사람 사이에 그 이름이 몇 번이나 되풀이되었는지 모릅니다. 우리는 그 이름을 안주로 삼아 술을 마셨습니다. 그 매끄러운 발음을 쇠고기보다 더 맛있는 요리처럼 혀로 맛보고 침으로 핥고 입술에 올렸습니다.

"하지만 괜찮아. 한 번쯤은 그런 여자한테 당해보는 것도" 하고 나는 감개무량하다는 듯이 말했습니다.

"그렇고말고요! 나는 어쨌든 그 여자 덕분에 첫사랑의 맛을 알았는걸요. 잠깐이나마 아름다운 꿈을 꾸게 해주었으니, 그걸 생각하면 감사하지 않으면 안 됩니다."

"하지만 이제 어떻게 될까? 앞으로 그 여자의 신세는?"

"글쎄요. 앞으로는 점점 더 타락해갈 뿐이겠지요. 구마가이의 말에 따르면, 매커널의 집에도 오래 있을 수는 없을 테니까 이삼 일 지나면 또 어딘가로 가겠지요. 자기한테도 짐이 있으니까 찾아올지 모른다고 말했지만, 도대체 나오미 씨는 자기 집이 없습니까?"

"친정은 아사쿠사에서 술집*을 하고 있지. 그년이 불쌍해서 지금까지 아무한테도 말한 적이 없지만."

"아아, 그렇습니까? 역시 가정환경이란 건 어쩔 수 없군요."

"나오미한테 들었는데, 원래는 하타모토**의 사무라이였고, 자기가 태어났을 때는 시모니반초의 훌륭한 저택에서 살았대. 나오미라는 이름은 할머니가 지어주었는데 그 할머니는 로쿠메이칸 시대에 댄스를 한 하이칼라였다지만, 어디까지가 사실인지는 알 수 없지. 어쨌든 가정환경이 나빴어. 나도 이제는 그걸 뼈저리게 느끼고 있지."

"그 말을 들으니 더욱 무서워지는데요. 나오미 씨에게는 선

---

*이 시대에는 요시와라 유곽처럼 정식으로 신고한 공창 매춘은 합법이었지만, 신고하지 않은 매춘은 사창이라 하여 불법이었다. 그래서 단속을 피하기 위해 술집으로 위장한 매춘업소가 1890년경부터 등장했는데, 아사쿠사 공원 주변, 특히 센조쿠초에 그런 술집이 많았다.

**도쿠가와 쇼군의 직속 가신으로, 녹봉이 만 석 미만이고 쇼군을 알현할 수 있는 자격을 가진 약 5천 명을 하타보노(旗本)라고 불렀다. 시모니반초(오늘날의 지요다구 2번가)는 에도성(오늘날의 황거) 바로 서쪽에 있는 고지마치의 한 모퉁이인데, 에도 시대에는 이곳에 다이묘(봉건 영주)와 하타모토의 지택이 많았고 메이지 이후에는 귀족과 관리가 많이 살았다. 로쿠메이칸(1883년 외국 손님이나 외교관의 숙박과 접대를 위해 지어진 사교장) 시대에 무도회에 참석한 것은 상류층 여성뿐이니까, 나오미의 말이 사실이라면 에도 시대부터 메이지 시대 초기까지는 상당한 명문 집안이었다는 이야기가 된다.

천적으로 음탕한 피가 흐르고 있어서, 그런 운명을 갖고 있었군요. 모처럼 당신이 건져주었는데…….”

우리 두 사람은 그곳에서 세 시간쯤 이야기를 나누었고, 밖으로 나온 것은 밤 7시가 지나서였지만 이야기는 언제까지나 끝이 날 줄 몰랐습니다.

"하마다 군, 자네는 쇼센 전차로 돌아가나?" 하고 가와사키 시내를 걸으면서 내가 물었습니다.

"글쎄요. 여기서 걸어가기는 힘드니까요."

"그야 그렇지만 나는 게이힌 전차를 타겠네. 그년이 요코하마에 있다면 쇼센 전차는 위험할 것 같다는 기분이 들어서 말이야."

"그럼 나도 게이힌 전차를 타겠습니다. 하지만 나오미 씨는 저런 식으로 사방팔방 돌아다니고 있으니까 언젠가는 어딘가에서 분명 마주치게 될 겁니다."

"그렇게 되면 섣불리 나다닐 수도 없어."

"댄스장에 열심히 드나들고 있을 테니까, 긴자 부근이 가장 위험한 구역이겠군요."

"오모리도 위험 구역이 아니라고 할 수는 없지. 요코하마가 있고, 가게쓰엔이 있고, 아케보노로가 있고…… 어쩌면 나는 그 집을 정리해버리고 하숙 생활을 할지도 몰라. 당분간 이 사건의 열기가 식을 때까지는 그년의 낯짝도 보고 싶지 않으니까."

나는 하마다와 함께 게이힌 전차를 타고 오모리까지 와서 그와 헤어졌습니다.

## 24

 내가 이런 고독과 함께 실연에 괴로워하고 있을 때, 또 하나 슬픈 사건이 일어났습니다. 다름이 아니라 고향의 어머니가 뇌출혈로 갑자기 세상을 떠나신 겁니다. 위독하다는 전보가 온 것은 하마다를 만난 이틀 뒤 아침이었고, 나는 회사에서 전보를 받자마자 곧장 우에노 역으로 달려가 해 질 녘에는 시골집에 도착했지만, 그때 어머니는 이미 의식을 잃은 뒤여서 나를 보고도 알아보지 못하는 것 같았고, 두세 시간 뒤에는 숨을 거두고 말았습니다.
 어렸을 때 아버지를 여의고 홀어머니 슬하에서 자란 나는 '어버이를 잃는 슬픔'이라는 것을 처음으로 경험한 셈입니다. 게다가 어머니와 나 사이는 세간의 보통 모자보다 훨씬 가까웠으니까요. 과거를 돌이켜보아도 내가 어머니에게 반항하거나 어머니가 나를 꾸짖은 기억은 하나도 없습니다. 그것은 내가 어머니를 존경하고 있었기 때문이기도 하겠지만, 그보다는 오히려 어머니가 유달리 인정이 많고 자애로운 분이었기 때문입니다. 흔히 세간에서는 아들이 점차 성장해서 고향을 떠나 도회지로 나가버리면, 부모들은 여러 가지로 걱정하며 아들의 품행을 의심하거나 또는 그 때문에 사이가 멀어지거나 하는 법인데, 어머니는 내가 도쿄에 나온 뒤에도 나를 믿고 내 마음을 이해하고 나를 언제나 생각해주었습니다. 내 밑으로 누이동생 둘이 있을 뿐이어서 외아들인 나를 떼어놓는 것이 어머니로서는 쓸쓸하기도 하고 불안하기도 했을 텐데, 어머니는 한 번도 불만을 말한 적이 없을뿐더러 언제나 내 입신출세만을 빌고 있었습니다. 그래서 나는 어머니 슬하에 있을 때보다도 멀리 떠나왔을 때 어머니의 자애로움이 얼마나 깊은지를 더욱 강하게 느낄 수 있었습니다. 특히 나오미와 결혼하기 전후, 그에 뒤이은 나의 여러 가지 방자함을 어머니가 기꺼이 들어줄 때마다 그 따뜻한 사랑을 눈물겹게 생각지 않은 적이 없었습니다.

그런 어머니를 이렇게 갑자기 생각지도 않게 여읜 나는 어머니의 유해를 옆에 모시고 있으면서도 마치 꿈을 꾸는 듯한 심정이었습니다. 어제까지만 해도 나오미의 색향에 몸도 마음도 미쳐 있던 나, 그리고 지금은 부처님 앞에 무릎을 꿇고 향을 바치고 있는 나, 이 두 가지 '나'의 세계는 아무리 생각해도 연관이 없는 듯한 기분이 들었습니다. 어제의 내가 진정한 나일까, 오늘의 내가 진정한 나일까? 한탄과 슬픔과 놀라움의 눈물에 잠기면서도 스스로 자신을 돌이켜보면 어디선지 모르게 그런 목소리가 들립니다. "네 어머니가 지금 돌아가신 건 우연이 아니야. 어머니는 너를 훈계하신 거야. 교훈을 내려주신 거야" 하는 속삭임도 또 한편에서는 들려옵니다. 그러면 나는 새삼스럽게 생전의 어머니 모습을 회상하고, 미안한 짓을 한 것을 느끼고, 그러면 다시 회한의 눈물을 참을 수 없게 되고, 너무 울어서 창피하니까 살며시 뒷동산에 올라가 소싯적 추억들이 가득 어려 있는 숲이며 언덕이며 들녘의 풍경을 내려다보면서 하염없이 울곤 했습니다.

이 지극한 슬픔이 뭔가 나를 영롱한 존재로 정화시켜주고 마음과 몸에 쌓여 있던 불결한 요소들을 말끔히 씻어준 것은 말할 나위도 없습니다. 이 슬픔이 없었다면 나는 아마 아직도 그 더러운 계집을 잊지 못하고 실연의 고통에 괴로워하고 있었을 겁니다. 그것을 생각하면 어머니가 돌아가신 것은 역시 무의미하지 않았습니다. 아니, 적어도 나는 그 죽음을 무의미하게 만들면 안 되었습니다. 그래서 나는 이제 도회지의 공기가 싫어졌다, 입신출세라지만 도쿄에 나가 그저 쓸데없이 경조부박한 생활을 하는 것이 입신도 출세도 아니다, 나 같은 시골 사람에게는 결국 시골이 어울린다, 이대로 고향에 주저앉아 고향땅과 친하게 지내자, 그리고 어머니의 산소를 지키면서 마을 사람들과 함께 조상 대대로 내려온 농사를 짓자─이런 생각까지 들었지만, 숙부나 누이나 친척들의 의견은 "그것은 너무 성급한 이야기다. 지금 네가 낙심하는 것도 무리는 아니지만, 아무리 그렇다 해도 어머니가 돌아가셨다고 해서 사내대장부가 중요한 미래를 쉽사리 묻어버릴 것까지는 없지 않으냐. 누구나 부모를 여의게 되면 한때는 상실감이 큰 법이지만, 세월이 흐르면 그 슬픔도 차츰 줄어든다. 그러니까 너도, 그렇게 하겠다면 한다 해도, 좀 더 천천히 생각한 뒤에 하면 좋지 않겠는가. 그리고 무엇보다도 별안간 그만두어버리면 회사 쪽에도 미안할 테니까" 하는 것이었습니다. "실은 그것만이 아니라, 아직 아무한테도 말하지 않았지만 마누라가 도망가버려서……"라는 말이 입 언저리까지 나왔지만, 여러 사람 앞에서 부끄럽기도 하고 한창 어수선한 때여서 결국 그 이야기는 하지 못하고 말았습니다. (나오미가 시골에 얼굴을 보이지 않는 것에 대해서는 그녀가 병에 걸렸다고 적당히 얼버무려두었습니다.) 그리고 칠일재(七日齋)가 끝나자, 뒷일은 나의 대리인 자격으로 재산을 관리해주던 숙부 내외에게 부탁하고, 어쨌든 모든 친척들의 의견을 받아들여 일단 도쿄로 돌아왔습니다.

하지만 회사에 가도 전혀 일이 손에 잡히지 않았습니다. 게다가 사내에서 내 평판도 전만큼 좋지 않았습니다. 성실 근면하고 품행이 방정하여 '군자'라는 별명까지 얻었던 내가 나오미 때문에 완전히 체면을 잃어버려서 중역한테나 동료들에게도 신용을 잃고, 심지어 이번에 어머니가 돌아가셨을 때에도 그것을 구실로 회사를 쉬려는 수작 아니냐고 놀리는 자마저 있었습니다. 이런저런 사정으로 나는 점점 회사에 싫증이 나서, 두 번째 칠일재를 지내러 일박 예정으로 고향에 돌아갔을 때 "조만간 회사를 그만둘지 모릅니다" 하고 숙부에게 귀띔했을 정도입니다. 숙부는 "그래, 그래" 하면서 진지하게 들어주지도 않았기 때문에 나는 이튿날부터 다시 마지못해 회사에 나갔지만, 회사에 있는 동안은 그래도 낫지만 저녁부터 밤 동안은 도저히 견딜 수가 없었습니다. 그도 그럴 것이, 시골로 돌아갈지 단연코 도쿄에 남을지, 그 결심이 서지 않아서 나는 아직 하숙 생활을 하지도 못하고 텅 빈 오모리의 집에서 혼자 지내고 있었기 때문입니다.

회사가 끝나면 나는 여전히 나오미와 마주치는 게 싫어서 번화한 곳은 피하고 전차를 타고 곧장 오모리로 돌아옵니다. 그리고 역 근처 식당에서 간단한 일품요리나 메밀국수나 가락 국수로 저녁을 때우고 나면, 그 후로는 아무것도 할일이 없습니다. 할 수 없이 침실로 가서 이불을 뒤집어쓰지만, 그대로 쌔근쌔근 잠이 드는 경우는 거의 없고, 두 시간이고 세 시간이고 눈이 말똥말똥합니다. 침실이란 그 다락방인데, 그곳에는 지금도 나오미의 짐이 놓여 있고, 지난 5년 동안의 무질서와 방탕과 음란의 냄새가 벽에도 기둥에도 배어 있습니다. 그 냄새는 곧 그녀의 체취였고, 게으른 그녀는 때 묻은 옷을 빨지도 않고 똘똘 뭉쳐서 쑤셔 박아두었기 때문에, 지금은 그 냄새가 바람이 잘 통하지 않는 실내에 가득 차버렸습니다. 이래서는 견딜 수 없다는 생각이 들어서 나중에는 아틀리에의 소파에서 잤지만, 거기서도 쉽게 잠들지 못하는 것은 마찬가지였습니다.

어머니가 돌아가신 뒤 3주일이 지나 그해 12월에 접어든 뒤, 나는 마침내 회사를 그만둘 결심을 굳혔습니다. 그리고 회사 형편상 그해 말까지 채우고 그만두기로 결정했습니다. 물론 이것은 아무한테도 의논하지 않고 나 혼자 결정한 일이기 때문에 고향에서는 아직 모르고 있었지만, 그렇게 되고 보니 앞으로 한 달만 참으면 되니까 다소 마음이 가라앉았습니다. 마음에도 얼마간 여유가 생기고, 한가할 때는 책을 읽거나 산책을 했지만, 그래도 위험 구역에는 절대로 가까이 가지 않았습니다. 어느 날 밤, 하도 심심해서 시나가와 쪽까지 걸어갔을 때 심심풀이로 마쓰노스케\*가 나온 영화나 볼까 하고 영화관에 들어갔더

---

\* 오노에 마쓰노스케(尾上松之助, 1875~1926): 일본 최초의 영화 스타.

니 마침 로이드\*의 희극을 상영하고 있었는데, 젊은 미국 여배우들이 스크린에 나타나자 역시 갖가지 추억이 되살아나서 기분이 언짢았습니다. 그래서 나는 '이제 다시는 서양 영화를 보지 말아야겠다'고 생각했습니다.

그런데 12월 중순의 어느 일요일 아침이었습니다. 내가 2층에서 자고 있는데(그 무렵에는 아틀리에가 추워졌기 때문에 다시 다락방으로 잠자리를 옮겼습니다) 아래층에서 뭔가 달그락거리는 소리가 들리고 인기척이 났습니다. 참, 이상하군. 현관문은 잠겨 있을 텐데…… 이렇게 생각하는 동안, 이윽고 귀에 익은 발소리가 나고, 그 소리가 성큼성큼 층계를 올라오더니, 내가 미처 놀랄 겨를도 없이, "안녕하세요?" 하고 쾌활한 목소리로 말하면서 느닷없이 코앞의 문을 열고 나오미가 내 눈앞에 나타났습니다.

"안녕하세요?" 하고 그녀는 다시 한 번 인사를 하더니 나를 물끄러미 내려다보았습니다.

"뭐 하러 왔어?" 하고 나는 잠자리에서 일어나려고도 하지 않고 조용하게 냉담한 목소리로 말했습니다. 정말 뻔뻔스럽게 찾아올 수 있었구나 하고 속으로는 어이없어하면서…….

"저요? 짐을 가지러 왔어요."

"짐은 가져가도 좋지만, 어디로 들어왔어?"

"현관문으로 들어왔죠. 나한테 열쇠가 있었어요."

"그럼 그 열쇠를 두고 가줘."

---

\*해럴드 로이드(Harold Lloyd, 1893~1971): 찰리 채플린, 버스터 키튼과 함께 인기를 누리던 무성영화의 코미디언.

"네, 두고 갈게요."

나는 홱 돌아누워 그녀에게 등을 돌린 채 잠자코 있었습니다. 한동안 그녀는 내 머리맡에서 부스럭거리며 보따리를 싸고 있었는데, 문득 허리띠 푸는 소리가 났기 때문에 주의해서 보니, 그녀는 방구석, 그것도 내 시선이 닿는 곳으로 와서 나에게 등을 돌린 채 옷을 갈아입고 있었습니다. 나는 아까 그녀가 여기 들어왔을 때 이미 그녀의 옷차림을 유심히 보았는데, 그것은 내가 본 적이 없는 메이센 옷이었고, 게다가 날마다 그 옷만 입고 있었는지 옷깃에는 때가 묻고 무릎이 나오고 온통 구겨져 있었습니다. 그녀는 허리띠를 풀더니, 그 때 묻은 메이센 옷을 벗고 역시 때 묻은 모슬린 속옷 바람이 되었습니다. 그런 다음, 방금 꺼낸 지리멘 속옷을 집어서 어깨에 걸치고는, 온몸을 꿈틀거리면서 속에 입고 있던 모슬린 속옷을 마치 허물을 벗듯 다다미 위에 떨어뜨렸습니다. 그러고는 그 위에다 그녀가 좋아하는 옷 중의 하나인 거북등무늬 오시마\*를 입고, 붉은색과 흰색의 바둑판무늬를 넣은 속띠를 허리가 잘록해질 만큼 졸라맨 다음, 이번에는 폭이 넓은 띠를 맬 차례인가 했더니, 다시 내 쪽으로 몸을 돌리고 그 자리에 털썩 주저앉아 버선을 갈아 신는 것이었습니다.

나는 무엇보다 그녀의 맨발을 보는 것이 가장 강한 유혹이기 때문에 되도록 그쪽을 보지 않으려고 애쓰기는 했지만, 그래도 힐끔힐끔 눈길을 보내지 않을 수 없었습니다. 그녀도 물론 그것을 알고 하는 짓이니까, 일부러 그 발을 지느러미처럼

---

\*흙탕물에 담가서 갈색으로 염색한 고급 직물.

꾸불거리면서 이따금 탐색하듯 내 눈빛에 슬쩍 주의를 기울였습니다. 하지만 버선을 다 신자 벗어둔 옷을 척척 챙기고는,

"안녕히 계세요" 하고 말하면서 짐 보따리를 방문 쪽으로 질질 끌고 갔습니다.

"이봐, 열쇠를 놓고 가라니까" 하고 나는 그때야 비로소 말을 걸었습니다.

"아 참, 그렇지" 하고 그녀는 손가방에서 열쇠를 꺼내더니, "그럼 여기다 놓고 갈게요. 그런데 아무래도 한 번으로는 짐을 다 가져갈 수 없으니까 다시 한 번 올지 몰라요."

"오지 않아도 돼. 내가 아사쿠사의 집으로 보내줄 테니까."

"아사쿠사에 보내면 곤란해요. 좀 사정이 있어서……."

"그럼 어디로 보내면 돼?"

"어디라고 아직 정해진 곳은 없지만……."

"이 달 안으로 가지러 오지 않으면 나는 상관하지 않고 아사쿠사로 보내버릴 거야. 그렇게 언제까지나 네 짐을 여기 놔둘 수는 없으니까."

"네, 좋아요. 곧 가지러 올게요."

"그리고 미리 말해두겠는데, 한 번에 다 운반할 수 있도록 차라도 가져오고, 사람을 보내. 네가 직접 가지러 오지 말고."

"그래요. 그럼 그렇게 하죠."

그리고 그녀는 나갔습니다.

이제 안심이라고 생각하고 있는데, 이삼 일이 지난 후 밤 9시께, 내가 아틀리에에서 석간을 읽고 있는데 또다시 달그락거리는 소리가 나고 현관문에 누군가가 열쇠를 꽂았습니다.

25

"누구요?"

"저예요" 하고 말하는 동시에 문이 벌컥 열리면서, 시커멓고 커다란 곰 같은 물체가 문 밖의 어둠 속에서 방으로 불쑥 들어오더니, 당장 그 시커먼 것을 홱 벗어던지자, 이번에는 여우처럼 하얀 어깨며 팔뚝을 드러낸 연하늘색의 프랑스 지리멘* 드레스를 걸친 젊고 낯선 서양 여자가 나타났습니다. 포동포동 살찐 목에는 무지개처럼 반짝거리는 수정 목걸이를 걸고, 눈썹까지 깊이 눌러 쓴 까만 벨벳 모자 밑에는 일종의 신비로운 느낌이 날 만큼 하얀 코끝과 턱끝이 보이고, 싱싱하게 새빨간 입술이 유난히 돋보였습니다.

"안녕하세요" 하고 인사를 하면서 그 서양 여자가 모자를 벗었을 때 나는 비로소 '아니, 이 여자는?' 하고 의아해하면서

---

*오글오글한 잔주름이 많은 얇고 부드러운 비단의 하나. 중국의 평직 기술을 도입하여 프랑스에서 만들어진 옷감이어서 불어로 '크레프드신(Crêpe de Chine)'이라고도 한다.

그 얼굴을 찬찬히 바라보고 있는 동안, 그제야 그녀가 나오미라는 것을 깨달았습니다. 이렇게 말하면 이상하게 들릴지 모르지만, 실제로 그만큼 나오미의 모습은 여느 때와 달라져 있었습니다. 아니, 모습뿐이라면 아무리 달라져도 몰라볼 리가 없지만, 무엇보다 먼저 내 눈을 속인 것은 그 얼굴이었습니다. 어떤 마술을 부렸는지 모르나, 얼굴이 피부색부터 눈의 표정과 얼굴 윤곽까지 완전히 변해 있어서, 그 목소리를 듣지 않았다면 모자를 벗은 지금도 그 여자를 낯선 서양인으로 생각하고 있었을지 모릅니다. 그리고 좀 전에도 말했듯이 그 피부색이 놀랄 만큼 하얗다는 것입니다. 양장 밖으로 드러나 있는 풍만한 육체의 모든 부분이 사과의 속살처럼 하얗습니다. 나오미도 일본 여자치고는 피부가 검은 편이 아니었지만, 이렇게 하얄 리가 없습니다. 지금 거의 어깨까지 드러나 있는 두 팔을 보면, 일본 여자의 팔이라고는 도저히 믿을 수 없습니다. 언젠가 제국극장에서 밴드먼\*의 오페라가 상연되었을 때 젊은 서양 여배우의 하얀 팔을 보고 홀딱 반한 적이 있었는데, 바로 이 팔이 그것과 비슷하게, 아니 그보다 더 하얀 느낌이었습니다.

그러자 나오미는 그 부드러운 하늘색 옷과 목걸이를 흔들고 인조 다이아몬드로 장식한 굽 높은 에나멜가죽 구두 끝으로 종종걸음을 치면서—아아, 저게 요전에 하마다가 말한 신데렐라

---

\*모리스 밴드먼(Maurice Bandmann, 1873~1922)의 '밴드먼 오페라단'은 영국인 남녀 30여 명으로 구성되었고, 인도 콜카타를 근거지로 홍콩과 상하이 등지에서 그곳에 사는 영국인을 상대로 런던에서 평판이 좋았던 뮤지컬 코미디나 오페레타를 상연했다. 일본에도 자주 찾아와 공연했다.

구두구나 하고 생각했습니다―한 손을 허리에 대고 팔꿈치를 밖으로 뻗치고 자못 뽐내는 듯이 몸통을 비틀어 기묘한 교태를 지어 보이면서, 멍하니 바라보고 있는 내 눈앞으로 거리낌 없이 바짝 다가왔습니다.

"조지 씨, 짐을 가지러 왔어요."

"네가 가지러 오지 않아도 좋다고, 심부름꾼을 보내라고 했잖아."

"하지만 나는 심부름을 부탁할 사람이 없었어요."

이렇게 말하는 동안에도 나오미는 계속 몸을 가만히 있지 않았습니다. 얼굴에는 까다롭고 진지한 척하는 표정을 지으면서 다리를 딱 붙이고 서보거나 한쪽 발을 한 걸음 앞으로 내디뎌보거나 발꿈치로 마루를 쿵쿵 울려보거나 하면서, 그럴 때마다 손의 위치를 바꾸고 어깨를 으쓱해 보이고 온몸의 근육을 철사처럼 긴장시켜 모든 부분의 운동신경을 움직이고 있었습니다. 그러면 내 시신경도 그에 따라 긴장하기 시작하여, 그녀의 일거수일투족, 그녀의 온몸을 한 치도 남김없이 구석구석 보지 않을 수 없었지만, 그녀의 얼굴을 주의해서 잘 보니 과연 얼굴이 변한 것도 당연했습니다. 그녀는 앞머리를 두세 치 정도로 짧게 자르고, 하나하나의 머리카락 끝을 가지런히 빗어 중국 소녀마냥 이마 쪽에 주렴처럼 늘어뜨리고 있었습니다. 그리고 나머지 머리카락은 하나로 묶어 둥글납작하게 정수리에서 귓불 위로 덮어씌운 모양이 꼭 대흑천(大黑天)\*의 모자 같

---

*삼전신(三戰神)의 하나. 삼보(三寶)를 지켜 먹을 것을 넉넉하게 하는 신을 이른다. 검은 두건을 쓰고 망치를 들었으며, 쌀자루를 둘러메고 쌀가마니 위에 서 있는 형상이다.

습니다. 그녀는 지금까지 이런 식으로 머리를 묶어본 적이 없었는데, 얼굴 윤곽이 딴사람처럼 보인 것은 그 때문인 게 분명합니다. 그리고 더 주의해서 보니 눈썹 모양이 또 여느 때와 달라져 있습니다. 그녀의 눈썹은 본래 굵고 또렷하고 진한 편인데, 오늘 밤에는 가늘고 길게 아련한 호(弧)를 그리고, 그 둘레는 파르스름하게 면도로 밀어놓았습니다. 눈썹을 이렇게 손질해놓은 것은 나도 곧 알아볼 수 있었지만, 어떤 마법을 부렸는지 알 수 없는 것은 그 눈과 입술과 피부색이었습니다. 눈알이 서양 사람처럼 보이는 것은 눈썹 탓도 있겠지만, 그 밖에도 무언가 장치가 있는 모양인데, 아마 눈꺼풀과 속눈썹에 무슨 비밀이 있는 것 같다고 생각했지만, 그게 어떤 장치인지는 알 수 없습니다. 입술도 윗입술 한가운데가 마치 벚꽃의 꽃잎처럼 묘하게 또렷이 둘로 갈라져 있는데다 그 새빨간 빛깔은 보통 입술연지를 바른 것과는 다른 생생하고 자연스러운 윤기가 있습니다. 하얀 피부색은 아무리 자세히 들여다보아도 본바탕 맨살인 듯하고, 분을 바른 흔적은 전혀 없습니다. 그리고 얼굴만이 아니라 어깨며 팔이며 손가락 끝까지도 다 그렇게 하얀색이니까, 만약 분을 발랐다면 온몸에 발라야 했을 겁니다. 그래서 이 불가사의하고 정체모를 요염한 소녀—그것은 나오미라기보다 나오미의 넋이 무슨 작용으로 이상적인 아름다움을 지닌 유령이 된 게 아닐까 하는 생각마저 들었습니다.

"괜찮죠? 2층으로 짐을 가지러 가도?" 하고 나오미의 유령이 말했지만, 그 목소리를 들으니 역시 여느 때의 나오미였고 분명 유령은 아니었습니다.

"응, 좋아…… 그건 좋지만……" 하고 나는 확실히 당황했기 때문에 약간 흥분한 어조로 말했습니다. "어떻게 현관문을 열었지?"

"어떻게 열다뇨? 물론 열쇠로 열었죠."

"열쇠는 요전에 여기 두고 갔잖아?"

"열쇠는 몇 개나 있어요. 하나가 아니라고요." 그때 처음으로 그녀의 빨간 입술이 갑자기 미소를 띠었는가 싶더니, 아양을 부리는 것 같기도 하고 비웃는 것 같기도 한 표정을 지었습니다. "지금이니까 하는 말이지만, 나는 열쇠를 많이 만들어두었어요. 그러니까 한 개쯤 빼앗겨도 곤란할 것 없어요."

"하지만 내가 곤란해. 그렇게 자주 찾아오면."

"걱정 마세요. 짐만 다 옮겨버리면 오라고 해도 안 올 테니까."

그리고는 뒤꿈치로 몸을 홱 돌리더니 층계를 통통통 올라가 다락방으로 뛰어 들어갔습니다.

……그 후 도대체 몇 분이나 지났을까? 내가 아틀리에의 소파에 기대 앉아 그녀가 2층에서 내려오기를 멍하니 기다리고 있는 동안…… 그것은 5분도 안 되는 시간이었을까? 아니면 반 시간이나 한 시간 동안이나 그러고 있었을까? ……나는 아무래도 그 '시간의 길이'를 확실히 짐작할 수 없습니다. 내 가슴에는 그저 오늘 밤 나오미의 모습이 아름다운 음악을 들은 뒤처럼 황홀한 쾌감이 되어 길게 꼬리를 끌고 있었을 뿐입니다. 그 음악은 아주 높고 맑고 깨끗한, 이 세상 밖의 성스러운 지경에서 울려오는 듯한 소프라노의 노래입니다. 이렇게 되면 정욕도 없고 연애도 없습니다…… 내가 마음속으로 느낀 것은

그런 것하고는 가장 거리가 먼 아득한 도취였습니다. 나는 몇 번이나 생각해보았지만, 오늘 밤의 나오미는 그 더럽고 음탕한 나오미, 뭇 사내들이 지독한 별명을 붙여준 매춘부나 다름없는 나오미와는 전혀 양립할 수 없는, 그리고 나 같은 사내는 그저 그 앞에 무릎을 꿇고 숭배할 수밖에 없는 고귀한 동경의 대상이었습니다. 만약 그녀의 새하얀 손가락 끝이 내 몸에 조금이라도 닿았다면, 나는 그것을 기뻐하기보다는 오히려 전율했을 겁니다. 이 심정을 무엇에다 비유하면 독자들이 이해할 수 있을까요? 이를테면 시골에 사는 아버지가 도쿄에 나왔다가 어느 날 우연히 어렸을 때 가출한 딸을 길거리에서 만난다. 그런데 딸은 훌륭한 도회지의 부인이 되어, 초라한 시골 농부를 보고도 자기 아버지라는 것을 알아보지 못하고, 아버지는 자기 딸인 줄 알면서도 이미 신분이 다르기 때문에 가까이 가지도 못하고, 이게 내 딸이었던가 하고 놀라는 한편 부끄러운 나머지 슬그머니 도망쳐버린다―그때 그 아버지의 서글프기도 하고 고맙기도 한 기분. 아니면 약혼녀에게 버림을 받은 사내가 5년이나 10년이 지난 어느 날 요코하마 부두에 서 있는데, 상선 한 척이 입항하여 외국에서 돌아오는 사람들이 내린다. 그런데 뜻밖에도 그 사람들 속에서 그녀를 발견한다. 그녀가 외국에 갔다 돌아왔구나 생각하면서도 사내는 이미 여자에게 가까이 갈 용기도 없다. 자기는 옛날과 다름없는 일개 가난한 서생이지만, 여자는 촌티나던 처녀 때의 모습은 찾아볼 수 없고, 파리의 생활과 뉴욕의 사치에 익숙해진 하이칼라한 부인이다. 두 사람 사이에는 이미 천 리나 되는 먼 거리가 생기고 말았다―그때 그 서생의 심정, 버림받은 자신을 경멸하고, 여자가 뜻밖에 출세한 것을 자신의 기쁨으로 여기는 심정―이렇게 말해봐도 역시 충분히 설명했다고는 말할 수 없지만, 굳이 비유하자면 그런 것일까요. 어쨌든 지금까지의 나오미에게는 아무리 씻어도 다 씻어낼 수 없는 과거의 오점이 몸에 배어 있었습니다. 그런데 오늘 밤의 나오미를 보면 그런 오점은 천사 같은 새하얀 피부에 가려져서, 생각만 해도 꺼림칙한 기분이 들던 것이 지금은 반대로 그녀의 손가락 끝에 닿기만 해도 황송할 것 같은 느낌이 듭니다―이것은 도대체 꿈일까요? 아니면 나오미는 어디서 어떻게 그런 마법을 전수받고 요술을 배워 나타난 것일까요? 이삼 일 전만 해도 그 때 묻은 메이센 옷을 입고 있던 그녀가…….

통통통 하고 다시 기운차게 층계를 내려오는 발소리가 나더니, 그 인조 다이아몬드로 장식된 구두 앞부리가 내 눈앞에 멈춰 섰습니다.

"조지 씨, 이삼 일 뒤에 다시 올게요" 하고 그녀가 말했습니다. 눈앞에 서 있기는 하지만 얼굴과 얼굴 사이는 1미터 정도의 간격을 유지하여, 바람처럼 가벼운 옷자락도 절대 나에게 닿지 않도록 조심하면서……. "오늘은 책을 두세 권 가지러 왔을 뿐이에요. 설마 내가 큰 짐을 한꺼번에 짊어지고 갈 수는 없잖아요. 게다가 이런 차림을 하고 말예요."

내 코는 그때 어디선가 맡아본 적이 있는 은은한 향기를 느꼈습니다. 아아, 이 향기…… 바다 건너의 나라들이나 더없이 신비로운 이국의 꽃밭을 연상시키는 향기…… 이건 언젠가 댄스 강사인 슈렘스카야 백작부인의 살에서 풍기던 냄새다. 나오미는 그것과 똑같은 향수를 뿌린 것이다…….

나는 나오미가 무슨 말을 하건 그저 "응, 응" 하고 고개만 끄덕였습니다. 그녀의 모습이 다시 밤의 어둠 속으로 사라져버린 뒤에도 아직 방 안에 떠돌면서 차츰 희미해져 가는 향기를 환상이라도 쫓듯 예민한 후각으로 쫓으면서…….

# 26

독자 여러분, 여러분은 이미 앞의 이야기 속에서 나와 나오미가 머지않아 재결합하리라는 것을—그것은 조금도 이상한 일이 아니라 당연한 귀결이라는 것을 예상했을 겁니다. 그리고 실제로 결과는 여러분의 예상대로 되었지만, 그렇게 되기까지는 곡절이 많았고, 나는 여러 가지로 바보 같은 꼴을 당하거나 쓸데없는 수고를 하기도 했습니다.

나와 나오미는 그 후 곧 허물없이 말을 주고받게 되기는 했습니다. 왜냐하면 그 이튿날 밤에도, 또 그다음 날 밤에도, 그 후로도 줄곧 나오미는 무언가를 가지러 오지 않는 밤이 없었기 때문입니다. 오면 어김없이 2층에 올라가 보따리를 싸서 내려오는데, 그것도 그저 명색뿐이고, 보자기에 쌀 수 있을 정도의 자질구레한 물건입니다.

"오늘 밤에는 뭘 가지러 왔어?" 하고 물으면,

"이거요? 이건 아무것도 아니에요. 그냥 사소한 거예요" 하고 애매하게 대답하고는, "목이 마른데, 차 한 잔 주시지 않을래요?" 하면서 내 옆에 앉아 이삼십 분 재잘거리다가 돌아가는 식이었습니다.

"어디 이 근처에 살고 있냐?" 하고 어느 날 밤 그녀와 탁자에 마주 앉아 홍차를 마시면서 물어본 적이 있었습니다.

"왜 그런 걸 알고 싶어 하죠?"

"알면 안 돼?"

"하지만 왜요? 알아서 어떻게 하시게요?"

"어떻게 하겠다는 게 아니라 호기심으로 물어본 거야. 응, 어디 살고 있어? 나한테 말해도 되잖아?"

"싫어요. 말하지 않겠어요."

"왜 말하지 않겠다는 거야?"

"난 조지 씨의 호기심을 만족시켜드릴 의무는 없어요. 그렇게 알고 싶으면 내 뒤를 따라오세요. 탐정 노릇은 조지 씨의 장기니까."

"뭐 그렇게까지는 하고 싶지 않지만…… 하지만 네가 있는 곳이 어디 이 근처인 건 틀림없다고 생각해."

"왜요?"

"밤마다 와서 짐을 가져가잖아."

"밤마다 온다고 해서 반드시 근처에 산다고는 할 수 없어요. 전차도 있고 자동차도 있잖아요."

"그럼 일부러 멀리서 찾아오는 거야?"

"글쎄요." 이렇게 말하면서 대답을 얼버무려 넘겨버리고는, "매일 밤 오면 곤란하다는 건가요?" 하고 교묘하게 말머리를 돌렸습니다.

"곤란하다는 건 아니지만…… 오지 말라고 해도 아랑곳하지 않고 멋대로 들어오니까 이제 와서 어떻게 할 수도 없지만……."

"그건 그래요. 나는 심술궂은 애라서 오지 말라면 더 와요…… 혹시 내가 오는 게 두려우세요?"

"응, 그건…… 조금은 두렵지 않은 것도 아니지……."

그러자 그녀는 고개를 위로 젖혀 새하얀 턱을 보이고 빨간 입을 한껏 벌리고는 갑자기 깔깔 웃어댔습니다.

"하지만 걱정 마세요. 그렇게 나쁜 짓은 하지 않아요. 그보다 지난 일은 잊어버리고, 앞으로는 그냥 친구로 사귀고 싶어요. 그건 괜찮죠? 그러면 아무 지장도 없잖아요?"

"그것도 왠지 이상해."

"뭐가 이상해요? 전에 부부였던 사람이 친구가 되는 게 뭐가 이상해요? 그거야말로 시대에 뒤떨어진 구식 사고방식 아닌가요? 정말로 난 지난 일은 전혀 생각지 않아요. 하기야 지금도 조지 씨를 유혹할 생각이라면 이 자리에서 당장이라도 그렇게 해버리는 건 간단하지만, 맹세코 그런 짓은 절대 하지 않아요. 모처럼 조지 씨가 결심했는데, 그 결심이 흔들리게 하면 딱하니까요."

"그럼 딱하게 여기고 동정해줄 테니까 친구가 되자는 거야?"

"그런 뜻은 아니에요. 조지 씨도 동정을 받거나 하지 않도록 정신을 똑바로 차리고 있으면 되잖아요."

"그런데 그게 자신이 없어. 지금은 정신을 똑바로 차리고 있다고 생각하지만, 너와 사귀면 점점 내 결심이 흔들리기 시작할지도 몰라."

"바보예요, 조지 씨는…… 그럼 친구가 되는 건 싫으세요?"
"응, 싫어."
"싫다면 나는 조지 씨를 유혹하겠어요…… 당신의 결심을 짓밟아서 엉망으로 만들어버릴 거예요." 나오미는 농담인지 진담인지 알 수 없는 묘한 눈빛으로 생글생글 웃었습니다. "친구로서 깨끗하게 사귀는 것과 유혹을 당해 또다시 지독한 꼴을 당하는 것 가운데 어느 쪽이 더 좋으세요? 나는 오늘 밤 조지 씨를 협박하고 있는 거예요."

도대체 이 여자는 무슨 속셈으로 나와 친구가 되자는 것일까 하고 생각해보았습니다. 그녀가 밤마다 찾아오는 것은 단순히 나를 놀리는 재미 때문만이 아니라 무슨 의도가 있는 것이 분명합니다. 먼저 친구가 되어 가지고, 자기가 항복하는 형식이 아니라 차츰 나를 구워삶아서 다시 부부가 되려는 것일까? 그녀의 참뜻이 그렇다면 그런 복잡한 책략을 쓰지 않아도 나는 두말없이 동의했을 것입니다. 내 마음속에는 그녀와 부부가 될 수 있다면 결코 '싫다'고는 할 수 없는 감정이 어느새 활활 타오르고 있었으니까요.

"이봐, 나오미, 그냥 친구가 되어도 아무 의미가 없잖아. 그럴 바에는 차라리 원래대로 부부가 되어주지 않을래?" 때와 경우에 따라서는 내가 먼저 이런 말을 꺼내도 좋다고 생각했습니다. 하지만 오늘 밤의 나오미의 태도를 보면 내가 진지하게 마음을 털어놓고 부탁해봤자 쉽사리 "응" 하고 말할 것 같지는 않았습니다. 오히려 내가 속마음을 보이면 나오미는 더욱 우쭐해져서, "그런 건 질색이에요. 그냥 친구가 아니면 싫어요" 하고 얼렁뚱땅 농으로 돌려버릴지도 모릅니다. 모처럼 품은 내

감정이 그런 취급을 받게 되면 재미없는 일이고, 무엇보다도 나오미의 진심이 나와 부부가 되는 게 아니라 자기는 어디까지나 자유로운 입장에서 뭇 사내들을 마음대로 농락하자, 그리고 나도 그 노리개 중의 하나로 삼아보자는 심보라면 더욱 섣부른 말은 할 수 없습니다. 지금 그녀는 제 주소조차 확실히 말해주지 않을 정도니까 지금도 어떤 사내놈을 데리고 있다고 생각해야 할 것이고, 그런 상태를 그대로 둔 채 아내로 삼는다면 나는 또다시 쓰라린 꼴을 당하게 될 것입니다.

그래서 나는 잠시 궁리하다가, "그럼 친구가 되어도 좋아. 협박을 당하면 견딜 수 없으니까" 하고 싱글싱글 웃으면서 말했습니다. 친구로 사귀다 보면 그녀의 진심을 차츰 알게 되겠지, 그리고 그녀에게 아직 조금이라도 착실한 면이 남아 있다면 그때 비로소 내 마음을 털어놓고 부부가 되자고 설득할 기회도 있을 것이고, 지금보다 유리한 조건으로 그녀를 아내로 삼을 수도 있을 것이라고 나름대로 마음속에 계획이 있었기 때문입니다.

"그럼 승낙해준 거죠?" 나오미는 이렇게 말하고 겸연쩍은 듯이 내 얼굴을 들여다보면서, "하지만 조지 씨, 정말 친구로만 사귀는 거예요."

"그럼, 물론이지."

"추잡한 짓은 이제 피차 생각지 말아요."

"알고 있어…… 안 그러면 나도 곤란해."

"흥!" 하고 나오미는 여느 때처럼 코끝으로 웃었습니다.

이런 일이 있은 뒤 그녀는 더욱 자주 드나들게 되었습니다. 저녁때 회사에서 돌아오면 "조지 씨!" 하고 느닷없이 제비처럼 날아 들어와서는, "오늘은 저녁을 한 턱 내지 않을래요? 친구라면 그 정도는 해줘도 되잖아요?" 하고는 서양 요리를 배불리 얻어먹고 돌아가기도 하고, 그런가 하면 비오는 밤에 늦게 찾아와서 침실 문을 탕탕 두드리며, "안녕하세요. 벌써 잠자리에 들었나요? 누웠으면 안 일어나도 돼요. 오늘 밤은 여기서 자고 가려고 왔어요" 하고는 제멋대로 옆방에 들어가 자리를 펴고 자버리기도 하고, 어떤 날은 아침에 일어나 보니 그녀가 집에 들어와서 쿨쿨 자고 있었던 적도 있습니다. 그리고 그녀는 입만 열었다 하면 으레 "친구니까 어쩔 수 없죠" 하는 것이었습니다.

  나는 그 무렵 그녀가 타고난 음녀라는 것을 절실히 느낀 적이 있었는데, 그게 어떤 점인가 하면, 그녀는 원래 다정다감한 성질이어서 많은 남자에게 맨살을 보이는 것을 아무렇지도 않게 생각하면서도, 평소에는 그 맨살을 비밀스럽게 감출 줄도 알고 있어서, 아주 작은 부분이라도 사내들의 눈에는 결코 무의미하게 띄지 않도록 조심하고 있었다는 겁니다. 누구에게나 허락하는 살을 평소에는 비밀스럽게 감추려는 버릇―이것은 내가 보기에는 확실히 음탕한 여자가 본능적으로 자신을 보호하려는 심리입니다. 왜냐하면 음녀의 살이란 그녀로서는 무엇보다 귀중한 '매물'이고 '상품'이기 때문에, 경우에 따라서는 열녀가 몸을 지키는 것보다 더욱 엄격하게 그것을 지켜야 하고, 그러지 않으면 '매물'의 가치는 점점 떨어져버립니다. 나오미는 이런 미묘한 사정을 잘 알고 있어서, 일찍이 제 남편이었던 내 앞에서는 더한층 제 살을 감추려고 했습니다. 하지만 그렇다고 항상 조신하고 얌전하게 행동하는가 하면 반드시 그렇지도 않고, 내가 있으면 일부러 옷을 갈아입거나, 갈아입을 때 슬쩍 속옷을 떨어뜨리고는 "어머나!" 하면서 두 손으로 드러난 어깨를 가린 채 옆방으로 도망쳐 들어가거나, 목욕을 하고 돌아와서는 경대 앞에서 옷을 벗으려다가 그제야 내가 있는 것을 알아차린 듯이 "어머나! 조지 씨, 그런 데 계시면 안 돼요. 저쪽에 가 계세요" 하며 나를 쫓아버리곤 하는 것이었습니다.

이런 식으로 보여주는 것 같지 않게 이따금씩 살짝 보여주는 나오미의 살은 목덜미나 팔꿈치, 정강이나 발꿈치 같은 아주 작은 부분뿐이기는 했지만, 그녀의 몸이 전보다 더 윤기가 나고 얄미울 만큼 아름다워졌다는 것을 내 눈은 결코 놓치지 않았습니다. 나는 자주 상상의 세계에서 그녀의 옷을 모두 벗기고 그 곡선미를 싫증도 내지 않고 바라보지 않을 수 없었습니다.

"조지 씨, 뭘 그렇게 보고 계세요?" 하고 그녀는 언젠가 내 쪽으로 등을 돌리고 서서 옷을 갈아입으면서 말했습니다.

"네 몸매를 보고 있어. 전보다 더 윤이 나고 싱싱해진 것 같아."

"아이, 싫어요. 숙녀의 몸을 그렇게 보는 게 아니에요."

"보지는 않았지만, 옷 위로도 대개는 알 수 있지. 전부터 엉덩이가 큰 편이었지만 요즘에는 더 커졌어."

"네, 커졌어요. 점점 엉덩이가 커져요. 하지만 다리는 날씬해서 무 같지는 않아요."

"응, 다리는 어릴 때부터 곧았지. 서 있으면 두 다리가 딱 붙었는데, 지금도 그래?"

"그럼요. 지금도 딱 붙어요" 하고는 옷으로 몸을 감싸면서 똑바로 서서, "보세요. 딱 붙죠?"

그때 내 머릿속에는 어떤 사진에서 본 적이 있는 로댕*의 조각이 떠올랐습니다.

"조지 씨, 내 알몸을 보고 싶으세요?"

"보고 싶다면 보여줄 거야?"

"그럴 수는 없죠. 당신과 나는 친구잖아요. 자, 옷을 다 갈아입을 때까지 저쪽에 가 계세요."

그리고 그녀는 내 등에 내리치듯 쾅 하고 문을 닫았습니다.

이런 식으로 나오미는 언제나 내 정욕을 충동질하고 아슬아슬한 고비까지 끌고 가서는, 거기서부터는 엄중한 관문을 설치해서 한 걸음도 들어갈 수 없게 합니다. 나와 나오미 사이에는 유리벽이 막혀 있어, 아무리 가깝게 접근한 것처럼 보여도 사실은 도저히 넘어설 수 없는 거리가 있습니다. 무심코 손을 내밀면 반드시 그 벽에 부딪혀, 아무리 애를 태워도 그녀의 살에 닿을 수는 없습니다. 가끔 나오미는 슬쩍 그 벽을 치우는 척하기 때문에 '아, 이젠 괜찮은가' 하고 생각하지만, 가까이 가면 역시 원래대로 벽에 막히고 맙니다.

"조지 씨, 당신은 착한 아이예요. 키스 한 번 해드릴게요" 하고 그녀는 놀림 반으로 곧잘 그런 말을 하곤 했습니다. 놀림당하는 줄 알면서도 그녀가 입술을 내밀기 때문에 나도 그것을 빨려고 하면, 아차 하는 순간 그 입술은 달아나버리고 두세 치 떨어진 곳에서 내 입에다 후우 하고 입김을 불고는, "이게 친구

---

*오귀스트 로댕(Auguste Rodin, 1840~1917): 현대 조각의 아버지라고 불리는 프랑스의 조각가. 유명한 작품이 많지만, 여기서 생각할 수 있는 작품은 〈무릎 꿇은 여자 목신〉(1884년)이다.

간의 키스예요" 하면서 그녀는 생긋 웃습니다.

　이 '친구간의 키스'라는 특이한 인사법—여자의 입술을 빠는 대신 입김을 들이마시는 것만으로 만족해야 하는 기묘한 키스—이것은 그 후 버릇처럼 되어버려 서로 헤어질 때는 "그럼 안녕. 또 올게요" 하고 그녀가 입술을 내 쪽으로 돌리면, 나는 그 앞에다 얼굴을 내밀고 마치 흡입기에 대고 그러듯이 입을 딱 벌립니다. 그 입 속에 그녀가 후우 하고 입김을 불어넣으면 나는 눈을 감고 맛있다는 듯 그 입김을 스읍 하고 가슴 속으로 삼킵니다. 그녀의 입김은 촉촉하고 따스하며, 사람의 허파에서 나왔다고는 생각할 수 없을 만큼 달콤한 꽃 같은 향기를 풍깁니다. 그녀는 나를 매혹하려고 입술에 살짝 향수를 발랐다지만, 그런 속임수를 쓴 것을 물론 당시에는 알지 못했습니다. 그녀와 같은 요부라면 내장까지도 보통 여자와는 다를지 모른다, 그래서 그녀의 몸을 지나 입 속에 머금어진 공기는 이렇게 그윽한 냄새가 나는지도 모른다고 나는 자주 생각하곤 했습니다.

　내 머리는 이렇게 점점 어지러워져서 그녀 뜻대로 쥐어뜯기고 있었습니다. 나는 이제 정식 결혼이 아니면 싫다느니, 노리개가 되는 것만으로는 곤란하다느니 하는 말을 하고 있을 여유가 없었습니다. 아니, 솔직히 말하면 이렇게 되리라는 것쯤은 처음부터 알고 있었을 테니까, 정말로 그녀의 유혹을 두려워한다면 아예 사귀지 말았으면 좋았을 것을, 그녀의 진심을 알기 위해서라든가 유리한 기회를 엿보기 위해서라고 말한 것은 모두 자신을 기만하려는 구실에 지나지 않았습니다. 나는 유혹이 두렵다고 말하면서도, 본심을 말한다면 그 유혹을 은근히 기다리고 있었던 것입니다. 그런데 그녀는 언제까지나 그 시시한 친구 놀이를 되풀이할 뿐, 결코 그 이상은 유혹하지 않았습니다. 이것은 나를 더욱 애태우려는 그녀의 계략일 것이다, 끝까지 애를 태우고 또 태우다가 '이때다!' 싶으면 느닷없이 '친구'의 가면을 벗어던지고 그녀의 장기인 마수를 뻗쳐올 것이다. 이제 곧 그녀는 분명 손을 내민다. 손을 내밀지 않고 끝낼 여자는 아니다. 나는 열심히 그녀의 계략에 넘어가주면서 "뒷발로 서" 하면 뒷발로 서고, "기다려" 하면 기다리고, 무엇이든 그녀가 시키는 대로 재주를 부리면 마지막에는 먹을 것이 생길 거라고 날마다 코를 실룩거리고 있었지만, 내 예상은 쉽게 실현될 것 같지도 않았고, 오늘은 드디어 가면을 벗을까, 내일은 마수가 튀어나올까 하고 생각해도, 막상 그날이 되면 위기일발의 순간에 살짝 빠져나가고 마는 것입니다.

그렇게 되자 나는 정말로 애가 타기 시작했습니다.

'나는 이렇게 애타게 기다리고 있다. 유혹을 하려거든 빨리 해줘' 하는 심정으로 온몸에 빈틈을 보이거나 약점을 드러내 보이기도 하고, 나중에는 반대로 내 쪽에서 유혹을 하기도 했습니다. 하지만 그녀는 전혀 받아들여주지 않고,

"뭐예요, 조지 씨! 그러면 약속이 틀리잖아요?" 하고 마치 어린애를 나무라는 눈초리로 나를 꾸짖습니다.

"약속 같은 건 아무래도 좋아. 난 이제……."

"안 돼요, 안 돼! 우린 친구예요!"

"이봐, 나오미, 그러지 말고…… 제발 부탁이야……."

"아이, 귀찮아! 안 된다니까요! 자, 그 대신 키스해드릴게요." 그녀는 후우 하고 입김을 불고 나서, "이제 됐죠? 이걸로 참지 않으면 안 돼요. 이것만으로도 친구 이상일지 모르지만,

조지 씨니까 특별히 해드리는 거라구요."

하지만 이 '특별'한 애무 수단은, 오히려 내 신경을 이상하게 자극하는 힘은 가졌을망정 결코 진정시켜주지는 않습니다.

'제기랄! 오늘도 틀렸어!' 하고 나는 점점 더 초조해집니다. 그녀가 바람처럼 휙 나가버리면 한동안은 아무 것도 손에 잡히지 않고, 나 자신에게 화가 나서 우리에 갇힌 맹수처럼 방 안을 우왕좌왕하며 거기에 있는 물건들을 닥치는 대로 내던지거나 부숴버립니다.

나는 정말 이렇듯 미치광이 같은, 사나이의 히스테리라고나 말해야 할 발작에 시달리고 있었는데, 그녀가 날마다 찾아오기 때문에 발작도 하루에 한 번은 반드시 일어나는 것이었습니다. 게다가 나의 히스테리는 보통 히스테리와는 성질이 달라서, 발작이 끝난 뒤에도 금방 마음이 가벼워지지는 않았습니다. 오히려 기분이 가라앉으면 이번에는 전보다 더욱 명료하고 더욱 집요하게 나오미의 육체의 세세한 부분이 생각났습니다. 옷을 갈아입을 때 살짝 옷자락 밑으로 보이는 발이라든가, 입김을 불어넣을 때 겨우 두세 치 앞까지 다가온 입술이라든가, 이런 것들이 실제로 보았을 때보다 오히려 나중에 더욱 생생하게 눈앞에 떠오르고, 그 입술이며 발의 선을 따라 차츰 공상을 펼쳐 가면 이상하게도 실제로는 볼 수 없었던 부분까지도 마치 사진 원판을 현상하듯 점점 실상이 나타나기 시작하여, 마지막에는 대리석으로 만들어진 비너스 상과도 비슷한 것이 마음속의 어두운 바닥에 홀연히 모습을 드러내는 것입니다. 내 머리는 벨벳 장막에 둘러싸인 무대이고, 거기에 '나오미'라는 한 여배우가 등장합니다. 사방팔방에서 쏟아지는 무대 조명은 캄캄한 어둠 속에서 흔들리고 있는 그녀의 하얀 육체만을 강렬한 원광(圓光)으로 또렷이 둘러쌉니다. 내가 열심히 바라보고 있으면 그녀의 피부에서 타오르는 빛은 점점 더 밝아지고, 때로는 내 눈썹을 태워버릴 것처럼 가까이 다가옵니다. 영화의 '클로즈업'처럼 부분 부분이 아주 선명하게 확대됩니다…… 그 환상이 실감을 가지고 내 관능을 위협하는 정도는 실물과 조금도 다르지 않고, 부족한 점은 오직 손으로 만질 수 없다는 것뿐, 그 밖의 점에서는 실물보다 더 생생합니다. 너무 오랫동안 그것을 바라보고 있으면 마지막에는 어질어질 현기증이 나는 것 같고, 온몸의 피가 한꺼번에 얼굴로 확 치밀어 올라 저절로 심장 고동이 빨라집니다. 그러면 다시 히스테리 발작이 일어나 의자를 발로 걷어차거나 커튼을 잡아 찢거나 꽃병을 내던져 박살을 냅니다.

나의 망상은 날이 갈수록 광포해지고, 눈만 감으면 언제나 어두운 눈꺼풀 속에 나오미가 있었습니다. 나는 이따금 그녀의 입김에서 풍기는 향긋한 냄새를 생각해내고 허공을 향해 입을 벌리고는 스읍 하고 근처의 공기를 들이마셨습니다. 길을 걷고 있을 때도, 방에 틀어박혀 있을 때도 그녀의 입술이 그리워지면 나는 갑자기 하늘을 보고 스읍스읍 하며 공기를 들이마셨습니다. 내 눈에는 도처에 나오미의 빨간 입술이 보이고, 그 근방에 있는 공기는 모조리 나오미의 입김으로 여겨졌습니다. 말하자면 나오미는 하늘과 땅 사이에 가득 차 있어, 나를 둘러싸고, 나를 괴롭히고, 나의 신음소리를 듣고, 그것을 비웃으며 바라보고 있는 악령 같은 존재였습니다.

"조지 씨는 요즘 이상해요. 좀 돈 것 같아요" 하고 나오미는 어느 날 밤에 찾아와서 말했습니다.
"그야 좀 돌기도 했을 거야. 이렇게 너한테 시달리고 있으니까……."
"흥!"
"뭐가 흥이야?"
"난 약속은 엄중하게 지킬 작정이에요."
"언제까지 지킬 작정이야?"
"영원히."
"농담하지 마. 이러고 있으면 나는 정신이 점점 더 이상해질 거야."
"그럼 좋은 방법을 가르쳐드리죠. 수돗물을 머리에다 쫙 끼얹으면 돼요."
"야, 정말 넌……."
"또 시작이군요. 조지 씨가 그런 눈을 하니까 나는 더 놀려주고 싶어지는 거예요. 그렇게 가까이 오지 말고 좀 떨어져 있어요. 손가락 하나도 닿지 않게 해주세요."
"그럼 할 수 없지. 친구의 키스라도 해줘."
"얌전히 있으면 해드릴게요. 하지만 나중에 정신이 이상해지지 않겠어요?"
"그래도 좋아. 이젠 그런 걸 상관하고 있을 수가 없어."

27

그날 밤 나오미는 '손가락 하나 닿지 않도록' 나를 탁자 건너편에 앉히고는, 안달복달하는 내 얼굴을 재미있다는 듯 바라보며 밤늦게까지 쓸데없는 말을 재잘거리다가, 시계가 12시를 치자,
"조지 씨, 오늘 밤은 자고 갈게요" 하고 또다시 놀리는 투로 말했습니다.
"그래, 자고 가. 내일은 일요일이라 나도 온종일 집에 있으니까."
"하지만 여기서 잔다 해도 조지 씨의 주문대로는 안 돼요."
"걱정할 거 없어. 네가 주문대로 해줄 여자도 아니니까."
"주문대로 해주면 좋겠다고 생각하는 거 아니에요?" 하고 말하고 그녀는 쿡쿡 코를 울리면서, "자, 당신부터 먼저 주무세요. 잠꼬대는 하지 말고요" 하며 나를 2층으로 쫓아 보내고 옆방으로 들어가더니 찰칵 하고 문을 잠갔습니다.
나는 물론 옆방이 마음에 걸려 쉽게 잠을 이룰 수 없었습니다. 전에 부부였을 때는 이런 어처구니없는 일은 없었어, 이렇

게 누워 있는 내 곁에 그녀도 있었지, 하고 생각하자 나는 너무 분해서 견딜 수가 없었습니다. 벽 하나 너머에서는 나오미가 계속—어쩌면 일부러 그러는지—통탕통탕 바닥을 울리면서 이불을 깐다, 베개를 꺼낸다 하면서 잠자리를 준비하고 있습니다. 아, 지금 머리를 풀고 있구나, 옷을 벗고 잠옷으로 갈아입는 중이구나, 하고 나는 그 모습을 손에 잡힐 듯 훤히 알 수 있었습니다. 이어서 홱 하고 이불을 젖히는 기척이 나더니 쿵 하고 그녀의 몸이 요 위로 쓰러지는 소리가 들렸습니다.

"굉장한 소리를 내는군" 하고 나는 반은 혼잣말로, 반은 그녀에게 들리도록 말했습니다.

"아직 깨어 있어요? 잠이 안 와요?" 하고 벽 너머에서 나오미가 대꾸했습니다.

"아, 좀처럼 잠이 올 것 같지 않아…… 나는 여러 가지 생각을 하고 있어."

"우후후후, 조지 씨의 생각이라면 듣지 않아도 대충 알고 있어요."

"하지만 정말 이상한 일이야. 네가 지금 이 벽 너머에 누워 있는데 어떻게 할 수도 없다니."

"조금도 이상할 거 없어요. 전에도 그랬잖아요. 내가 처음 조지 씨한테 왔을 무렵에…… 그때는 오늘 밤처럼 하고 잤잖아요?"

나는 나오미의 말을 듣고, 아 그랬던가, 그런 시절도 있었지, 그때는 서로 순수했는데, 하는 생각에 눈시울이 뜨거워지는 기분이 들었지만, 이것은 조금도 지금의 내 애욕을 가라앉혀주지 않았습니다. 오히려 나는 우리 두 사람이 얼마나 깊은 인연으로 맺어져 있는가를 생각하고, 도저히 그녀와 떨어질 수 없다는 것을 통감할 뿐이었습니다.

"그 시절에는 너도 참 순진했어."

"지금도 난 순진해요. 불순한 건 조지 씨예요."

"뭐든 마음대로 지껄여. 난 너를 어디까지나 쫓아다닐 작정이니까."

"우후후후."

"이봐!" 하고 외치면서 나는 벽을 탕 쳤습니다.

"어머나, 무슨 짓이에요. 여기는 들판에 있는 외딴집이 아니라고요. 제발 조용히 하세요."

"이 벽이 방해가 돼. 이 벽을 부숴버리고 싶어."

"아이, 시끄러워. 오늘 밤에는 쥐가 야단스럽게 날뛰네."

"그야 날뛰는 게 당연하지. 이 쥐는 히스테리를 일으키고 있으니까."

"난 그런 늙다리 쥐는 싫어요."

"바보 같은 소리. 난 늙다리가 아니야. 이제 겨우 서른두 살이라고."

"난 열아홉 살이에요. 열아홉 살 쪽에서 보면 서른두 살은 할아버지예요. 나쁜 말은 하지 않을 테니까, 다른 마누라를 얻으세요. 그러면 히스테리가 나을지도 모르니까요."

나오미는 내가 무슨 말을 해도 마지막에는 우후우후 하고 웃기만 했습니다. 그리고 얼마 후 "이젠 자겠어요" 하고 쿨쿨 코를 고는 흉내를 내기 시작하더니, 이윽고 정말 잠들어버린 것 같았습니다.

이튿날 아침에 눈을 떠보니 나오미가 흐트러진 잠옷 바람으로 내 머리맡에 앉아 있었습니다.

"왜 그랬어요? 조지 씨, 어젯밤에는 굉장했어요."

"요즘 나는 이따금 그렇게 히스테리를 일으켜. 무서웠어?"

"재미있었어요. 또 그런 꼴을 보고 싶어요."

"이젠 괜찮아. 오늘 아침에는 말끔히 나았어…… 아, 오늘은 날씨가 정말 좋군."

"날씨가 좋으니까 일어나는 게 어때요? 벌써 열 시가 지났어요. 나는 한 시간 전에 일어나서 지금 아침 목욕을 갔다 온 참이에요."

그 말을 듣고 나는 누운 채로 목욕을 하고 왔다는 그녀를 쳐다보았습니다. 대체로 목욕을 마친 여자의 모습은 목욕탕에서 방금 나왔을 때보다 15분이나 20분쯤 지난 뒤가 정말 아름답습니다. 욕탕 안에 들어앉아 있으면 아무리 피부가 고운 여자라도 한때는 살갗이 너무 익어서 손가락 끝 같은 데가 빨갛게 붓는 법이지만, 몸이 적당한 온도로 식으면 비로소 밀랍이 굳은 것처럼 투명해집니다. 나오미는 돌아오는 동안 바깥바람을 쐬었기 때문에 바로 지금 목욕을 갓 마친 여자가 가장 아름다운 순간에 있는 것입니다. 그 연약하고 얇은 살갗은 아직 수증기를 머금고 있으면서도 하얗게 맑고 깨끗하며, 옷깃에 가려진 가슴 언저리에는 수채화 물감 같은 보랏빛 그림자가 있습니다. 얼굴은 마치 젤라틴 막을 씌운 것처럼 반들반들 광택을 띠고 오직 눈썹만이 촉촉하게 젖어 있는데, 그 위에는 맑게 갠 겨울 하늘이 창문을 통해 푸르스름하게 비쳐 있었습니다.

"웬일이야? 아침부터 목욕을 다 하고……."

"웬일이냐니, 남의 일에 웬 참견이에요…… 아, 기분 좋아"

하고 그녀는 코 양쪽을 손바닥으로 가볍게 탁탁 두드리고 나서 얼굴을 내 눈앞으로 불쑥 내밀었습니다.

"잠깐! 나 좀 봐줘요. 수염이 났어요?"

"응, 났어."

"돌아오는 길에 미용실에 들러서 면도를 하고 왔더라면 좋았을걸."

"하지만 넌 면도하는 걸 싫어했잖아? 서양 여자들은 절대로 얼굴을 밀지 않는다면서."

"하지만 요즘에는 미국 같은 데서도 얼굴을 면도하는 게 유행이에요. 내 눈썹을 보세요. 미국 여자들은 이런 식으로 모두 눈썹을 밀고 있어요."

"하하아, 그렇구나. 네 얼굴이 요전부터 달라지고 눈썹 모양까지 달라져버린 건 눈썹을 그런 식으로 밀어버린 탓이군."

"그럼요. 이제야 그걸 알아차리다니, 시대에 뒤떨어졌군요." 나오미는 이렇게 말하고, 무언가 다른 것을 생각하고 있는 듯하더니, "조지 씨, 이제 히스테리는 정말로 나았어요?"

"응, 나았어. 왜?"

"나았다면 조지 씨한테 부탁이 있어요. 지금 미용실에 가는 건 귀찮으니까, 내 얼굴을 면도해주지 않을래요?"

"그런 말을 해서 또 히스테리를 일으키게 할 셈이지?"

"어머나, 그렇지 않아요. 정말 진심으로 부탁하는 거니까, 그 정도 친절은 보여주실 수 있잖아요. 하기야 히스테리를 일으켜서 상처라도 내면 큰일이지만."

"안전면도기를 빌려줄 테니까 네가 직접 하면 되잖아."

"그런데 그렇게는 안 돼요. 얼굴뿐이라면 모르지만, 목 주위부터 어깨 뒤까지 털을 밀어야 하니까."

"뭐? 왜 그런 데까지 털을 밀어?"

"하지만 생각해보세요. 야회복을 입으면 어깨까지 다 드러나잖아요." 그러고는 일부러 어깨의 살을 살짝 내보이면서, "자, 여기까지 미는 거예요. 그러니까 내 손으로는 할 수 없어요."

이렇게 말하고 나서 그녀는 또 황급히 어깨를 감추어버렸지만, 매번 당하는 수법인데도 그게 나에게는 여전히 저항하기 어려운 유혹이었습니다. 나오미란 년은 정말로 얼굴 면도를 하고 싶은 게 아니야, 나를 갖고 놀 작정으로 목욕까지 하고 왔어―그것을 알고는 있었지만, 어쨌든 면도를 해달라는 것은 지금까지 없었던 새로운 도전이었습니다. 오늘이야말로 바싹 다가앉아 맨살을 실컷 볼 수 있다, 물론 만져볼 수도 있다―이런 생각만으로도 나는 도저히 그녀의 요구를 거절할 용기가 나지 않았습니다.

나오미는 내가 그녀를 위해 가스곤로로 물을 끓여 대야에 붓거나 질레트* 면도날을 갈아 끼우는 등 여러 가지 준비를 하는 동안, 창가로 탁자를 가져가서 그 위에 작은 거울을 세워놓고 두 발 사이에 엉덩이를 털썩 떨어뜨리고 앉더니 하얗고 큰 타월을 옷깃 주위에 감았습니다. 하지만 내가 그녀 뒤로 돌아가서 콜게이트** 비누를 물에 적셔서 면도를 막 시작하려는 찰나,

---

*1903년에 미국의 킹 캡 질레트가 안전면도기회사를 창업하여 세계 최초의 T자형 안전면도기를 발매한 이후 오늘날까지 세계적인 면도기 메이커의 지위를 유지하고 있다.
**미국의 윌리엄 콜게이트가 1806년에 창업한 세계적인 비누제조회사.

"조지 씨, 면도를 해주는 건 좋지만 한 가지 조건이 있어요."
"조건?"
"네, 그래요. 별로 까다로운 건 아니에요."
"뭔데?"
"면도를 해준다면서 어물어물 손가락으로 여기저기 만지거나 하면 싫어요. 살에 절대로 손을 대지 말고 밀어줘야 해요."
"그런데 너……."
"뭐가 '그런데'예요? 살갗을 만지지 않아도 얼마든지 면도할 수 있잖아요? 비누는 솔로 칠하면 되고, 면도는 안전면도기를 쓰니까…… 미용실에서도 능숙한 미용사는 살갗에 손을 대지 않아요."
"나를 미용사로 취급하면 곤란해."
"건방진 소리 하지 마요. 속으로는 면도를 해주고 싶으면서! 그게 싫다면 억지로 부탁하진 않겠어요."
"싫은 건 아냐. 그러지 말고 내가 하게 해줘. 모처럼 준비까지 다 해놨으니까." 뒤로 젖힌 옷깃 위로 드러난 나오미의 긴 목덜미를 보자 나는 그렇게 말할 수밖에 없었습니다.
"그럼 조건대로 할래요?"
"응, 할게."
"절대로 만지면 안 돼요."
"응, 만지지 않을게."
"조금이라도 손을 대면 당장 그만둘 거예요. 왼손은 무릎 위에 얌전히 올려놓으세요."
나는 시키는 대로 했습니다. 그리고 오른손만으로 그녀의 입 언저리부터 밀어갔습니다.

그녀는 면도날이 스쳐가는 쾌감을 맛보고 있기라도 한 듯 거울 속을 들여다보면서 얌전히 몸을 맡기고 있었습니다. 내 귀에는 쌔근쌔근 졸린 듯한 숨소리가 들려오고, 내 눈에는 그녀의 턱밑에서 실룩거리는 경동맥이 보입니다. 나는 마침내 속눈썹 끝에 찔릴 만큼 그녀의 얼굴에 접근했습니다. 창밖은 바싹 마른 공기 속에 아침 햇살이 환하게 비치서 털구멍을 하나하나 셀 수 있을 만큼 밝습니다. 나는 이렇게 밝은 곳에서, 이렇게 오랫동안, 그리고 이렇게 세밀하게, 내가 사랑하는 여자의 눈과 코를 응시해본 적이 없습니다. 이렇게 보고 있으려니까 그 아름다움은 거인 같은 크기와 부피로 다가옵니다. 그 길게 찢어진 눈, 훌륭한 건축물처럼 빼어난 코, 코에서 입으로 연결되어 있는 오똑한 두 줄기 선, 그 선 밑에 깊이 새겨진 빨간 입술. 아아, 이것이 '나오미의 얼굴'이라는 영묘한 물질인가, 이 물질이 내 번뇌의 씨앗이 되는 것인가—이렇게 생각하자 정말 이상해집니다. 나는 무심코 솔을 들어 그 물질 표면에 비누거품을 마구 칠합니다. 하지만 아무리 솔로 휘저어도 그것은 조용히 아무 저항도 하지 않고, 그저 부드러운 탄력을 가지고 움직일 뿐입니다……

내 손에 쥐어진 면도날은 은빛 벌레가 기어가듯 완만한 피부를 더듬어 내려가 그녀의 목덜미에서 어깨 쪽으로 옮겨갔습니다. 풍채 좋은 그녀의 등이 새하얀 우유처럼 넓고 불룩하게 눈에 들어왔습니다. 도대체 그녀는, 제 얼굴은 늘 보고 있겠지만 등이 이렇게 아름답다는 것을 알고 있을까? 그녀 자신은 아마 모를 거야. 그것을 가장 잘 알고 있는 사람은 바로 나야. 나는 일찍이 이 등을 날마다 목욕통에 넣고 씻어주었지. 그때도 지금처럼 이렇게 비누거품을 일으키면서……. 이것은 내 사랑의 유적이야. 내 손이, 내 손가락이 이렇듯 기막히게 아름다운 하얀 눈 위에서 희희낙락하며 놀고, 이곳을 마음대로 즐겁게 밟아본 적이 있었지. 지금도 어딘가에 그 흔적이 남아 있을지도 몰라…….

"조지 씨, 지금 손이 떨리고 있어요. 좀 더 정신을 차리고 해주세요."

갑자기 나오미의 목소리가 들렸습니다. 나는 머리가 지끈거리고 입 안이 바싹 마르고 기묘하게 몸이 떨리는 것을 스스로도 알 수 있었습니다. 문득 정신이 들자 '내가 미쳤구나' 하고 느꼈습니다. 그래도 그걸 열심히 견뎌내자, 갑자기 얼굴이 화끈 달아올랐다가 차갑게 식었다 하는 것이었습니다.

하지만 나오미의 장난은 이것만으로는 아직 끝나지 않았습니다. 어깨 면도가 다 끝나자, 이번에는 소매를 걷어 올리고 팔꿈치를 높이 쳐들면서 말하는 것이었습니다.

"자, 이번엔 겨드랑이예요."

"뭐? 겨드랑이?"

"네, 그래요. 양장을 입으려면 겨드랑이 털을 미는 법이에요. 여기가 보이면 실례잖아요?"

"심술쟁이!"

"뭐가 심술쟁이예요? 이상한 사람이야. 난 목욕하고 나서 한기를 느끼기 시작했으니까 빨리 해줘요."

그 순간 나는 느닷없이 면도기를 팽개치고 그녀의 팔꿈치에 덤벼들었습니다―아니, 덤벼들었다기보다 물고 늘어졌습니다. 그러자 나오미는 다 예상하고 있었다는 듯이 팔꿈치로 나를 탁 받아쳤지만, 내 손가락은 그래도 그녀의 어디엔가 닿았는지 비누거품이 묻어 주르르 미끄러졌습니다. 그녀는 또다시 나를 힘껏 벽 쪽으로 떠밀고 나서,

"뭐 하는 거예요!" 하고 날카롭게 외치면서 일어났습니다.

그 얼굴을 보니―아마 내 얼굴이 새파랬기 때문이겠지만, 그녀의 얼굴도―농담이 아니라 정말로 새파랗게 질려 있었습니다.

"나오미! 나오미! 이젠 나를 놀리는 건 그만해줘! 네 말이라면 무엇이든 다 들을 테니까!"

나는 무슨 말을 했는지 전혀 분간도 할 수 없었습니다. 그저 성급하게 빠른 말씨로 마치 열에 들뜬 것처럼 지껄였습니다. 그런 나를 나오미는 말없이, 뚫어지게, 말뚝처럼 우뚝 선 채 어이없다는 표정으로 노려볼 뿐이었습니다.

나는 그녀의 발밑에 몸을 던져 무릎을 꿇고 말했습니다.

"왜 잠자코 있는 거야! 뭐라고 말 좀 해줘! 싫으면 나를 죽여줘!"

"미치광이!"

"미치광이라서 나쁜가!"

"누가 그런 미치광이를 상대해준대?"

"그럼 나를 네 말로 써줘. 언젠가 그랬듯이 내 등에 올라타. 아무래도 싫다면 그것만 해줘도 좋아."

나는 이렇게 말하고는 바닥에 양손을 짚고 엎드렸습니다.

그 순간 나오미는 내가 정말 미쳤다고 생각한 것 같았습니다. 그녀의 얼굴은 그때 거무칙칙할 만큼 더한층 창백해졌고, 나를 뚫어지게 바라보고 있는 눈 속에는 거의 공포에 가까운

것이 있었습니다. 하지만 그녀는 당돌하고 대담한 표정을 지으며 내 등에 사납게 올라앉으면서,

"자, 이젠 됐나?" 하고 남자 같은 말투로 말했습니다.

"응, 됐어."

"앞으로는 뭐든지 내 말을 들을 거야?"

"응, 들을게."

"내가 필요한 만큼 돈도 얼마든지 내놓을 거야?"

"응, 내놓을게."

"내가 좋아하는 일을 하게 해줄 거야? 일일이 간섭 같은 거 하지 않을 거야?"

"안 할게."

"나를 그냥 '나오미'라고 막 부르지 말고 '나오미 씨'라고 부를 거야?"

"그렇게."

"틀림없지?"

"틀림없어."

"좋아. 그럼 말이 아니라 사람으로 대접해주지. 불쌍하니까……."

그러고 나서 나와 나오미는 온통 비누거품투성이가 되어버렸습니다.

"……이제 드디어 부부가 됐군. 이번에는 절대로 놓치지 않을 거야" 하고 나는 말했습니다.

"내가 도망쳐서 그렇게까지 곤란했어요?"

"아, 곤란했지. 한때는 절대로 돌아오지 않을 거라고 생각했어."

"어때요? 내가 무섭다는 걸 알았나요?"

"알았어. 알고도 남을 만큼 알았어."

"그럼 아까 말한 건 잊지 마요. 무엇이든 내 마음대로 하게 해줘요. 부부라 해도 딱딱한 부부는 싫어요. 안 그러면 나는 또 달아날 거예요."

"이제부턴 또 '나오미 씨'와 '조지 씨'로 살아가는 거야."

"가끔 댄스에 보내줄 거죠?"

"응."

"여러 친구와 교제해도 되죠? 이젠 전처럼 불평하지 않을 거죠?"

"응."

"마짱과는 절교했어요."

"뭐? 구마가이와 절교했다고?"

"그래요. 그렇게 싫은 놈은 또 없을 거예요. 앞으로는 되도록 서양 사람과 교제하겠어요. 일본 사람보다 재미있어요."

"요코하마에 사는 매캐널이라는 사내 말이야?"

"서양인 친구는 많아요. 매캐널도 뭐 별로 수상한 사람은 아니에요."

"흥, 어떨지……."

"그것 봐요. 그렇게 사람을 의심하니까 안 되는 거예요. 내가 그렇다고 하면 그대로 믿어요. 알았죠? 자, 믿을 거예요, 안 믿을 거예요?"

"믿을게!"

"그 밖에 또 주문이 있어요. 조지 씨는 회사를 그만두고 어떻게 할 작정이세요?"

"너한테 버림을 받으면 시골에 가서 틀어박힐 생각이었지만, 이렇게 되면 시골에는 가지 않겠어. 시골에 있는 재산을 정리해서 현금으로 가져올 거야."

"현금으로 하면 얼마나 되죠?"

"글쎄, 이리로 가져올 수 있는 건 이삼십만*은 되겠지."

"그것뿐이에요?"

"그것만 있으면, 너와 나 단둘이라면 충분하잖아?"

"그걸로 사치를 부리며 놀고 살 수 있어요?"

"그야 놀고 살 수는 없지. 너는 놀아도 되지만 나는 무슨 사무실이라도 차려서 독립적인 사업을 해볼 작정이야."

"사업에다 돈을 몽땅 쏟아 부으면 싫어요. 내가 사치를 부릴 만큼은 따로 남겨줘야 해요. 알았죠?"

"아, 알았어."

"그럼 절반만 따로 남겨줄래요? 삼십만 엔이면 십오만 엔, 이십만 엔이면 십만 엔……."

"꽤 자세하게 다짐을 받는군."

"그야 그렇죠. 처음부터 조건을 정해놓는 거예요. 어때요? 승낙한 건가요? 그렇게까지 해서 나를 아내로 삼기는 싫어요?"

"싫은 건 아니라니까……."

"싫으면 싫다고 해요. 지금이라면 어떻게든 결정을 내릴 수 있어요."

"걱정 말라니까…… 승낙한다고 했잖아."

---

*당시의 1엔을 지금의 2천 엔 정도로 가정하고 계산하면 4억 내지 6억 엔이 된다.

"그럼 조건이 또 있어요. 그렇게 결정되면 이제 이런 집에서는 살 수 없으니까 좀 더 훌륭하고 하이칼라한 집으로 이사해 줘요."

"물론 그렇게 해야지."

"나는 서양 사람들이 사는 동네에 있는 양옥집에서 살고 싶어요. 깨끗한 침실과 식당이 있는 집에서 요리사와 보이를 두고……."

"그런 집이 도쿄에 있나?"

"도쿄에는 없지만 요코하마에는 있어요. 요코하마의 야마테\*에 마침 그런 셋집이 하나 비어 있어요. 요전에 내가 봐두었어요."

나는 비로소 그녀에게 깊은 속셈이 있었다는 것을 알았습니다. 나오미는 처음부터 그렇게 할 작정으로 계획을 세워놓고 나를 낚시질하고 있었던 것입니다.

---

\* 요코하마 항 남동쪽에 있는 구릉지. 항구가 보이는 공원과 외국인 묘지 주변. 막부 말기에 요코하마 항이 개항한 이후 줄곧 외국인을 위한 거주지여서, 양옥과 교회와 여학교들이 늘어서 있었다.

## 28

 다음은 그로부터 삼사 년 뒤의 이야기가 됩니다.
 우리는 그 후 요코하마로 이사하여 나오미가 전에 보아둔 야마테의 양옥을 빌렸지만, 사치스러운 생활이 점점 몸에 배자, 이윽고 그 집도 좁다고 해서 얼마 후 스위스인 가족이 살던 혼모쿠*의 집에 가구까지 몽땅 사서 들어가게 되었습니다. 저 대지진**으로 야마테 쪽은 모조리 타버렸지만 혼모쿠 쪽은 화재를 면한 곳이 많아서, 우리 집도 벽에 금이 조금 갔을 뿐 이렇다 할 피해도 없이 끝났으니, 정말 뭐가 행운이 될지 모릅니다. 그래서 우리는 지금도 계속 이 집에 살고 있는 것입니다.
 나는 그 후 계획대로 오이마치의 회사를 그만두고 시골에 있

---

\* 요코하마의 해안에 있는 지명. 도쿄 만에 면한 부분은 높이 30~40미터의 깎아지른 절벽이었지만, 지금은 매립되어 옛 모습을 찾을 길이 없다. 이 시대에는 매춘부를 두고 하급 선원이나 외국인을 상대로 술을 팔았던 선술집이 많았던 것으로도 알려져 있었다.
\*\*1923년 9월 1일에 일어난 간토 대지진을 말한다. 도쿄에서는 전체 가구의 70%, 요코하마에서는 60%가 불타고, 사망자와 행방불명자는 모두 14만 명에 이르렀다.

는 재산을 정리하여 학창시절의 동창생 두세 명과 함께 전기기계의 제작과 판매를 목적으로 하는 합자회사를 차렸습니다. 이 회사는 내가 제일 많이 출자를 한 대신, 실제 업무는 친구들이 해주기 때문에 내가 매일 사무실에 나갈 필요는 없지만, 웬일인지 내가 온종일 집에 있는 것을 나오미가 좋아하지 않기 때문에 싫어도 하루에 한 번은 회사에 들러보고 있습니다. 나는 아침 11시쯤 요코하마에서 도쿄로 나가 교바시의 사무실에 한두 시간 얼굴을 내밀고 대개 오후 4시경에는 집으로 돌아옵니다.

옛날에는 꽤나 부지런해서 아침에도 일찍 일어나는 편이었지만, 요즘에는 9시 반이나 10시가 되어야 겨우 일어납니다. 일어나면 잠옷 바람으로 살금살금 발끝으로 나오미의 침실 앞에 가서 조용히 문을 두드립니다. 하지만 나오미는 나보다 더 잠꾸러기이기 때문에 그때쯤에는 아직도 꿈속에 있어서, "응……" 하고 간신히 대답할 때도 있지만 모르고 그냥 잘 때도 있습니다. 대답이 있으면 나는 방으로 들어가 인사를 하고, 대답이 없으면 문 앞에서 되돌아서서 그대로 회사로 나갑니다.

이런 식으로 우리 부부는 어느새 각방을 쓰게 되었는데, 이것은 원래 나오미의 제안이었습니다. 부인의 규방은 신성한 곳이다, 남편이라도 함부로 범하면 안 된다―그녀는 이렇게 말하면서 넓은 방은 자기가 차지하고, 그 옆에 있는 좁은 방을 내 방으로 정했습니다. 그런데 이웃해 있다고는 해도 두 방이 직접 연결되어 있지는 않았습니다. 그 사이에는 부부 전용 욕실과 변소가 끼어 있습니다. 말하자면 두 방은 그만큼 서로 떨어져 있는 셈이어서, 이쪽 방에서 저쪽 방으로 가려면 그곳을 지나가야 합니다.

나오미는 아침마다 11시가 지나도록, 자는 것도 아니고 일어나는 것도 아니고, 그냥 이부자리 속에서 깜빡깜빡 졸면서 담배를 피우기도 하고 신문을 읽기도 합니다. 담배는 디미트리노* 궐련, 신문은〈미야코신문〉**, 그리고 잡지는《클래식》이나《보그》***를 읽습니다. 아니, 읽는 게 아니라 거기에 실린 사진—주로 양장의 디자인이나 유행—을 한 장 한 장 자세히 들여다보고 있습니다. 그 방은 동쪽과 남쪽이 열려 있고 베란다 바로 밑에 혼모쿠 바다가 있어서 아침에는 일찍부터 밝아집니다. 나오미의 침대는 일본식 방 같으면 다다미를 20장이나 깔 수 있을 만큼 넓은 방의 한복판에 놓여 있는데, 그것도 보통의 싸구려 침대가 아닙니다. 도쿄에 있는 어느 대사관에서 매물로 내놓은 것인데, 닫집이 붙어 있고 하얀 망사 같은 휘장이 드리워진 침대로, 이것을 구입한 뒤 나오미는 한층 잠자리가 기분 좋은지 전보다 더 늦게까지 침대에서 일어나지 않습니다.

그녀는 세수를 하기 전에 침대에서 홍차와 우유를 마십니다. 그러는 동안 몸종이 목욕물을 준비합니다. 그녀는 일어나자마자 목욕을 하고, 욕탕에서 나오면 잠시 누워서 마사지를 시킵니다. 그런 다음 머리를 묶고 손톱을 다듬고, 일곱 가지 도구라고는 하지만 사실은 수십 가지나 되는 약과 기구로 얼굴 전체를

---

*이집트의 담배회사 이름. 1926년 당시, 디미트리노의 '앰배서더'라는 담배는 20개들이 1갑에 3엔 80전, 국산 담배인 '다바코 골든배트'는 1엔 40전이었다.
**1884년에 창간되었고, 1942년에〈국민신문〉과 합병하여 현재〈도쿄신문〉이 되었다. 가부키·화류계·문예 같은 이른바 연성 기사와 대중소설 연재를 자랑거리로 내세워, 특히 연예계와 화류계에서 애독되었다.
***클래식:미국의 대표적인 영화잡지《Motion Picture Classic》. 1915년부터 1931년까지 간행되었다. 보그(Vogue):1892년 뉴욕에서 창간된, 세계에서 가장 유명한 패션 잡지. 프랑스어로 '유행, 인기'라는 뜻.

마구 주물러대고, 옷을 입을 때도 이걸 입을까 저걸 입을까 하고 한참 망설인 뒤에 식당에 나오는 것이 대개 1시 반쯤입니다.

점심을 먹고 나면 저녁까지는 거의 할 일이 없습니다. 밤에는 초대를 받거나 또는 손님을 초대하거나, 그렇지 않으면 호텔로 댄스를 하러 가거나, 어쨌든 뭔가를 하지 않을 때가 없으니까 그때가 되면 그녀는 다시 화장을 하고 옷을 갈아입습니다. 야회가 있을 때는 특히 유난을 떠는데, 욕실에서 몸종의 도움을 받아 온몸에 분을 바릅니다.

나오미의 친구는 자주 바뀌었습니다. 하마다와 구마가이는 그때 이후 전혀 드나들지 않게 되었고, 한때는 매캐널을 좋아하는 것 같더니 곧 매캐널을 대신한 자가 듀건이라는 사내였습니다. 듀건 다음에는 유스터스라는 친구가 생겼습니다. 이 유스터스라는 사내는 매캐널보다 더 불쾌한 놈으로 나오미의 비위를 아주 잘 맞추었는데, 언젠가 나는 무도회 때 홧김에 놈을 때려준 적이 있습니다. 그랬더니 굉장한 소동이 벌어졌고, 나오미는 유스터스를 편들면서 "미친 놈!" 하고 나에게 욕을 퍼부었습니다. 나는 더욱 화가 나서 유스터스에게 덤벼들었습니다. 그러자 모두 나를 끌어안고 말리면서 "조지! 조지!" 하고 큰 소리로 외쳤습니다. 내 이름은 조지(讓治)지만, 서양 사람들은 'George'인 줄 알고 "조지!" "조지!" 하고 부릅니다. 어쨌든 그런 일이 있었기 때문에 결국 유스터스는 우리 집에 오지 않게 되었지만, 그와 동시에 나오미가 내놓은 새로운 조건에 나도 복종하지 않을 수 없게 되고 말았습니다.

유스터스 다음에도 제2, 제3의 유스터스가 생긴 것은 물론이지만, 지금의 나는 스스로 생각해도 이상할 만큼 온순해졌습니다. 사람은 한 번 호된 꼴을 당하면 그게 강박관념이 되어 언제까지나 머리에 남아 있는 듯, 나는 아직도 전에 나오미가 나가버렸을 때의 그 무서운 경험을 잊을 수가 없습니다. "내가 무섭다는 걸 알았어요?" 하던 그녀의 말이 지금도 내 귀에 달라붙어 있습니다. 그녀의 바람기와 방자함은 옛날부터 알고 있었던 것이고, 그 결점을 없애버리면 그녀의 가치도 없어져버립니다. 바람기가 있는 계집이다, 제멋대로 하는 방자한 계집이다, 하고 생각하면 할수록 더욱 귀여워져 그녀의 함정에 빠져버리고 맙니다. 그래서 나는 화를 내면 낼수록 내가 지게 된다는 것을 깨닫고 있습니다.

자신감이 없어지면 어쩔 수 없는 일이어서, 지금 나는 영어에서도 도저히 그녀를 따라갈 수 없습니다. 실제로 교제하는 동안 자연히 영어에 숙달되었겠지만, 야회에서 부인이나 신사들에게 애교를 떨어가며 그녀가 재잘거리는 것을 들으면, 어쨌든 발음은 옛날부터 좋았으니까, 묘하게 서양 사람 같은 냄새가 풍기고, 나는 무슨 소린지 알아듣지 못할 때가 많습니다. 그리고 그녀는 가끔 나를 서양식으로 "조지!" 하고 부릅니다.

이것으로 우리 부부의 기록을 끝내겠습니다. 이것을 읽고 어처구니없다고 생각하는 분은 웃어주십시오. 교훈이 된다고 생각하는 분은 본보기로 삼아주시고, 나 자신은 나오미에게 홀딱 반해버렸으니까, 어떻게 생각하셔도 어쩔 수 없습니다.

나오미는 올해 스물세 살이고, 나는 서른여섯 살이 됩니다.

해설

# 시대성과 영원성의 교차점

**김석희(번역가)**

인터넷 백과사전인 〈위키피디아〉(일본어판)에는 '다니자키 준이치로(谷崎潤一郎)' 항목이 다음과 같이 서술되어 있다.

―다니자키 준이치로는 1910년대부터 죽을 때까지, 태평양전쟁 시기의 한때를 제외하고는 평생 동안 왕성한 집필 활동을 계속했으며, 국내외에서 그 작품의 예술성이 높은 평가를 받은 것은 물론이고, 지금도 근대일본문학을 대표하는 소설가로서 '문호(文豪)'라는 존칭으로 불리고 있다.
초기에는 탐미파로 여겨져 지나칠 정도의 여성애나 마조히즘 등의 명예롭지 못한 문맥으로 언급되는 경우도 적지 않았지만, 그 작풍이나 소재, 문체와 표현은 평생 동안 여러 가지로 변천을 계속했다. 한어(漢語)와 아어(雅語)에서 속어와 방언까지 구사하는 단려한 문장과 작품마다 완전히 바뀌는 교묘한 말투가 특징이다. 오늘날의 추리소설의 선구적 작품, 활극적인 역사소설, 구전과 설화조의 환상담, 나중에는 그로

테스크한 블랙유머 등 오락적인 장르에서도 좋은 작품을 많이 썼지만, 《미친 사랑(痴人の愛)》《춘금초(春琴抄)》《세설(細雪)》 등 치정이나 시대 풍속 등의 주제를 다루는 통속성과 문체나 사상에서의 예술성을 높은 수준에서 융화시킨 뛰어난 순문학 작품으로 높은 평가를 받고 있다.

다니자키 준이치로는 1886년 7월 24일 도쿄 니혼바시 구에서 다니자키 구라고로(谷崎倉伍郞)와 세키(関)의 맏아들로 태어났다(원래는 차남이지만, 장남이 생후 3일 만에 죽었기 때문에 준이치로가 장남이 되었음). 외조부인 다니자키 히사우에몬(谷崎久右衛門)은 자수성가한 사람이고, 준이치로의 아버지는 에자와(江澤) 집안에서 다니자키 집안의 데릴사위로 들어가 그 가업의 일부를 맡고 있었다. 하지만 외조부가 타계한 뒤 사업이 순조롭지 못했고, 다니자키가 사카모토 소학교를 졸업할 무렵에는 가세가 기울어 상급학교 진학도 어려운 처지였다. 다니자키는 그의 재능을 아끼는 교사의 알선으로 가정교사로 입주해 도쿄부립(東京府立) 제일중학교에 입학할 수 있었다.

1905년에 중학교를 졸업하고 제일고등학교 영법과(英法科)에 진학했다. 남의 집에 기숙하면서 고학을 해야 하는 신세였으므로, 법과 만능시대에 장래를 생각한 선택이었다. 그러나 입주해 있는 집의 하녀와 연애하다 들켜 쫓겨나게 되자, 이를 계기로 문학으로 입신할 결의를 굳히고 영문과로 옮겼다. 1907년의 일이었다. 이 시대는 유럽의 세기말적 사상이 일본에 흘러들던 무렵으로, 문학청년들은 다소라도 그 세례를 받았다. 고등학교 때 다니자키는 문예부원으로 활동하면서 《교우회잡지》를 편집

하고 소설을 발표하기도 했다.

　1908년에 고등학교를 졸업한 뒤 도쿄제국대학 문과대 국문과(일문과)에 진학했다. 국문과를 선택한 이유는 "작가가 되려고 각오를 한 바 있으므로, 국문과라면 학교 공부를 태만히 하는 데 편리할 것이라고 생각"했기 때문이었다. 하지만 수업료를 내지 못해 제적되는 바람에 대학은 2학년까지만 다니고 중퇴하게 된다. 이미 소설가가 되려고 결심을 굳혔으므로 이젠 대학을 졸업한다는 것이 무의미하다고 생각되었을 것이다. 재학 중에 철학자이자 윤리학자인 와쓰지 데쓰로(和辻哲郎) 등과 함께 동인지 《신사조(新思潮)》(제2차)를 창간하고, 처녀작인 희곡 〈탄생〉과 단편소설 〈문신(刺青)〉을 발표했다. 그러자 당시 문단의 중견이었던 소설가 나가이 가후(永井荷風)가 《미타문학(三田文学)》지에 평론을 발표하여 격찬을 아끼지 않았고, 다니자키는 신진 작가로서 기반을 굳히게 되었다. 그 후 《소년》 《비밀》 같은 작품을 계속 발표하면서, 자연주의 전성시대에 스토리를 중시한 반자연주의적 작풍을 관철했다. 1910년대에는 당시의 모던한 풍속에 영향을 받은 작품들을 발표했고, 추리소설 분야에서 새로운 경지를 발견하거나 영화에 깊은 관심을 보이기도 했으며, 표현에 있어서 새로운 시도에 적극적인 의욕을 보였다.

　1923년 9월 1일 간토 대지진이 일어나자 다니자키 일가는 간사이로 이주했다(처음엔 교토로 갔다가 이후 효고 현 곳곳을 전전했다). 그 후 왕성한 집필 활동을 통해 좋은 작품을 연달아 내놓았는데, 장편 《미친 사랑》은 요부에게 번롱당하는 남자의 희비극을 묘사하여 큰 반향을 불러일으켰으며, 《만(卍)》 《여뀌 먹는 벌레

(蓼喰ふ虫)》《춘금초》 등을 발표하여 모더니즘과 중세적 일본의 전통미를 아우르는 문학 활동을 계속한다. 그 사이에 작가이자 시인인 사토 하루오(佐藤春夫)와의 '아내 양도 사건' 및 두 번째 결혼과 이혼을 거쳐 1935년에 모리타 마쓰코(森田松子)와 세 번째로 결혼하여 사생활도 충실해진다.

태평양전쟁 기간에 다니자키는 아내인 마쓰코와 처제들을 모델로 삼아 어느 몰락한 집안의 네 자매의 생활을 묘사한 《세설》의 집필에 몰두했고, 군부가 연재를 금지했지만 집필을 계속하여 전쟁이 끝난 뒤 전편을 발표했다.

전쟁 이후에는 고혈압증이 악화하여, 필생의 작업으로 착수한 《겐지 이야기(源氏物語)》의 현대어 번역도 중단할 수밖에 없었다. 하지만 만년에는 다가오는 노화와 싸우면서 집필 활동을 재개하여, 《과산화망간수의 꿈(過酸化マンガン水の夢)》을 시작으로 《열쇠(鍵)》《미치광이 노인 일기(瘋癲老人日記)》같은 걸작을 발표한다. 네 차례(1958년, 1960년, 1961년, 1962년)에 걸쳐 노벨문학상 후보에 선정되었고, 특히 1960년에는 최종 후보 5명 가운데 남아 있었다. 1964년에는 일본인으로는 최초로 미국문학예술아카데미 명예회원에 선출되었다. 1965년 7월 30일 신부전과 심부전이 병발하여 79세를 일기로 타계했다.

《미친 사랑》은 다니자키 준이치로의 풍부한 작품 중에서도 특히 흥취에 넘치는 소설이다. 보통 의미에서의 재미와 예술적인 재미의 완전한 동일성은 항상 다니자키 문학의 특색 가운데 하나지만, 《미친 사랑》은 그 좋은 예라고 말할 수 있다.

《미친 사랑》은 다니자키가 간사이로 이주한 뒤 처음 쓴 장편인데, 이 소설이 〈오사카아사히신문〉에 연재되기 시작한 것은 간토 대지진이 일어난 지 겨우 반년 뒤인 1924년 3월, 다니자키가 38세 되던 해였다.

　다니자키는 25세에 문단에 등장했을 때부터 귀재나 천재라고 불렸고, 그 후에도 다니자키라는 사람과 그의 예술은 항상 문단에서 화제가 되었으니 그가 인기 작가인 것은 틀림없었지만, 다니자키 문학이 정말로 넓고 뿌리 깊게 읽히게 된 것은 《미친 사랑》이 높은 평판을 얻은 뒤였다.

　세간의 베스트셀러 작품은 대부분 문학 외적 흥미나 시대성만으로 화제가 되었다가 곧 사라져버린다. 반면에 예술소설로 높은 평판을 얻는 작품은 반드시 영원성과 시대성의 교차점에서 창조된다. 《미친 사랑》이 바로 그런 작품이었다. 이 소설의 시대성은 영원성을 이끌어내고, 또한 그 영원성 덕분에 언제 읽어도 신선하다.

　그런데 《미친 사랑》은 〈오사카아사히신문〉에 연재되어 큰 반향을 불러일으킨 지 석 달도 되지 않은 6월 14일자 신문에 실린 제87회를 끝으로 게재가 중단되었다. 이 중지에 대해 '《미친 사랑》의 작가로부터 독자들에게'라는 제목이 달린 다니자키의 글이 지면에 발표되었다.

　소설 《미친 사랑》은 신문사의 형편에 따라 게재를 중지해달라는 교섭을 받고, 나도 부득이한 사정임을 인정하여 그 제의를 승낙했습니다. 하지만 이 소설은 내 근래의 회심작이고 아주 감흥이 오른 때인 만큼 되도록 빨리 기회를 얻어 다른 잡지나 신문에 계속 발표하겠습니다. 작가의 입장에서 독자들에게 예고하고 약속해두겠습니다.

다니자키는 '신문사의 형편에 따라'라고 부드럽게 표현했지만, 사실은 이 소설에 대해 검열 당국으로부터 여러 번 주의를 받은 모양이다. 당국은 이 소설이 미풍양속을 해친다고 생각했지만, 그 경향은 줄어들기는커녕 아내인 나오미가 대학생들을 상대로 프리섹스를 하는 등 점점 심해졌기 때문에 엄격한 간섭을 하기에 이른 것이다. 넉 달 뒤, 다시 연재가 시작된 곳은 독자 수가 신문보다 훨씬 적은 《여성》이라는 잡지였다. 《미친 사랑》의 〈15〉에 해당하는 부분부터 제1회로 하여 1924년 11월호부터 연재되었는데, 게재를 재개하면서 다니자키가 잡지에 실은 〈《미친 사랑》의 머리말〉에는 이런 대목이 있다.

이것은 장편이기는 하지만 일종의 사소설이고, 지금까지의 줄거리는 아주 간단하다. 소설의 '나'는 고등공업 출신으로 우쓰노미야에 사는 부농의 아들이며 지금은 회사에서 전기기사로 일하고 있는 가와이 조지라는 남자다. 아내 나오미는 원래 카페 여급이었지만, 열다섯 살 때 조지에게 맡겨져 온갖 귀여움을 받으며 사치스럽고 하이칼라로 자란 여자다. 지금은 조지의 나이가 서른두 살, 나오미의 나이는 열아홉 살이다. 여기서는 부부가 가마쿠라로 피서를 와 있던 대목부터 이야기가 시작된다. 이것만 알아두면 처음 읽는 사람도 읽어 가는 동안 자연히 알게 될 것이다.

작가가 말하고 있듯이 《미친 사랑》의 줄거리는 아주 '간단'

하다. 끝까지 그렇다. 그런데 정말 재미있다. 예를 들면 카페의 열다섯 살 된 여급이었던 나오미가 조지에게 맡겨진 데에도 복잡한 이유나 줄거리는 아무것도 없다. 조지는 나오미를 맡고 싶어졌고, 그것을 나오미에게 제의하는 방식이나 나오미의 어머니와 오빠와 의논하는 방식이 아주 재미있다. 또한 나오미가 귀여움을 받는 방식도 읽기 쉽고 재미있는 표현 덕분에 그 자체에 매력이 넘친다. 나오미가 사치스럽고 하이칼라로 자라는 과정도 줄거리는 아주 간단하지만 독자를 단단히 사로잡는다.

그런 나오미가 점점 조지에게 힘에 부치는 아내가 되어, 그를 번롱하고 괴롭히기까지 한다. 그렇게 될수록 조지는 나오미에게 빠져든다. 원제목이 '치인의 사랑'인 것에서도 짐작할 수 있듯이 이 소설의 진짜 주인공은 나오미가 아니라 사실은 조지다. 그는 마조히스트다. 남성 마조히스트가 자신의 그 이상성애(異常性愛)에 어울리는 여성 사디스트를 어렸을 때부터 자기 손으로 키우는 기쁨을 묘사한 것이 이 소설이다.

다니자키 문학에서는 대부분 남성 마조히즘이 기능을 발휘하고 있고, 여성 사디스트를 육성하는 주제도 《미친 사랑》에서 처음 나타난 것은 아니다. 초기 단편 〈문신〉에서 벌써 그 기미를 엿볼 수 있다. 《조타로(饒太郎)》에서는 이 주제가 충분히 다루어져 있다. 독신인 신진 작가 이즈미 조타로는 자신의 마조히즘에 응해줄 여성을 찾지만, 첫 번째 여자는 그에 대한 애정이 늘어날수록 그를 학대하는 것을 참을 수 없게 된다. 두 번째 여성은 아주 젊어서, 그가 시키는 대로 그의 욕구에 따르고 사디스트 교육의 성과가 계속 올라가는 것처럼 보였는데 돈을 다 우려내고 더 이상 우려낼 것이 없어지자 행방을 감추어버린다.

그녀에게서 이루지 못한 조타로의 꿈이 《미친 사랑》에서 계속된 것 같다.

조타로가 두 여자에게 기대한 것은 오로지 육체적인 사디즘이었지만, 조지가 나오미에게 기대한 것은 그것이 아니다. 육체적 사디즘만이 아니라 질투를 비롯한 다양한 심리적 사디즘도 계속 촉발하고 있다. 이것은 단순히 여성 사디스트를 육성하는 작품만이 아니라 다니자키의 마조히즘 문학 전체에 그때까지 존재하지 않았던 새로운 면이고, 그 후 심리적 마조히즘을 주로 하는 《춘금초》 같은 작품이 잇따라 쓰이게 되었다.

《미친 사랑》이 당시에 일으킨 반향은 엄청나서, '나오미즘'이라는 유행어까지 생겨날 정도였다. '나오미 스타일'이라는 의미였을 것이다. 간토 대지진은 결과적으로는 사회적 변동이기도 했다. 그것을 계기로 도덕과 풍속에 대해 평소 위화감을 품고 있던 젊은이들은 모더니즘을 지향하게 된다. 《미친 사랑》은 교묘히 그런 풍조에 영합했다. 거기에 이 소설의 시대성이 있다. 그리고 인간의 끝없는 재미, 즉 인간성의 미지의 분야는 영원히 무한하다는 것을 읽을 때마다 힘차게 말해주는 데 이 소설의 영원성이 있다.

〈《미친 사랑》의 머리말〉에서 이 소설을 '일종의 사소설'이라고 말했듯이, 이 소설에는 모델이 있다. 1920년부터 다니자키는 영화계와 관계를 맺고 있었는데, 하야마 미치코라는 예명을 가진 여배우이자 첫 번째 부인인 지요코의 친동생 이시카와 세이코가 그 모델이다. 다니자키가 이른바 '아내 양도 사건'에 개입한 것도 부인과 헤어져 세이코와 동거할 작정으로 그랬다고 한다. 1923년에는 같은 여성을 모델로 《육괴(肉塊)》라는 소설을 썼는데, 영화감독이 불량한 여배우와 관계하여 그녀에게 번롱당하고 차츰 타락해가는 과정을 그린 이 작품은 《미친 사랑》의 원형으로 간주되지만, 줄거리가 도식적이어서 실패작이란 평가다. 《미친 사랑》이 성공한 것은 무엇보다 작가가 이야기를 모델에 대한 밀착에서 떼어내어 허구화한 것, 그리고 거기에 적합한 새로운 화법을 획득한 데 있다고 말할 수 있다.

작가는 《미친 사랑》의 첫머리에서 '세상에 별로 유례가 없으리라'고 말하면서도 소설의 사건 무대를 서구화 풍속의 대중화가 시작된 다이쇼 시대의 시민 사회로 슬쩍 허구화한다. 내레이터인 주인공 가와이 조지가 살고 있는 곳은 독자들이 살고 있는 곳과 마찬가지로 붉은 기와를 얹은 하이칼라한 문화주택이고, 카페와 댄스홀 같은 다이쇼 시대의 시민 사회다. 주인공 남녀의 처지로 보나 생활 설정으로 보나, 《미친 사랑》은 우선 일상성의 묘사가 풍부한 훌륭한 풍속소설로 출발한다. 이런 풍속 묘사의 두께는 종래의 다니자키 작품에서는 충분히 이루어지지 않은 최초의 성취였다.

그와 함께 여기서 채택된 일인칭 고백체라는 화법이 작가에게 갖는 의미도 중요하다. 《신동》 《이단자의 슬픔》 등의 자전적 소설이 삼인칭 서술 화법을 택했지만 실제로는 오히려 작가 자신의 마조히스트적 체험에 대한 고백이었던 반면, 이 일인칭 화법은 독자들에 대한 호소라는 형태를 통해 널리 연대의 장을 구하는 효과를 거두고 있다. 자신이 이단자라는 것을 굳이 강조하지 않으면서 독자와 공통된 생활권으로 이야기 공간을 넓힘으로써 다니자키는 이 작품에 최고 수준의 빈정거림을 장치

한 것이다. 여기에는 메이지 시대부터 다이쇼 시대에 걸쳐 근대소설의 기조를 이루고 있던 고백 소설 스타일의 멋진 역전이 존재한다.

문학사적으로 보면 간토 대지진을 전후한 이 시기는 메이지 시대의 자연주의가 다이쇼 시대의 이상주의로 바뀌면서, 인생의 고뇌라는 주제가 인생의 조화라는 주제에 자리를 양보한 문학적 환절기였다. 문단 소설의 대세가 인격 완성의 길을 자기 고백하듯 서술하는 스타일로 바뀌고 있던 풍조 속에서 《미친 사랑》의 화법은 생활의 파멸로 치닫는 주인공의 담담한 독백을 보여주는 대담한 곡예를 연출했고, 멋지게 성공을 거둔 것이다.

끝으로, 이 소설의 제목과 관련하여 한마디 언급하려고 한다.

다 알다시피 원제목은 '痴人の愛'이다. '치인(痴人)'을 국어사전에서 찾아보면 '어리석고 못난 사람'으로 풀이되어 있다. 또한 '痴'자는 '癡'의 속자(俗字)로, 이 한자에는 '미치광이'라는 뜻도 포함되어 있다. 그러니 '痴人の愛'은 '바보의 사랑'이면서 '미치광이의 사랑'인 셈인데, 일제강점기 때부터 써온 '치인의 사랑'을 오늘날에도 그대로 써야 하는가에 대해 고민이 많았다. '치인'이란 단어는 오늘날 쓰임새도 없고, 사전을 찾아보지 않으면 그 뜻을 알기도 어렵다. 그래서 이번에 새롭게 번역하는 기회에 제목도 바꾸면 어떨까 하는 쪽으로 마음을 먹게 되었다.

참고하려고 서양어로 번역된 제목을 찾아보았더니, 영어로는 여주인공의 이름을 제목으로 써서 'Naomi(나오미)'라고 했고, 프랑스어로는 'Un amour insensé(비상식적인 사랑)', 독일어로는 'Naomi oder Eine unersättliche Liebe(나오미 혹은 만족할 줄 모르는 사랑)', 이탈리아어로 'L'amore di uno sciocco(어느 바보의 사랑)'이라고 번역되어 있었다.

    검토를 거듭하며 편집부와 의논한 끝에 '미친 사랑'이라는 제목으로 결정을 보았다. 독자들의 이해와 공감을 기대한다.

**다니자키 준이치로**
**연보**

| | |
|---|---|
| 7월 24일, 도쿄 시 니혼바시 구 가키가라 초에서 태어남. 4남3녀의 장남(차남으로 태어났지만, 장남이 일찍 죽었기 때문에 장남이 되었음). | 1886 |
| 아버지가 경영하던 일본점등회사가 경영 부진으로 매각됨. | 1889 |
| 아버지가 곡물 중매인 일을 시작. 동생 세이지 태어남. | 1890 |
| 니혼바시의 사카모토 소학교 심상과에 입학. 두뇌가 명석해서 '신동'으로 불렸지만, 내성적인 성격으로 학교에 가기를 싫어해서 결석이 잦음. | 1892 |
| 출석일수 부족으로 유급하여 1년을 더 다니지만, 담임선생의 지도로 성적이 좋아져 1학년을 수석으로 수료. | 1893 |
| 6월 20일, 지진으로 집이 피해를 입음. | 1894 |
| 사카모토 소학교 심상과 졸업. 고등과에 진학. 급우와 함께 회람잡지를 만들어 수필 등 | 1897 |

| | |
|---|---|
| 을 발표. | |
| 고등과 졸업. 이 무렵 가세가 기울어 돈벌이에 나서야 할 처지였지만, 그의 재능을 아끼는 사람들의 도움으로 제일중학교에 진학. | 1901 |
| 집안 사정이 더욱 궁핍해져 학업을 계속할 수 없을 지경에 몰리지만, 친지의 도움으로 입주 가정교사가 되어 학업 계속. | 1902 |
| 제일중학교 교지인《학우회잡지》의 주간을 맡음. | 1903 |
| 제일중학교 졸업. 제일고등학교 영법과에 진학. | 1905 |
| 과외교사로 입주해 있던 집에서 하녀와 연애하다 쫓겨남. 이를 계기로 문학으로 입신하기 위해 영문과로 옮김. 문예부원으로《교우회잡지》에 글을 발표. 학생 기숙사에 입주. | 1907 |
| 제일고등학교 졸업. 도쿄제국대학 국문과에 진학. 방랑생활. 신경쇠약. 막내 동생 슈헤이 태어남. | 1908 |
| 동인지《신사조》(제2차) 창간에 참여(창간호는 고야마 우치가오루의 글 때문에 발매 금지). 희곡〈탄생〉, 단편〈문신〉〈기린〉등 발표. | 1910 |
| 〈방황〉〈소년〉〈방간(幇間)〉〈회오리바람〉〈비밀〉등 발표.《신사조》폐간. 수업료를 내지 못해 제적됨. 나가이 가후의 격찬을 받고 문단에 지위를 확립. | 1911 |
| 첫 작품집《문신》출간. 교토를 비롯하여 각지를 방랑. 신경쇠약 재발. 징병검사를 받지만 지방 과다로 불합격.〈악마〉〈주작(朱雀) | 1912 |《문신》|

일기〉 발표.

〈공포〉〈소년의 기억〉, 희곡 〈사랑을 알 무렵〉 발표. 작품집 《악마》 출간. | 1913 | 《악마》

〈조타로〉 발표. 작품집 《기린》 출간. | 1914 | 《기린》

이시카와 지요코와 결혼. 〈호조지 이야기〉 발표. | 1915 |

맏딸 아유코 태어남. 〈신동〉〈미남〉〈공포시대〉 등 발표. | 1916 |

어머니 세키 사망. 〈인어의 탄식〉〈마술사〉 등 발표. 작품집 《이단자의 슬픔》 출간. | 1917 | 《이단자의 슬픔》

한국·만주·중국 여행. 〈금과 은〉〈작은 왕국〉 발표. | 1918 |

아버지 구라고로 사망. 오다와라로 이사. 작품집 《작은 왕국》 출간. | 1919 | 《작은 왕국》

다이쇼영화사 각본부 고문으로 취임. 〈교인(鮫人)〉 발표. 작품집 《공포 시대》 출간. | 1920 | 《공포 시대》

아내 지요코를 사토 하루오에게 양도하겠다는 약속을 뒤집었기 때문에 사토와 절교. 다이쇼영화사 퇴사. | 1921 |

〈괴상한 기록〉〈푸른 꽃〉 발표. 희곡집 《사랑하기 때문에》 출간. | 1922 | 《사랑하기 때문에》

9월 1일, 간토 대지진. 당시 버스를 타고 하코네의 산길을 가다가 골짜기 쪽 길이 무너지는 것을 목격. 교토로 이주(나중에 효고현으로 이주). 〈육괴〉 발표. 《준이치로 희곡걸작집》 출간. | 1923 | 《준이치로 희곡걸작집》

| | | |
|---|---|---|
| 〈신과 사람 사이〉 연재. 작품집《육괴》출간. 〈오사카아사히신문〉에 〈미친 사랑〉 연재, 큰 인기를 얻었으나 검열로 연재가 중단됨. 후반부는《여성》지로 옮겨 발표. | 1924 | 《육괴》 |
| | 1925 | 《신과 사람 사이》《미친 사랑》 |
| 중국 여행. 곽말약과 알게 됨. 귀국한 뒤 사토 하루오와 화해.〈상하이 견문록〉발표. 작품집《교인》출간. | 1926 | 《교인》 |
| 오사카 거상의 부인으로 후일 마지막 아내가 되는 네즈 마쓰코와 알게 됨.〈요설록(饒舌錄)〉을 연재하고, 아쿠타가와 류노스케와 '소설의 스토리' 논쟁을 벌임(그 직후에 아쿠타가와 자살). | 1927 | |
| 고베 시로 이주.〈만(卍)〉을 연재.〈흑백〉발표. 아내 지요코를 와다 로쿠로에게 양보한다는 이야기가 나오고, 그것을 바탕으로〈여뀌 먹는 벌레〉를 1928년부터 연재하지만 사토 하루오의 반대로 무산됨. | 1928 | |
| | 1919 | 《여뀌 먹는 벌레》 |
| 〈난국(亂菊) 이야기〉발표.《전집》(12권) 간행. 지요코와 이혼. | 1930 | |
| 후루카와 도미코와 결혼. 빚 때문에 한때 다카노 산에 틀어박힘.《중앙공론》에〈요시노쿠즈(吉野葛)〉와 네즈 마쓰코를 그리며 쓴 것으로 알려진〈장님 이야기〉발표.《만》출간. | 1931 | 《만》 |
| 효고 현으로 이사. 옆집에 네즈 마쓰코 가족이 살고 있었음.〈청춘 이야기〉발표. | 1932 | |

| | | |
|---|---|---|
| 도미코와 별거. 동생 세이지와 절교.《춘금초》출간. | 1933 | 《춘금초》 |
| 〈하국(夏菊)〉을 연재하지만, 모델이 된 네즈 집안의 항의로 중단. | 1934 | 《문장독본》 |
| 도미코와 이혼. (네즈 세이타로와 이혼한) 모리타 마쓰코와 결혼.《겐지 이야기》를 현대어로 번역하는 작업에 착수.《섭양수필(攝陽隨筆)》출간. | 1935 | 《섭양수필》 |
| 〈고양이와 쇼조와 두 여자〉 발표. | 1936 | |
| 창설된 제국예술원 회원에 선정. 작품집 《장님 이야기》출간. | 1937 | 《장님 이야기》 |
| 한신 대수해가 일어남. 이때의 상황이 나중에 〈세설〉에 반영됨.《겐지 이야기》의 현대어역 탈고. | 1938 | |
| 동생 세이지와 화해.《준이치로 역 겐지 이야기》(전26권) 출간(~1941년). | 1939 | |
| 아타미에 별장을 빌려 입주. | 1942 | |
| 〈세설〉을《중앙공론》에 연재하기 시작했으나 군부의 명령으로 연재 금지를 당함. 그 후 남몰래 집필을 계속. | 1943 | |
| 《세설》상권 200부를 자비로 출판하여 친지들에게 보냄. 가족이 아타미로 피난. | 1944 | |
| 쓰야마를 거쳐 가쓰야마로 다시 피난. | 1945 | |
| 교토로 이사하여 히가시야마에 거처를 정함. | 1946 | |
| 고혈압의 악화로 집필 속도가 늦어짐.《세 | 1947 | |

| | | |
|---|---|---|
| 설》상권 출간(마이니치문화상 받음). | | |
| 《세설》중·하권이 완결되어 출간. | 1948 | 《세설》 |
| 아사히문화상 받음. 문화훈장(제8회) 받음. 〈달과 광언사(狂言師)〉 발표. | 1949 | |
| 아타미에 별장을 얻음. | 1950 | |
| 고혈압이 다시 악화하여 정양에만 힘씀. 문화공로자로 선정. 《준이치로 신역 겐지 이야기》(12권) 출간(~1954년). | 1951 | |
| 아타미의 이즈 산에 새로 별장을 빌림. | 1954 | |
| 〈어린 시절〉〈과산화망간수의 꿈〉을 발표. | 1955 | |
| 교토의 집을 팔고 아타미로 이사. 〈열쇠〉 발표. 작품집 《과산화망간수의 꿈》《열쇠》 출간. | 1956 | 《과산화망간수의 꿈》《열쇠》 |
| 〈노후의 봄〉 발표. 작품집 《어린 시절》 출간. 《다니자키 준이치로 전집》(30권) 간행. | 1957 | 《어린 시절》 《다니자키 준이치로 전집》 |
| 오른손이 마비되어, 이 후로는 구술로 집필. | 1958 | |
| 〈꿈의 부교〉 발표. | 1959 | |
| 협심증 발작으로 입원. 〈세 개의 경우〉 발표. | 1960 | 《꿈의 부교》 |
| 〈미치광이 노인 일기〉 발표(1963년에 마이니치예술상 받음). | 1961 | |
| 〈부엌 태평기〉 발표. | 1962 | 《미치광이 노인 일기》 |
| 미국문학예술아카데미 명예회원으로 선출 | 1964 | |

됨. 가나가와현 유가와라에 집을 새로 짓고 이사. 《준이치로 신신역 겐지 이야기》(구술 집필) 출간(~1965년).

〈79세의 봄〉 발표. 7월 30일 신부전과 심부전이 병발하여 사망(향년 79세). | 1965

옮긴이 **김석희**

서울대학교 인문대학 불문과를 졸업하고 동 대학원 국문학과를 중퇴했으며, 1988년 한국일보 신춘문예에 소설이 당선되어 작가로 데뷔했다. 영어·프랑스어·일어를 넘나들면서 시공사 '세계문학의 숲'에 포함된 토머스 드 퀸시의 《어느 영국인 아편쟁이의 고백》, 콘라드 죄르지의 《방문객》, 다니자키 준이치로의 《미친 사랑》을 비롯하여 존 파울즈의 《프랑스 중위의 여자》, 존 러스킨의 《나중에 온 이 사람에게도》, 허먼 멜빌의 《모비 딕》, 스콧 피츠제럴드의 《위대한 개츠비》, 알렉상드르 뒤마의 《삼총사》, 쥘 베른 걸작선집(15권), 시오노 나나미의 《로마인 이야기》 시리즈(15권) 등 많은 책을 번역했다. 역자후기 모음집 《번역가의 서재》, 제주도 귀향살이 이야기를 엮은 《이 또한 즐겁지 아니한가》 등을 펴냈으며, 제1회 한국번역상 대상을 수상했다.

세계문학의 숲 032

# 미친 사랑

**초판 1쇄 발행일** 2013년 5월 30일
**초판 5쇄 발행일** 2025년 8월 1일

**지은이** 다니자키 준이치로
**옮긴이** 김석희

**발행인** 조윤성

**발행처** ㈜SIGONGSA **주소** 서울시 성동구 광나루로 172 린하우스 4층(우편번호 04791)
**대표전화** 02-3486-6877 **팩스(주문)** 02-598-4245
**홈페이지** www.sigongsa.com / www.sigongjunior.com

이 책의 출판권은 ㈜SIGONGSA에 있습니다. 저작권법에 의해
한국 내에서 보호받는 저작물이므로 무단 전재와 무단 복제를 금합니다.

ISBN 978-89-527-6907-7 04830
ISBN 978-89-527-5961-0 (세트)

*SIGONGSA는 시공간을 넘는 무한한 콘텐츠 세상을 만듭니다.
*SIGONGSA는 더 나은 내일을 함께 만들 여러분의 소중한 의견을 기다립니다.
*잘못 만들어진 책은 구입하신 곳에서 바꾸어 드립니다.